नीली दिल्ली
प्यासी दिल्ली

नीली दिल्ली प्यासी दिल्ली

आदित्य अवस्थी

ज्ञान गंगा, दिल्ली

प्रकाशक : ज्ञान गंगा, 205–सी चावड़ी बाजार, दिल्ली–110006
 / संस्करण : प्रथम, 2012 / मूल्य : दो सौ पचास रुपए
मुद्रक : भानु प्रिंटर्स, दिल्ली ISBN 978-93-80183-56-5

NEELI DELHI PYASI DELHI *by* Aditya Awasthi Rs. 250.00
Published by Gyan Ganga, 205-C Chawri Bazar, Delhi-110006

भूमिका

यह पुस्तक है दिल्ली में पानी की कहानी की। इसका उद्देश्य दिल्ली में पानी की समग्र स्थिति की ओर सबका ध्यान आकर्षित करना है। दिल्ली में पानी की स्थिति दिनोंदिन गंभीर रूप लेती जा रही है। बढ़ती आबादी के साथ दिल्ली में पानी की माँग तो बढ़ती जा रही है, लेकिन उसकी आपूर्ति कहाँ से और कैसे हो पाएगी, इस ओर पर्याप्त ध्यान नहीं दिया जा रहा है। यह शहर पानी के मामले में एक विरोधाभास का शहर बन गया है। इस महानगर में एक ओर सबको पीने का पानी नहीं मिलता, वहीं दूसरी ओर पानी की खुलेआम बरबादी होती है। एक ओर दूर-दराज से मोटी रकम खर्च करके पानी लाया जाता है; लेकिन इस पानी के दिल्ली और दिल्लीवालों तक पहुँचने के पहले इसमें से आधा यूँ ही बरबाद हो जाने दिया जाता है। वहीं दूसरी ओर दिल्ली को प्रकृति से नियामत के रूप में मिलनेवाले पानी को बहाकर शहर के बाहर निकालने पर हर साल मोटी रकम खर्च की जाती है। मानसून के दिनों में दिल्ली से होकर निकलने वाला पानी कहीं शहर में न आ जाए, इसलिए बाढ़ नियंत्रण पर भारी खर्च किया जाता है। दिल्ली की बढ़ती जरूरतों को पूरा करने के लिए जमीन के अंदर से निकालकर पानी का उपयोग साल-दर-साल बढ़ता जा रहा है। इसका परिणाम यह हो रहा है कि पूरी दिल्ली में लगातार जमीन के अंदर पानी का स्तर गिरता जा रहा है। जो पानी निकाला जा रहा है, वह खारा, कसैला और पीने योग्य नहीं मिल पा रहा है। इसे पीने योग्य बनाने पर भी भारी खर्च उठाना पड़ रहा है। जमीन के अंदर से निकाले जानेवाले पानी में खतरनाक रसायन मिले हुए पाए गए हैं। उनसे इस पानी का इस्तेमाल करने पर अनेक तरह की घातक बीमारियाँ हो रही हैं। दिल्ली में जिस दर से जमीन का पानी निकालकर इस्तेमाल किया जा रहा है और उसे रीचार्ज करने की व्यवस्था नहीं की जा रही है, उससे अब वह दिन बहुत दूर नहीं रह गया है,

जब जमीन के अंदर से पीने का पानी मिलना लगभग असंभव हो जाएगा।

दिल्ली में यमुना में इतना पानी उपलब्ध नहीं है कि वह पूरे साल दिल्लीवालों को पीने का पानी उपलब्ध करा सके। आनेवाले समय में पड़ोसी राज्यों से एक सीमा से अधिक पानी मिल पाने की संभावना दिनोंदिन घटती जा रही है। पहाड़ी इलाकों में नदियों पर बाँध बनाकर दिल्ली को पानी उपलब्ध कराए जा सकने की स्थिति भी जटिल रूप लेती जा रही है। पर्यावरण संरक्षण के प्रति बढ़ती संवेदनशीलता के चलते इस बात की संभावनाएँ कम होती जा रही हैं कि पहाड़ी इलाकों में बड़े बाँधों का निर्माण संभव हो सकेगा और उनसे दिल्लीवालों को पानी मिल सकेगा। आनेवाले वर्षों में दिल्ली को हिमाचल प्रदेश के रेणुका और उत्तरांचल के किशाऊ और लखवार व्यासी बाँधों से अतिरिक्त कच्चा पानी मिलने की संभावना थी। इन बाँधों का निर्माण कार्य दशकों से विचाराधीन स्तर पर ही बना हुआ है। रेणुका बाँध के निर्माण के लिए दिल्ली सरकार ने आर्थिक सहायता भी उपलब्ध करा दी थी। लेकिन पर्यावरण पर पड़नेवाले दूरगामी प्रभाव को देखते हुए केंद्र सरकार के पर्यावरण मंत्रालय ने इस बाँध के निर्माण की परियोजना को मंजूरी देने से इनकार कर दिया है। हिमाचल सरकार अब इसके लिए वैकल्पिक योजना तैयार कर रही है; लेकिन वह लागू हो पाएगी कि नहीं और हो पाएगी तो कब, यह कह पाना अभी संभव नहीं है। लगभग ऐसी ही स्थिति उत्तरांचल के बाँधों की है। इसलिए स्थिति ऐसी बनती जा रही है कि आनेवाले वर्षों में दिल्ली को पानी की बढ़ती जरूरतों को पूरा करने के लिए अपने ही संसाधनों पर निर्भर रहना पड़ सकता है।

देश की राजधानी में ही देश की जल-नीति को लागू नहीं किया जा पा रहा है। यह नीति कहती है कि जमीन के अंदर से उतना ही पानी निकाला जाए जितना कि पृथ्वी फिर से दे पाने की स्थिति में हो। निकाले जानेवाले पानी और उसको रिचार्ज किए जाने की व्यवस्था इस तरह की होनी चाहिए जिससे कि पानी की प्राकृतिक उपलब्धता पर बुरा असर न पड़े। लेकिन ऐसा वास्तव में हो नहीं पा रहा है। साल-दर-साल जमीन के अंदर पानी का स्तर गिरते जाने से यह साफ है कि हम उपलब्धता से अधिक पानी को जमीन के अंदर से निकालकर इस्तेमाल कर रहे हैं। ऐसा करना प्रकृति के नियमों के विपरीत तो है ही, पर्यावरण संरक्षण के लिए बनाए गए कानूनों का भी यह उल्लंघन है। इस स्थिति से निपटने और ऐसा करनेवालों के खिलाफ काररवाई करने के लिए कानून है। उसे लागू करने के लिए केंद्र और दिल्ली की सरकार भी इसी शहर में है। जमीन के अंदर के पानी की बिगड़ती हुई स्थिति से संसद, दिल्ली हाई कोर्ट और सुप्रीम कोर्ट सब अवगत हैं।

संसद् में इस स्थिति पर सरकार और जनप्रतिनिधियों की ओर से अनेक बार चिंता व्यक्त की जा चुकी है। सुप्रीम कोर्ट और हाई कोर्ट द्वारा इस स्थिति से निपटने के लिए आदेशों की एक लंबी सूची जारी की जा चुकी है। इसके बावजूद दिल्ली में ही इन कानूनों को लागू नहीं किया जा रहा है तो दूर-दराज की स्थिति का तो बस अनुमान ही लगाया जा सकता है। देश की सबसे बड़ी अदालतों के आदेशों तक को भी कार्यान्वित नहीं किया जा सका है। जबकि अनेक बार खंडपीठों ने इन मामलों की नियमित सुनवाई तक की है। सरकार से रिपोर्ट तलब की है। इस काम की जिम्मेदारी सँभालनेवाले अधिकारियों को तलब किया है। उनके खिलाफ कड़ी कारवाई करने की चेतावनी दी है। लेकिन पानी के बेहतर उपयोग और बरसाती पानी की उपलब्धता एवं उसके संरक्षण के बीच लंबी खाई बरकरार है।

रेन वाटर हार्वेस्टिंग की योजनाएँ तो बहुत हैं। सरकार उनपर होनेवाले खर्च में भागीदारी करने को भी तैयार है। इस दिशा में प्रयास हुए हैं और उसके अच्छे परिणाम भी सामने आए हैं। लेकिन जिस स्तर पर यह काम किया जाना है और किया जा रहा है, उसके बीच में बहुत बड़ा अंतर है। यह काम कागजों और फाइलों पर ज्यादा और वास्तविकता के धरातल पर नाममात्र को ही हो पा रहा है। कानून बनाकर और बिल्डिंग बाईलॉज में व्यवस्था करके जल-संरक्षण एवं संवर्धन को आवश्यक बनाया गया है। दिल्ली में नियमों व कानूनों का जिस प्रकार से उल्लंघन करके निर्माण कार्य किए जाते हैं और जिस प्रकार से उन्हें क्रियान्वित किया जाता है, वह किसी से छिपा नहीं है। यहाँ तो नियमों और कानूनों को ताक पर रखकर काम किया जाना ही ठीक माना जाता है। जिनपर इन नियमों और कानूनों को लागू करवाने की जिम्मेदारी है, वे आँखें बंद करने में ज्यादा विश्वास करते हैं। इसलिए कानून बनाना ही पर्याप्त नहीं है। उन्हें लागू करने की ओर ध्यान दिया जाना जरूरी है। हमें पानी के संरक्षण के प्रति संवेदनशीलता बढ़ानी होगी और उसके महत्त्व को समझना होगा।

देखा यह गया है कि जहाँ पर रेन वाटर हार्वेस्टिंग की व्यवस्था की भी गई है, वहाँ भी उसकी नियमित देखभाल और संरक्षण की ओर उतना ध्यान नहीं दिया जा रहा है जितना आवश्यक है। राष्ट्रीय राजधानी में होनेवाली कुल बारिश का एक बहुत मामूली हिस्सा ही भू-जल के संरक्षण और संवर्धन के काम आ रहा है। यदि इस पानी को रोककर जमीन के अंदर पहुँचाया जा सके तो दिल्लीवालों की पानी की माँग को एक हद तक इसी साधन से पूरा किया जा सकता है। इस कांम के लिए न तो तकनीक की कमी है और न आर्थिक संसाधनों की, फिर भी इस पानी

को साल-दर-साल बरबाद किए जाने का सिलसिला चल रहा है। विशेषज्ञों का मानना है कि पिछली बरसात में दिल्ली में जितना पानी बरसा था, बरसात हुई थी, यदि वह सारा-का-सारा पानी सँभाल लिया जाता तो अगले 5 साल की पानी की आवश्यकता को इस साधन से पूरा किया जा सकता था; लेकिन ऐसा किया नहीं जा सका। बरसात के पानी को जमीन के अंदर पहुँचाने में मदद करनेवाली व्यवस्था के बजाय शहर का विकास इस तरह से किया जा रहा है, जिससे किसी तरह से पानी जमीन के अंदर न जा सके। हर ओर कंक्रीट का इस्तेमाल किए जाने को महत्त्व दिया जा रहा है। कंक्रीट के उपयोग को विकास का पर्यायवाची मान लिया गया है, जबकि कच्चा इलाका रह जाना पिछड़ेपन की निशानी है। यदि सारा शहर ही पक्का कर दिया जाएगा तो बरसात का पानी किस तरह से जमीन के अंदर जाएगा, इस पर भी विचार किए जाने की आवश्यकता है।

यह एक ऐसा शहर है, जहाँ कि दो-तिहाई आबादी को अभी पीने का साफ पानी नहीं मिलता। 21वीं सदी की दिल्ली दुनिया की सबसे तेजी से विकसित हो रही अर्थव्यवस्थावाले देश की राजधानी है। लेकिन यहाँ अभी भी हर साल हजारों नागरिकों को हैजा, कालरा आंत्रशोथ, पीलिया जैसी बीमारियाँ होती हैं। ये बीमारियाँ खराब पानी पीने के कारण होती हैं। साफ पानी पिलाकर इन बीमारियों को होने से रोका जा सकता है, लेकिन साल-दर-साल हो यह रहा है कि खराब पानी के इस्तेमाल के कारण होनेवाली बीमारियों से पीड़ितों की संख्या बढ़ती जा रही है। साफ पानी सब तक पहुँचे, इसके लिए जिस तरह से काम होना चाहिए और जिस तरह से हो रहा है, उसके बीच बहुत बड़ी खाई है।

इस प्राचीन शहर में आज भी पानी के सैकड़ों परंपरागत स्रोत और संसाधन उपलब्ध हैं। इनका पुनर्वास और पुनर्विकास करके इनका फिर से इस्तेमाल किया जा सकता है। पानी के प्रति हमारी संवेदनहीनता के चलते न तो इनकी कीमत पहचानी जा रही है। न ही इनका उपयोग किया जा रहा है। अतीत में देश और दुनिया को जल संरक्षण के महत्त्व को बतानेवाले कुएँ, तालाब, झीलें और नदियाँ खत्म होती जा रही हैं। इसके साथ ही कुएँ खुदवाने, तालाब एवं बावड़ियाँ बनवाने, हौज, हौद और प्याऊ बनवाने की परंपरा भी हम भूलते जा रहे हैं। पानी पिलाना अब पुण्य का नहीं, बाजार का काम बन गया है।

पानी की कमी और उसकी किस्म पर उठनेवाले सवालिया निशानों ने पानी को एक बाजार के रूप में विकसित होने का अवसर उपलब्ध कराया है। बाजार इस स्थिति को मुनाफा कमाने के एक अवसर के रूप में खुलकर इस्तेमाल कर रहा

है। हर दिन पानी को साफ करने या साफ पानी की सप्लाई करनेवाली कंपनियाँ और उनके उत्पाद बाजार में आ रहे हैं। टी.आर.पी. व मुनाफा कमाने के काम में लगा मीडिया इस कारोबार को बढ़ावा देने के लिए लगातार काम कर रहा है और विज्ञापन के रूप में अपना हिस्सा वसूल कर रहा है तथा पानी की आपूर्ति के क्षेत्र में निजी कंपनियों को उतरने का मौका मिल सके, इसके लिए जमीन तैयार करने में विधिवत् भागीदार बन रहा है। दिल्ली शहर में 1 लीटर पानी और 1 लीटर दूध की कीमत में कोई खास अंतर नहीं रह गया है।

कभी कुआँ, तालाब, बावड़ी बनवाना, गौशाला और छबील लगवाना एक पुण्य का काम माना जाता था। राजे-महाराजे ही नहीं, सामान्य परिवार भी इस तरह के काम में भागीदारी करके अपने को भाग्यवान् समझते थे। बच्चे के जन्म से लेकर शादी तक के विभिन्न अवसरों पर कुआँ-पूजन की परंपरा थी, जो कि जीवन में पानी के महत्त्व को याद दिलाती थी। अब कुओं को सूख जाने दिया जाता है। बावड़ियों में पानी न रह पाए, इसके लिए काम किया जाता है। तालाबों और जोहड़ों की जमीन पर कब्जा करके बस्तियाँ बसा दी जाती हैं और पीने के पानी के लिए पड़ोसी राज्यों से पानी की माँग की जाती है। ऐसा कब तक चलेगा?

आवश्यकता इस बात की है कि पानी की कीमत समझी जाए। यह माना जाए कि पानी लाभ का सौदा नहीं है, अपितु प्रकृति-प्रदत्त जीवन को बनाए रखने का एक साधन है। सभी प्रकार के प्राणियों का इसके उपयोग पर समान अधिकार है। इसलिए इसके उचित उपयोग और इसको संरक्षित रखने में सबको मिलकर काम करना होगा। इसकी शुरुआत अपने आप से, अपने घर से, अपनी बस्ती और अपने शहर से होगी। केवल सरकार या कानून ऐसा नहीं कर पाएँगे। इस काम के लिए एक जन-आंदोलन की आवश्यकता होगी। यह काम केवल सरकार या कुछ गिने-चुने संगठनों का नहीं है। इसे हम सबको मिलकर करना होगा। यह काम एक दिन का नहीं है। इसे सतत और लंबे समय तक चलाया जाना होगा। यह काम ऐसा है, जिसे आज और अभी से शुरू करना होगा, वरना कल बहुत देर हो जाएगी और फिर कुछ किया जा सकना संभव ही नहीं रह जाएगा। वर्ष 2011-2020 के दशक को 'जल बचाओ अभियान दशक' के रूप में मनाया जा रहा है। यह विषय मनाने का नहीं, जल संरक्षण के लिए काम करने का है। यह पुस्तक इसी दिशा में एक प्रयास है।

—आदित्य अवस्थी

आभार

इस पुस्तक के लिए सामग्री जुटाने में महाराजा अग्रसेन टेक्नीकल एजूकेशन सोसाइटी के अध्यक्ष डॉ. नंदकिशोर गर्ग, महाराजा अग्रसेन इंस्टीट्यट ऑफ मैनेजमेंट स्टडीज के महानिदेशक डॉ. एन.के. कक्कड़, लाला दीवान चंद्र ट्रस्ट के सचिव श्री राजेंद्र गुप्ता, स्वयंसेवी संगठन 'तपस' के अध्यक्ष श्री विनोद जैन, 'गांधी शांति प्रतिष्ठान' के श्री अनुपम मिश्र, 'परती भूमि विकास समिति' के फारूख रियाज और राजनिवास के सूचना अधिकारी नलिन चौहान ने विशेष योगदान दिया। प्रोफेसर विनोद जैन पिछले करीब एक दशक से दिल्ली में पानी की समस्या के समाधान के लिए अदालतों में संघर्ष कर रहे हैं। उनके प्रयास धीरे-धीरे रंग भी ला रहे हैं। श्री मिश्र ने पड़ोसी राज्यों में पानी को बचाने के लिए किए जा रहे प्रयासों के बारे में अपने अनुभवों व जानकारियों को मेरे साथ बाँटा और यह समझने में विशेष तौर पर मदद की कि दिल्ली में क्या किया जा सकता है और कैसे! श्री जैन और श्री मिश्र के योगदान ने मुझे अपनी दिल्ली के इस पहलू को बेहतर तरीके से समझने में महत्त्वपूर्ण भूमिका निभाई। इसके लिए दोनों महानुभावों को मेरा विशेष धन्यवाद। मेरे पूर्व सहयोगियों दिनेश सिंह और पूजा मेहरोत्रा के योगदान का मैं खासकर उल्लेख करना चाहूँगा। इन दोनों के प्रति आभार व्यक्त करना मैं अपना कर्तव्य समझता हूँ। यह पुस्तक तभी उपयोगी साबित होगी, जब अब भी शेष बचे हुए परंपरागत जल संसाधनों के बारे में जानकारी आम लोगों तक पहुँचे और इन कुओं, तालाबों, झीलों एवं बावड़ियों का पुनर्वास करके इनका बदली परिस्थितियों में उपयोग किया जा सके।

विषय सूची

पानी की कमी, फिर भी बरबादी

21वीं सदी की दिल्ली में पानी की भारी कमी है। आनेवाले वर्षों और दशकों में यह कमी और बढ़नेवाली है। ऐसा इसलिए होगा, क्योंकि दिल्ली के पास अपने जलस्रोत इस महानगर की बढ़ती आवश्यकताओं को पूरा करने के लिए पानी की माँग की तुलना में बहुत थोड़े हैं। उसे पानी के लिए पड़ोसी और दूर-दराज के राज्यों पर निर्भर रहना होगा। दिल्ली भौगोलिक दृष्टि से यमुना के किनारे बसा है। हमारी नीतियों-रीतियों के कारण यह नदी वास्तव में नदी रह नहीं गई है। इसलिए उससे दिल्ली की पानी की आवश्यकताओं की आपूर्ति की जा पानी संभव ही नहीं है। इस कमी को पूरा करने के लिए पड़ोसी राज्यों से पानी खरीदकर दिल्ली लाया जा रहा है या दिल्ली की जमीन के अंदर का पानी निकालकर काम में लाया जा रहा है। इससे जमीन के अंदर जल का स्तर लगातार गिरता चला जा रहा है। दिल्ली को विषमताओं का शहर कहा जाता है। पानी के मामले में भी यह नजरिया उभरकर सामने आता है। यहाँ एक ओर नई दिल्ली में रहनेवालों को इतना ज्यादा पानी मिलता है कि उन्हें यह पता ही नहीं चलता कि वे इसका क्या करें? वे जहाँ अपनी कार धोने से लेकर लॉन को हरा-भरा रखने और उसमें सब्जी आदि उगाने में इस पानी का इस्तेमाल करते हैं, वहीं बाहरी दिल्ली, दक्षिणी और पश्चिमी दिल्ली के अलावा ग्रामीण दिल्ली व झुग्गी-झोंपड़ी बस्तियों में रहनेवालों को इतना पानी भी नहीं मिल पाता कि उनकी जरूरत का एक हिस्सा भी पूरा हो पाता हो।

पानी की बरबादी के प्रकार

पानी की कमी तो समस्या एक पहलू है; इस समस्या का दूसरा पहलू यह है कि यहाँ इतना पानी बरबाद होता है, जिसका कोई हिसाब ही नहीं है। दूसरी ओर—जो पानी उपलब्ध होता है, उसका भी उचित उपयोग नहीं हो पाता है। दूसरे महानगरों

के निवासियों की तुलना में जहाँ दिल्लीवालों को कहीं ज्यादा मिलता है, वहीं पानी की बरबादी अन्य महानगरों की तुलना में ज्यादा भी होती है। यह बरबादी सिर्फ नलों और पाइपों से बहनेवाले पानी या कारों के धोने एवं लॉन और पेड़-पौधों को सींचने से ही नहीं होती है। इसके और भी अनेक रूप हैं। जैसे दिल्ली को यमुना नदी से मिलनेवाले पानी का करीब एक-तिहाई हिस्सा इस नदी और नहरों के रास्ते से दिल्ली पहुँचने के पहले ही लीक होकर बरबाद हो जाता है। मानसून के दौरान दिल्ली में बरसनेवाले पानी का एक मामूली हिस्सा भी हम संरक्षित नहीं कर पाते। इसे यूँ ही बहकर बरबाद हो जाने देते हैं। यही नहीं, इस पानी को शहर में रुकने न देने के काम पर ही हर साल करोड़ों रुपए खर्च किए जाते हैं। इस बरबादी को रोककर उसका अधिकतम इस्तेमाल करके राजधानी में पानी की कमी की समस्या से एक हद तक निपटा जा सकता है। लेकिन ऐसा किया नहीं जा रहा है। पानी के प्रति हमारी असंवेदनशीलता का इससे बड़ा उदाहरण और क्या हो सकता है?

मानसून के दौरान यमुना में बहनेवाले पानी को बचाया जा सकता है

मानसून के दौरान यमुना में होकर गुजरनेवाले पानी को रोककर यदि उसका भू-जल संरक्षण और संवर्धन के लिए इस्तेमाल किया जा सके तो इससे दिल्लीवालों को पानी की आपूर्ति की व्यवस्था में सुधार करने में खासी मदद मिल सकती है। पानी की बरबादी का यह सिलसिला जारी रहा तो वह दिन दूर नहीं जब पानी के लिए राशन कार्ड बनवाने की नौबत आए। पानी सप्ताह में एक दिन मिले, हर दूसरे दिन मिले, कुछ ही दिन मिले या फिर वैसा भी नहीं हो। देश के अनेक महानगरों जैसे चेन्नई-मुंबई आदि में ऐसा हो भी रहा है। दिल्ली के नीति-निर्धारक और दिल्ली के लोग इस ओर ध्यान देने की आवश्यकता ही महसूस नहीं कर रहे हैं। देश की राजधानी होने के कारण यहाँ के निवासियों के एक बड़े वर्ग को यह लग्जरी प्राप्त है कि उनके घरों में रोज पानी आता है। पानी की बरबादी के वर्तमान हालात बने रहे तो ऐसा बहुत अधिक दिनों तक नहीं हो सकेगा। वैसे सच्चाई यह है कि दिल्ली की कुल प्रॉपर्टी के करीब 60 प्रतिशत ही ऐसे लोग हैं जहाँ 21वीं सदी का एक दशक पूरा होने के बाद जल बोर्ड का पानी उपलब्ध होता है। बाकी 40 प्रतिशत को हैंडपंप, बोरिंग या किसी और तौर-तरीके से अपनी पानी की जरूरत पूरी करने के लिए मजबूर होना पड़ता है।

कितना पानी और कितनी बरबादी

आज और कल पानी की माँग व आपूर्ति में इस अंतर को कम करने के लिए

दिल्ली में उपलब्ध पानी का बेहतर और अधिकतम इस्तेमाल किया जाना जरूरी है। दिल्ली को मिलनेवाले कुल पानी का 85 प्रतिशत करीब यमुना से मिलता है। बाकी का पानी किसी-न-किसी रूप में जमीन के अंदर के पानी या अन्य स्रोतों से पूरा किया जाता है। इस समय राजधानी में पानी के बारे में अजीब विरोधाभास की स्थिति है। एक ओर पानी की कमी है, दूसरी ओर उपलब्ध पानी का अधिकतम उपयोग नहीं हो पा रहा है। पानी की भारी बरबादी होने दी जा रही है। महँगी कीमत चुकाकर लाए और वितरित किए जा रहे पानी का करीब आधा हिस्सा उन लोगों तक नहीं पहुँच पा रहा है, जिसकी उन्हें जरूरत है। पानी की बरबादी के दो प्रमुख कारण हैं—एक वितरण व्यवस्था की खराबियों के कारण होनेवाली लीकेज और दूसरा कारण यमुना तथा खुली हुई नहरों के द्वारा दिल्ली तक पानी पहुँचाने की व्यवस्था। इन नहरों को पक्का करने की योजनाएँ पूरी होने में लगातार देरी हो रही है। यमुना से दिल्ली को मिलनेवाले पानी का एक-चौथाई भाप बनकर उड़ जाता है या इन नहरों के कच्चा होने के कारण रास्ते में लीक होकर या जमीन के अंदर जाकर खत्म हो जाता है। पानी की आपूर्ति बढ़ाने के लिए हाल के वर्षों में सोनिया विहार जैसे नए जल संयंत्र लगाए गए हैं। पुराने जल संयंत्रों की क्षमता का अधिकतम इस्तेमाल करने का प्रयास किया जा रहा है। इसमें भी एक अजीब विरोधाभास की स्थिति है। एक ओर अरबों रुपए खर्च करके महँगी लागत से संयंत्र बनाए गए हैं, दूसरी ओर इन संयंत्रों के लिए पर्याप्त कच्चा पानी नहीं मिल पाता। इससे इनकी पूरी क्षमता का उपयोग नहीं हो पा रहा है।

बरबादी का एक रूप यह भी

दिल्ली में पानी की कमी के बावजूद कितना पानी हम बरबाद कर रहे हैं, इस पर एक नजर डाल लेते हैं। एक अनुमान के अनुसार, दिल्ली को यमुना से मिलनेवाले 724 एम.सी.एम. पानी में 580 एम.सी.एम. मानसून के चार महीने के दौरान बहकर बरबाद हो जाता है। यह पानी कितना है, इसका अनुमान इस बात से लगाया जा सकता है कि जुलाई से अक्तूबर के बीच के तीन महीनों यानी मानसून के दौरान दिल्ली के लिए किया गया एलोकेशन 1926 क्यूसेक है, जबकि नवंबर से फरवरी के बीच के लीन सीजन में यह घटकर सिर्फ 231 क्यूसेक रह जाता है। मार्च से जून की तिमाही में दिल्ली को 255 क्यूसेक पानी दिए जाने की ही व्यवस्था है। इस प्रकार हम देखते हैं कि लीन सीजन की तुलना में मानसून के सीजन में दिल्ली को सात गुने से भी अधिक पानी मिलता है। इस पानी के भंडारण और संरक्षण या उसे जमीन के

अंदर के पानी को रिचार्ज करने के काम में लाने के लिए कुछ नहीं किया जा रहा है। इसी प्रकार दिल्ली में होनेवाली बारिश के दौरान मिलनेवाले पानी में से 193 एम.सी.एम. बहकर बरबाद हो जाता है। यमुना में मानसून के दौरान 580 मिलियन क्यूबिक मीटर पानी दिल्ली से होकर बह जाता है। यदि दिल्ली में होनेवाली बारिश और यमुना में मानसून के दौरान आनेवाली बाढ़ के पानी को जोड़ दें तो यह बरबादी 1,000 मिलियन क्यूबिक मीटर का आँकड़ा पार कर जाती है।

कितनी बरसात, कितना पानी

दिल्ली का क्षेत्रफल है 1,486 वर्ग किलोमीटर यानी 1 लाख 48 हजार 639 हेक्टेयर। दिल्ली में कुल मिलाकर हर साल औसतन जितनी बरसात होती है, उस पानी को अगर इकट्ठा कर लिया जाए तो अनुमान है कि इससे 910 एम.सी.एम. पानी मिल सकता है। मौसम विभाग के आँकड़ों के अनुसार दिल्ली में मानसून के मौसम के 27 दिनों में औसतन 612 मिलीमीटर बारिश होती है। दिल्ली में साल में होनेवाली कुल बरसात का 81 प्रतिशत केवल मानसून के तीन महीनों में जुलाई और सितंबर के बीच बरसता है। शेष 19 प्रतिशत सर्दियों के दिनों में होनेवाली बरसात से मिलता है। इस प्रकार हम कह सकते हैं कि हर साल करीब 475 एम.सी.एम. पानी बहकर बरबाद हो जाता है। इस पानी को संरक्षित करके उसका उपयोग कर पाने के लिए तकनीक भी है। पैसे की भी कमी नहीं है; लेकिन फिर भी साल-दर-साल यह बरबादी होने दी जा रही है। इसके लिए पानी के प्रति हमारी संवेदनशीलता की कमी ही जिम्मेदार है। इसमें दो राय नहीं कि पानी की एक-एक बूँद का संरक्षण और अधिकतम इस्तेमाल जरूरी है। इजराइल और मध्य-पूर्व के देशों की बात छोड़िए, अपने ही देश के राजस्थान, महाराष्ट्र, गुजरात और अन्य प्रदेशों के शहरों में ही नहीं, छोटे-छोटे कस्बों और गाँवों तक में सफलतापूर्वक पानी का विभिन्न तरीकों से संरक्षण और इस्तेमाल किया जा रहा है। वहाँ के लोगों ने अपने संसाधनों और प्रयासों से ऐसे रोल मॉडल तैयार किए हैं, जिन्हें आसानी से दिल्ली में लागू किया जा सकता है। ऐसा बहुत कम लागत में किया जा सकता है। दिल्ली में पानी का संरक्षण करके उसके इस्तेमाल की अपार संभावनाएँ हैं। आवश्यकता इसके प्रति जागरूक होने की है। इसको संरक्षित करके उसका अधिकतम उपयोग करने की है।

बरसात का पानी बहाना प्राथमिकता है

एक ओर मानसून के दौरान प्रकृति से दिल्ली को मिलनेवाले पानी का अधिकतर हिस्सा बहकर बरबाद हो रहा है, दूसरी ओर पानी की जरूरत पूरी करने के लिए

ज्यादा-से-ज्यादा जमीन के अंदर के पानी का इस्तेमाल किया जा रहा है। इससे भू-जल का स्तर लगातार गिरता जा रहा है। हालत यहाँ तक पहुँच गई है कि जमीन के अंदर के पानी का स्तर गिरकर 50 मीटर और उससे भी अधिक तक पहुँच गया है। इसे रोकने के लिए तत्काल प्रभावकारी कदम नहीं उठाए गए तो वह दिन दूर नहीं, जब राजधानी के एक बड़े हिस्से में रहनेवालों को पीने के पानी की आपूर्ति का यह स्रोत हमेशा के लिए समाप्त हो जाए। ऐसा तब हो रहा है, जबकि मानसून के दिनों में यमुना से होकर इतना पानी बहकर समुद्र में चला जाने दिया जाता है कि यदि उसे रोककर इस्तेमाल किया जा सके तो दिल्ली में पूरे साल पानी की आपूर्ति सुनिश्चित की जा सकती है। ऐसा तब हो रहा है जब पानी को बरबाद होने से रोकने के लिए संसाधन और तकनीक दोनों ही उपलब्ध हैं। आवश्यकता पानी की कीमत समझने और उसका उचित व अधिकतम इस्तेमाल करने की है। अभी तक हम मानसून के दौरान प्रकृति से मिलनेवाली इस अमूल्य निधि से निपटने के लिए बाढ़ नियंत्रण के विचार से काम करते आए हैं। हमारा ध्यान इस बात पर होता है कि किसी भी तरह से बाढ़ का पानी शहर में न आ जाए। यदि ऐसा हुआ तो सरकार की छवि खराब होगी। शहर का कोई हिस्सा कच्चा न रह जाए, क्योंकि सबकुछ पक्का होना ही तो विकास की निशानी है। हमारी सोच यही रही है कि गाहे-बगाहे आनेवाली बाढ़ पर नियंत्रण कैसे किया जाए? हम इस बात की तैयारी करते रहते हैं कि 100 साल में एक बार आनेवाली भारी बाढ़ से शहर को कैसे बचाया जाएगा। लेकिन पानी की कमी की समस्या का दिल्ली के लोग रोजाना सामना कर रहे हैं। जबकि आज इस सोच में आधारभूत परिवर्तन लाए जाने की आवश्यकता है।

पानी भी ताले में बंद रखना पड़ता है

ऐसा नहीं है कि दिल्ली में रहनेवाले सभी लोगों को पीने का साफ पानी उपलब्ध है। राजधानी का एक बड़ा इलाका आज भी ऐसा है, जहाँ दिल्ली जल बोर्ड द्वारा साफ पानी की नियमित आपूर्ति की व्यवस्था ही नहीं है। यह अलग बात है कि दिल्ली सरकार और उसकी एजेंसियाँ दिल्ली नगर निगम, नई दिल्ली नगर पालिका आदि रेडियो और समाचार पत्र-पत्रिकाओं में इस तरह के विज्ञापन देती रहती हैं कि साफ पानी नहीं मिल पाने के कारण होनेवाली बीमारियों से बचने के लिए दिल्ली जल बोर्ड द्वारा सप्लाई किए जानेवाले पानी का ही इस्तेमाल करें। पानी में कुनैन की गोली डालें या फिर उसे उबालकर पिएँ। इन विज्ञापनों में यह नहीं बताया जाता कि जब उनके घरों में पाइप और नलों से जल बोर्ड का पानी पहुँचता ही नहीं तो वे किस

तरह से इस पानी का इस्तेमाल कर सकेंगे? इसी दिल्ली के बहुत बड़े इलाके में रहनेवाले लोग आज भी पानी के लिए हैंडपंपों या टैंकरों पर ही निर्भर हैं। इन टैंकरों से कहने को साफ पानी की आपूर्ति की जाती है। रख-रखाव के अभाव में इन टैंकरों की हालत बेहद खराब होती है। उन पानी के टैंकरों की नियमित सफाई आदि किए जाने की सुचारु व्यवस्था नहीं है। उनके द्वारा आपूर्ति किया गया पानी वास्तव में पीने योग्य नहीं रह जाता है। दिल्ली जल बोर्ड के पास आवश्यकता के अनुसार अपने टैंकर उपलब्ध नहीं होते हैं। वह साल-दर-साल किराए पर लेकर इन टैंकरों का उपयोग करता है। इन टैंकरों पर लिखा रहता है कि पानी की एक-एक बूँद कीमती है। लेकिन दुर्भाग्य से इनसे लगातार पानी बहता हुआ कभी भी देखा जा सकता है। यही नहीं, इन पर यह भी लिखा रहता है कि पानी मुफ्त सप्लाई के लिए है। सप्लाई कभी मुफ्त नहीं होती। इनसे पानी लेनेवालों को नियमित भुगतान करने के लिए मजबूर होना पड़ता है। यह रकम 500 से 800 रुपए प्रति टैंकर और आवश्यकता के अनुरूप इससे भी कहीं ज्यादा हो सकती है। पानी ऐसी जरूरत है, जिसके लिए भुगतान किया जाना जरूरी है, क्योंकि वह तो रोज चाहिए। और जल में रहना है तो मगर से वैर करना ठीक नहीं।

पानी के लिए रतजगा और झगड़े

दिल्ली सरकार के आँकड़ों के अनुसार करीब 3.5 लाख लोग ऐसे हैं जो पानी के लिए तालाब, नदी-नाले या ऐसे ही किसी अन्य स्रोत पर निर्भर हैं। पीने के पानी की जरूरतों को पूरा करने के लिए घर की महिलाएँ घड़े, बालटी, अर्थ जरीकेन और अन्य तरह के डिब्बे लेकर दूर-दराज के इलाकों तक आती-जाती देखी जा सकती हैं। दिल्ली का एक बहुत बड़ा ऐसा भी इलाका है, जहाँ सप्ताह में कुछ ही दिन या कुछ घंटे ही पानी मिल पाता है। इसमें 'ग्रामीण दिल्ली' कहा जाने वाला लगभग सारा-का-सारा इलाका आता है। नई दिल्ली के वी.वी.आई.पी. इलाकों को छोड़ दिया जाए तो शहर का कोई भी इलाका ऐसा नहीं है, जहाँ नल में चौबीसों घंटे पानी आता है। बिना बूस्टर पंपों और टंकियों के इस्तेमाल के ऊपर की मंजिलों पर रहनेवालों को पीने का पानी मिल पाने का सवाल ही नहीं है। यह अलग बात है कि दिल्ली जल बोर्ड के कानून और नियमों के अनुसार बूस्टर लगाना गैर-कानूनी है। और ऐसा करनेवालों के खिलाफ काररवाई की जा सकती है। इसमें सजा और जुरमाना दोनों देना पड़ सकता है। आप मानें या न मानें, दिल्ली एक ऐसा शहर है जहाँ पानी ताले में रखा जाता है। पानी की चोरी होती है। एक-एक बालटी पानी के लिए झगड़े होते

हैं। थाना, चौकी और कचहरी तक भी जाते हैं। पी.सी.आर. के रिकॉर्ड में रात में होनेवाली घटनाओं में एक बड़ी संख्या इस तरह के अपराधों की भी है, हालाँकि इन्हें बाद में रफा-दफा कर दिया जाता है। पुलिस के परिवारजनों को भी इन समस्याओं से दो-चार होना पड़ता है। पानी के लिए टोंटियों और टैंकरों के सामने लाइनें लगती हैं। आधी रात को उठकर पानी भरना होता है। पानी कब आएगा, इसका घर की मालकिन को ही पता होता है। वह इस आनेवाले पानी के समय के प्रति उसी प्रकार संवेदनशील रहती है जिस प्रकार माँ को पता चल जाता है कि उसके नन्हे-मुन्ने बच्चे को कब क्या दिक्कत हो रही है। वह नींद में भी इस बात का पता लगा लेती है कि पानी आ रहा है। गरमी हो या सर्दी, उनींदी आँखों से पानी भरने के लिए बरतन लेकर तैयार हो जाती है। हाँ, घर के दूसरे सदस्य भी कभी-कभार उसकी मदद के लिए आगे आते हैं। घर की लाड़ली जरूर माँ का हाथ बँटाने के लिए हमेशा उठने को मजबूर रहती है। हाँ, कभी रतजगा, जो पूजा-अर्चना और शादी-ब्याह के लिए किए जाते थे, अब पानी भरने के लिए किए जाते हैं। दिल्ली के विकास के साथ दिल्लीवालों के लिए सामाजिक जीवन में आ रहे बदलावों का यह एक रोचक रूप कहा जा सकता है।

सुपर पावर, जिसकी राजधानी में पानी की बीमारियाँ होती है

21वीं सदी की दिल्ली दुनिया की सबसे तेजी से विकसित हो रही अर्थव्यवस्थावाले देश की राजधानी है। ऐसा कई बार हो चुका है, जबकि राष्ट्रपति भवन और प्रधानमंत्री निवास में भी पानी की आपूर्ति नहीं की जा सकी है। दिल्ली को विश्व स्तरीय शहर बनाए जाने के बार-बार वादे किए जा रहे हैं; लेकिन यहाँ हर साल हजारों लोगों को हैजा, पीलिया और आंत्रशोथ जैसी बीमारियाँ होती हैं। इन बीमारियों के कारण हर साल दर्जनों मौतें होती हैं। इन बीमारियों के होने का एक ही कारण यह रहा कि उन्हें पीने का साफ पानी उपलब्ध नहीं हो पाया। ये ऐसी बीमारियाँ हैं, जिन्हें आसानी से होने से रोका जा सकता है, बशर्ते कि पीने का साफ पानी उपलब्ध कराया जा सके। इन बीमारियों के आँकड़े ही यह साबित करने के लिए पर्याप्त हैं कि दिल्लीवालों को पीने का साफ पानी नहीं मिल रहा है। साफ पानी नहीं मिल पाने के कारण होनेवाली बीमारियों का सबसे बुरा असर समाज के गरीब और कमजोर वर्ग के लोगों पर पड़ता है। इन बीमारियों के इलाज पर होनेवाली लागत का बोझ सबसे कमजोर वर्ग को उठाना पड़ता है। बार-बार हैजा, डायरिया होने के कारण गरीब बस्तियों में रहनेवाले बच्चे बार-बार कुपोषण के शिकार होते रहते हैं। इस कारण उन्हें दूसरी

तरह की बीमारियाँ होती रहती हैं। इन बीमारियों के कारण उनकी मौत तक हो जाती है। मौत नहीं भी हो तो सही तरीके से शारीरिक और मानसिक विकास नहीं होने के कारण वे बड़े होने पर गला-काट प्रतियोगिता के दौर में मुकाबला नहीं कर पाने के कारण अकसर पिछड़ जाते हैं। कुपोषण के आँकड़े दिल्ली को अन्य विकासशील और विकसित देशों के प्रमुख शहरों से कहीं पीछे छोड़ देता है। किसी शहर को विकसित बनाने के लिए केवल सड़कों और फ्लाईओवरों का निर्माण ही बहुत नहीं कहा जा सकता। विकास के पैमाने में यह भी शामिल होता है कि उसकी अगली पीढ़ियों का विकास किस तरह से हो रहा है। बाल मृत्यु की दर क्या है?

प्रकृति की अमूल्य देन सँभाली जाए

अब वह समय आ गया है, जबकि हमें सोचना यह होगा कि प्रकृति से मुफ्त मिलनेवाली इस अमूल्य संपदा को कैसे सँभाला जाए, जिससे कि उसका अधिकतम इस्तेमाल किया जा सके। पानी अभी भी ऐसा जरूरी संसाधन है, जो इनसान ही नहीं जीव-जंतुओं, पेड़-पौधों सभी को चाहिए। पानी की कोई वैकल्पिक व्यवस्था नहीं की जा सकती। बीयर, वाइन या फिर बोतलबंद पानी हमारी जरूरतों को पूरा नहीं कर सकता। पानी के लिए तो प्रकृति पर सभी को समान रूप से निर्भर रहना होगा। इसलिए फ्लड कंट्रोल के विचार को दिमाग से निकालकर बाहर करना होगा। उसके स्थान पर यह सुनिश्चित करना होगा कि पानी को कैसे संरक्षित और पुनर्विकसित किया जाए। बेहतर तरीके से उसे कैसे उपयोग में लाया जाए। साल में एक-दो दिन के लिए आनेवाली बाढ़ एक सीमित समय के लिए समस्या हो सकती है। इसे अब एक चुनौती और समस्या के रूप में देखे जाने का समय नहीं रह गया है। इसे एक अवसर के रूप में देखा जाना होगा। मानसून के दौरान प्रकृति से मिलनेवाले पानी को किस प्रकार संरक्षित किया जाए, इसे जल संरक्षण व जल संवर्धन की एक चुनौती और एक अवसर के रूप में देखा तथा अपनाया जाना होगा। इसे एक चुनौती के रूप में स्वीकार करके निर्धारित लक्ष्यों को एक निश्चित समय के अंदर पूरा करना होगा।

परंपरागत जल स्रोत काम में लाने होंगे

दिल्ली के परंपरागत जल स्रोत इस काम में महत्त्वपूर्ण भागीदार बन सकते हैं। राजधानी के अब तक के विकास के बावजूद अभी भी शहर में इतने बाँध, तालाब, जोहड़, ताल-तलैया, बावड़ी और जल संरक्षण के अन्य संसाधन बचे हुए हैं, जो पानी को रोककर उसका इस्तेमाल करने में महत्त्वपूर्ण भूमिका निभा सकते हैं। यह सुनकर आपको आश्चर्य हो सकता है कि इस शहर में अभी भी इतने जल स्रोत बचे

हुए हैं कि दिल्ली को नदियों-झीलों और तालाबों का शहर कहा जा सकता है। दिल्ली को नदियों, तालाबों और झीलों का शहर का नाम दिए जाने से चौंकिए मत। वास्तव में ऐसा है। एक अनुमान के अनुसार, अभी भी दिल्ली में करीब 800 ऐसी झीलें, तालाब, जाहड़ आदि बचे हुए हैं, जो बरसाती पानी के संरक्षण में महत्त्वपूर्ण योगदान कर सकते हैं। विकास के लिए जमीन के ज्यादा-से-ज्यादा इस्तेमाल की हवस में हम उनकी कीमत नहीं पहचान रहे हैं। इन्हें कूड़ा-मलबा व मिट्टी से भरकर पाटा जा रहा है। उनपर मकान, दुकान और बस्तियाँ बसाई जा रही हैं। कल-कारखाने लगाए जा रहे हैं, स्कूल और मंदिर बनाए जा रहे हैं। उन तक पानी पहुँचने के रास्ते ही बंद किए जा रहे हैं। उनमें आस-पास की गंदगी भरी जा रही है। अदालती आदेशों के बाद ताल-तलैयों और तालाबों को फिर से बहाल करने के लिए सरकार अनेक योजनाएँ चला रही हैं। इस योजना पर जिस तरह से काम किया जा रहा है, उससे वास्तविक लक्ष्य पूरा नहीं हो पा रहा है। तालाबों के विकास पर हो रहे खर्च को इस तरह से नहीं किया जा रहा है कि उनमें बरसाती पानी इकट्ठा हो सके। तालाबों के किनारों को पक्का करने और उनमें सीढ़ियाँ आदि बनाने का काम तो हो रहा है, लेकिन अधिकतर मामलों में उन तक आस-पास का बरसाती पानी कैसे पहुँचेगा, इसकी ओर ध्यान नहीं दिया जा रहा है। नवनिर्मित और पुनर्विकसित तालाब देखने में तो अच्छे लगने लगे हैं, लेकिन उनमें पानी शायद टैंकरों से लाकर भरने के लिए सरकार अलग से योजना बनाएगी।

खो रही हैं झीलें, तालाब, कुएँ और नदियाँ

दिल्ली की नदियाँ समाप्त की जा रही हैं। दिल्ली में यमुना के अलावा और भी नदियाँ हैं, यह पढ़कर आश्चर्य मत कीजिए। वास्तविकता आज भी देखी जा सकती है। महाभारत काल में इंद्रप्रस्थ की प्यास यमुना बुझाती थी। आज भी इंद्रप्रस्थ के ध्वंसावशेष यमुना के किनारे जमीन में दबे पड़े हैं। उनके ऊपर बने शेरशाह और हुमायूँ के शहरों के प्रतीक तो आज भी दिखाई देते हैं। फिरोजशाह तुगलक

के शहर फिरोजाबाद के अवशेष आज भी यमुना के किनारे दिखाई देते हैं। दिल्ली के बसने की शुरुआत तो अरावली की पहाड़ियों की तलहटी और उनके ऊपर बनाने से हुई थी; लेकिन उस समय के शासकों ने दिल्ली की गरमी से बचने के लिए अपने शहरों और राजधानियों को यमुना के किनारे बसाकर इस गलती को ठीक करने का प्रयास किया। शाहजहाँ ने लाल किले को केंद्र मानकर जिस दिल्ली 'शाहजहाँनाबाद' का निर्माण किया था, वह भी ठीक यमुना के किनारे ही बसी थी। मुगल बादशाह ने केवल अपने शहर को यमुना के किनारे नहीं बसाया था। शहर के बसने के सैकड़ों साल पहले बनाई गई नहर को उसने पुनर्जीवित किया था। उसने अपने शहर की मुख्य सड़क और अपने किले के अंदर इस नहर से पानी की आपूर्ति की व्यवस्था की थी।

नहर ए भिश्त

मुगल बादशाह ने सैकड़ों मील दूर से पीने के पानी को उसके शहर में पहुँचानेवाले इस जलस्रोत को 'नहर ए भिश्त' का नाम दिया था। इस नहर के पानी का उपयोग पीने के लिए तो होता ही था, इसके अलावा इस पानी का उपयोग करके शहर और किले को हरा-भरा और शीतल बनाए रखा जाता था। उसके शहर के मुख्य बाजार चाँदनी चौक की पहचान में इस नहर और उसके किनारों पर लगाए गए पेड़ों की महत्त्वपूर्ण भूमिका थी। शाहजहाँ पानी की कीमत जानता-समझता था, इसीलिए उसने यह नहर फिर से उपयोग के लायक बनाई थी। इस नहर का निर्माण तो शाहजहाँनाबाद से बहुत पहले बसाए गए तुगलकों के शहर फिरोजाबाद में पीने के पानी की आपूर्ति करने के लिए किया गया था। शाहजहाँ से 300 साल पहले फिरोजशाह तुगलक द्वारा बसाए गए शहर फिरोजाबाद का किला और महल फिरोजशाह कोटला आज भी हैं। इस नहर का एक बड़ा हिस्सा अभी भी ईस्टर्न यमुना कैनाल के रूप में दिल्लीवालों को पीने के पानी की आपूर्ति में महत्त्वपूर्ण भूमिका निभा रहा है। खिलजियों की दिल्ली 'किलोकरी' का तो अब नाम ही रह गया है। यही स्थिति तुगलकों के शहर तुगलकाबाद और आदिलाबाद की है, जिनके आस-पास कभी झीलें हुआ करती थीं। अब उनपर वैध और अवैध कही जानेवाली बस्तियाँ बस गई हैं। वहाँ कल-कारखाने और यार्ड बना दिए गए हैं।

जल और जल स्रोत बचाएँ

बढ़ती आबादी, प्रदूषण व नदी में कूड़ा-कचरा भरने और शहर की गंदगी को बिना साफ किए बहाने की हमारी नादानी ने यमुना को नदी से नाला बना दिया है।

जब हमने यमुना जैसी पवित्र-पावन और 'यमुना मैया' कही जानेवाली नदी को ही जीवित नहीं रहने दिया तो अरावली की पहाड़ियों पर होनेवाली बारिश का पानी यमुना में पहुँचानेवाली उसकी सहायक लेकिन छोटी-मोटी नदियों को तो हम भला पहचान ही कैसे सकते हैं। इसलिए दिल्ली से होकर गुजरनेवाली इन बरसाती नदियों को भला हम कैसे पहचान पाएँगे? इन नदियों को तो हम नाला कहने लगे। उन्हें पाटकर उनकी जमीन का इस्तेमाल शहर के विकास के लिए पार्किंग से लगाकर मार्केट और न जाने क्या-क्या बनाकर करने लगे। दरअसल, पानी के प्रति हमारी असंवेदनशीलता के चलते ही ऐसा हुआ है। दिल्ली के अब से पहले के शासकों ने इन नदियों पर बाँध बनाकर उस समय की पानी की आवश्यकता की आपूर्ति की व्यवस्था की थी। उसके अवशेष आज भी देखे जा सकते हैं। विकास की जिस प्रकार की हमारी सोच है, उससे यह सिलसिला बदलने वाला भी नहीं लगता। दिल्ली से होकर गुजरनेवाली बरसाती नदियों को हमने नालों में बदल दिया है। इन्हें हम अब नालों के नाम से ही पहचानते हैं। अब उन्हें पाटकर उनकी जमीन के व्यावसायिक और अन्य इस्तेमाल के रास्ते तलाशे जा रहे हैं। यमुनापार में डिसयूज्ड कैनाल पर पहले ही सड़क बनाई जा चुकी है। 'दिल्ली हाट' अरावली की पहाड़ियों पर बरसनेवाले पानी को यमुना नदी तक पहुँचानेवाली बरसाती नदी के नाले में बदले रूप को ही पाटकर तो बनाया गया है। दस्तकारों को बाजार उपलब्ध कराने के अवसर के नाम पर विकसित इस विचार ने अब व्यवसायीकरण का रूप धारण कर लिया है। अब वास्तव में दस्तकार और कलाकारों की बजाय इसका ज्यादातर इस्तेमाल पहुँच और पैसा रखनेवाले व्यापारी ही विभिन्न नामों से कर पा रहे हैं। इसी प्रकार से नालों की जमीन पर सड़कें बनाने और उसे अन्य तरीकों से रिक्लेम करके उसके कॉमर्शियल और अन्य तरीकों से उपयोग करने के विभिन्न विकल्पों पर विचार किया जा रहा है। दिल्ली के विकास के लिए इस प्रकार के कंक्रीट के जंगलों का विकास आवश्यक है। जल भी उसी मानव के लिए उतना ही आवश्यक है जितना कि अन्य विकास। इसलिए आवश्यकता जल-संरक्षण के संसाधन के रूप में कभी नदी से नालों में बदल गई इस जमीन की कीमत समझने और उसका उपयोग फिर से बहाल करने की है।

सिर्फ सरकार के बस की बात नहीं

राजधानी में पानी की बरबादी, पानी की कमी की समस्या एक बड़ा कारण है। इसे रोका जा सकता है। पानी की बरबादी को रोकने के लिए सबसे ज्यादा जरूरी है उसके प्रति संवेदनशीलता, उसकी कीमत और अहमियत समझने की। यह काम

सिर्फ सरकार का नहीं है। इसमें सबको समान रूप से भागीदारी निभानी होगी। इसलिए जरूरी यह है कि हम जानें कि पानी कितना है, कहाँ है और कैसे बरबाद हो रहा है! इस बरबादी को कैसे रोका जा सकता है? इस बरबादी को रोकने में भागीदार बनें। इस काम में हर कोई भागीदारी कर सकता है। इसकी शुरुआत अपने आपसे होती है। पानी एक अधिकार है, लेकिन कर्तव्य भी। अधिकार चाहिए तो कर्तव्य भी निभाना होगा। आवश्यकता पानी के संरक्षण और उससे लोगों को जोड़ने की है। यह पुस्तक इसी दिशा में एक प्रयास है। यह काम सिर्फ सरकार और उसकी एजेंसियों का नहीं है। पानी बचाने के इस महायज्ञ में हम सबको भागीदारी निभानी होगी। धर्मगुरुओं, वैज्ञानिकों, राजनेताओं और मीडिया को इस क्षेत्र में महत्त्वपूर्ण योगदान करना होगा, तभी यह काम पूरा हो सकेगा। वरना पानी नहीं होने के भयावह परिणाम सामने आएँगे। और उन परिणामों को सभी को समान रूप से भुगतना होगा। प्लास्टिक की बोतलों में बंद रासायनिक पानी सभी की जरूरतों को पूरा करने में समर्थ नहीं है। भले ही कुछ लोगों के लिए यह लाभ का सौदा हो सकता है। कुछ लोगों के लिए पानी पीने की दैनिक जरूरत पूरी करने के लिए इसको खरीदना उनकी मजबूरी हो।

क्लीन दिल्ली, ग्रीन दिल्ली से पहले ब्लू दिल्ली

दिल्ली में जमीन के अंदर पानी का स्तर लगातार गिरता जा रहा है। जमीन के अंदर से निकलनेवाले पानी में खतरनाक रासायनिक पदार्थ मिल रहे हैं। यही नहीं, उसमें पाए जानेवाले रसायनों की मात्रा का स्तर भी लगातार बढ़ता जा रहा है। इससे इस बात के प्रमाण मिलते हैं कि जमीन के अंदर के पानी का स्तर कहाँ पहुँच चुका है! इसे रोकने के लिए तत्काल कदम उठाए जाने की आवश्यकता है। रेन वाटर हार्वेस्टिंग अभी तक चर्चा का विषय ही बन पाया है। इसे जिस तरह से प्रभावकारी तरीके से लागू किया जा सकता है और अभी जिस तरह से लागू किया जा रहा है, उससे कुल उपलब्ध पानी का एक बहुत मामूली हिस्सा ही जमीन के अंदर पहुँचाने में सफलता मिल पा रही है। 'ग्रीन दिल्ली–क्लीन दिल्ली' नारा तो बहुत अच्छा है। बिना पानी के तो यह बस एक नारा ही रह जाएगा। इस नारे को यदि कार्यरूप दिया जाना है तो यह सोचना होगा कि इसे कार्यरूप कैसे दिया जाएगा? पानी के बिना दिल्ली को क्लीन और ग्रीन रख पाना संभव होगा क्या और होगा तो यह कैसे होगा? इसलिए इस नारे में 'ब्लू दिल्ली' यानी जल–संरक्षण और पुनर्विकास को भी जोड़ा जाना आवश्यक है। वास्तविकता तो यह है कि दिल्ली ब्लू होगी तो ही वह क्लीन और ग्रीन रह पाएगी। पानी को सिर्फ इनसान की आवश्यकता के नजरिए से ही नहीं

बल्कि संपूर्ण जीव-जंतु, पेड़-पौधों और जैव विविधता की आवश्यकता के नजरिए से देखा जाना चाहिए। आप्रवासी पक्षियों की घटती संख्या पेड़-पौधों, वनस्पतियों और विभिन्न प्रकार के जीव-जंतुओं एवं प्राणियों के विलुप्त होते जाने से इस बात के पर्याप्त संकेत मिल रहे हैं कि दिल्ली के नक्शे से नीला रंग कम हो रहा है। केवल एक या दो बायोडायवर्सिटी पार्क बना देने से समस्या का समाधान निकाला जा सकना संभव नहीं है। इसके संरक्षण के लिए दिल्ली को पहले ब्लू बनाना होगा, यानी बरसाती पानी के रूप में प्रकृति-प्रदत्त जल का संरक्षण किया जाना जरूरी होगा। यह जिम्मेदारी हम सबकी है।

पानी बिच मीन पियासी रे

दिल्ली में पानी की कमी की स्थिति मुझे संत कबीर की वाणी की याद दिलाती है—'पानी बिच मीन पियासी रे, मोहि सुनि-सुनि आवत हाँसी रे। घर में बस्तु नजर नहीं आवत, बन-बन फिरै उदासी रे। आत्मज्ञान बिना जग सूना रूप में क्या मथुरा क्या काशी रे। पानी बीच मीन पियासी रे।' दिल्ली के राजधानी के एक सौ साल पूरे होने के अवसर पर आयोजित समारोहों के बीच पानी के महत्त्व को भुलाया नहीं जाना चाहिए। अतीत के राजनीतिक और प्रशासनिक व्यवस्थापकों ने पानी के महत्त्व को 21वीं सदी की दिल्ली के नेताओं और प्रशासकों से शायद बेहतर समझा-बूझा था, उसका उपयोग सुनिश्चित करने के लिए प्रयास किए थे। अतीत के ये जलस्रोत हमें भविष्य की ओर संकेत देते हैं। यह याद दिलाते हैं कि अब से करीब 1,300 साल पहले 723 ई. में बसी एक दिल्ली, जिसे आज हम 'अनंगपुर' के नाम से जानते हैं, पानी के बिना उजड़ गई थी। उस समय के शहर के निवासियों को पीने के पानी की आपूर्ति करने के लिए बनाए गए बाँध के अवशेष दिल्ली-हरियाणा सीमा के पास आज के चार्मवुड विलेज से कुछ दूरी पर अभी भी देखे जा सकते हैं। पानी के बिना वैसा फिर कभी न हो, ऐसी मेरी आशा और विश्वास है। लेकिन इसके लिए सामूहिक रूप से आज और अभी से काम शुरू किया जाना होगा।

□

दिल्ली में पानी की कहानी

दिल्ली में आज भी पानी और इसकी आपूर्ति की स्थिति खराब है। आनेवाले दिनों में इसके और भी बिगड़ने के आसार हैं। इससे न केवल दिल्ली में रहनेवालों के जनजीवन पर बुरा असर पड़ रहा है, यही स्थिति जारी रही तो इसका प्रभाव पूरी अर्थव्यवस्था पर भी पड़ेगा। दिल्ली में पानी की कमी की स्थिति के दो मुख्य कारण हैं—एक तो माँग और पूर्ति के बीच का अंतर है, दूसरे वितरण व्यवस्था इस प्रकार की है कि शहर के एक हिस्से में रहनेवालों को इतना पानी मिलता है कि वे अपने वाहनों को धोने से लेकर घरों के लॉन सींचने तक पीने के पानी का इस्तेमाल करते हैं। दूसरी तरफ ऐसी स्थिति है कि उन्हें जरूरत भर का साफ पानी नहीं मिल पाता। दिल्ली की एक-तिहाई आबादी ऐसी है, जिसे पीने के पानी के लिए हैंडपंप और बोरिंग पर निर्भर रहना पड़ता है तो दूसरी ओर टैंकरों से पानी लेने या फिर महँगा बोतलबंद पानी खरीदने के लिए मजबूर होना पड़ता है। एक ओर स्थिति यह है कि बरसाती पानी को किसी भी प्रकार शहर में रुकने न दिया जाए और न आने दिया जाए, इसके लिए काम किया जाता है, जबकि दूसरी ओर जमीन के अंदर से पानी निकालकर उसका अंधाधुंध उपयोग किया जा रहा है। इसका परिणाम यह हो रहा है कि वह दिन दूर नहीं, जब जमीन के अंदर पानी की उपलब्धता रह ही नहीं जाएगी।

पानी की कमी से अर्थव्यवस्था का विकास प्रभावित होगा

दिल्लीवालों की आज सबसे बड़ी समस्या है—पानी की कमी। इस कमी का एक प्रमुख कारण है—पानी की बरबादी और इसका अधिकतम इस्तेमाल न किया जा पाना। इससे निपटने के लिए आज कदम नहीं उठाए गए तो आनेवाले समय में यह हमारे लिए सबसे बड़ी चुनौती होगी। अमेरिकी विदेश विभाग ने कहा

है कि वर्ष 2025 तक दुनिया के दो-तिहाई देशों में पानी की किल्लत हो जाएगी, जबकि एशिया और खासतौर पर भारत में 2020 तक ही ऐसा होने की आशंका है। विशेषज्ञों ने अनुमान लगाया है कि दुनिया के करीब दो-तिहाई देशों में पानी की किल्लत हो जाएगी। इसे अधिक पानी की माँग या खराब गुणवत्तावाले जल के चलते इसके सीमित मात्रा में इस्तेमाल के तौर पर देखा जा सकता है। एशिया में यह समस्या कहीं अधिक विकराल होगी। 'प्रथम तिब्बत पर्यावरण फोरम' की बैठक में बताया गया कि भारत में 2020 तक पानी की किल्लत होने की आशंका है, जिससे अर्थव्यवस्था की रफ्तार पर असर पड़ेगा। तिब्बत के पठार पर मौजूद हिमालयी ग्लेशियर समूचे एशिया में 1.5 अरब से अधिक लोगों को मीठा पानी उपलब्ध कराते हैं। इस ग्लेशियर में से नौ नदियों को पानी की आपूर्ति होती है, जिनमें गंगा और ब्रह्मपुत्र नदियाँ शामिल हैं। इन नदियों से अफगानिस्तान, पाकिस्तान, भारत, नेपाल और बँगलादेश में जलापूर्ति होती है। जलवायु परिवर्तन और ब्लैक कार्बन जैसे प्रदूषक तत्त्वों के कारण हिमालय के कई ग्लेशियरों पर जमी बर्फ की मात्रा को घटा दिया है। विशेषज्ञों का मानना है कि वर्तमान सिलसिला जारी रहा तो इनमें से कुछ सदी के अंत तक निश्चित रूप से खत्म हो जाएँगे। ग्लेशियरों पर जमी बर्फ की मात्रा घटने से लाखों लोगों की जलापूर्ति पर असर पड़ेगा। इससे बाढ़ का खतरा पैदा हो सकता है, जिससे जान-माल को भारी हानि होगी। इससे तटीय इलाकों में रहनेवाले लोगों को खतरे का सामना करना पड़ेगा। जलवायु परिवर्तन की वजह से तापमान में बढ़ोतरी होगी। इससे वसंत और गरमियों के मौसम में होनेवाली बारिश का खतरा बढ़ सकता है।

पानी की कमी आज भी है और कल भी रहेगी

दुनिया की सबसे तेजी से बढ़ रही अर्थव्यवस्थावाले देश की राजधानी में रहने के बावजूद करीब एक-तिहाई लोगों को उनकी जरूरत का पर्याप्त साफ पानी आज भी नहीं मिल पा रहा है। दिल्ली की आबादी 2 करोड़ का आँकड़ा पार कर चुकी है। हर साल इसमें औसतन 5 लाख लोग और जुड़ते जा रहे हैं। 2021 तक इसके 2.25 करोड़ से भी अधिक हो जाने का अनुमान लगाया गया है। इस रफ्तार से आबादी बढ़ते जाने के कारण आनेवाले समय में दिल्ली में पानी की आपूर्ति की स्थिति और भी गंभीर रूप धारण करेगी। इस समय सरकारी आँकड़ों के अनुसार, दिल्ली में पानी की माँग 990 एम.जी.डी. का आँकड़ा पार कर चुकी है। दिल्ली जल बोर्ड की पानी की आपूर्ति की स्थापित क्षमता 805 मिलियन गैलन प्रतिदिन

है। यानी सरकार स्वयं मानती है कि 185 मिलियन गैलन प्रतिदिन पानी की कमी है। दिल्ली जल बोर्ड के काम-काज की समीक्षा करने के बाद कंट्रोलर ऑडीटर जनरल ने अप्रैल 2008 में दिल्ली विधानसभा में पेश की गई अपनी रिपोर्ट में कहा था कि राजधानी में पीने के पानी की माँग 1050 मिलियन गैलन प्रतिदिन है। वास्तविक उत्पादन केवल 780 मिलियन गैलन प्रतिदिन है। यह कमी कितनी है, आम बोलचाल की भाषा में इसका अनुमान इस प्रकार से लगाया जा सकता है कि आप अपने घर में दूध लाने के लिए जिस बालटी का इस्तेमाल करते हैं, उसकी क्षमता 1 से 2 लीटर तक की होती है। घर में इस्तेमाल होनेवाले पानी की बालटी 10 लीटर या 20 लीटर क्षमता की होती है। घर में पानी भरकर रखने के लिए आमतौर पर इस्तेमाल किए जानेवाले ड्रम की क्षमता 250 लीटर तक की होती है। दिल्ली में पानी की खपत और आपूर्ति आदि का हिसाब-किताब लीटर की बजाय गैलन में रखे जाने की परंपरा है। अब यदि आप लीटर को गैलन और खासकर के ब्रिटेन में इस्तेमाल किए जानेवाले गैलन के आधार पर नापना चाहें तो आपको लीटर को गैलन में बदलकर लिखना होगा। 1 लीटर को यदि ब्रिटिश गैलन में नापना चाहें तो फॉर्मूला यह होगा। 1 लीटर =0.219976 गैलन। इस प्रकार मोटे तौर पर कह सकते हैं कि 1 गैलन का मतलब होगा करीब 4.5 लीटर। 1 मिलियन का मतलब होता है 10 लाख। इस आधार पर यदि देखना चाहें तो कह सकते हैं कि दिल्ली में प्रतिदिन 8,500 लाख गैलन पानी की आपूर्ति की जाती है।

आबादी बढ़ेगी तथा माँग और अपूर्ति का अंतर भी

अनुमान लगा सकते हैं कि आनेवाले महीनों और वर्षों में जब यह अंतर आज से करीब तीन गुना हो जाएगा तो लोगों को उनकी जरूरत का कितना पानी वास्तव में मिल सकेगा! शहरीकरण की अधिक तेज दर और जनसंख्या में हो रही लगातार वृद्धि को राजधानी में पानी की कमी का एक प्रमुख कारण कहा जा सकता है। दिल्ली में वर्तमान जनसंख्या के लिए करीब 1,140 एम.जी.डी. पानी की जरूरत है। ताजा आँकड़ों के अनुसार पानी की उपलब्धता के अनुसार 825 एम.जी.डी. पानी ही उपलब्ध हो रहा है। इस प्रकार इस समय दिल्ली में पानी की आपूर्ति और माँग के बीच करीब 315 एम.जी.डी. का अंतर है। माँग और अपूर्ति के बीच का यह अंतर तब है जबकि करीब 200 एम.जी.डी. पानी जमीन के अंदर से निकालकर रोजाना इस्तेमाल किया जा रहा है। ये आँकड़े केवल जल बोर्ड द्वारा जमीन से निकाले जानेवाले पानी के हैं। निजी तौर पर खेती-किसानी सिंचाई और अन्य कामों

के लिए जितना पानी निकाला जा रहा है, उसका हिसाब-किताब इस आँकड़े में शामिल नहीं है। राजधानी के तेज गति से हो रहे आर्थिक विकास और आर्थिक गतिविधियों के विस्तार की तेज गति के कारण घरेलू, औद्योगिक, कृषि, मनोरंजन इत्यादि के लिए पानी की माँग लगातार बढ़ रही है। माँग और आपूर्ति के बीच बढ़ रहे अंतराल के कारण राजधानी के निवासियों को पानी की कमी का सामना करना पड़ रहा है। दिल्ली जल बोर्ड शहर के तीव्र विकास के हिसाब से पानी की आपूर्ति में बढ़ोतरी कर पाने में सफल नहीं रहा है, क्योंकि जल आपूर्ति का आधारभूत ढाँचा माँग के अनुरूप नहीं बन सका है। ऐसा तब हो रहा है जब 2021 के मास्टर प्लान के दस्तावेज में कहा गया है कि दिल्ली में उसकी जरूरत से कहीं ज्यादा पानी उपलब्ध है। दस्तावेज में माना गया है कि पानी की कमी का मुख्य कारण असमान वितरण और इसकी बरबादी है। कंट्रोलर ऑडीटर जनरल ने कहा है कि जल बोर्ड पानी के वितरण की व्यवस्था हेतु पश्चिम, उत्तर-पश्चिम तथा दक्षिण व पश्चिम दिल्ली में भूमिगत रिजरवायर तथा बूस्टर पंपिंग स्टेशनों के निर्माण को समय पर पूर्ण कर पाने में विफल रहा है।

जनसंख्या में बढ़ोतरी का पानी की उपलब्धता पर प्रभाव

पानी की आपूर्ति की स्थिति को जनसंख्या के आँकड़ों के आधार पर भी देखा जा सकता है। देश में हर 10 साल बाद जनगणना की जाती है। उसके आधार पर आनेवाले वर्षों की स्थिति का अनुमान लगाया जाता है। पिछली बार जनगणना वर्ष 2001 में की गई थी। 2011 में जनगणना कराई जा रही है। उसके आँकड़े आनेवाले वर्षों में उपलब्ध हो सकेंगे। तब पता चल सकेगा कि राजधानीवालों के लिए वास्तव में कितना पानी मिल पा रहा है। 2001 की जनगणना के अनुसार, दिल्ली में 25 लाख 54 हजार परिवार थे, जिनमें से सिर्फ 19 लाख 24 हजार परिवार ही ऐसे थे जिनके घरों में नलों से पानी सप्लाई किए जाने की व्यवस्था की जा सकी थी। करीब 5 लाख 60 हजार परिवारों को ट्यूबवेल, गहरे बोरवाले हैंडपंपों, सार्वजनिक नलों से पानी की सप्लाई किए जाने की व्यवस्था थी। इन आँकड़ों के अनुसार, करीब 2.76 प्रतिशत परिवार, यानी 70 हजार परिवार ऐसे थे, जो पीने के पानी के लिए कुओं, नदी, तालाब, नहर आदि पर निर्भर थे। दिल्ली में औसतन एक परिवार में 5 सदस्य होते हैं। इस प्रकार कह सकते हैं कि 21वीं सदी की दिल्ली में रहनेवाले 3.5 लाख लोग कुएँ, नदी, तालाब, नहर आदि का पानी पीने के लिए मजबूर हैं। दिल्ली की आबादी बढ़ने और दिल्ली शहर के तेजी से विकास के कारण अब ऐसे लोगों की संख्या और भी बढ़ जाने का अनुमान है।

सरकार भी मानती है कि पानी की कमी है

दिल्ली जल बोर्ड की अध्यक्ष और मुख्यमंत्री श्रीमती शीला दीक्षित भी मानती हैं कि राजधानी में इस समय भी पानी की कमी है। दिल्ली विधानसभा के 2011 के बजट सत्र में मुख्यमंत्री ने माना कि राजधानी में पानी की कमी है और वितरण व्यवस्था में सुधार के लिए उनकी सरकार निजी कंपनियों को इस कारोबार में शामिल किए जाने के लिए तैयार है। इस बारे में आम सहमति बनाने के लिए प्रयास किए जा रहे हैं। सभी पक्षों से राय लेने के बाद ही इस बारे में कोई अंतिम फैसला लिया जाएगा। उन्होंने कहा कि इस समय करीब 100 मिलियन गैलन प्रतिदिन की कमी है। सरकार इस अंतर को पूरा करने के लिए विभिन्न विकल्पों पर विचार कर रही है। उन्होंने सदन को बताया कि केंद्र सरकार ने दिल्ली की पीने के पानी की समस्या के समाधान और मुनक कैनाल से राजधानी को उसके हिस्से का पानी दिलाने के लिए एक 'ग्रुप ऑफ मिनिस्टर्स' का गठन किया है। दिल्ली सरकार अपने हिस्से का पानी हासिल करने के लिए लगातार प्रयास कर रही है तथा वह इसमें और भी तेजी लाएगी।

पानी की आपूर्ति की विषमताएँ

यदि पानी की प्रति व्यक्ति उपलब्धता को लीटर में आँका जाए तो अनुमान है कि दिल्ली में प्रति व्यक्ति 232 लीटर पानी उपलब्ध कराने की क्षमता है। इसके वितरण में भारी क्षेत्रीय असंतुलन है। राजधानी के कुछ इलाकों, खासकरके नई दिल्ली में रहनेवाले लोगों को 450 लीटर प्रति व्यक्ति की दर से पानी उपलब्ध कराया जा रहा है। इस इलाके में दिल्ली की कुल आबादी के 5 प्रतिशत से भी कम लोग रहते हैं, जबकि कुछ हिस्सों में 30 लीटर प्रति व्यक्ति की दर से ही पानी उपलब्ध हो पा रहा है। नई दिल्ली पालिका परिषद् अब सप्ताह में सातों दिन और चौबीसों घंटे पानी की सप्लाई करने की एक योजना पर काम कर रही है। ऐसा तब हो रहा है जब राजधानी के बहुत बड़े इलाके में आधा घंटा भी पानी की सप्लाई नहीं हो पाती है। जल बोर्ड के ही आँकड़ों के अनुसार, महरौली और नरेला जोन में सिर्फ 29 और 31 लीटर प्रति व्यक्ति प्रतिदिन पानी की आपूर्ति हो पा रही है, जबकि छावनी बोर्ड में 509 लीटर प्रति व्यक्ति प्रतिदिन की दर से पानी की आपूर्ति की जा रही है। करोल बाग जोन में 337 लीटर प्रति व्यक्ति पानी की आपूर्ति की जा रही है। जल बोर्ड मानता है कि उसके द्वारा उपलब्ध कराए गए पानी का करीब 15 प्रतिशत पानी बरबाद हो जाता है, जबकि करीब 40 प्रतिशत चोरी हो जाता है।

इस आँकड़े पर पहुँचने के लिए दिल्ली जल बोर्ड द्वारा उपलब्ध कराए गए पानी और उसके द्वारा पानी की सप्लाई के बदले में वसूले जानेवाले पैसे के अंतर को आधार बनाया गया है। कुछ विशेषज्ञ एक और उदाहरण यह देते हैं कि दिल्ली में कुल उपलब्ध कराए गए पानी का एक-चौथाई से भी कम पानी खाना बनाने व पीने आदि के काम आता है। बाकी पानी का इस्तेमाल धुलाई आदि के लिए किया जाता है। दिल्ली में पीने के लिए सप्लाई किए जानेवाले पानी का करीब 70 प्रतिशत पानी सरफेस वाटर के रूप में इस्तेमाल होता है। पानी की जरूरत सिर्फ पीने के लिए ही नहीं है, उद्योग, व्यापार और दूसरे संस्थानों को भी पानी चाहिए। इसके अलावा दिल्ली के विभिन्न इलाकों में पानी के वितरण में बहुत अधिक असमानता भी है। नई दिल्ली में रहनेवालों को उनकी जरूरत से कहीं ज्यादा पानी की सप्लाई की जाती है, जबकि बाहरी दिल्ली में रहनेवालों को उनकी जरूरत का एक हिस्सा भी नहीं मिल पाता है। वर्ष 2010 में दिल्ली में होनेवाले राष्ट्रमंडल खेलों से पहले राजधानी को विश्व स्तर का शहर बनाए जाने के लिए विभिन्न तरह की विकास योजनाएँ लागू किए जाने का दावा किया गया। इन खेलों के आयोजन हो जाने के बाद भी राजधानी में पानी की माँग और आपूर्ति का अंतर बना हुआ है। हाँ, यह अलग बात है कि कॉमनवेल्थ गेम्स विलेज के निवासियों के लिए 1 मिलियन गैलन प्रतिदिन क्षमता का एक प्लांट बनाया गया। इसे खेल शुरू होने के पहले जून 2010 में चालू कर दिया गया। बाद में इस संयंत्र की पूरी क्षमता का उपयोग नहीं किया जा सका। लगभग ऐसी ही स्थिति नांगलोई वाटर ट्रीटमेंट प्लांट की थी। वर्ष 2011 तक यह यंत्र अपनी स्थापित क्षमता का आधा भी उपयोग कर पाने की स्थिति में नहीं था, क्योंकि इसके लिए कच्चा पानी ही उपलब्ध नहीं हो पा रहा था। 20 एम.जी.डी. क्षमतावाले इस प्लांट, नांगलोई, नजफगढ़ से द्वारका और पश्चिमी और दक्षिणी-पश्चिमी दिल्ली के विभिन्न इलाकों में पीने के पानी की आपूर्ति की व्यवस्था की गई है। इंदिरा गांधी इंटरनेशनल एयरपोर्ट को भी इसी संयंत्र से पानी की आपूर्ति की जाती है।

कच्चा पानी-पक्का पानी

सरकारी आँकड़ों के अनुसार वर्ष 2011 में दिल्ली में 220 एम.जी.डी. पानी की कमी रहेगी। सरकार स्वीकार करती है कि इस समय दिल्ली में पानी की माँग और आपूर्ति में 85 एम.जी.डी. यानी मिलियन गैलन प्रति दिन का अंतर है। पानी की माँग के इस आँकड़े पर पहुँचते समय इस बात को ध्यान में नहीं रखा गया है

कि घरों के लॉन और पार्कों की सिंचाई तथा खेतीबाड़ी के लिए कितने पानी का इस्तेमाल किया जा रहा है। इन कामों के लिए भी जल बोर्ड द्वारा सप्लाई किए जानेवाले पानी के ही एक हिस्से का इस्तेमाल किया जाता है। ऐसा इसलिए होता है, क्योंकि इन कार्यों के लिए अलग से किसी प्रकार के अतिरिक्त पानी की सप्लाई की कोई व्यवस्था नहीं है। नई दिल्ली और दक्षिणी दिल्ली के विभिन्न इलाकों में सिंचाई आदि के लिए कच्चे पानी की सप्लाई की व्यवस्था की गई थी; लेकिन बाद में यह व्यवस्था काम करने की स्थिति में नहीं रह गई, क्योंकि उसकी नियमित मरम्मत आदि का इंतजाम नहीं किया जा सका। इसलिए अब सिंचाई आदि के कामों के लिए जल बोर्ड द्वारा सप्लाई किए जानेवाले कितने पानी का इस्तेमाल किया जा रहा है, इसकी जानकारी देने के लिए आँकड़े उपलब्ध नहीं हैं। एक अनुमान के अनुसार, जल बोर्ड द्वारा सप्लाई किए जानेवाले पीने के पानी के करीब 40 प्रतिशत का ही इस्तेमाल पीने के लिए किया जाता है। बाकी पानी का इस्तेमाल घरों की सफाई, कपड़े-बरतन की धुलाई और फ्लश करने के लिए किया जाता है। इसके बावजूद पानी की आपूर्ति में माँग और आपूर्ति के बीच 85 एम.जी.डी. के सरकारी आँकड़ों से इस अंतर की स्थिति से आप अच्छी तरह अवगत हैं।

कॉमनवेल्थ गेम्स विवादों के घेरे में

इन खेलों का आयोजन भारी भ्रष्टाचार और सरकारी पैसे के दुरुपयोग के कारण विवादों के घेरे में है। सी.बी.आई. और अन्य सरकारी एजेंसियाँ भ्रष्टाचार के इन मामलों की जाँच कर रही हैं। यह जाँच आयोजनकर्ताओं के सर्वोच्च अधिकारियों तक को जेल की हवा खाने के लिए मजबूर कर रही है। भ्रष्टाचार के इन मामलों को जानने-समझने के लिए एक अलग किताब की आवश्यकता होगी। यह विषय इस पुस्तक के दायरे में नहीं लिया जा रहा है। इन खेलों के लिए एक-एक एम.जी.डी. क्षमतावाले जल संयंत्र और सीवेज डिस्पोजल संयंत्र बनाए गए थे।

अब इनका इस्तेमाल शहर की बढ़ती जरूरतों को पूरा करने के लिए किए जा सकने की संभावना है, लेकिन विवादों के चलते ऐसा कब हो पाएगा, फिलहाल यह कह पाना बहुत मुश्किल है। जल बोर्ड के आँकड़ों के अनुसार, वर्ष 2011 के अंत तक दिल्ली में पानी की माँग बढ़कर 1,140 एम.जी.डी. तक पहुँच जाने का अनुमान है। इस समय बोर्ड जितनी योजनाओं पर काम कर रहा है, यदि वे सब समय पर पूरी हो भी जाएँ तो भी दिल्ली में 919 एम.जी.डी. पानी की ही आपूर्ति की व्यवस्था हो पाने का अनुमान है। जल बोर्ड के काम-काज की समीक्षा के

आधार पर कंट्रोलर और ऑडीटर जनरल (सी.ए.जी.) ने कहा था कि बोर्ड ने पानी की आपूर्ति में बढ़ोतरी के लिए बड़ी संख्या में योजनाएँ तो बनाईं, लेकिन अधिकतर योजनाएँ निर्धारित समय से पूरी नहीं हो पाईं, इसलिए शहर में पानी की कमी की स्थिति और भी जटिल हो गई है।

जल बोर्ड क्षमता से ज्यादा पानी सप्लाई करता है

दिल्ली जल बोर्ड का दावा है कि वह अपनी स्थापित क्षमता से कहीं अधिक जल की आपूर्ति करता है। देश में वह अपने किस्म का पहला सरकारी संगठन है, जो कि स्थापित क्षमता से कहीं ज्यादा आपूर्ति का दावा कर रहा है। वरना सरकारी क्षेत्र के संगठन स्थापित क्षमता के एक हिस्से का ही उत्पादन करते देखे गए हैं। दिल्लीवालों को पानी उपलब्ध कराने की जिम्मेदारी जल बोर्ड की है। दिल्ली छावनी और नई दिल्ली नगर पालिका परिषद् के इलाके में जल बोर्ड सीधे पानी की सप्लाई नहीं करता है, बल्कि वह मिलिट्री इंजीनियरिंग सर्विस को छावनी इलाके के लिए और नई दिल्ली पालिका परिषद् को नई दिल्ली के इलाकों के लिए थोक में पानी की सप्लाई करता है। फिर ये संगठन अपने-अपने इलाके में पानी की आपूर्ति की जिम्मेदारी सँभालते हैं। बाकी इलाकों में जल आपूर्ति का काम बोर्ड खुद करता है। अब वह इस काम में निजी कंपनियों को शामिल करने के लिए प्रयास कर रहा है। दिल्ली में डी.डी.ए. द्वारा विकसित किए गए कुछ इलाकों में पानी की आपूर्ति का काम डी.डी.ए. तब तक करता है जब तक कि उस इलाके को विकास की प्रक्रिया पूरी हो जाने के बाद दिल्ली नगर निगम के हवाले नहीं कर दिया जाता। दिल्ली में इस समय जल आपूर्ति की व्यवस्था किस तरह काम कर रही है, इसका अनुमान इस बात से लगाया जा सकता है कि करीब 46 प्रतिशत आबादी ऐसी है, जिनके घरों में पानी पाइप के जरिए नहीं पहुँच पाता।

दिल्ली जल बोर्ड के जल संयंत्र और उनकी क्षमता पर एक नजर डाल लेते हैं। दिल्ली जल बोर्ड की सर्वाधिक क्षमतावाला जल संयंत्र है हैदरपुर। इस जल संयंत्र की क्षमता 200 एम.जी.डी. की है। इसके बाद बारी आती है सोनिया विहार जल संयंत्र की। इसकी क्षमता है 140 मिलियन गैलन। इसके बाद नंबर आता है वजीराबाद का। इस जल संयंत्र की 120 एम.जी.डी. पानी की सप्लाई की क्षमता है। गोकुल पुरी के पास भागीरथी जल संयंत्र की क्षमता 100 एम.जी.डी. की है। इसके अलावा चंद्रावल 90 एम.जी.डी. नांगलोई 40 और बवाना जल संयंत्र की क्षमता 20 एम.जी.डी. की है। इन जल संयंत्रों के अलावा बोर्ड रैनीवेल और नलकूपों से रोजाना 100

एम.जी.डी. पानी की आपूर्ति की क्षमता रखता है। जल बोर्ड के इस दावे को यदि सच मान भी लिया जाए तो भी वह आज भी दिल्लीवालों को उनकी आवश्यकता के अनुसार पानी दे पाने में सक्षम नहीं है, न ही फिलहाल उसका विकास इस तरह से हो पा रहा है कि वह आनेवाले वर्षों और दशकों में इस स्थिति में पहुँच पाएगा कि सभी दिल्लीवालों को उनकी जरूरत का पर्याप्त पानी उपलब्ध करा सके।

पानी की आपूर्ति की व्यवस्था

पानी की उपलब्धता के सरकारी आँकड़ों को एक ओर रखकर देखा जाए तो वास्तव में दिल्ली को उसकी माँग के अनुरूप पानी उपलब्ध कराने की कभी व्यवस्था की ही नहीं जा सकी। दिल्ली में पानी की आपूर्ति की व्यवस्था माँग और आपूर्ति के क्लासिकल अंतर को स्पष्ट करती है। विशेषज्ञ मानते हैं कि जनसंख्या ज्यॉमेट्रिकल दर यानी दो, चार, आठ, सोलह बत्तीस, की दर से बढ़ती है; जबकि इन्फ्रास्ट्रक्चर फैसेलिटी मैथमेटिकल यानी एक, दो, तीन, चार की दर से बढ़ती है। दिल्ली इसका सबसे बढ़िया उदाहरण है। पानी को साफ करके उसकी आपूर्ति की व्यवस्था के विकास पर एक नजर डाल लेते हैं। सन् 1956 में दिल्ली में पानी को साफ करके उसकी सप्लाई करने की क्षमता 66 एम.जी.डी. थी, जो कि 1979 में बढ़कर 240 मिलियन गैलन प्रतिदिन हो गई थी। 1990 में यह आँकड़ों 437 एम.जी.डी. तक पहुँच गया था। 2007 आते आते यह आँकड़ों बढ़कर 810 एम.जी.डी. तक पहुँच गया था। दिल्ली सरकार के ताजा आँकड़ों के अनुसार 2011 आते आते पानी की आपूर्ति की क्षमता बढ़कर 830 से 845 एम.जी.डी. के बीच पहुँच चुकी थी।

11वीं पंचवर्षीय योजना में पानी

11वीं पंचवर्षीय योजना के अंतर यानी मार्च 2012 तक इसे बढ़ाकर 915 एम.जी.डी. तक पहुँचाने का लक्ष्य रखा गया है। इसके लिए कच्चा पानी कहाँ से आएगा, इसके बारे में साफतौर पर कुछ कहना संभव नहीं है। आनेवाले वर्षों और दशकों में दिल्ली के लिए पीने के पानी की व्यवस्था हिमाचल प्रदेश और उत्तराखंड में बननेवाले बाँधों पर निर्भर करती है। ये बाँध पिछले दो दशकों से विचाराधीन और निर्माणाधीन योजनाओं के स्तर पर ही बने हुए हैं। प्राकृतिक दृष्टि से बेहद संवेदनशील इलाकों में बनाए जानेवाले इन बाँधों के निर्माण को लेकर पर्यावरणविदों द्वारा चलाए जा रहे आंदोलनों के चलते इनका निर्माण खटाई में पड़ा हुआ है। दिल्ली सरकार इनके लिए पैसा खर्च करने को तैयार है, लेकिन जिस तरह से इन

निर्माणों का विरोध किया जा रहा है उनके चलते ये कब बनेंगे और कब पूरे होंगे तथा दिल्ली को इनसे कब पानी मिलना संभव हो पाएगा, इसके बारे में अभी कुछ निश्चित तौर पर नहीं कहा जा सकता। इस योजना के दौरान द्वारका और ओखला में क्रमश: 50 एम.जी.डी. और 20 एम.जी.डी. के जल संयंत्र बनाकर काम में लाने का लक्ष्य रखकर काम किया जा रहा है। इन संयंत्रों के लिए कच्चा पानी हरियाणा के रास्ते दिल्ली को पानी पहुँचानेवाली मुनक कैनाल के पक्का होने से बचनेवाले पानी से मिलना है। इस नहर को पक्का करने का काम शुरू हुए 15 साल से भी अधिक का समय गुजर चुका है। इस बीच इस योजना की लागत बढ़कर तीन गुना यानी करीब 3.5 करोड़ हो चुकी है, लेकिन अभी तक इसका काम पूरा नहीं किया जा सका है।

क्या कहती है कंट्रोलर ऑफ ऑडीटर जनरल (सी.ए.जी.) की रिपोर्ट?

इस व्यवस्था में सुधार करके पानी की कमी की स्थिति से बहुत हद तक निपटा जा सकता है। दिल्ली में पीने के पानी की कितनी बरबादी हो रही है, इसकी जानकारी कंट्रोलर ऑडीटर जनरल की ताजा रिपोर्ट से मिलती है। पानी की वितरण व्यवस्था के अध्ययन के आधार पर सी.ए.जी. ने कहा है कि कुल पानी की आपूर्ति का 40 प्रतिशत वितरण व्यवस्था के दौरान बरबाद हो जाता है। केंद्र सरकार के शहरी वितरण व्यवस्था के मानकों के अनुसार, 15 प्रतिशत से अधिक पानी का वितरण व्यवस्था में बरबाद हो जाना असामान्य और महत्त्वपूर्ण है। वर्ष 2006-07 के आँकड़ों के अनुसार वितरण के दौरान रोजना 84 मिलियन गैलन पानी बरबाद हो जाता है। जल बोर्ड की वितरण व्यवस्था के कारण कितना पानी बरबाद हो रहा होगा, इसका अनुमान इस बात से भी लगाया जा सकता है कि पिछले 5 साल के दौरान बोर्ड ने जितना पानी सप्लाई किया, उसके 56 प्रतिशत हिस्से से बोर्ड को कोई पैसा नहीं मिला। जल बोर्ड के काम-काज की असलियत इस बात से भी सामने आती है कि वर्ष 2002-03 में जल बोर्ड को उसके सप्लाई किए गए पानी के 53 प्रतिशत से कोई पैसा नहीं मिला था। वर्ष 2006-07 में यह प्रतिशत बढ़कर 65 का आँकड़ा पार कर चुका था। इससे बोर्ड को करीब 2,000 करोड़ रुपए का नुकसान हुआ। बड़ी संख्या में उपभोक्ताओं को पानी की आपूर्ति या तो बिना मीटर के की जा रही है या ये मीटर ठीक से काम नहीं कर रहे हैं। रिपोर्ट में कहा गया है कि पानी के वितरण की पाइप लाइनों से रिसाव के कारण भी पानी बरबाद होता है। यह बरबादी बोर्ड द्वारा साफ किए जानेवाले पानी के आधे से ज्यादा आँकी गई

है। इस रिसाव की मरम्मत करने की व्यवस्था पर्याप्त नहीं है और इस तरह रिसाव को रोकने में बहुत देरी होती है। जल विशेषज्ञ तो यहाँ तक मानते हैं कि दिल्ली में पानी की कमी उतनी बड़ी समस्या नहीं है जितनी कि उसका ठीक से वितरण नहीं हो पाना। दिल्ली में जितना पानी उपलब्ध है, यदि उसे ठीक से लोगों तक पहुँचाया जा सके तो समस्या उतनी गंभीर नहीं रह जाएगी जितना कि दिल्लीवालों को वास्तव में इसका सामना करना पड़ता है। जल बोर्ड का करीब 11,000 किलोमीटर लंबा पाइप लाइनों का जाल है, जिसके जरिए वह पानी की सप्लाई करता है। बोर्ड भी मानता है कि उसके द्वारा सप्लाई किए जानेवाले पानी का करीब 40 प्रतिशत का हिसाब-किताब नहीं मिलता है। इसमें से करीब 20 प्रतिशत चोरी हो जाता है और 20 प्रतिशत वितरण के दौरान लीक होकर तथा बहकर बरबाद हो जाता है।

डी.डी.ए. और वोट बैंक की राजनीति भी जिम्मेदार

दिल्ली में जल आपूर्ति की वर्तमान स्थिति के लिए डी.डी.ए. को भी बराबरी का जिम्मेदार ठहराया जा सकता है। दिल्ली में विकास के नियमों और कानूनों के चलते राजधानी का विकास इस तरह से हुआ है कि नियोजित से कहीं ज्यादा यह शहर अनियोजित तरीके से विकसित हुआ है। दिल्ली में आबादी तेजी से बढ़ती रही, लेकिन सरकारी एकाधिकार में काम करनेवाला डी.डी.ए. इस अनुपात में बढ़ती आबादी के लिए नियोजित तरीके से विकास कर पाने में बुरी तरह असफल रहा। राजनीतिक संरक्षण और लचर प्रशासनिक व्यवस्था के चलते अवैध बस्तियों के विकास और अवैध निर्माण ने उद्योग व व्यापार का स्तर हासिल कर लिया। चुनावी राजनीति के चलते इसे रोकने की बजाय नियमित करने का रास्ता अपनाया गया। इसका परिणाम यह हुआ कि ये बस्तियाँ इस तरह से बस गईं कि अब उनमें पानी, सीवेज आदि की व्यवस्था कर पाना बहुत महँगा साबित हो रहा है। जल बोर्ड भी इस तरह की बस्तियों में महँगी लागत पर जन-सुविधाएँ उपलब्ध करा पाने में सक्षम नहीं है और राजनीतिक दबाव के चलते इस पर आनेवाली लागत इन बस्तियों के निवासियों से वसूल किए जाने की संभावना भी नहीं है। यह भी एक कारण है कि इन बस्तियों तक पानी और सीवेज जैसी सुविधाओं का उपलब्ध कराया जा पाना संभव नहीं हो पा रहा है। पिछली शताब्दी के सातवें दशक में नियमित घोषित की गईं 612 कॉलोनियों में 40 साल गुजर जाने के बाद भी पूरी तरह से ये सुविधाएँ उपलब्ध नहीं कराई जा सकी हैं। अब करीब 1,500 बस्तियों को नियमित किए जाने की राजनीति पर काम चल रहा है। इन बस्तियों में पानी, सीवेज आदि की

सुविधाएँ कब दी जा सकेंगी, इसके लिए फिलहाल कुछ कहना ठीक नहीं होगा। फिलहाल जल बोर्ड उन 700 अवैध कॉलोनियों को पानी की आपूर्ति की व्यवस्था करने के लिए योजना बना रहा है, जिनको सरकार की ओर से नियमित करने के लिए प्रोविजनल सर्टिफिकेट दिया गया है। इसके अलावा हाल में विकसित हुई और नई बसी आबादी को भी पानी देने की योजनाएँ बनाई जा रही हैं। इसके लिए पानी आएगा कहाँ से, यह चर्चा का विषय है। फिलहाल कोशिश तो यही की जा रही है कि वितरण में होनेवाली बरबादी को कम किया जाए। जहाँ जरूरत से ज्यादा पानी दिया जा रहा है, वहाँ से कम करके उन क्षेत्रों में पहुँचाया जाए, जहाँ पर पानी फिलहाल नहीं मिल पा रहा है या बहुत कम सप्लाई की स्थिति है। उस तरह के फैसलों के लिए राजनीतिक इच्छाशक्ति की आवश्यकता होगी।

बिना मीटर के भी पानी की सप्लाई

सी.ए.जी. की रिपोर्ट के बाद जल बोर्ड ने हालात में सुधार के लिए अनेक कदम उठाने की घोषणा की। विभिन्न विशेषज्ञ एजेंसियों से मदद भी ली। सलाहकारों द्वारा की गई सिफारिशों का पुलिंदा इकट्ठा किया गया। उन्हें क्रियान्वित करने का दावा भी किया गया। लेकिन रिसाव के कारण पानी की बरबादी का सिलसिला थमा नहीं है। आँकड़ों के आधार पर यह समझाने का प्रयास जरूर किया गया कि हालात में सुधार आया है। तब की तुलना में अब पानी की बरबादी कम हुई है; लेकिन इसे पूरी तरह रोका नहीं जा सका है और न ही रोका जा सकता है। ऐसा ही बिना मीटरवाले पानी के कनेक्शनों के साथ हो रहा है। अभी भी जल बोर्ड कुल सप्लाई किए जानेवाले पानी से होनेवाले आय की पूरी वसूली कर पाने की स्थिति में नहीं है। अभी भी बिना कनेक्शन के ही पानी ले रही इमारतों की संख्या लाखों में आँकी गई है। इनमें सालों साल बढ़ोतरी हो रही है। दिल्ली जल बोर्ड के आँकड़ों के अनुसार 2002-03 में दिल्ली में 3 लाख 22 हजार से भी ज्यादा ऐसे कनेक्शन दिए गए थे, जिनमें मीटर नहीं लगाए गए थे। इस आँकड़े का महत्त्व इस बात से समझा जा सकता है कि यह मीटर लगे कनेक्शनों का करीब एक-चौथाई थी। दिल्ली जल बोर्ड मानता है कि उसे करीब 8 लाख पानी की आपूर्ति नापनेवाले मीटरों की जरूरत है। लगाए गए मीटरों में से कितने वास्तव में काम कर रहे थे और कितने में अनुमान के आधार पर ही जल बोर्ड बिल भेज देता था, इसकी विस्तृत जानकारी भी जल बोर्ड के पास नहीं थी। जितने मीटरों के बिल भेजे जाते थे उनमें से भी पूरे का भुगतान जल बोर्ड वसूल नहीं कर पा रहा था। उसका

अनुमान आप इस बात से लगा सकते हैं कि जल बोर्ड भुगतान करनेवालों को तरह-तरह से छूट प्रदान करने जैसा आसान रास्ता अपनाने के लिए मजबूर था। दिल्ली जल बोर्ड का गठन ही इसलिए किया गया था कि यह संगठन बेहतर व्यावसायिक आधार पर संचालित किया जा सकेगा। दिल्ली की मुख्यमंत्री को इस संगठन का प्रमुख बनाया गया और दिल्ली नगर निगम के हाथ से यह काम ले लिया गया था। दिल्ली जल बोर्ड का गठन किए जाने के पहले यह काम दिल्ली नगर निगम के अधीन काम करनेवाले जल आपूर्ति और मल व्ययन संस्थान करता था। दिल्ली जल बोर्ड ने अब इस समस्या के समाधान के लिए जापान सरकार की एजेंसी 'जापान इंटरनेशनल कोऑपरेशन एजेंसी' की मदद माँगी थी और 'जीका' ने इस बारे में रिपोर्ट तैयार की है, जिसे अब पानी के निजीकरण के विवादास्पद विषय पर आम सहमति जुटाने के लिए आधार बनाया गया है। जापान में आए भूकंप और सुनामी से हुए भारी नुकसान के बाद 'जीका' दिल्ली की पानी की समस्या के समाधान में कितनी भागीदारी कर पाएगा, फिलहाल इस बारे में कुछ नहीं कहा जा सकता; क्योंकि जापान सरकार अपने ही देश में पुनर्निर्माण और विकास पर जितना खर्च करने की तैयारी कर रही है, उसमें वहाँ की सरकार को दूसरे स्रोतों की मदद की आवश्यकता है। इसलिए आनेवाले समय में जापान सरकार से दिल्ली को कितनी मदद मिल पाएगी, यह तो आनेवाला वक्त ही बताएगा।

कितने कनेक्शन, कितने मीटर

जल बोर्ड के गठन के बाद भी बिना मीटर लगे कनेक्शनों का लगाया जाना जारी रहा। अगले साल यानी वर्ष 2003-04 में यह संख्या बढ़कर 3 लाख 30 हजार तक पहुँच गई थी। वर्ष 2005-06 आते-आते यह आँकड़ा तीन लाख 42 हजार से भी ज्यादा हो चुका था। वर्ष 2006-07 में बिना मीटरवाले कनेक्शनों को कनेक्शन में बदलने के लिए अभियान छेड़ने का दावा किया गया और इस पर मोटी रकम खर्च की गई तो वर्ष 2006-07 में यह आँकड़ा घटकर 3,40,000 के करीब जा पहुँचा। वर्ष 2008-09 करीब 3,75,000 कनेक्शन बिना मीटर के चल रहे थे। वर्ष 2009-10 में इस प्रकार के कनेक्शनों की संख्या में मामूली कमी जरूर की जा चुकी थी, लेकिन तब भी यह आँकड़ों 3,60,000 के करीब बना हुआ था। ऐसा तब हो रहा था, जबकि दिल्ली में प्रॉपर्टी का विकास सबसे तेजी से हो रहा था और कनेक्शनों की संख्या में भी बढ़ोतरी दर्ज की जा रही थी। वर्ष 2009-10 तक दिल्ली में पानी के कनेक्शनों की संख्या बढ़कर 14,25,000 से भी ज्यादा हो चुकी

थी, लेकिन एक-चौथाई कनेक्शन बिना मीटर के ही चल रहे थे। पिछले साल बोर्ड ने 'टाटा कंसल्टेंसी सर्विस' की मदद से एक योजना पर काम शुरू किया है, जिसके तहत बिलिंग की समस्या के समाधान के लिए इलेक्ट्रॉनिक सिस्टम ऑफ बिलिंग शुरू की गई थी। इस परियोजना के लागू किए जाने के बाद से दिल्ली जल बोर्ड की आय में बढ़ोतरी होने का अनुमान है; लेकिन यह कितना प्रभावकारी साबित होगा, यह तो आने वाला समय ही बताएगा।

बिजली की ही तरह पानी के निजीकरण का रास्ता

इस बरबादी के कारण जल बोर्ड को हर साल हजारों करोड़ का नुकसान होता है, वहीं दिल्ली सरकार को इस पानी की बरबादी रोक नहीं पाने के कारण अन्य राज्यों से अतिरिक्त कच्चा पानी मिल पाने में भी दिक्कत होती है। इस बरबादी को रोकने के लिए भी 'जापान इंटरनेशनल कोऑपरेशन एजेंसी' से मदद माँगी गई है। जल बोर्ड का निजीकरण करने का आधार भी इसे ही बनाया जा रहा है। राज्य सरकार बार-बार यह कहती जरूर है कि वह बोर्ड का निजीकरण नहीं करना चाहती, लेकिन पानी के वितरण के काम में निजी कंपनियों को शामिल करने के विकल्पों पर काम करने के बार-बार प्रयास किए जा रहे हैं। ताजा प्रयासों के तहत राजधानी के कुछ इलाकों में पानी की सप्लाई का काम निजी कंपनियों को परीक्षण के तौर पर देने की योजनाओं पर काम किया जा रहा है। दिल्ली में बिजली व्यवस्था में निजी कंपनियों को शामिल करने का फैसला करते समय भी यही रास्ता अपनाया गया था। उत्पादन और बिजली की व्यवस्था करनेवाली कंपनियाँ सरकार ने अपने नियंत्रण में रखीं; लेकिन लोगों के घरों, दफ्तरों और कल-कारखानों तक बिजली की आपूर्ति किए जाने का काम निजी कंपनियों के एकाधिकार के हवाले कर दिया गया। कंपनियों ने अपनी एकाधिकार की स्थिति का लाभ उठाकर भारी मुनाफा कमाया, वहीं इन कंपनियों में डायरेक्टरों के रूप में काम करनेवाले अधिकारियों ने दिल्लीवालों के हितों की सुरक्षा की ओर से आँखें बंद रखीं। इस काम पर नजर रखने के लिए बनाया गया रेगुलेटर भी प्रभावकारी तरीके से काम नहीं कर सका। सरकार ने भी इस दिशा में अपना योगदान किया। रेगुलेटर में अनेक ऐसे अधिकारियों की भूमिका रही, जो कभी इन कंपनियों को इस व्यवस्था से लाभान्वित होने में मददगार साबित हुए। भाजपा नेता डॉ. नंद किशोर गर्ग द्वारा दायर एक जनहित याचिका पर हाई कोर्ट में हुई सुनवाई के दौरान ये भूमिकाएँ खुलकर सामने आईं। यहाँ तक कि अदालत ने भी दिल्ली सरकार के काम-काज पर विपरीत टिप्पणियाँ कीं। बिजली कंपनियों के पदाधिकारी

रहनेवाले अधिकारी ही डी.ई.आर.सी. में जा बैठे। इससे डी.ई.आर.सी. की रेगुलेटर की छवि धूमिल हुई। आम लोगों की नजर में वह रेगुलेटर नहीं, बल्कि कंपनियों को ही फायदा पहुँचानेवाले संगठन के रूप में सामने आया।

पानी के निजीकरण में बिजली के निजीकरण से कोई सबक लिया जाएगा

अब जब सरकार पानी के निजीकरण के रास्ते पर आगे बढ़ने को तैयार है तो इस व्यवस्था का राजनीतिक और अन्य क्षेत्रों से विरोध किया जा रहा है। सरकार की इस नीति को लेकर अभी से सवाल पूछे जा रहे हैं। इस दिशा में आगे बढ़ने के पहले इन सवालों के जवाब तलाशे जाने होंगे—क्या पानी का निजीकरण भी प्राइवेट कंपनियों के लिए कमाई का अवसर होगा? क्या सरकार बिजली के निजीकरण के अपने अनुभवों का लाभ उठाकर इस प्रकार की व्यवस्था करेगी कि उपभोक्ताओं के हित सुरक्षित रह सकें? क्या इस काम के लिए भी डी.ई.आर.सी. की तरह का रेगुलेटर बनाया जाएगा? क्या उसमें भी उन अधिकारियों को रिटायरमेंट के बाद गद्दी सँभालने का मौका मिलेगा? जिन अधिकारियों ने पहले तो अपना काम ठीक से नहीं किया और अब वे स्वयं अपने ही फैसलों के आधार पर निजी कंपनियों की भूमिका के बारे में निर्णय करेंगे बिजली व्यवस्था में निजी कंपनियों का एकाधिकार होने के कारण कानूनों में प्रावधान होने के बाद भी सरकार इन कंपनियों के खिलाफ कोई काररवाई कर पाने की स्थिति में कभी नहीं दिखाई दीं, बल्कि कंपनियाँ ही सरकार को अपने दबाव में लेकर काम करती रहीं। क्या पानी के बारे में भी ऐसा नहीं होगा? क्या इसके लिए पहले से व्यवस्था की जाएगी? विपक्ष भी इसमें दोमुँहीं नीति अपनाता देखा गया। बिजली की व्यवस्था के निजीकरण का सिलसिला मुख्य विपक्षी दल भारतीय जनता पार्टी के सरकार के समय से शुरू हुआ था, जिसे कांग्रेस ने सत्ता में आने पर आगे बढ़ाया। पानी की आपूर्ति का काम दिल्ली नगर निगम से लेकर दिल्ली सरकार के हवाले करने और अलग जल बोर्ड बनाने की प्रक्रिया की शुरुआत भी भाजपा शासन के दौरान ही हुई थी।

पानी का बढ़ता कारोबार

पानी की बढ़ती माँग को लेकर हो रहे धरने व प्रदर्शनों और शहर के विकास की जरूरतों को पूरा करने के लिए सरकार नए-नए जल संयंत्रों के विकास पर साल-दर-साल मोटी रकम खर्च कर रही थी। विकास के नाम पर वोट माँगे जा रहे थे, सरकारें बन और बिगड़ रही थीं, लेकिन अगर मीटर के पानी सप्लाई

किए जाने के नजरिए से देखा जाए तो राजधानी की स्थिति में कोई खास बदलाव नहीं आ पा रहा था। घाटे को देखते हुए इस काम में विदेशी और निजी कंपनियों को शामिल किए जाने के लिए कदमताल जारी थी। पानी के वितरण व्यवस्था की देखभाल और संचालन का काम निजी कंपनियों को सौंपे जाने की तैयारी की जा रही है, लेकिन संभावित विवाद को टालने के लिए इसे किस तरह से लागू किया जाए, इस पर बार-बार विचार किया जा रहा है। जल बोर्ड को हो रहा घाटा निजी कंपनियों को पानी के बाजार में उतरने का मौका देने का एक बड़ा कारण बन गया है। इस दौरान बोतलबंद पानी के कारोबार में साल-दर-साल बढ़ोतरी होती जा रही है। यही नहीं, जल बोर्ड द्वारा पीने योग्य साफ पानी की सप्लाई नहीं हो पाने के कारण पानी को साफ करने के यंत्रों का कारोबार भी अरबों का बाजार बन गया है। यह काम कितना लाभ का सौदा है, इसे देखते हुए जल बोर्ड भी बोतल बंद पानी के इस बाजार में उतरा; लेकिन निजी कंपनियों के काम करने के तरीके के चलते वह कोई प्रभावकारी भूमिका निभा पाने में सफल नहीं हो पा रहा है। इसके अलावा ऐसे उपभोक्ताओं को पानी की सप्लाई की जा रही है, जिनके कनेक्शन ही काम नहीं करते हैं। जल बोर्ड को ऐसे कनेक्शनों को काट देने, उनके खिलाफ मुकदमा चलाने और सजा व जुर्माना करने की व्यवस्था है, लेकिन इन प्रावधानों का बराए नाम ही उपयोग हो पाता है। यह अलग बात है कि जल बोर्ड न तो सभी को पानी के कनेक्शन दे पाता है और न ही सप्लाई किए जानेवाले पानी की पूरी वसूली कर पाता है। आँकड़ों में घाटा दिखाकर वह पानी की दरों में बढ़ोतरी करने का आसान रास्ता अपनाता है। इसका खामियाजा उन ईमानदार उपभोक्ताओं को उठाना पड़ता है, जो कि कानून और उसके नियमों-उपनियमों का पालन करते हैं। ईमानदारी से खर्च किए गए पानी का भुगतान करते हैं।

पानी आए कहाँ से

राजधानी में पानी की आपूर्ति की स्थिति का जायजा लेने के लिए जरूरी है कि जाना जाए कि दिल्ली में पानी आता कहाँ से है। दिल्लीवालों को उनके पीने का पानी यमुना और गंगा नदियों से लाया जाता है। यह पानी दिल्ली सरकार और यमुना नदी के किनारे बसे अन्य चार राज्यों—हरियाणा, उत्तर प्रदेश, राजस्थान और हिमाचल प्रदेश की सरकारों के बीच 12 मई, 1994 को हुए एक समझौते के तहत मिलता है। इस समझौते में की गई व्यवस्थाओं के तहत दिल्ली को ताजेवाला बाँध से 750 क्यूसेक पानी मिलता है। क्यूसेक पानी की वह इकाई है, जिससे इस बात

का हिसाब लगाया जाता है कि किसी बाँध से किस समय, किस दर से और किस रफ्तार से, कितना पानी निकलकर नदी या नहर में छोड़ा जा रहा है। ताजेवाला से छोड़ा गया यह पानी यमुना नदी और वेस्टर्न यमुना कैनाल के जरिए हैदरपुर वाटर वर्क्स में आता है। इस जल संयंत्र में पानी की सफाई के बाद उसे उत्तरी, मध्य और पश्चिमी दिल्ली में सप्लाई किया जाता है। वजीराबाद जल संयंत्र के लिए पानी वजीराबाद बैराज के उत्तर में यमुना से लिया जाता है। यहाँ एक रोचक बात यह है कि इस 750 क्यूसेक पानी में से करीब 130 क्यूसेक पानी रास्ते में इधर-उधर बहकर या फिर भाप बनकर बरबाद हो जाता है। राजधानी की आज की पानी की जरूरत पूरा करने के लिए गंगा और यमुना से सैकड़ों किलोमीटर दूर से पानी लाया जा रहा है। गंगा से पानी लाने के लिए मुरादनगर से दिल्ली तक जमीन के अंदर खास तरह की पाइप लाइनें डाली गई हैं। यमुना से दिल्ली को मिलने वाला पानी भाखड़ा ब्यास मैनेजमेंट बोर्ड (बी.बी.एम.बी.) द्वारा बनाए और संचालित किए जानेवाले बाँधों से मिलता है। भाखड़ा ब्यास मैनेजमेंट बोर्ड द्वारा रावी और व्यास नदियों के पानी को भाखड़ा में एकत्रित किया जाता है, जिससे दिल्ली सरकार पानी खरीदती है। इसके लिए बी.बी.एम.बी. और दिल्ली सरकार के बीच एक समझौता किया गया है। इस समझौते के तहत दिल्ली को नंगल डेम से 431 क्यूसेक पानी मिलता है। इसके लिए दिल्ली सरकार को बाकायदा पानी का पैसा चुकाना होता है। इसमें से 265 क्यूसेक पानी ही दिल्ली तक पहुँच पाता है। इस पानी को यमुना नदी और उससे निकलनेवाली नहरों वेस्टर्न यमुना कैनाल भाखड़ा कैनाल के जरिए दिल्ली में बनाए गए जल संयंत्रों तक लाया जाता है। इसके अलावा गंगा कैनाल से भी दिल्ली को उसकी जरूरत के पानी का एक हिस्सा मिलता है।

पानी जाए कहाँ को?

दिल्लीवालों को पीने के पानी की सप्लाई करने का काम दिल्ली जल बोर्ड का है। इस बोर्ड की स्थापना दिल्ली जल बोर्ड अधिनियम 1998 के अंतर्गत की गई थी। दिल्ली का मुख्यमंत्री जल बोर्ड का पदेन अध्यक्ष होता है। दिल्ली जल बोर्ड द्वारा चंद्रावल, वजीराबाद, भागीरथी, हैदरपुर, नांगलोई, बवाना और सोनिया विहार में जल संयंत्रों का संचालन करता है। इन जल संयंत्रों की कुल स्थापित क्षमता 710 मिलियन गैलन प्रतिदिन पानी साफ करने की है। इन संयंत्रों के लिए जिन नहरों से यह पानी दिल्ली लाया जाता है, उनकी तलहटी और किनारे कच्चे हैं, इसलिए पानी लीक होकर बह जाता है। इसे रोकने के लिए पुरानी नहरों की

मरम्मत करके उनको पक्का करने और नई नहरें बिछाने की योजनाओं पर काम चल रहा है। इसी प्रकार गंगा नदी से दिल्ली को 470 क्यूसेक पानी मिलता है। पानी के ये स्रोत पड़ोसी राज्यों के नियंत्रण में हैं। कई बार उन राज्यों में पानी की कमी होने या अन्य कारणों से पानी की आपूर्ति रोक दी जाती है तो दिल्ली प्यासी रह जाती है। यहाँ की सरकार को केंद्र सरकार व अदालत के दरवाजे खटखटाने पड़ जाते हैं। राजधानी में दसवीं पंचवर्षीय योजना अवधि के दौरान पानी की उत्पादन क्षमता 780 मिलियन गैलन और माँग 1,050 एम.जी.डी. आँकी गई है।

आपके घर पानी पहुँचता कैसे है?

दिल्ली जल बोर्ड के जल संयंत्रों में पहुँचने के बाद पानी की सफाई की जाती है। उसे पीने योग्य बनाया जाता है। जल संयंत्रों में से अधिकतर उत्तरी-पूर्वी और उत्तर-पश्चिमी दिल्ली में बने हुए हैं। वहाँ से राजधानी के दक्षिण और दक्षिण-पश्चिमी दिल्ली की ओर पानी भेजा जाता है। इसका कारण दिल्ली की प्राकृतिक स्थिति भी है। जल संयंत्रों से बड़ी पाइप लाइनों के जरिए पानी दिल्ली के विभिन्न इलाकों में भेजा जाता है, जहाँ उसे अंडरग्राउंड रिजरवायर और ओवरहेड टैंक्स तक पहुँचाया जाता है। फिर वहाँ से आपके घरों तक पहुँचता है। इन संयंत्रों के आस-पास बसी बस्तियों को पानी की आपूर्ति अपेक्षाकृत बेहतर है, जैसे संयंत्रों से दूरी बढ़ती जाती है, पानी का दबाव और आपूर्ति कम होती जाती है। दूर-दराज के इलाकों में स्थिति और भी खराब हो जाती है। यह तो उन इलाकों की बात हुई, जहाँ घरों तक पानी पहुँचता है। इसके अलावा राजधानी का बहुत बड़ा इलाका ऐसा है, जहाँ घरों में नल लगे ही नहीं हैं, क्योंकि उन घरों तक पानी पहुँचाने की व्यवस्था ही नहीं की जा सकती। ऐसे इलाकों मे पानी पहुँचाने के लिए सड़कों के किनारे सार्वजनिक नल लगाए गए हैं, जहाँ से पानी भरकर इन इलाकों के निवासी अपने घरों तक ले जा सकते हैं। जल बोर्ड की जिम्मेदारी यहीं पूरी नहीं होती। राजधानी के बहुत बड़े इलाके में घरों और सड़कों के किनारे सार्वजनिक नल लगाकर पानी दे पाने की व्यवस्था नहीं हो पाई है। ऐसे इलाकों में पानी के टैंकरों से पानी की आपूर्ति किए जाने की भी व्यवस्था की गई है। इसके अलावा जल बोर्ड की यह जिम्मेदारी भी है कि आग बुझाने के लिए बनाए गए जमीन के अंदर बनी टंकियों तक पानी पहुँचाए। आग लगने की सूचना मिलने के बाद अग्निशमन विभाग के टैंकर इन टंकियों से अपने वाहनों में पानी भरकर आग बुझाने के लिए इस्तेमाल करते हैं। इस काम के लिए राजधानी के विभिन्न इलाकों में फायर विभाग

के इस्तेमाल के लिए विशेष अंडरग्राउंड रिजरवायर बनाए गए हैं। यह काम कितना बड़ा है, इसका अनुमान इस बात से लगाया जा सकता है कि दिल्ली जल बोर्ड ने आपके घर तक पानी पहुँचाने के लिए विभिन्न आकार की 10 हजार किलोमीटर से अधिक की पाइप लाइन बिछाई हैं। ये पाइपलाइनें विभिन्न साइजों की हैं। रिजवायर अंडरग्राउंड और ओवरहेड टैंक बनाए हैं।

काश, जी.पी.एस. बता पाता, टैंकरों से रास्ते में कितना पानी गिरता है

दिल्ली जल बोर्ड ने हाल ही में लोगों तक पानी पहुँचानेवाले टैंकरों पर अंतरिक्ष से नजर रखने का फैसला किया है। इसके लिए उपग्रह की मार्फत जी.पी.एस. से टैंकरों के आवागमन पर नियंत्रण रखने का प्रयास किया जाएगा। करोड़ों की यह योजना इसलिए लागू की जा रही है, जिससे यह पता चले कि कितना पानी लेकर कौन सा टैंकर कहाँ से चला और कहाँ उसने पानी पहुँचाया। यह योजना कितनी प्रभावकारी होगी, यह तो जब सरकार आँकड़े देगी तब पता चलेगा कि टैंकर पहुँचा कि पानी शायद जी.पी.एस. यह न बता पाए। टैंकरों से जिस दर से पानी रास्ते में बहता हुआ जाता है उससे यह तो निश्चित है कि एक-चौथाई पानी नहीं पहुँच सकता। अब टैंकर पहुँचा कि नहीं यह जानकर किसे क्या लाभ होगा, यह तो वह कंपनी और उसे ठेका देनेवाले अफसर और नेता ही बता सकते हैं, जो यह इलेक्ट्रॉनिक तकनीक दिल्ली जल बोर्ड को उपलब्ध करा रही है। जल बोर्ड का दावा है कि जी.पी.एस. लगने के बाद 15 से 20 प्रतिशत पानी बचाया जा सकेगा। कितने टैंकर कितना पानी पहुँचाते हैं, इसका अनुमान आप इस तरह से लगा सकते हैं कि प्रतिदिन 18,000 बिंदुओं पर पानी टैंकर से पहुँचाया जाता है। जल बोर्ड के पास अपने 250 टैंकर हैं और वह हर साल करीब 500 टैंकर ठेकेदारों से किराए पर लेता है।

कितनी आबादी, कितना पानी

पानी के सवाल पर रायसीना की पहाड़ी से काम करनेवाली केंद्रीय सरकार और यमुना किनारे बने दिल्ली सरकार के आँकड़ो में भी भारी अंतर है। पानी की इस माँग का अनुमान केंद्र सरकार के शहरी विकास मंत्रालय द्वारा निर्धारित मानकों 60 गैलन प्रति व्यक्ति प्रतिदिन के आधार पर लगाया गया है। दिल्ली के वर्ष 2001 के मास्टर प्लान में भी इसी मानक को आधार बनाया गया था। इस प्रकार कहा जा सकता है कि दिल्ली की दसवीं पंचवर्षीय योजना वर्ष 2002-07 के अंत में राजधानी

में प्रतिदिन 270 मिलियन गैलन की कमी थी। दिल्ली और दिल्लीवालों के लिए पानी की यह कमी कोई नई बात नहीं है। पिछली चार पंचवर्षीय योजनाओं के आँकड़े इस बात की पुष्टि करते हैं कि दिल्ली में पानी की बढ़ती हुई माँग को पूरा करने के लिए कभी ठोस प्रयास ही नहीं किए गए। पिछले करीब दो दशकों के पानी की माँग और पूर्ति के आँकड़ों पर एक नजर डालते हैं। 7वीं पंचवर्षीय योजना 1985-90 के दौरान दिल्ली की पानी की जरूरत 658 एम.जी.डी. थी, जबकि पानी की उत्पादन की क्षमता केवल 437 एम.जी.डी. थी, यानी उस समय 221 एम.जी.डी. पानी की कमी थी। 8वीं पंचवर्षीय योजना 1992-97 के दौरान माँग बढ़कर 770 का आँकड़े पार कर गई, लेकिन उत्पादन की क्षमता बढ़ाकर 580 ही की जा सकी और इस प्रकार माँग व पूर्ति के बीच 190 एम.जी.डी. का अंतर बना रहा। 9वीं पंचवर्षीय योजना वर्ष 1997-02 में पानी की माँग बढ़कर 966 एम.जी.डी. पहुँच गई, लेकिन आपूर्ति सिर्फ 650 एम.जी.डी. तक ही पहुँच सकी। इस प्रकार माँग और पूर्ति के बीच का अंतर बढ़कर 316 मिलियन गैलन प्रतिदिन तक पहुँच गया। ऐसा तब हो रहा है, जबकि दिल्ली की कुल प्रॉपर्टी के 60 प्रतिशत को ही दिल्ली जल बोर्ड का पानी मिल पाता है और 40 प्रतिशत प्रॉपर्टी ऐसी हैं, जिन्हें पानी की आवश्यकता के लिए अन्य साधनों पर निर्भर रहना पड़ता है। ऐसा तब हुआ, जबकि केंद्र और दिल्ली में बारी-बारी से कांग्रेस और भाजपा के नेतृत्व वाली सरकारें आई और गईं।

पानी की जरूरत कम करने के लिए पैमाना ही बदल दिया

10वीं पंचवर्षीय योजना 2002-07 के बीच माँग बढ़कर 1,050 एम.जी.डी. के स्तर पर पहुँच गई, जबकि आपूर्ति की व्यवस्था केवल 780 एम.जी.डी. तक ही पहुँच सकी। यानी माँग और आपूर्ति के बीच का अंतर बढ़कर 270 मिलियन गैलन प्रतिदिन तक पहुँच गया। यहाँ यह बात ध्यान रखने की है कि 9वीं पंचवर्षीय योजना के अंत तक पानी की माँग का अनुमान लगाने के लिए प्रतिदिन प्रति व्यक्ति पानी की जरूरत की गणना 70 गैलन प्रति व्यक्ति प्रतिदिन के आधार पर की जाती थी, लेकिन 10वीं पंचवर्षीय योजना के दौरान माँग का अनुमान लगाने के लिए प्रतिदिन प्रति व्यक्ति 70 गैलन की बजाय उसे घटाकर 60 गैलन प्रति व्यक्ति प्रतिदिन कर दिया गया। यदि गणना के आधार में यह कमी नहीं की जाती तो पानी की वास्तविक माँग कहीं अधिक होती। इस प्रकार यह कहा जा सकता है कि सरकार के प्रयासों के बावजूद माँग तथा आपूर्ति में 25 से 34 प्रतिशत तक का अंतर रहा है।

कल पानी आएगा कहाँ से

भविष्य में पानी की बढ़ती जरूरतों को पूरा करने के लिए हिमाचल प्रदेश और उत्तरांचल के दूर-दराज के पहाड़ी इलाकों में नदियों पर बाँध बनाकर अतिरिक्त पानी लाने का प्रयास किया जा रहा है। जिन बाँधों से आनेवाले समय में दिल्ली को अतिरिक्त पानी मिलने की उम्मीद है, उनके नाम हैं—रेणुका, किशाउ और लखवार व्यासी। रेणुका बाँध हिमाचल प्रदेश के सिरमौर जिले में गिरी नदी पर बनाए जाने का प्रस्ताव है। गिरी यमुना की एक सहायक नदी है। अगस्त 2010 में केंद्र सरकार के पर्यावरण मंत्रालय ने इस बाँध को बनाए जाने की इजाजत देने से इनकार कर दिया था। सरकार ने यह फैसला इन रिपोर्टों के मिलने के बाद किया था कि इस बाँध के निर्माण से करीब 800 एकड़ में फैला वन क्षेत्र बाँध के डूब क्षेत्र में आ जाएगा।

पर्यावरणविद् इस बाँध को बनाए जाने का विरोध करते आ रहे हैं। उनका मानना है कि इस बाँध को जिस इलाके में बनाया जा रहा है, उससे इसके दायरे में बहुत बड़ा इलाका आ जाएगा, जो कि आरक्षित वन क्षेत्र है। इसलिए इस बाँध को बनाए जाने की इजाजत नहीं दी जानी चाहिए। पर्यावरण मंत्री रहे जयराम रमेश और मुख्यमंत्री श्रीमती शीला दीक्षित के बीच इस बाँध को बनाए जाने या अब क्या किया जाना चाहिए के सवाल पर खतो-किताबत चल रही है। इस परियोजना को राष्ट्रीय परियोजना पहले ही घोषित किया जा चुका है। इस बाँध का निर्माण होगा भी कि नहीं और होगा तो कब और कैसे, इस बारे में जल्दी फैसला हो पाने की उम्मीद करना बेकार है, दिल्ली सरकार ने इस बाँध के निर्माण पर आनेवाली लागत का भुगतान भी कर दिया था। यह बाँध दिल्ली की पानी की आवश्यकताओं को पूरा करने में कितना सहायक हो सकता था, इसका अनुमान इस बात से लगाया जा सकता है कि इससे दिल्ली को 437 मिलियन गैलन प्रतिदिन पानी उपलब्ध हो सकता था। इस बाँध की विशालता का अनुमान इस बात से लगाया जा सकता है कि इसमें 542 मिलियन क्यूबिक मीटर पानी इकट्ठा किया जा सकता था। इस बाँध के साथ 40 मेगावाट बिजली की क्षमतावाला बिजलीघर भी लगाया जाना था। हिमाचल सरकार अब इस योजना पर फिर से विचार कर रही है। इसी प्रकार की दो योजनाएँ और भी हैं। इनके नाम हैं—किशाउ और लखवार व्यासी।

ये बाँध उत्तरांचल में बनाए जाने हैं। इनसे दिल्ली को अतिरिक्त पानी मिलने की व्यवस्था है। बाँध उत्तरांचल में टोंस नदी पर बनाया जाना है। लखवार व्यासी बाँध देहरादून जिले के लखवार और व्यासी गाँवों के निकट बनाया जाना है। ये परियोजनाएँ पिछले दो दशक से अधिक समय से निर्माणाधीन बनी हुई हैं। इन

योजनाओं और उनकी तैयारियों पर साल-दर-साल करोड़ों रुपए खर्च किए जा रहे हैं। ये कब पूरी होंगी और उनसे दिल्लीवालों को पानी कब मिल पाएगा, इसके बारे में अभी कुछ कहा पाना जल्दी होगा। केंद्र में पर्यावरण मंत्री और कांग्रेस की प्रवक्ता रही श्रीमती जयंती नटराजन के लिए यह विषय कितना महत्त्वपूर्ण होगा, इसके लिए अभी प्रतीक्षा की जानी होगी।

हरियाणा और उत्तर प्रदेश से पानी

दिल्ली सरकार ने हरियाणा के पानीपत और उत्तर प्रदेश के बागपत में यमुना के फ्लड प्लेन में ट्यूबवेल लगाकर दिल्ली के लिए अतिरिक्त पानी जुटाने की एक योजना का प्रस्ताव किया है। इस योजना के तहत उत्तर में करैना से दक्षिण में पल्ला के बीच ट्यूबवेलों की एक श्रृंखला बनाने की योजना है। इसी प्रकार बागपत-मेरठ रोड पर स्थित जानी से मुरादनगर के बीच ऊपर गंगा नहर के दोनों किनारों पर करीब 20 किलोमीटर लंबे और 50 किलोमीटर चौड़े इलाके में ट्यूबवेल लगाकर दिल्ली के लिए पानी उपलब्ध कराए जाने की व्यवस्था करने का प्रस्ताव किया है। इसी प्रकार यदि ऊपर गंगा नहर को पक्का कर दिया जाए तो उससे बहकर बरबाद हो रहे पानी को बचाया जा सकता है। इस बचे हुए पानी से दिल्ली को 200 क्यूसेक अतिरिक्त पानी मिल सकता है; लेकिन इस नहर को पक्का करने का खर्चा कौन, कब और कैसे उठाए, इसको लेकर सरकारों के बीच अभी तक लिखत-पढ़त की ही स्थिति आ पाई है। यह योजना कब और कैसे पूरी की जाएगी, इस पर तो अभी विचार ही नहीं शुरू हो पाया है। इसके अलावा गंगा के फ्लड प्लेन से दिल्ली को अतिरिक्त पानी मिल सकता है। क्या इन योजनाओं को कभी लागू किया जा सकेगा? शायद नहीं, क्योंकि इन राज्यों में भी अपनी आबादी बढ़ रही है और बढ़ती आबादी एवं विकास के साथ उनकी भी पानी की माँग बढ़ रही है। इसलिए वे अपने संसाधनों को दिल्ली की जरूरतें पूरी करने के लिए किस तरह से दे पाएँगे, वहाँ के राजनीतिज्ञों के लिए यह एक बड़ा ही संवेदनशील सवाल होगा और वोट की राजनीति के चलते इसका हल निकाला जा सकना भी आसान नहीं होगा। पंजाब और हरियाणा के बीच सतलुज-यमुना कैनाल का बन पाना इसका एक जीवंत उदाहरण है। दिल्ली और लखनऊ में सत्तारूढ़ दो महिला मुख्यमंत्रियों के संबंधों पर निर्भर करेगा कि दिल्ली वाले कितने पानी में होंगे।

मुनक कैनाल खर्च भी और पानी की बरबादी भी

दिल्ली सरकार इस योजना पर आनेवाली लागत का हरियाणा को भुगतान

कर चुकी है। इस नहर को पक्का करने का काम पूरा नहीं होने के कारण दिल्ली को मिलनेवाले पानी का एक-तिहाई बहकर बरबाद हो रहा है और दिल्लीवालों को पीने का पानी नहीं मिल पा रहा है। इस अवधि के दौरान दिल्ली और हरियाणा में भाजपा और कांग्रेस का समर्थन करनेवाली सरकारें काम कर रही हैं; लेकिन फिर भी ऐसा नहीं किया जा सका, क्योंकि इसके पीछे पानी की राजनीति आती है। हरियाणा को पानी की कमी का सामना करना पड़ रहा है। पानी कच्ची नहर से बहकर आस-पास के इलाकों में खेती-किसानी के काम आ रहा है। कृषि प्रधान इन इलाकों में जमीन के अंदर के पानी का स्तर गिरने से बचाने में मदद करने के काम आ रहा है। पानी की कमीवाले वर्षों में कई बार इस कच्ची नहर को काटकर उसका पानी इस्तेमाल करने के उदाहरण भी सामने आए हैं। इसलिए इस परियोजना को समय से पूरा कर लेने का लाभ दिल्ली को मिलेगा और हरियाणा के किसानों को उसका लाभ नहीं मिल सकेगा। इसलिए यह काम रुक-रुककर ही पूरा किया जा रहा है। यह नहर कब पूरी होगी, इसका जवाब दिल्ली और हरियाणा में काम कर रही कांग्रेस की सरकारों और उसके परस्पर विरोधी हितों के बीच के संबंधों पर निर्भर रहेगा। दिल्ली को मिलनेवाले पानी का मामला कई बार सुप्रीम कोर्ट से लगाकर जल संसाधन और शहरी विकास मंत्रालय तथा प्रधानमंत्री डॉ. मनमोहन सिंह के दरबार तक पहुँचता रहा है; लेकिन उसका कोई सर्वमान्य हल नहीं निकल पा रहा है।

पानी की राजनीति

सेंट्रल ग्राउंड वाटर अथॉरिटी द्वारा तैयार की गई एक योजना के तहत गंगा नदी के पश्चिमी किनारे पर उत्तर में परीक्षत गढ़ और दक्षिण में सयाना के बीच के करीब 15 किलोमीटर के दायरे में उपलब्ध पानी दिल्ली को मिल सकता है। पानी को लेकर देश में चल रही राजनीति को देखते हुए इस प्रकार की योजनाओं की सफलता पर सवालिया निशान हमेशा रहेंगे। आनेवाले समय में इन राज्यों में भी पानी की माँग और आपूर्ति का अंतर बढ़ेगा। उन परिस्थितियों में इन राज्यों की राजनीतिक स्थिति क्या रूप लेती है, इस बात पर भी निर्भर करेगा कि इन योजनाओं से कब, कैसे और कितना पानी वाकई दिल्ली को मिल पाता है। उत्तर प्रदेश और उत्तरांचल के विभाजन के बाद टिहरी बाँध से दिल्ली को मिलनेवाले पानी के हिस्से को लेकर अनेक बार विवाद उठते रहे हैं। अब उत्तर प्रदेश के फिर एक बार विभाजन की बात चल रही है। इस योजना के तहत पश्चिमी उत्तर प्रदेश को 'हरित

प्रदेश' के नाम से एक अलग राज्य बनाए जाने की माँग जोर पकड़ रही है। यदि यह नया राज्य बनता है तो इन बाँधों से दिल्ली को मिलनेवाले पानी की स्थिति पर प्रभाव पड़ सकता है। इन योजनाओं के पूरा हो जाने के बावजूद आनेवाले समय में पानी की माँग और आपूर्ति के अंतर को पूरा कर पाना संभव नहीं हो सकेगा। वर्ष 2021 के अनुमानित आँकड़ों के अनुसार, उस समय दिल्ली में 141 एम.जी.डी. पानी की कमी रहने का अनुमान लगाया गया है।

सोनिया विहार जल संयंत्र रुक-रुककर चला

दिल्ली सरकार का बहुचर्चित सोनिया विहार जल संयंत्र इसका सबसे बड़ा उदाहरण है। जल बोर्ड ने दिसंबर 2004 में करीब 190 करोड़ रुपए की लागत से इस संयंत्र का निर्माण करवाया था। 140 एम.जी.डी. क्षमता के इस जल संयंत्र से यमुना पार और दक्षिणी दिल्ली के उन इलाकों को पानी दिया जाना था, जो कि लंबे समय से पानी की कमी का सामना कर रहे थे। इस जल संयंत्र से इन इलाकों को पानी की सप्लाई सुनिश्चित करने के लिए जमीन के अंदर पानी का भंडारण करनेवाले अंडरग्राउंड रिजरवायर बनाए जाने थे। सोनिया विहार जल संयंत्र से 90 एम.जी.डी. पानी दक्षिणी दिल्ली को, 35 एम.जी.डी. ताहिरपुर को और 15 एम.जी.डी. शास्त्री पार्क को दिया जाना था। सोनिया विहार जल संयंत्र को दिसंबर 2003 तक पूरी क्षमता से काम करना शुरू करने का लक्ष्य रखा गया था; लेकिन यह संयंत्र निर्धारित तिथि से करीब एक साल बाद दिसंबर 2004 में बनकर पूरा हो पाया। लेकिन टिहरी बाँध से कच्चा पानी नहीं मिल पाने के कारण यह जल संयंत्र पूरी क्षमता से काम कर पाना शुरू नहीं कर सका। उत्तर प्रदेश सरकार द्वारा जून 2007 में कच्चा पानी छोड़े जाने के बाद ही इस संयंत्र को चालू किया जा सका। इस कारण दसवीं पंचवर्षीय योजना के दौरान दिल्लीवालों को अतिरिक्त पानी उपलब्ध कराने की योजना अपने लक्ष्य को प्राप्त कर पाने में असफल रही। इसका परिणाम यह हुआ कि इस बीच आबादी बढ़ते जाने के कारण राजधानी में पानी की माँग और आपूर्ति में अंतर बढ़ता जा रहा है। इस योजना के समय पर पूरा नहीं हो पाने का एक और पहलू भी है। सोनिया विहार जल संयंत्र जून 2007 में चालू हो गया। इस संयंत्र से राजधानी के विभिन्न इलाकों को पानी देने के लिए बनाए जानेवाले अंडरग्राउंड, रिजरवायर, बूस्टर स्टेशन और उनसे विभिन्न इलाकों को पानी पहुँचाने के लिए डाली जानेवाली पाइपलाइन की योजनाएँ समय से पूरी नहीं की जा सकीं। इस कारण इस संयंत्र को पूरी क्षमता से चला पाना संभव नहीं हो सका। बाद में

राजनीतिक रोटियाँ सेंकने जाने के बाद धीरे-धीरे अतिरिक्त कच्चा पानी मिलने लगा और अंततः इस संयंत्र ने पूरी क्षमता से काम करना शुरू किया। यही स्थिति ओखला और द्वारका में बनाए जा रहे जल संयंत्रों की होनेवाली है।

जल संयंत्रों में पानी की बरबादी

दिल्ली में पीने के पानी की कमी है। जल बोर्ड के जल संयंत्रों में भी पानी की बरबादी होती रही है। इस बरबादी को रोकने के लिए बनाई गई योजनाओं को समय से पूरा नहीं किया जा सका है। इसलिए यह बरबादी नहीं रोकी जा सकी। ऐसा क्यों हुआ? बोर्ड के जल संयंत्रों में पानी साफ करने के लिए जिस तकनीक का इस्तेमाल किया जाता है, उससे पानी की सफाई के दौरान इन संयंत्रों की सफाई आदि पर 8 से 10 प्रतिशत पानी बरबाद हो जाता है। इस काम को 'बैक वॉश ऑफ फिल्टर' और 'क्लेरेफलोक्यूलेटरर्स' कहा जाता है। कच्चे पानी की कमी को देखते हुए बोर्ड ने प्रस्ताव किया कि हैदरपुर, वजीराबाद, भागीरथी और चंद्रावल के जल संयंत्रों में मौजूद गंदे पानी का यदि शोधन कर लिया जाए तो करीब 45 एम.जी.डी. पीने योग्य पानी का उत्पादन किया जा सकता है। इस पानी को प्राप्त करने के बारे में फैसला 1999 में ही कर लिया गया था। इस काम को कैसे किया जाए, किस प्रकार की तकनीक इस्तेमाल की जाए, ठेका किसे दिया जाए इस पर निर्णय करने में करीब 10 साल लग गए। इस बीच इस योजना पर आनेवाली लागत करीब 24 करोड़ रुपए से बढ़कर 68 करोड़ तक जा पहुँची। करीब एक दशक तक विचाराधीन और निर्माणाधीन बने रहने के बाद इन संयंत्रों ने काम करना शुरू ही दिया। ताजा आँकड़ों के अनुसार पानी की बरबादी रोककर प्राप्त किए जा सकनेवाले 45 में से 30 मिलियन गैलन पानी को साफ करके सप्लाई किए जाने की व्यवस्था कर ली गई है। इसमें 16 एम.जी.डी. हैदरपुर 10 एम.जी.डी. भागीरथी और 11 एम.जी.डी. वजीरावाद जल संयंत्र से उपलब्ध कराया जा पाना संभव हो गया है। इस पानी को पश्चिमी व पूर्वी दिल्ली और बुराड़ी क्षेत्र की अवैध कही जानेवाली कालोनियों में सप्लाई किया जा रहा है। इन तीनों संयंत्रों में बरबाद होनेवाले पानी को बचाकर फिर से साफ करने करीब 68 करोड़ की लागत आई है। चंद्रावल में 8 एम.जी.डी. क्षमता के एक ऐसे ही संयंत्र का निर्माण किया जा रहा है। जल्दी ही इस संयंत्र में होनेवाले पानी की बरबादी को रोककर उसे दिल्लीवालों की जरूरतों को पूरा करने के लिए सप्लाई किए जाने की संभावना है।

जमीन के अंदर पानी का गिरता स्तर खतरनाक

यह तो हुई जमीन के ऊपर के पानी की। अब नजर डालते हैं जमीन के अंदर के पानी की। जमीन के अंदर के पानी के बारे में हिसाब-किताब रखने का काम केंद्र सरकार के तहत काम करनेवाली एजेंसी सेंट्रल ग्राउंड वाटर अथॉरिटी के पास है। इस अथॉरिटी द्वारा किए गए सर्वेक्षणों के आँकड़ों के अनुसार दक्षिणी दिल्ली में पानी 40 मीटर से अधिक गहराई पर मिल पा रहा है। नई दिल्ली और दक्षिणी दिल्ली में यह स्तर गिरकर 10 से 20 मीटर तक पहुँच चुका है। मध्य-पूर्वी और उत्तरी पश्चिमी जिलों में पानी 5 से 10 मीटर की गहराई के बाद ही मिल पाता है। यमुना नदी के बाढ़ से भर जानेवाले इलाकों में भी पानी 2 से 5 मीटर की गहराई के बाद ही मिल पाता है। जल स्तर के गिरते जाने का एक असर यह हो रहा है कि सरकारी और निजी तौर पर लगाए गए ट्यूबवेल और बोरवेल सूखते जा रहे हैं। पिछले एक दशक में राजधानी में जल स्तर के गिरते जाने की जाँच के लिए सेंट्रल ग्राउंड वाटर अथॉरिटी द्वारा बनाए गए कुओं में से 95 प्रतिशत में पानी का स्तर गिरने के प्रमाण हैं। तुगलकाबाद, साकेत, पुष्प विहार और लाडो सराय में पानी जमीन से 58 से 62 मीटर की गहराई पर ही मिल पा रहा है, जो दिल्ली में सबसे गहराई पर पानी मिलने का उदाहरण है। जिन इलाकों में यमुना नदी द्वारा सैकड़ों सालों में लाई गई मिट्टी जमा होती गई है, वहाँ भी जमीन के अंदर पानी का स्तर गिर रहा है। जैसे-जैसे जमीन के अंदर पानी की गहराई बढ़ती जा रही है, वहाँ पानी की किस्म खराब होती जा रही है। यहाँ तक कि यमुना के किनारों पर जमीन के अंदर अच्छे पानी का स्तर गिरकर 35 से 45 मीटर तक पहुँच चुका है। एक और सरकारी सर्वेक्षण के आँकड़ों पर नजर डालिए। सन् 1960 से 2000 के बीच के 40 सालों में दिल्ली में जमीन के अंदर के पानी के स्तर में 2 मीटर से 20 मीटर तक की गिरावट दर्ज की गई है। सेंट्रल ग्राउंड वाटर अथॉरिटी द्वारा के इस सर्वेक्षण से पता चलता है कि दिल्ली के नौ जिलों में से सात जिले ऐसे हैं जिनमें जमीन के अंदर के पानी का प्राकृतिक क्षमताओं से कहीं ज्यादा इस्तेमाल किया जा रहा है। सेंट्रल ग्राउंड वाटर बोर्ड की एक रिपोर्ट में कहा गया है कि पिछले 20 सालों में हर साल 1 फीट की दर से दिल्ली में जमीन के अंदर पानी का स्तर गिरा है। और यह गिरावट औसतन 8 मीटर की हो चुकी है।

मानसून की बारिश के बाद भी कुओं में पानी का स्तर नहीं बढ़ता

बोर्ड की एक रिपोर्ट के अनुसार, राजधानी में जमीन के अंदर पानी की

स्थिति यहाँ तक पहुँच गई है कि दक्षिणी दिल्ली में 50 प्रतिशत कुओं में पानी 40 मीटर से भी अधिक की गहराई पर ही मिल पा रहा है। नई दिल्ली और दक्षिण-पश्चिमी दिल्ली में 10 से 20 मीटर से अधिक की गहराई पर ही पानी मिल पाता है। मध्य-पूर्वी और उत्तर-पश्चिमी जिलों में 5 से 10 मीटर की गहराई के बाद ही पानी मिलता है। यमुना नदी के बाढ़ से भर जानेवाले इलाकों में भी पानी 2 से 5 मीटर की गहराई के बाद ही मिल पाता है। मानसून की बारिश के बाद इन कुओं की जाँच से एक भयावह बात यह सामने आती है कि दक्षिण और दक्षिण-पश्चिमी जिले के तहत आनेवाले इलाकों में पानी का स्तर बढ़ता नहीं पाया गया है। यानी कि इन इलाकों में जमीन के अंदर से निकालकर इतना पानी इस्तेमाल किया जा रहा है जितना कि बरसात के बावजूद इन कुआँ तक नहीं पहुँच पा रहा है। पिछले 10 सालों के आँकड़ों के विश्लेषण से पता चलता है कि 95 प्रतिशत कुओं में जल स्तर घटा है। इससे यह भी साबित होता है कि दिल्ली में जमीन के अंदर से निकालकर जितने पानी का इस्तेमाल किया जा रहा है उतना रिचार्ज नहीं हो पा रहा है। यह स्थिति अधिक समय तक जारी नहीं रह सकती। एक अध्ययन के अनुसार दिल्ली में जमीन के अंदर उपलब्ध पानी की क्षमता करीब 292 मिलियन क्यूबिक मीटर पानी उपलब्ध कराने की है और औसतन 312 मिलियन क्यूबिक मीटर पानी निकालकर इस्तेमाल किया जा रहा है। यह स्थिति असीमित समय तक चल नहीं सकती और एक समय ऐसा आ सकता है, जबकि जमीन के अंदर से साफ पानी मिल पाना ही संभव नहीं रह जाए। ऐसा तब हो रहा है जबकि 'सस्टेन बिलिटी' वर्षों से सेमीनार सर्किट का सबसे प्रिय विषय है।

2010 का मानसून दिल्लीवालों के लिए खास रहा है

वर्ष 2010 के मानसून में हुई झमाझम बारिश दिल्ली और दिल्लीवालों के लिए विशेष रही। लंबे अंतराल के बाद इस वर्ष हुई भारी बारिश के कारण राजधानी में जमीन के अंदर गिर रहे जल स्तर को थामने में ही मदद नहीं की बल्कि इस बार तो उन इलाकों में भी भू-जल स्तर मे बढ़ोतरी दिखाई दी, जहाँ आमतौर पर मानसून के बाद भी जल स्तर बढ़ता नहीं था। भगवान् करे, हर साल ऐसा हो लेकिन आँकड़े बताते हैं कि ऐसा होता नहीं है। इस बार की बारिश तो खास ही रही है। इस साल मानसून के बाद जमीन के अंदर पानी के स्तर के आँकड़ों की समीक्षा के आधार पर केंद्रीय भू-जल बोर्ड ने अपनी ताजा रिपोर्ट में कहा है कि इस बार दिल्ली में औसतन 1 से 1.5 मीटर तक भू-जल के स्तर में बढ़ोतरी हुई

है। ऐसा पहली बार ही देखा गया है, वरना हर साल औसतन 1 से 1.5 मीटर जल स्तर में गिरावट दर्ज की जाती रही है। इस बार भी पूरी दिल्ली में भू–जल स्तर बढ़ा हो, ऐसा नहीं है। केंद्र सरकार के अधीन काम करनेवाला यह बोर्ड राजधानी के 204 स्थानों पर भू–जल स्तर की जाँच की जाती है। इस बार मानसून के बाद जो आँकड़े समाने आए उनके मुताबिक 24 स्थानों पर भू–जल स्तर गिरा। इसमें से अधिकतर इलाके दक्षिणी दिल्ली में आते हैं। यह अलग बात है कि इस बार इन इलाकों में गिरावट आने की दर में जरूर कमी दर्ज की गई। अच्छे मानसून का एक और रचनात्मक पहलू यह है कि राजधानी के वेट लैंड एरिया में जान आ गई है। इससे जमीन के अंदर पानी के गिरते स्तर को रोकने में मदद मिलने की संभावना बढ़ती है। वैज्ञानिक भाषा में 'वेट लैंड' उस इलाके को कहते हैं, जिसमें पूरे साल पानी रहता है। ये वेट लैंड अधिकतर यमुना के किनारेवाले इलाकों में पाए जाते हैं। राजधानी में कुल मिलाकर करीब 35,000 एकड़ जमीन को वेट लैंड की संज्ञा दी गई है। ये इलाके आउटर रिंग रोड दिल्ली के इंद्रप्रस्थ एस्टेट स्थित मुख्यालय के पीछे यमुना बैंक, यमुना का पुराना लोहे का पुल, डी.एन.डी. फ्लाईओवर, मयूर विहार आदि इलाकों में मुख्य रूप से स्थित हैं। इसके अलावा इस बारिश के दौरान राजधानी की अनेक वाटर बॉडीज को नव जीवन मिलने के संकेत हैं; लेकिन गरमी के मौसम में ये कितनी बची रह पाती हैं यह अभी देखा जाना है। यमुना में आई बाढ़ के साथ लाई गई मिट्टी से भी नमी के अधिक समय तक बने रहने की संभावना है। ये वेट लैंड न केवल जमीन के अंदर पानी के गिरते स्तर को कम करने में मददगार हो सकते हैं, बल्कि पानी की सफाई करने कार्बनडाइ–ऑक्साइड कम करने और ग्रीन हाउस गैसों को सोखने में महत्त्वपूर्ण भूमिका निभा सकते हैं। इनसे पानी को साफ रखने में भी मदद मिल सकती है। लेकिन विकास की अंधी दौड़ में वेटलैंड का संरक्षण प्राथमिकता नहीं है।

राष्ट्रीय जल नीति दिल्ली में ही लागू नहीं की जाती

केंद्र सरकार द्वारा वर्ष 2002 में बनाई गई राष्ट्रीय जल नीति में कहा गया है कि जमीन के अंदर से उतना ही पानी निकाला जाना चाहिए जितना कि उसे फिर से रिचार्ज किया जा सके । देश की राजधानी और केंद्र–शासित प्रदेश होने के बावजूद दिल्ली में ही इस नीति को किस तरह से लागू किया जा रहा है, इसका अनुमान इसी बात से लगाया जा सकता है कि यहाँ पर रिचार्ज होने से कहीं ज्यादा पानी का इस्तेमाल किया जा रहा है। जमीन के अंदर के पानी के इस्तेमाल पर नियंत्रण रखने के लिए

सेंट्रल ग्राउंड वाटर अथॉरिटी का गठन किया गया था। इस संगठन को पर्यावरण संरक्षण कानून 1968 के तहत बनाया गया था। इसके लिए केंद्र ने एक अलग मॉडल कानून भी बनाया; लेकिन इसे लागू नहीं किया जा सका, क्योंकि संविधान में पानी राज्य के तहत आनेवाला विषय है। इस बारे में कानून बनाने और उसे लागू करने की जिम्मेदारी राज्य सरकार की है। दिल्ली सरकार अब तक इस कानून को बना पाने में सफल नहीं रही है, क्योंकि दिल्ली के नेताओं ने एक सुर से उसका विरोध किया था। इस विरोध का मुख्य कारण तो राजनीतिक कहा जा सकता है। इस कानून के तहत जल बोर्ड को जमीन के अंदर के पानी के इस्तेमाल को नियंत्रण करने की जिम्मेदारी सौंपी जाने की व्यवस्था की गई थी। यदि यह कानून वर्तमान रूप में लागू हो जाता तो एक ऐसी रोचक स्थिति उत्पन्न हो जाती, जहाँ कि अपराधी को ही उस मामले में फैसला करने का अधिकार मिल जाता। दिल्ली जल बोर्ड दिल्लीवालों की पानी की जरूरतों को पूरा करने में असफल रहा है, इसलिए जमीन के अंदर के पानी का इस्तेमाल बढ़ रहा है। लेकिन अब बोर्ड को ही जमीन के अंदर पानी के इस्तेमाल के नियंत्रण के अधिकार देने का कोई औचित्य नहीं कहा जा सकता। इस विवाद को सुलझाने का सिलसिला जारी है, लेकिन अन्य कानूनों की ही तरह यह कानून कागज पर ज्यादा और जमीन पर कम है।

ऐसे ही चलता रहा तो जमीन के अंदर पानी नहीं मिलेगा

जमीन के अंदर के पानी का स्तर गिरते जाने से उत्पन्न स्थिति पर नियंत्रण करने के लिए अथॉरिटी ने मार्च 2006 में एक अधिसूचना जारी करके दिल्ली के नौ जिलों में से सात जिलों—पूर्वी, नई दिल्ली, उत्तर-पूर्वी, उत्तर-पश्चिमी और पश्चिमी जिलों को देश के उन जिलों के रूप में घोषित कर दिया था, जिनमें जमीन के अंदर के पानी के इस्तेमाल पर नियंत्रण किया जाना जरूरी था। इस अधिसूचना के तहत इन जिलों में नए ट्यूबवेल लगाने पर रोक लगाने सहित अनेक शर्तें लागू की गई थीं; लेकिन उनको लागू नहीं किया जा सका। ऐसा किया जाना केंद्र सरकार द्वारा बनाई गई जलनीति के सिद्धांतों के ठीक विपरीत है। देश की राजधानी में ही ऐसा किया जा रहा है, जहाँ कि इस नीति को बनाने और लागू करनेवाले दोनों ही उपस्थित हैं। देश के अन्य भागों और दूर-दराज के शहरों व गाँवों में क्या हो रहा होगा, इसका तो अनुमान ही लगाया जा सकता है। वर्तमान दर से जमीन के अंदर के पानी का इस्तेमाल जारी रहा तो वह दिन दूर नहीं है, जब हमें पानी का यह विकल्प उपलब्ध ही नहीं रहेगा। इस स्थिति पर आसानी से काबू पाया जा सकता

है। इसके लिए हमें बस यह करना है कि दिल्ली में जितनी बारिश होती है, उस पानी को बहाकर यमुना के रास्ते समुद्र तक भेजने की बजाय उसे जमीन के अंदर पहुँचाने की है। लेकिन अब तक के सभी दावों और प्रयासों के बावजूद हम ऐसा नहीं कर पा रहे हैं।

पानी की विडंबना

वास्तविकता यह है कि अब दिल्ली में बरसात के दिनों में भी जमीन के अंदर पानी का स्तर बढ़ता नहीं है, क्योंकि हम शहर की जमीन को इस तरह का बनाते जा रहे हैं जिससे कि पानी जमीन में सोखे, यह संभव ही नहीं हो पा रहा है। आर्थिक विकास के इस दौर में धूल, मिट्टी, कच्ची जमीन को पिछड़ापन मान लिया गया है। हम खेती-किसानी की जमीन को लेकर मकान, दुकान, घर-बार, आलीशान इमारतें बनाते जा रहे हैं। उसके आस-पास की खुली जमीन सड़क, फुटपाथ आदि को कच्चा छोड़ना अब अच्छा नहीं माना जाता, इसलिए उस पर भी कंक्रीट और पत्थर लगाकर उसे भी इस तरह की बनाते जा रहे हैं कि कहीं वह पानी सोख न ले। अब आखिर पानी जमीन के अंदर जाए तो जाए कहाँ से और कैसे? इसे विडंबना नहीं तो और क्या कहा जाएगा कि एक ओर पानी है नहीं और दूसरी ओर उसे कैसे भी करके शहर के बाहर निकाल देने के लिए ही काम किया जा रहा है। शहर में बहकर आनेवाले पानी को हम शहर में आने देना नहीं चाहते। शहर में होनेवाली बारिश को कैसे भी करके शहर के बाहर निकाल देना चाहते हैं। बढ़ती जरूरतों को पूरा करने के लिए जमीन के अंदर से पानी ज्यादा-से-ज्यादा निकालकर इस्तेमाल करते जा रहे हैं। इसका इस्तेमाल साल-दर-साल तेजी से बढ़ता जा रहा है। प्रकृति तो हमें परंपरा की तरह आज भी हमेशा की तरह पानी देती आ रही है, लेकिन हम उसे सँभाल ही नहीं रहे हैं। इस समय जिस दर से जमीन के अंदर से पानी निकाला जा रहा है, उस दर से प्रकृति उसे भर पाने की स्थिति में नहीं रह गई है। इस स्थिति को हर कीमत पर बदले जाने की आवश्यकता है।

जमीन के अंदर के पानी का क्षमता से कहीं ज्यादा दोहन

एक अनुमान के अनुसार, दिल्ली में बिना पर्यावरण को दूरगामी नुकसान पहुँचाए जमीन के अंदर से 292 एम.सी.एम. पानी निकाले जाने की क्षमता है, जबकि हर साल 312 एम.सी.एम. यानी मिलियन क्यूबिक मीटर पानी निकाला जा रहा है। मिलियन क्यूबिक मीटर पानी को नापने की एक इकाई है, जिसमें यह बताया जाता है कि 1 घन मीटर क्षेत्र में कितना पानी भरा रह सकता है। 1 घन

मीटर पानी का अर्थ है कि 1 मीटर लंबाई-चौड़ाई और ऊँचाई में कितना पानी भरा रह सकता है। दिल्ली में प्रकृति जितना पानी दे पाने की स्थिति में है। उससे हम कहीं अधिक पानी का इस्तेमाल कर रहे हैं। ऐसा किया जाना ठीक नहीं है, इसके बहुत बुरे और दूरगामी परिणाम निकल सकते हैं। इसके संकेत अभी से दिख रहे हैं, लेकिन हम उसकी ओर से आँख बंद किए बैठे हैं। इन स्रोतों से मिलनेवाले पानी की किस्म उत्तरोत्तर खराब होती जा रही है। इसमें खारापन और कसैलापन बढ़ रहा है। वह मटमैला, भूरा और काला होता जा रहा है। इस पानी में फ्लोराइड, नाइट्रेट और अन्य हानिकारक रसायन पाए जाने की मात्रा लगातार बढ़ रही है। स्थिति यहाँ तक खतरनाक रूप धारण करती जा रही है कि जमीन के अंदर अब केवल खारा और ऐसे तत्त्वोंवाला पानी ही बच पा रहा है, जो कि किसी भी तरह से पीने या किसी अन्य इस्तेमाल के लायक नहीं है। मीठे पानी के स्रोत लगातार खत्म होते जा रहे हैं। अब जो पानी निकल रहा है, उसमें फ्लोराइड व नाइट्रेट जैसे खतरनाक रसायनों की मात्रा बहुत अधिक है। मजबूरी में उसका इस्तेमाल करनेवालों को अनेक तरह की बीमारियाँ हो रही हैं।

पानी में फ्लोराइड और नाइट्रेट अधिक होने के खतरनाक प्रभाव

दिल्ली में जमीन के अंदर मिलनेवाले पानी में फ्लोराइड व नाइट्रेट की मात्रा निर्धारित सीमा से कहीं अधिक है। इसका इस पानी के इस्तेमाल करनेवालों पर बुरा प्रभाव पड़ रहा है। उन्हें अनेक तरह की बीमारियाँ हो रही हैं। विश्व स्वास्थ्य संगठन के मानदंडों के अनुसार, पानी में 1.5 ग्राम प्रति लीटर तक फ्लोराइड को ठीक कहा जा सकता है। इससे अधिक फ्लोराइडवाले पानी को बिना ट्रीट किए पीने के काम में लाना हानिकारक हो सकता है। एक-तिहाई दिल्ली में जमीन के दर के पानी में फ्लोराइड की मात्रा निर्धारित सीमा से कहीं अधिक पाई गई है। दक्षिण-पश्चिम और पश्चिमी दिल्ली, विशेष करके नजफगढ़ और कंझावला ब्लॉक में जमीन के अंदर के पानी में फ्लोराइड की मात्रा निर्धारित सीमा से कहीं अधिक है। इसका मुख्य कारण यहाँ पर सीवेज डिस्पोजल की व्यवस्था नहीं के बराबर होना है। ओखला कालिंदी कुंज बैराज के आस-पास और यमुना के पश्चिमी किनारे पर जमीन के अंदर के पानी में नाइट्रेट की मात्रा निर्धारित सीमा से कहीं ज्यादा आँकी गई है। इन इलाकों में बड़े पैमाने पर अवैध बस्तियाँ बसाई जा चुकी हैं। आज भी फल-फूल रही हैं, इसलिए यहाँ पानी की माँग बढ़ती जा रही है। इस बढ़ती माँग को पूरा करने के लिए जमीन अंदर के पानी का उपयोग बढ़ रहा है।

अभी इन इलाकों में आवश्यकता का पानी पाइप लाइनों से पहुँचाए जाने की संभावनाएँ निकट भविष्य में नहीं हैं। इन बस्तियों को नियमित किए जाने की कार्यवाही जारी है। इन्हें पीने का पानी कहाँ से मिलेगा, यह प्राथमिकता नहीं है। जमीन के अंदर जिन इलाकों में कम गहराई पर ऐसा पानी मिलता है, जो खारा और ब्रैकिश है, उसमें फ्लोराइड की मात्रा के अधिक होने के संकेत हैं। केंद्र सरकार के जल संसाधन मंत्रालय ने तो एक अधिसूचना जारी करके राजधानी के एक बहुत बड़े इलाके को ऐसा क्षेत्र घोषित किया है, जहाँ जमीन के अंदर के पानी में फ्लोराइड की मात्रा निर्धारित मात्रा से कहीं ज्यादा है। इस अधिघोषणा में इस पानी को बिना ट्रीट किए पीने के काम में नहीं लाए जाने की चेतावनी दी गई है, लेकिन इन गरीब बस्तियाँ में रहने वालों के लिए विकल्प ही नहीं है।

पानी की सफाई एक महँगा सौदा

इसके बावजूद इन इलाकों में रहनेवाले उपलब्ध पानी को बिना ट्रीट किए ही पीने के काम में लाने के लिए मजबूर हैं, क्योंकि उनके पास बेहतर पानी उपलब्ध ही नहीं है। बोतलबंद पानी बेचनेवाली कंपनियाँ इस स्थिति का लाभ उठा रही हैं, क्योंकि उनके लिए यह लाभ कमाने का एक अवसर है। इन इलाकों में रहनेवाले गरीब और मध्यम वर्ग के परिवारों को अपनी आय का एक बड़ा हिस्सा पीने के पानी पर खर्च करने के लिए मजबूर होना पड़ रहा है। जिन इलाकों में फ्लोराइड अधिक होने के कारण बिना ट्रीट किए पानी का इस्तेमाल नहीं करने की चेतावनी दी गई है उनमें बवाना, शाहबाद डेरी, घेवरा, टीकरी कलाँ, कंझावला, कोटला मुहम्मदपुर, मुंडका, किराड़ी, सुलतानपुरी, मंगोलपुर खुर्द, मंगोलपुर कलाँ, राजीव नगर, रिठाला, पंजाब खोड़, कुतुबगढ़, शाहबाद, पूठ खुर्द, प्रहलादपुर, टीकरी खुर्द, मुनीरका डी.डी.ए. फ्लैट, संत नगर, इंडिया गेट नर्सरी, चिड़िया घर, निजामुद्दीन, ज्वालाहेड़ी मार्किट, आश्रम चौक, यू.पी.एस.सी., विकासपुरी, राजौरी गार्डन, मीरा बाग, बसंत एंक्लेव, मंगेशपुर, औचंदी बॉर्डर, पालम गाँव आदि बस्तियाँ शामिल हैं। दक्षिण-पश्चिमी दिल्ली के इलाकों और खास करके नजफगढ़ और कंझावला ब्लॉक के तहत आनेवाले इलाकों में जमीन के अंदर पाए जानेवाले पानी में नाइट्रेट की मात्रा निर्धारित सीमा से कहीं अधिक पाई गई है। इन इलाकों में जमीन के अंदर मिलनेवाले पानी में नाइट्रेट की मात्रा अधिक होने का मुख्य कारण यह है कि उनमें सीवेज डिस्पोजल की व्यवस्था नहीं के बराबर है।

जमीन के अंदर कैसा-कैसा पानी

राजधानी में जमीन के अंदर के पानी का खारा और कसैला होना समस्या का एक पहलू है। यह पानी जमीन में पानी की गहराई और मिट्टी की किस्म के अनुसार बदलता रहता है। जमीन के अंदर के पानी के नमूनों की जाँच से पता चलता है कि कंझावला और नजफगढ़ ब्लॉक में, जहाँ पानी अपेक्षाकृत कम गहराई पर उपलब्ध है, अधिकतर पानी ब्रैकिश यानी खारा है। ऐसा ही अलीपुर और शहरी जिले की स्थिति है। उत्तरी और उत्तर-पश्चिमी दिल्ली के भलस्वाँ-बुराड़ी, धीरपुर और उसके आस-पास के इलाकों में पानी हालाँकि कम गहराई पर मिलता है, लेकिन उसका स्वाद कसैला है। वेस्टर्न यमुना कैनाल और उससे जुड़नेवाली पानी की धाराओं के किनारों को छोड़कर, जहाँ कि कम गहराई पर मीठा पानी मिल जाता है, कंझावला ब्लॉक के अधिकतर इलाकों का पानी ब्रैकिश है। नजफगढ़ ड्रेन के किनारों और समालका, बकरगढ़ और उजवाह के इलाकों को छोड़कर नजफगढ़ ब्लॉक के अधिकतर इलाकों का पानी सेलाइन यानी खारापन लिये हुए है। शिकारपुर और कंगनहेड़ी के आस-पास 30 मीटर की गहराई तक के हैंडपंप लगाए गए हैं। यहाँ का पानी अपेक्षाकृत कम खारा है। इसे पीने और खेती के काम में लाया जा सकता है और लाया जा रहा है। यमुनापार के शाहदरा शहर और महरौली ब्लॉक के कुछ इलाकों में अपेक्षाकृत कम गहराई पर मीठा पानी मिल जाता है। निजामुद्दीन और जनकपुरी के कुछ इलाकों में जमीन के अंदर मिलनेवाले पानी में खारापन महसूस किया जाता है।

18 प्रतिशत पीते हैं गंदा पानी

दिल्ली में रहनेवाले 18 प्रतिशत लोग गंदा पानी पी रहे हैं। यह भयावह रिपोर्ट दिल्ली नगर निगम की स्वास्थ्य समिति की तरफ से कराए गए एक सर्वेक्षण से सामने आई है। भाजपा के नेतृत्ववाले निगम की स्वास्थ्य समिति ने वर्ष 2010 में किए गए सर्वेक्षणों के आधार पर यह रिपोर्ट जारी की है। इस रिपोर्ट के लिए निगम के 12 जोनों में से 11 जोन में स्थित विभिन्न इलाकों में जल बोर्ड द्वारा सप्लाई किए जानेवाले पानी के नमूनों की जाँच की थी। इन नमूनों को दिल्ली नगर निगम की प्रयोगशाला में जाँचा-परखा गया। निगम की स्वास्थ्य समिति के अध्यक्ष और पेशे से डॉक्टर वी.के. मोगा का दावा है कि जल बोर्ड द्वारा सप्लाई किए जानेवाले पानी में खतरनाक बैक्टीरिया पाए गए हैं। डॉ. मोगा ने दावा किया कि खतरनाक बैक्टीरिया की मात्रा प्रति मिलीलीटर 10 तक हो तो पानी को पीने योग्य

माना लिया जाता है। लेकिन जाँच के दौरान पानी में बैक्टीरिया की मात्रा निर्धारित संख्या से कहीं अधिक पाई गई। इस तरह के बैक्टीरिया आमतौर पर मल में पाए जाते हैं। इस आधार पर यह कहा जा सकता है कि सप्लाई किए जानेवाले पानी में मल कहीं पर मिल जाता है। पानी आपूर्ति की व्यवस्था के जानकारों का कहना है कि ऐसा इसलिए होता है, क्योंकि जल बोर्ड की पाइपलाइनों में अनेक जगहों पर लीकेज है और उसमें हर समय पानी की आपूर्ति नहीं की जाती है। इसलिए संभव है कि जब आपूर्ति बंद की जाती है तो उस समय पाइप लाइनों के अंदर पानी का दबाव समाप्त हो जाता है और हवा के दबाव के कारण गंदा पानी इन पाइप लाइनों में चला जाता हो! यह भी संभव है कि घरों के कनेक्शन के दौरान पाइपों के गले हुए होने के कारण साफ पानी और गंदा पानी मिल जाता हो; क्योंकि पानी और सीवेज के पाइपों में कई बार अधिक दूरी नहीं होती है। दोनों में लीकेज के कारण इस प्रकार की मिलावट हो जाने की संभावना से इनकार नहीं किया जा सकता। चुनावी दौर में इस प्रकार की रिपोर्ट जारी किए जाने को राजनीति करार दिया जा सकना संभव है, लेकिन इसका मतलब यह नहीं है कि इस प्रकार की खतरनाक स्थिति से दिल्लीवालों को दो-चार नहीं होना पड़ रहा है। आवश्यकता समस्या के समाधान के लिए मिलकर काम करने की है। एक-दूसरे की ओर उँगली उठाने से बात नहीं बन सकती।

पानी का दुष्चक्र

दिल्ली एक ऐसा शहर है, जहाँ की जमीन का एक हिस्सा पहाड़ी और पथरीली जमीनवाला है। वहाँ पहले ही पानी का स्तर बहुत नीचा है। अब शहर का प्रसार इन्हीं इलाकों में हो रहा है। इस कारण इन इलाकों में जनसंख्या का दबाव बढ़ रहा है। इस बढ़ती जरूरत को पूरा करने के लिए पाइप के जरिए नदियों का पानी पीने के लिए नहीं पहुँच पा रहा है। इसलिए जमीन के अंदर के पानी पर निर्भरता बढ़ती जा रही है। इससे पहले से ही इन इलाकों में पानी बहुत अधिक गहराई पर मिलता है। अब जमीन के अंदर के पानी का स्तर और भी गिरता जा रहा है। ग्राउंड वाटर अथॉरिटी के सर्वेक्षण के अनुसार, दिल्ली के पाँच ब्लॉकों में से तीन में जमीन के अंदर का जल स्तर लगातार गिरता जा रहा है। इन ब्लॉकों के नाम हैं—नजफगढ़, महरौली और कंझावला। इन ब्लॉकों के नाम के इस्तेमाल से आपको लग रहा होगा कि यह तो दूर-दराज की बात है। इसका असर तो दिल्ली के ग्रामीण इलाकों में और गाँवों में पड़ रहा होगा। इसका हमसे क्या लेना-देना,

लेकिन वास्तविकता कुछ और ही है। ये दिल्ली के वे इलाके हैं, जिनमें कि नया शहर बस रहा है और बसाया जा चुका है। दिल्ली के मास्टर प्लान को देखें तो पता चलता है कि 2021 तक दिल्ली का पूरा-का-पूरा क्षेत्रफल ही शहरी हो चुकेगा। इसलिए इन ब्लॉकों में जमीन के अंदर पानी के गिरते स्तर का आप पर कोई प्रभाव नहीं पड़ेगा, ऐसा नहीं है। आनेवाले कल की दिल्ली इन्हीं इलाकों में बस रही है और बसेगी।

कितना गिर रहा है भू-जल का स्तर

इन इलाकों में जमीन के अंदर के पानी के गिरते स्तर के आँकड़ों पर एक नजर डालिए। एक सरकारी सर्वेक्षण के अनुसार, सन् 1960-2000 तक के 40 सालों में दिल्ली में जमीन के अंदर के पानी के स्तर में 2 मीटर से 20 मीटर तक की गिरावट दर्ज की गई थी। महरौली ब्लॉक में इस दौरान पानी के स्तर में सबसे ज्यादा गिरावट दर्ज की गई थी। यहाँ पानी के स्तर में गिरावट 20 मीटर तक दर्ज की गई। यह दिल्ली का वह इलाका है जहाँ राजधानी के बड़े नेताओं, अफसरों और धनिकों के फार्महाउस हैं। यह शहर का वह इलाका है, जिसमें हर ओर इतिहास बिखरा है। यहाँ पर पिछले 1,000 साल से भी अधिक समय से लोग रहते आ रहे हैं। अनंगपाल के वंशजों की अनंगपुर के पास बसी दिल्ली के उजड़ जाने का कारण यही रहा था कि वहाँ पर्याप्त पानी नहीं मिल पा रहा था। आखिर में अरावली की पहाड़ियों के बीच से हटाकर महरौली में लाल कोट और राय पिथौरा के शहर बसाए गए थे। पानी की कमी के कारण ही ये शहर वहाँ से हटकर बाद की शताब्दियों में यमुना के किनारों की ओर बसते गए। दिल्ली के किलोकरी, सीरी, फिरोजाबाद और शाहजहाँनाबाद शहरों को नदियों के किनारे पर ही तो बसाया गया था। अब फिर एक बार दिल्ली अरावली की पहाड़ियों के बीच की ओर फैल रही है। शहर का यह इलाका पानी की कमी के दुष्चक्र में फँस गया है। यहाँ पर पानी की कमी के कारण जमीन के अंदर से पानी निकालकर इस्तेमाल किया जा रहा है और अधिक पानी के इस्तेमाल के कारण जमीन के अंदर के पानी का स्तर लगातार गिरता जा रहा है। इससे साफ है कि हमने इतिहास से कोई सबक लेने की आवश्यकता नहीं समझी। दिल्ली के अन्य ब्लॉकों में जमीन के अंदर के पानी की स्थिति पर एक नजर डालते हैं—60 के दशक से 21वीं सदी तक पहुँचते-पहुँचते उत्तरी दिल्ली के अलीपुर और कंझावला ब्लॉकों में पानी के स्तर में 2 से 6 मीटर तक की गिरावट दर्ज की गई।

21वीं सदी के पहले दशक में जमीन के अंदर पानी के स्तर में गिरावट के आँकड़े

केंद्र सरकार के तहत काम करनेवाले बोर्ड द्वारा वर्ष 2001-2010 के दौरान की गई जाँच से पता चलता है कि गिरावट का यह सिलसिला भयावह रूप धारण करता जा रहा है। 9 दिसंबर, 2010 को लोकसभा में पूछे गए एक प्रश्न के उत्तर में जल संसाधन राज्यमंत्री श्री विनसेंट एच. पाला ने सदन को बताया कि सेंट्रल ग्राउंड वाटर बोर्ड द्वारा किए गए सर्वेक्षण से पता चलता है कि राजधानी के विभिन्न इलाकों में जमीन के अंदर पानी के स्तर में गिरावट आ रही है। बोर्ड ने जमीन के अंदर पानी के स्तर की जाँच के लिए विभिन्न इलाकों में खास तरह के कुएँ बनाए हैं और उनमें उपलब्ध पानी के आधार पर यह अध्ययन किया जाता है। इस काम के लिए बनाए गए 191 कुओं में से 160 में जमीन के अंदर का जल स्तर गिरते जाने का प्रमाण मिला। यह गिरावट 1 मीटर से लगाकर 10 मीटर तक आँकी गई। इस अध्ययन के अनुसार, राजधानी के सभी नौ इलाकों में मानसून पूर्व किए गए अध्ययन में जमीन के अंदर पानी के स्तर में गिरावट दर्ज की गई। सबसे ज्यादा गिरावट दक्षिण-पश्चिमी दिल्ली में दर्ज की गई। इस जिले में बनाए गए 46 में से 39 कुओं में पानी के स्तर में गिरावट दर्ज की गई और यह गिरावट 9.25 मीटर तक आँकी गई। इसके बाद दक्षिण दिल्ली की बारी आती है। इस इलाके के 39 कुओं में से 34 में जल स्तर में गिरावट दर्ज की गई। यह गिरावट करीब 8 मीटर तक दर्ज की गई। नई दिल्ली के हरे-भरे इलाकों में बने 23 में से 22 कुओं में भी जमीन के अंदर पानी के स्तर में करीब 6 मीटर तक की गिरावट दर्ज की गई। उत्तरी-पश्चिमी दिल्ली के 40 कुओं में से 27 में पानी के स्तर में गिरावट दर्ज की गई और यह गिरावट करीब 4 मीटर तक की आँकी गई। मध्य दिल्ली में गिरावट करीब 2 मीटर की रही। जबकि यमुनापार के पूर्वी दिल्ली जिले में 21 में से 4 कुओं में 3.25 मीटर से अधिक गिरावट होने का प्रमाण मिला। उत्तरी दिल्ली के 11 में से 9 कुओं में पानी का स्तर गिरने का प्रमाण मिला और यह गिरावट 1 मीटर से भी अधिक तक रही। उत्तर-पूर्वी दिल्ली के सात में से पाँच कुओं में करीब 1 मीटर तक जल स्तर गिरने के प्रमाण मिले। पश्चिमी दिल्ली के 12 में से 9 कुओं में 2.25 मीटर से अधिक की गिरावट दर्ज की गई। सरकार ने माना कि जमीन के अंदर पानी का स्तर गिरते जाने का मुख्य कारण शहर की जरूरतों को पूरा करने के लिए जमीन के अंदर के पानी का बढ़ता उपयोग है। उन क्षेत्रों में जल के स्तर में अधिक तेजी से गिरावट होने के प्रमाण हैं, जहाँ पीने के पानी की आपूर्ति की व्यवस्था नहीं की जा सकी है। इसके अलावा शहरीकरण के

बढ़ते जाने के कारण जमीन के अंदर उपलब्ध पानी के रिचार्ज होने की व्यवस्था काम नहीं कर पा रही है।

हर तरफ गिर रहा है भू-जल

पिछले एक दशक में पूरी दिल्ली में जमीन के अंदर पानी के स्तर में लगातार गिरावट दर्ज की जा रही है। मई 1996 और मई 2005 के बीच भूतल स्तर के आँकड़े इस बात की पुष्टि करते हैं। इस एक दशक में दक्षिण और दक्षिण-पश्चिमी जिले के तहत आनेवाले करीब 236 वर्ग किलोमीटर के इलाके में जमीन के अंदर के पानी के स्तर में 10 मीटर से ज्यादा की गिरावट दर्ज की गई। इसका मतलब यह हुआ कि इस क्षेत्र में हर साल जमीन के अंदर पानी का स्तर 1 मीटर 10 सेंटीमीटर से भी ज्यादा गिरा। दक्षिण, दक्षिण-पश्चिम और नई दिल्ली जिलों के तहत आनेवाले करीब 294 वर्ग किलोमीटर इलाके में इस दशक में जमीन के अंदर पानी के स्तर में 10 मीटर की गिरावट दर्ज की गई यानी—75 सेंटीमीटर सालाना की दर से। इसी प्रकार पश्चिमी, पूर्वी और उत्तरी जिलों में फैले 605 वर्ग किलोमीटर के इलाके में यह गिरावट 2 से 5 मीटर, यानी करीब 25 सेंटीमीटर सालाना की दर से दर्ज की गई। इन आँकड़ों से साफ है कि जमीन के अंदर का जल स्तर पूरी दिल्ली में ही गिरता जा रहा है। बरसाती पानी को इकट्ठा करके उसे जमीन के अंदर पहुँचाने के प्रयासों को अब तक इस स्तर पर नहीं ले जाया जा सका है कि उसके कोई प्रभावकारी परिणाम सामने आए हों। बरसाती पानी बहुत ही शुद्ध और मीठा होता है, यदि उसको किसी तरह से जमीन के अंदर पहुँचा दिया जाए तो एक ओर जमीन के अंदर के पानी का स्तर सुधरेगा, वहीं खराब पानी को भी उपयोगी बना पाने में मदद मिलेगी। लेकिन यह सब जानने-समझने के बाद भी बरसाती पानी के संरक्षण की ओर पर्याप्त ध्यान नहीं दिया जा रहा है। बरसाती पानी के संरक्षण और इस्तेमाल नहीं किए जाने का एक पहलू और है।

बाढ़ नियंत्रण या भू-जल संवर्धन

इसका एक और कहीं ज्यादा महत्त्वपूर्ण पहलू है। वह है मानसून के दौरान पड़ोसी राज्यों में होनेवाली बरसात का यमुना में होकर बहनेवाला पानी। इसे हम बाढ़ के रूप में देखते हैं। दिल्ली को बाढ़ से बचाने के नजरिए से इस पानी को दिल्ली के लिए एक खतरे के रूप में देखा जाता है। इसी नजरिए से शहर को बचाने के लिए इंतजाम किए जाते हैं। पानी किस तरह शहर और शहर के

निवासियों को बिना कोई नुकसान पहुँचाए शहर से बाहर निकल जाए, इस मकसद से सारा काम किया जाता है। बाढ़ आने की आशंका को देखते हुए हर साल फ्लड कंट्रोल ऑर्डर जारी किया जाता है। इस ऑर्डर को लागू करने के लिए फ्लड कंट्रोल मशीनरी तैनात की जाती है। राजनिवास और मुख्यमंत्री के स्तर पर समितियाँ गठित की जाती हैं। बाढ़ से बचाव के प्रबंध किए जाते हैं। इस सारी प्रक्रिया का लक्ष्य यही होता है कि किसी भी तरह से यमुना से होकर आ रहा बाढ़ का पानी बहकर सुरक्षित दिल्ली को छोड़कर बाहर निकल जाए। राजधानी में बरसाती पानी की निकासी की इस व्यवस्था की शुरुआत अंग्रेज शासकों के दिल्ली आने के बाद शुरू हुई थी। यह वह समय था, जबकि दिल्ली में पानी की कोई कमी नहीं थी। अंग्रेज शासक उस देश से आए थे, जहाँ पर जरूरत से कहीं ज्यादा पानी बरसता था। उनके लिए पानी की निकासी की व्यवस्था एक महत्त्वपूर्ण काम था।

अंग्रेज गए, लेकिन हम उनके रास्ते पर ही चल रहे हैं

दिल्ली आने के बाद उन्होंने बरसाती पानी की निकासी के लिए अपने देश में अपनाए जानेवाले तौर-तरीके ही अपनाए। देश को आजाद हुए 65 साल बीत चुके हैं। उनको गए छह दशक गुजर गए। अब दिल्ली और दिल्लीवालों के लिए पानी एक गंभीर समस्या का रूप धारण कर चुका है। इसके बावजूद वे व्यवस्थाएँ आज भी जारी हैं। दिल्ली में पानी की लगातार खतरनाक होती जा रही स्थिति को देखते हुए इस प्रक्रिया पर फिर से विचार होना चाहिए। दरअसल होना तो यह चाहिए कि हम किस प्रकार इस पानी का इस्तेमाल करें, ताकि इसका अधिक-से-अधिक इस्तेमाल भू-जल संवर्धन, वाटर रीचार्जिंग के लिए किया जा सके। लेकिन अभी तक इस बारे में विचार करने की शुरुआत तक नहीं की गई है। उसको कार्यरूप देने पर तो बात बाद में होगी। अब तक पानी के बारे में हमारी सोच का अनुमान इस बात से लगाया जा सकता है कि दिल्ली सरकार ने 11वीं पंचवर्षीय योजना वर्ष 2007-12 के दौरान बाढ़ नियंत्रण के काम पर 270 करोड़ रुपए खर्च करने की योजना बनाई है। यानी इस काम पर हर साल 50 करोड़ रुपए से भी अधिक का खर्च किया जा रहा है। दसवीं योजना के दौरान इस काम पर करीब 125 करोड़ रुपए खर्च किया जा चुका है। इस पैसे का इस्तेमाल नालों के किनारों को मजबूत करने और बरसाती पानी को निकालकर यमुना में बहाने की योजनाओं पर किया गया। होना तो यह चाहिए था कि इस धन का उपयोग करके दिल्ली में पानी रोकने के लिए काम किया जाता। आवश्यकता इस बात

की है कि फ्लड कंट्रोल शब्द को प्रशासनिक व्यवस्था से निकाल दिया जाए। जल संरक्षण और संवर्धन को केंद्र में लाया जाए।

पानी के वैकल्पिक स्रोत

यदि हम बरसाती पानी के बहकर बरबाद हो जाने को रोक सकें तो हम दिल्ली में पानी के नए और वैकल्पिक स्रोत प्राप्त कर सकते हैं। यह काम बहुत मुश्किल भी नहीं है। जिस जमीन के अंदर के पानी को निकालकर इस्तेमाल किया जा चुका है, बरसाती पानी को उन तक पहुँचाकर हम उन स्रोतों को फिर से रीचार्ज कर सकते हैं। इससे हमें दोहरा लाभ होगा—एक तो वे स्रोत फिर से काम करने लायक हो जाएँगे और उनका लगातार इस्तेमाल किया जा सकेगा। अभी हो यह रहा है कि दिल्ली सरकार और उसकी एजेंसियाँ विभिन्न इलाकों में पानी की आपूर्ति सुनिश्चित करने के लिए ट्यूबवेल और बोरवेल लगाती हैं। कुछ समय तक काम करने के बाद ये ट्यूबवेल और बोरवेल काम करना बंद कर देते हैं; क्योंकि जमीन के अंदर जिस गहराई तक ये ट्यूबवेल लगाए गए थे, वहाँ पर पानी नहीं मिल पाता। इस स्थिति से निपटने के लिए अधिक गहराई तक खुदाई की जाती है या फिर उस स्रोत को ही छोड़ दिया जाता है। नई जगहों पर ट्यूबवेल लगाए जाते हैं। इस तरह से पानी के लिए नए स्रोतों की तलाश में जल बोर्ड, दिल्ली नगर निगम का स्लम विंग और अन्य एजेंसियाँ हर साल करोड़ों रुपए खर्च करती हैं। यह निवेश कुछ ही समय में व्यर्थ हो जाता है। यदि इन ट्यूबवेल के आस-पास या जहाँ संभव हो, बरसाती पानी को एकत्रित करके जमीन के अंदर तक ले जाने की व्यवस्था की जा सके तो ये स्रोत हमेशा काम करते रह सकते हैं। ऐसा करने के लिए तकनीकी जानकारी और संसाधनों की कमी समस्या नहीं है, लेकिन फिर भी इस क्षमता के नाममात्र का भी इस्तेमाल नहीं किया जा रहा है।

पानी बचाना ही विकल्प

यह तो रहा दिल्ली में पानी की व्यवस्था और बरबादी का एक पहलू। इसका एक और पहलू भी है और वह है बरसात के दिनों में दिल्ली को प्रकृति से मिलनेवाले पानी का बिलकुल ही इस्तेमाल नहीं हो पाना। दिल्ली में हर साल बरसात के दिनों में करीब 612 मिलीमीटर बरसात होती है। दिल्ली का क्षेत्रफल है 1,486 वर्ग किलोमीटर। इस इलाके में यदि औसत 612 मिलीमीटर की दर से बरसात का हिसाब लगाया जाए तो पता चलता है कि इस तरह से दिल्ली को

193 एम.सी.एम. यानी मिलियन क्यूबिक मीटर पानी मिलता है। यह सारा-का-सारा पानी बहकर बरबाद हो जाता है। इसे बहाकर बरबाद कर दिए जाने की बजाय जमीन के अंदर के पानी के स्रोतों को बहाल करने के लिए इस पानी के इस्तेमाल किए जाने की आवश्यकता है, क्योंकि दिल्ली में जमीन के अंदर पानी का स्तर लगातार गिरता जा रहा है। सवाल यह है कि जमीन के अंदर पानी का स्तर क्यों गिर रहा है? ऐसा इसलिए हो रहा है, क्योंकि जमीन के अंदर के पानी का जिस दर से इस्तेमाल किया जा रहा है, उस दर से प्रकृति उन स्रोतों को पूरा कर पाने की स्थिति में नहीं रह गई है। ऐसा क्यों हो रहा है? ऐसा इसलिए हो रहा है, क्योंकि पानी की माँग लगातार बढ़ती जा रही है। यमुना और अन्य स्रोतों से दिल्लीवालों तक उनकी जरूरत का पानी नहीं पहुँच पा रहा है। इसलिए दैनिक जरूरतों को पूरा करने के लिए जमीन के अंदर का पानी इस्तेमाल किया जा रहा है। जल बोर्ड द्वारा 185 क्यूसेक पानी जमीन के अंदर से निकालकर सप्लाई किया जा रहा है। जमीन के अंदर के पानी का वास्तव में इस्तेमाल इससे कहीं ज्यादा किया जा रहा है। ये आँकड़े भूमिगत जल के इस्तेमाल की वास्तविक स्थिति नहीं बताते, क्योंकि दिल्ली जल बोर्ड केवल जमीन के अंदर से निकाले गए उसी पानी का हिसाब-किताब रखता है, जो कि वह खुद सप्लाई करता है। घरों, खेतों, खलिहानों, कारखानों और अन्य क्षेत्रों में जमीन के अंदर से कितना पानी निकाला जा रहा है, इसका पूरा हिसाब-किताब रखने की कोई व्यवस्था नहीं है। इसलिए निश्चित तौर पर यह कह पाना संभव नहीं है कि वास्तव में दिल्ली में जमीन के अंदर से कितना पानी निकालकर काम में लाया जा रहा है।

भूमिगत जल स्रोतों का बेहतर इस्तेमाल

पानी की समस्या से जूझ रहे दक्षिण-पश्चिमी दिल्ली के उपनगर द्वारका में पानी की आपूर्ति के लिए इस प्रकार की एक रोचक योजना पर विचार किया जा रहा है। यह योजना कब, कैसे और कितनी लागू हो पाएगी, यह तो वक्त ही बताएगा। इस योजना के तहत दो तरह के पानी की आपूर्ति किए जाने की संभावनाओं पर विचार किया जा रहा है। यहाँ पर दो तरह के ट्यूबवेल लगाए जाने का प्रस्ताव है। इसके लिए दो तरह के ट्यूबवेल लगाए जाएँगे। इनमें से 70 ऐसे होंगे, जिनसे खारा पानी निकाला जाएगा। 70 ऐसी जगहों पर लगाए जाएँगे जहाँ से मीठा और पीने योग्य पानी मिल सकेगा। मीठे पानी का उपयोग पीने के लिए किया जाएगा और खारे पानी का इस्तेमाल सिंचाई आदि के लिए उपलब्ध

कराया जाएगा। इन ट्यूबवेलों से 10 एम.जी.डी. पानी मिलने की संभावना है। इसी प्रकार से सरिता विहार में युमना और आगरा कैनाल के किनारों पर 10 ट्यूबवेल लगाकर पानी की आपूर्ति सुनिश्चित करने की संभावनाओं पर काम किया जा रहा है। इसी प्रकार एक अन्य योजना के तहत जमीन के अंदर के खारे पानी के स्रोतों को खाली कर के उनमें रोके गए बरसाती पानी को पहुँचाए जाने की संभावना पर भी विचार किया जा रहा है। राजधानी के आधा दर्जन इलाकों में इस प्रकार की योजना को लागू किए जाने का प्रस्ताव है। जिन इलाकों में खारे पानी के स्रोतों को खाली करके उनमें बरसाती पानी पहुँचाए जाने की योजना है उनमें सनोथ, बख्तावरपुर, भलस्वाँ, जहाँगीरपुरी, धीरपुर, बुराड़ी, हिरन्की, बवाना, बरवाला, पूठकलाँ, रोहिणी, कंझावाला, माजरा-डबास, सुभेपुर, सोनिया विहार, सादतपुर, प्रगति मैदान, चिड़िया घर, निजामुद्दीन, सराय काले खाँ, ओखला गाँव, फ्रैंड्स कॉलोनी, आगरा कैनाल के साथ लगनेवाला सरिता विहार और जैतपुर का इलाका शामिल है। यह सब कब, कैसे और कितना वास्तव में होगा, इसके लिए हमें इंतजार करना होगा; लेकिन तब तक जमीन के अंदर पानी के स्तर का गिरना रोजाना साल-दर-साल जारी रहेगा।

यही पानी यमुना मैली करता है

यह तो हुई पानी की उपलब्धता की कहानी। इसका एक दूसरा पहलू भी है। शहर को जितना पानी मिलता है उसी के अनुपात में गंदा पानी निकलता भी है। शहर को मिलनेवाले पानी में से किसी भी शहर को जितना भी पानी मिलता है, इस्तेमाल के बाद उसका दो-तिहाई सीवेज और अन्य गंदगी के रूप में बाहर निकलता है। जैसे-जैसे पानी की उपलब्धता और उपयोग बढ़ता है वैसे-ही-वैसे गंदे व प्रदूषित पानी की निकासी और निपटारे की व्यवस्था करने की आवश्यकता होती है। दिल्ली में पानी की आपूर्ति को बढ़ाने की व्यवस्था को प्राथमिकता दी गई, लेकिन उससे होनेवाली गंदगी के निपटान की पर्याप्त व्यवस्था नहीं की जा सकी। इसका परिणाम यह हुआ कि गंदगी को बरसाती पानी की निकासी के लिए बने नालों में इस गंदगी को बहाया जा रहा है, जो कि यमुना को मैली करने का काम कर रहा है। दिल्ली को एक ऐसी विचित्र स्थिति का सामना करना पड़ रहा है कि सीवेज को पूरी तरह साफ किए बिना यमुना में बहाए जाने के कारण यमुना मैली हो रही है और यमुना को साफ करने के नाम पर अब तक 250 करोड़ रुपए प्रति किलोमीटर की दर से खर्च किए जाने के बाद भी यमुना मैली-की-

मैली बनी हुई है। एक ओर करोड़ों की लागत से बनाए गए संयंत्र पूरी क्षमता से काम नहीं कर पा रहे हैं, क्योंकि उन तक सीवेज पहुँच नहीं पाता, वहीं दूसरी ओर बिना साफ किया गया सीवेज यमुना में पहुँचकर उसे एक बड़े गंदे नाले में बदल रहा है। दिल्ली यमुना को मैला करने में कितना योगदान करती है, इसका अनुमान इस बात से लगाया जा सकता है कि हिमालय में यमुनोत्री से निकलकर इलाहाबाद में गंगा में मिलनेवाली यमुना की कुल लंबाई का केवल 2 प्रतिशत दिल्ली के क्षेत्र में आता है, लेकिन इस नदी मे गिरनेवाली कुल गंदगी का 70 प्रतिशत उसे दिल्ली की सिर्फ 22 किलोमीटर की दूरी में मिल जाता है।

यमुना मैली क्यों

यमुना के मैली रहने का मुख्य कारण यह है कि दिल्ली की गंदगी को बिना साफ किए यमुना में बहाया जा रहा है। ऐसा तब हो रहा है जबकि जनता की कमाई के अरबों रुपयों की लागत से बने सीवेज ट्रीटमेंट प्लांट अपनी पूरी क्षमता से काम नहीं कर पा रहे हैं। बोर्ड के आँकड़ों के अनुसार उसके पास 512 मिलियन गैलन प्रतिदिन सीवेज डिस्पोजल की क्षमता है, जबकि उनसे 383 एम.जी.डी. सीवेज की ही सफाई हो पा रही है। इसका मुख्य कारण यह है कि जहाँ सीवेज ट्रीटमेंट प्लांट बनाए गए हैं, वहाँ पर बहुत बड़े इलाके में सीवर लाइनें ही नहीं हैं या फिर काम कर पाने के लायक नहीं हैं। सीवेज ट्रीटमेंट प्लांट इसलिए पूरी क्षमता से काम नहीं कर पाता, क्योंकि उस तक आवश्यकता के अनुसार सीवेज पहुँचाने की व्यवस्था ही नहीं की जा सकी है। सीवर लाइनें पुरानी पड़ गई हैं और उनकी सफाई आदि नहीं किए जाने के कारण वे बंद पड़ी हैं। सुप्रीम कोर्ट के विशेष आदेश पर राजधानी में बड़े पैमाने पर सीवेज ट्रीटमेंट प्लांट लगाए गए थे। सीवेज ट्रीटमेंट प्लांट्स ओखला, केशोपुर, कोरोनेशन पिलर, रिठाला, कोंडली, यमुना विहार, वसंत कुंज, घिटोरनी, पपनकलाँ, नरेला, नजफगढ़, दिल्ली गेट, सेन नर्सिंग होम, रोहिणी, निलोठी और महरौली। इनके अलावा औद्योगिक बस्तियों के इलाकों में एस.टी.पी. लगाए गए थे जिससे कि औद्योगिक गंदगी को साफ करके ही यमुना में बहाया जाए, लेकिन वे संयंत्र भी पूरी क्षमता से काम नहीं कर पा रहे हैं। इसका परिणाम यह हो रहा है कि औद्योगिक और रासायनिक गंदगी भी खुले नालों के जरिए यमुना में पहुँच रही है। खुले नालों में से होकर बह रही यह गंदगी आस-पास के इलाकों में रहनेवालों को तरह-तरह की बीमारियाँ दे रही हैं, वहीं इन नालों में से निकलनेवाली सड़ाँध के कारण इनके आस-पास

रहनेवालों को भारी परेशानी का सामना करना पड़ता है।

सीवेज ट्रीटमेंट के बाद निकलनेवाला साफ पानी गंदे नालों में ही बहा दिया जाता है

दिल्ली में 750 एम.जी.डी. सीवर रोज निकलता है। इसमें से 495 एम.जी.डी. को साफ करके यमुना में बहाया जाना होता है, जिससे कि दिल्ली से बाहर निकलते समय यमुना में पानी का एक स्तर बना रहे। दिल्ली के पास 255 एम.एल.डी. सीवेज अपने इस्तेमाल के लिए बचता है। दिल्ली जल बोर्ड इस सीवेज को साफ करके फिर से इस्तेमाल कर पाने की स्थिति में है। इस पानी का उपयोग पीने के अलावा दूसरे कार्यों के लिए किया जा सकता है। डी.टी.सी. इस तरह से सीवेज से साफ किए गए पानी का उपयोग अपनी बसों की धुलाई के लिए करती है। यह अलग बात है कि डी.टी.सी. की बसें कितनी धुली और साफ–सुथरी दिखाई देती हैं, उसके बारे में कुछ अधिक न कहना ही बेहतर है। सी.पी.डब्ल.यू.डी. और एन.डी.एम.सी. इस पानी का उपयोग उनके अधीन आनेवाले हरित क्षेत्रों की सिंचाई के लिए करती है। सीवेज की सफाई के बाद जो पानी भी साफ हो रहा है, उसे भी इन्हीं गंदे नालों में बहाया जा रहा है। इसलिए एक बार साफ होने के बाद यह पानी दुबारा गंदा हो जाता है। उसका इस्तेमाल खेती, किसानी एवं हरियाली को बनाए रखने और विकसित करने मे किया जा सकता है, लेकिन वैसा भी नहीं हो पा रहा है। जल विशेषज्ञों का मानना है कि इस तरह से साफ किए गए पानी का उचित उपयोग किया जाए तो जहाँ पर पीने के लिए सप्लाई किए गए पानी का इस्तेमाल कार धोने, लॉन सींचने आदि के लिए किया जाता है तो उस पर रोक लगाई जा सकती है। साफ पानी की बरबादी निश्चय ही एक अपराध है और इसे अपराध की तरह ट्रीट किया जाना चाहिए। ऐसा करनेवालों के लिए कड़ी सजा और जुरमाना जैसी व्यवस्था की जानी चाहिए और उसे सख्ती से लागू किया जाना चाहिए।

मेट्रो चलने के बाद नालों की गंदगी दिखाई देने लगी है

ये गंदे नाले शहर की खूबसूरती को बट्टा लगाते हैं। पिलर्स पर चलनेवाली आधुनिक मेट्रो के डिब्बों से ये नाले शहर की असलियत को उजागर करते हैं। फ्लाईओवर्स और मेट्रो ने जहाँ शहर को आधुनिक रूप दिया है, वहीं शहर के इस गंदे रूप को और भी उजागर कर दिया है। इन नालों में बहती गंदगी और उनमें जमी हुई पॉलीथीन एवं अन्य कूड़े के ढेर दिल्ली की अंडर वेली को उजागर

करते हैं। फिलहाल इन नालों के किनारे शहर की गंदगी को डंप करने और उनके किनारों को खुले शौचालय के रूप में इस्तेमाल किया जा रहा है। इन नालों की गंदगी साफ कर दी जाए। उसमें साफ पानी बहता दिखे। इनके दोनों किनारों को हरा-भरा कर दिया जाए तो ये शहर की खूबसूरती में चार चाँद लगा सकते हैं। लेकिन फिलहाल सरकार की ऐसी कोई योजना नहीं है। हाँ, नालों को पाटकर जमीन का उपयोग व्यावसायिक तरीकों से करने के प्रयास किए गए हैं। नई दिल्ली में कुछ नालों को परीक्षण के तौर पर हरा-भरा किया गया है, लेकिन उनमें भी बहते साफ पानी की व्यवस्था करने की कोशिश नहीं की गई है। ऐसा किया जाना संभव है, लेकिन उसके लिए जिस तरह की सोच, जिस तरह की दूरदृष्टि दिखाए जाने की आवश्यकता है, उसके प्रमाण न के बराबर ही हैं। इन नालों के किनारों की जमीन का उपयोग झुग्गी-बस्तियों और अन्य वैध-अवैध निर्माणों के लिए किया जा रहा है। गंदे पानी के किनारों पर रहनेवाले दिल्ली के ये नागरिक नारकीय जीवन जीने के लिए मजबूर हैं। हजारों परिवारों को इन नालों के किनारे सिर छिपाने की जगह जरूर मिल गई है, लेकिन गंदगी और सड़ाँध में रहने के कारण इन बस्तियों के निवासियों में तरह-तरह की बीमारियाँ फैल रही हैं। दिल्ली सरकार के मुख्यालयों से कुछ सौ मीटर की दूरी पर बसी एक ऐसी ही बस्ती विश्व स्वास्थ्य संगठन के नई दिल्ली स्थित मुख्यालय के ठीक नीचे दो दशकों से भी अधिक समय से बसी हुई है। यहाँ पर कुछ परिवारों की तीन से चार पीढ़ियाँ गुजर गई हैं, लेकिन उनके आस-पास कुछ भी बदल नहीं सका है। आवश्यकता देश और दिल्ली में हुए बदलाव में इनको भी भागीदार बनाने की है। इनक्लूसिव ग्रोथ यानी 'विकास में सबकी भागीदारी' सत्तारूढ़ दल का मूल मंत्र है। लेकिन ये दिल्लीवाले विकास में कब और कैसे भागीदार बन सकेंगे, इसका जवाब तो विकास के नाम पर वोट माँगने और पानेवालों को देना होगा; क्योंकि ये मतदाता वोट बैंक की पॉलिटिक्स का अभिन्न अंग हैं।

इस्तेमाल पानी की सफाई और उसका फिर उपयोग : एक विकल्प

एक बार इस्तेमाल के बाद निकले पानी को ठीक से साफ कर दिया जाए तो उसका उपयोग पीने के अलावा अन्य कार्यों में किए जाने की संभावनाओं पर काम किए जाने की जरूरत है। विशेषज्ञ मानते हैं कि किसी शहर को जितना पानी सप्लाई किया जाता है, उसका 80 प्रतिशत गंदे पानी के रूप में वापस आता है। इस पानी को रीसाइकिल करके अन्य कार्यों में लाया जाना संभव है; और ऐसा

किया भी जाना चाहिए, तभी इस शहर की बढ़ती जरूरतों को पूरा किया जा सकेगा। एक अनुमान के अनुसार दिल्ली को सप्लाई किए जानेवाले करीब 100 एम.सी.एम. पानी में से करीब 800 एम.सी.एम. पानी गंदे पानी के रूप में निकलता है। इसमें से करीब 465 एम.सी.एम. ही ट्रीट हो पाता है। बकाया पानी गंदे का गंदा या तो यमुना में पहुँच जाता है या फिर कुओं, तालाबों, झीलों, जोहड़ों और रिहाइशी इलाकों को गंदा करता है। यह पानी शहर में विभिन्न इलाकों में भरा रहकर जमीन के अंदर जाता है और वहाँ के साफ पानी को भी गंदा करने का काम करता है। इस गंदे पानी को ट्रीट करके घरेलू इस्तेमाल के लिए उसका उपयोग किया जा सकता है। उसे खेती, किसानी और शहर को हरा-भरा बनाए रखने के लिए हरित क्षेत्रों में उसका उपयोग किया जा सकता है। दुनिया के विकसित ही नहीं, विकासशील देशों के प्रमुख शहरों में भी ऐसा किया जा रहा है। दिल्ली में इस दिशा में अब तक कोई ठोस प्रयास नहीं किया गया है। यह केवल चर्चा का विषय बना हुआ है। इसे वास्तविकता के धरातल पर लाने की आवश्यकता है। ऐसा नहीं है कि इस तरह के पानी को ट्रीट करने के लिए संयंत्र नहीं हैं; संयंत्र हैं, लेकिन उनका पूरा इस्तेमाल नहीं हो पा रहा है, क्योंकि गंदा पानी उन तक पहुँचाए जाने की पर्याप्त व्यवस्था नहीं है। संयंत्र बनाए जाते समय यह सुनिश्चित करने की व्यवस्था नहीं की गई कि शहर की गंदगी उन तक पहुँचेगी कैसे? सुप्रीम कोर्ट के निर्देशों को पूरा करने के लिए जैसे-तैसे धन उपलब्ध कराया गया और संयंत्र लगाकर अदालत को रिपोर्ट दे दी गई कि सरकार ने देश की सबसे बड़ी अदालत के आदेश के अनुरूप संयंत्र लगा दिए हैं। ये संयंत्र काम कर रहे हैं कि नहीं और ये अपनी पूरी क्षमता से काम कर पाने की स्थिति में हैं भी कि नहीं, इस ओर ध्यान देने की आवश्यकता महसूस नहीं की गई।

स्थिति से निपटने के लिए क्या कर रही है सरकार

सेंट्रल ग्राउंड वाटर अथॉरिटी ने यमुना फ्लड प्लेन दक्षिण और दक्षिण-पश्चिमी जिले को ग्राउंड वाटर डेवलपमेंट और मैनेजमेंट एरिया के रूप में नोटीफाइड किया है। अथॉरिटी ने उन सभी क्षेत्रों में जहाँ ओवर एक्सप्लाइटेड और क्रिटिकल एरियाज में सभी रेजीडेंशियल ग्रुप हाउसिंग सोसाइटी, इंस्टीट्यूशन, स्कूल, होटल, औद्योगिक इकाइयों को निर्देश दिया है कि वे बरसाती पानी के संरक्षण के लिए व्यवस्था करें। केंद्र सरकार के जल संसाधन मंत्रालय ने जमीन के अंदर के पानी के उपयोग को नियंत्रित करने के लिए एक आदर्श विधेयक का मसौदा तैयार करके

राज्य सरकारों को भेजा है और उनसे अनुरोध किया है कि जहाँ आवश्यक हो, इस प्रकार के कानून बनाएँ और उन्हें अपने-अपने राज्यों में लागू करें। दिल्ली सरकार ने 31 मार्च, 2009 को एक अधिसूचना जारी करके केंद्र-शासित राज्य के सभी नौ जिलों को ग्राउंड वाटर के रेगुलेशन के इलाके के रूप में घोषित कर दिया है। इन नियमों में से अधिकतर कागजों व फाइलों में ही बने हुए हैं और उनका क्रियान्वयन एक टेढ़ी खीर बना हुआ है। समस्या यह है कि जिन इलाकों में जल बोर्ड पानी की सप्लाई नहीं कर पाता, वहाँ पानी का एकमात्र स्रोत है—जमीन के अंदर का पानी निकालकर सप्लाई करना। पानी की सप्लाई नहीं होने पर धरना-प्रदर्शन और हाय-हाय शुरू हो जाती है और हालात बेकाबू होने लगते हैं तो जमीन के अंदर से पानी निकालकर जैसे-तैसे सप्लाई सुनिश्चित कर दी जाती है। खेती-किसानी के लिए भी इसी पानी का उपयोग होता है। फार्म हाउसों, जहाँ कि पानी की खपत बहुत ज्यादा है, वहाँ काररवाई कर पाने की किसी में हिम्मत नहीं होती तो वहाँ पर जमीन के अंदर से पानी निकालकर उपयोग किए जाने का सिलसिला पूरे साल चलता रहता है। झुग्गी बस्तियों, पुनर्वास बस्तियों में आएदिन नलकूप सूख जाते हैं और हालात से निपटने के लिए आस-पास दूसरे इलाकों में जहाँ भी जमीन के अंदर पानी मिल जाता है, वहाँ से पानी निकालकर सप्लाई करके जैसे-तैसे फायर फाइटिंग करके पानी की आपूर्ति सुनिश्चित की जाती है। इन परिस्थितियों में केवल कानून बनाना ही पर्याप्त नहीं है, वास्तव में जमीनी हालात में उसे लागू कैसे किया जाए, सवाल यह है। इसके लिए या तो पानी कहीं और से लाकर ऐसे इलाकों में आपूर्ति सुनिश्चित करने की व्यवस्था की जाए या फिर वहाँ पर जमीन के अंदर पानी का स्तर सुधारने के लिए बड़े पैमाने पर प्रयास किए जाएँ। फिलहाल दोनों ही नहीं हो पा रहे हैं और निकट भविष्य में ऐसा किया जा सकेगा, इसकी संभावनाएँ भी सीमित दिखाई दे रही हैं।

नियम, कानून और योजनाएँ-ही-योजनाएँ

दिल्ली में पीने के पानी की कमी से चिंतित सरकार ने बरसाती पानी के संरक्षण को बढ़ावा देने के लिए अनेक प्रकार की नीतियाँ बनाई हैं। कानून बनाकर नई बननेवाली बड़ी इमारतों में पानी का संरक्षण करने की व्यवस्था करने को अनिवार्य कर दिया गया है। इसके अलावा सरकार पहले से बनी इमारतों और बस्तियों में बरसाती पानी के संरक्षण की व्यवस्था करनेवालों को आनेवाली लागत

का एक हिस्सा आर्थिक सहायता के रूप में भी देती है। सरकारी इमारतों में जल संरक्षण की व्यवस्था करने को प्राथमिकता दी जा रही है। इन योजनाओं में यदा-कदा सफलता भी मिली है; लेकिन दिल्ली में होनेवाली कुल बरसात से मिलनेवाले पानी का एक बहुत मामूली हिस्सा ही वास्तव में संरक्षित हो पा रहा है। बाकी सारा-का-सारा पानी बहकर शहर के बाहर जा रहा है। उसका इस्तेमाल जमीन के अंदर के पानी का स्तर बढ़ाने के लिए न के बराबर ही हो पा रहा है। पानी के संरक्षण और संवर्धन के लिए जिस प्रकार की सोच और संवेदनशीलता की जरूरत है, उसका एक बहुत मामूली रूप ही सामने आ रहा है।

□

अतीत का जल संरक्षण और जल संवर्धन

आपने अब तक पढ़ा कि किस प्रकार पानी के प्रति हमारी संवेदनहीनता के चलते हम दिल्ली में उपलब्ध बरसाती पानी का जल संरक्षण और संवर्धन के लिए उपयोग नहीं कर पा रहे हैं। पानी की कमी के बावजूद उसकी बरबादी कर रहे हैं और जमीन के अंदर उपलब्ध पानी का लगातार इस्तेमाल करते जा रहे हैं। उन स्रोतों को रीचार्ज करने की ओर पर्याप्त ध्यान नहीं दे रहे हैं। इससे ऐसी स्थितियाँ उत्पन्न होती जा रही हैं कि कुछ ही दशकों में दिल्ली में जमीन के अंदर उपलब्ध पानी लगभग समाप्त हो जाएगा। यह स्रोत हमारे लिए हमेशा के लिए खत्म हो जाएगा। इसी शहर में जल संरक्षण और संवर्धन का एक और पहलू भी है। इस पर नजर डालने की आवश्यकता है। शायद गुजरा हुआ कल हमें आने वाले कल के लिए रास्ता दिखा सकता है। दिल्ली और भारत में जल संरक्षण की बहुत पुरानी परंपरा है। इस ऐतिहासिक शहर में इसके पर्याप्त उदाहरण आज भी देखे जा सकते हैं। ये संसाधन गुजरे कल में इस शहर के निवासियों को पीने का पानी उपलब्ध कराने में सक्षम थे और आज भी हैं। आवश्यकता इनकी ओर एक नजर डालने की है। दिल्ली के अतीत पर एक नजर डालें तो हमें अपने ही शहर में बरसाती पानी के इस्तेमाल के अनेक नायाब तरीके नजर आते हैं। हमसे पहले दिल्ली में रहनेवालों और यहाँ शासन करनेवालों ने बरसाती पाने के इस्तेमाल के अनोखे तरीके अपनाए थे। पिछले 1,000 साल से अधिक समय में अपनाए गए जल संरक्षण और उपयोग के ये संसाधन आज भी उपलब्ध हैं। हम इनकी ओर नजर तक नहीं डालते। ये हमारे लिए आज भी अनेक तरह से उपयोगी हो सकते हैं। ये परंपरागत स्रोत हमें बता सकते हैं कि हम बरसाती पानी के संरक्षण के लिए क्या और कैसे कर सकते हैं? इनमें बहुत से तो आज भी पानी की आपूर्ति में इस्तेमाल किए जा सकने की स्थिति में हैं। हम न तो इन संसाधनों का संरक्षण कर

पा रहे हैं और न ही उनका उपयोग। हम तो इन्हें धीरे-धीरे बरबाद होते जाने दे रहे हैं। इनका संरक्षण और पुनर्वास किया जाए तो ये आज भी उसी तरह हमारे काम आ सकते हैं जिस तरह सैकड़ों साल पहले उस समय की दिल्ली में रहनेवालों को पानी पहुँचाने के काम आते थे। दिल्ली दुनिया के प्रमुख ऐतिहासिक शहरों में से एक है। इसके चप्पे-चप्पे पर इतिहास बिखरा हुआ है। इस शहर में एक ऐसी कशिश है, जो लोगों को सदियों से अपनी ओर खींचती रही है। यह सिलसिला आज भी जारी है। देश ही नहीं, दुनिया भर के लाखों लोग सैकड़ों सालों से यह शहर देखने आते रहे हैं। उन्हें यह शहर अतीत और वर्तमान का अनोखा संगम नजर आता है। इस शहर में उन्हें भारत की विशेषता, विविधता में एकता नजर आती है। इस शहर में विभिन्न जाति, धर्म, क्षेत्र, भाषा, संस्कृति और सभ्यता के लोग सदियों से मिल-जुलकर रहते हैं। पश्चिमी सभ्यता के केंद्र रहे यूरोप और अमेरिका के प्रमुख शहरों में आज जब इन्हीं मुद्दों पर मतभेद और टकराव उभरकर सामने आ रहे हैं, तब दिल्ली उन्हें एक अनोखा सा रास्ता दिखाता लगता है।

अपने शहर के प्रति हमारी असंवेदनशीलता

दिल्लीवाले अपनी व्यस्तताओं और शायद असंवेदनशीलता के कारण इस शहर की विविधता में एकता के इस पहलू की ओर उतना ध्यान नहीं दे पाते जितना कुछ समय के लिए यहाँ डेरा डालनेवाले देते हैं। दिल्लीवाले अपने आज और कल में इतने उलझकर रह गए हैं कि इस शहर में रहने के बावजूद अपने को इससे उतना रोमांटिक तरह से उतने नजदीक से जुड़ा नहीं पाते हैं। दिल्ली, रोम और इस्तांबुल के बाद शायद दुनिया के सबसे पुराने शहरों में से है, जहाँ पिछले 1,000 साल या उससे भी अधिक समय से लगातार लोग रहते आ रहे हैं। दुनिया के सबसे पुराने शहरों में से एक के निवासी होने के बावजूद वे इसके गुजरे कल की ओर निगाह डाल पाने की क्षमता कहीं खो बैठे हैं। वरना वे अपने अतीत को रोज-रोज मिटता देखकर चुप नहीं बैठते। भावी विकास के साथ गुजरे कल के संरक्षण और पुनर्वास में अधिक सक्रिय भागीदारी निभाने को तैयार होते। हमारी इस असंवेदनशीलता के चलते ही अतीत के जलस्रोत रोजाना खोते जा रहे हैं। ऐसा तब हो रहा है जब दिल्ली के लोगों के लिए पानी सबसे बड़ी समस्याओं में से एक है। पानी की कमी के बाद भी जहाँ से हमें पानी मिल सकता है, उन स्रोतों की ओर एक नजर डालने का भी समय नहीं निकाल पाते।

कुआँ और बावड़ी

दिल्ली में पानी के भंडारण और संरक्षण के दो परंपरागत संसाधन कुएँ और बावड़ी आज अपनी उपयोगिता खो बैठे हैं और टूटी-फूटी एवं अनुपयुक्त अवस्था में पड़े हैं। गुजरात, राजस्थान आदि प्रदेशों में अभी भी इन प्राचीन संसाधनों का उपयोग किया जा रहा है, हालाँकि वहाँ भी इनकी हालत बिगड़ रही है। कुएँ और बावड़ी में अनेक समानताएँ हैं। यही नहीं, ये दोनों एक-दूसरे के पूरक और एक-दूसरे पर आधारित कहे जा सकते हैं। हर बावड़ी में एक कुआँ होता है, लेकिन ऐसा जरूरी नहीं है कि हर कुआँ बावड़ी हो। बावड़ी और कुएँ में मुख्य समानता यह होती है कि दोनों में ही पानी आमतौर पर जमीन के अंदर के स्रोतों से प्राप्त किया जाता है। कुएँ को संस्कृत में 'कूप' कहा जाता है। कुएँ को कुओं कहे जाने के भी प्रमाण मिलते हैं। कुआँ बावड़ी का एक महत्त्वपूर्ण हिस्सा है। कुएँ को उनके बनाए जाने के तौर-तरीकों और उनके आकार-प्रकार एवं पानी के स्रोत के आधार पर अलग-अलग नाम दिए गए हैं। कुएँ और बावड़ी में मुख्य अंतर यह है कि कुएँ से पानी निकालने के लिए रस्सी और बालटी या किसी सँकरे मुँह वाले बर्तन का इस्तेमाल किया जाता है। कुछ कुओं में सीधे रस्सी से बाँधकर बालटी से पानी निकाला जाता है। कुछ कुओं में गरारी में रस्सी डालकर पानी बाहर लाए जाने की व्यवस्था होती है। बावड़ी में रस्सी से पानी निकाले जाने के अलावा सीढ़ियों से होकर पानी तक पहुँचने की व्यवस्था होती है। बावड़ी और कुओं को पानी की गहराई, उसकी गोलाई और गहराई आदि के आधार पर अलग-अलग करके पहचाना जा सकता है।

तरह-तरह के कुएँ

बावड़ी के अंदर बनाए गए कुएँ चार, पाँच, छह और आठ कोणोंवाले पाए गए हैं। जबकि सामान्य कुएँ आमतौर पर गोल बनाए जाते हैं। बावड़ियों के साथ बने कुओं की गोलाई और गहराई आम कुओं की तुलना में अपेक्षाकृत अधिक होती है। कुएँ से पानी निकालने के लिए अधिकतर गरारी का इस्तेमाल किया जाता है। बड़े कुओं में उसकी सतह पर खंभे बना दिए जाते हैं, जिससे कि उसमें गरारी लगाने की व्यवस्था की जा सके । छोटे कुओं में गरारी लगाने की बजाय सीधे पानी खींचने के लिए किनारे पर पत्थर लगाया जाता है। इस पत्थर के सहारे बार-बार लगातार रस्सी खींचे जाने के कारण उस पर निशान भी पड़ जाता है। 'करत-करत अभ्यास के जड़मति होत सुजान, रसरी आवत-जात ते सिल पर परत निशान' का

विचार यहीं से आया है। बालटी या फिर मिट्टी, ताँबे, पीतल या काँसे के घड़े में रस्सी बाँधकर कुएँ से पानी बाहर खींचा जाता है। बावड़ी और सामान्य कुओं में कई बार एक अंतर यह पाया गया है कि बावड़ी में आस-पास से बरसाती पानी के इकट्ठा होने की भी व्यवस्था होती है। इस प्रकार बावड़ी को रेन वाटर हार्वेस्टिंग का एक प्रमुख तरीका कहा जा सकता है। बावड़ी में सीढ़ियों से उतरकर पानी तक जाना होता है। इस प्रकार बावड़ी को एक खास तरह का गहरा कुआँ कहा जा सकता है, जिससे पानी लाने के लिए रस्सी की बजाय सीढ़ियों से उतरकर जाना होता है।

कहाँ खो गए कुएँ और कइयाँ

पिछले एक सौ सालों में दिल्ली में हुए विकास के दौर में कुएँ-कुइयें अपनी उपयोगिता खोते गए। नई शताब्दी में इन्हें फिर से जीवित करने की आवश्यकता है, क्योंकि इनका उपयोग बरसाती पानी को एकत्रित करने के लिए किए जाने की संभावना है। इन कुओं और कुइयों के नाम तो आज भी सुनाई देते हैं, लेकिन जल स्रोत के रूप में इनके योगदान को न जाने कहाँ और कैसे भुला दिया गया है। क्या पँचकुइयाँ रोड के आस-पास कभी पाँच कुओं या छोटी कुइयाँ रही होंगी, जिसके कारण इस इलाके का नाम ही पँचकुइयाँ रोड पड़ा हो। अब वे कुइयाँ कहाँ और किस हाल में हैं, इनका पता लगाया जा सकता है। क्या उनका जल संरक्षण और संवर्धन के लिए इस्तेमाल किया जा सकता है? पँचकुइयाँ तो बस अब एक सड़क की पहचान का नाम रह गया है। वैसे यहाँ पर एक बावड़ी होने का भी उल्लेख मिलता है, लेकिन उसके अधिक ब्योरे नहीं मिल पाते हैं। बावड़ी की तलाश तो अब मुश्किल ही लगती है। अब इस सड़क को नई दिल्ली को पश्चिमी दिल्ली से जोड़नेवाली एक प्रमुख सड़क या फिर एक फर्नीचर मार्केट के रूप में ही पहचाना जाता है। एक और उदाहरण देखिए—धौला कुआँ! नाम तो सुना हुआ लगता है! क्या यहाँ कभी कोई इतना महत्त्वपूर्ण कुआँ रहा था कि इस इलाके की पहचान ही उस कुएँ के कारण होती रही हो? क्या धौला कुआँ का नाम इस आधार पर पड़ा कि कहीं आस-पास में कोई ऐसा कुआँ रहा हो, जो कभी सफेद रंग का हो? अब धौला कुआँ तो बस एक मेट्रो स्टेशन, फ्लाईओवर और अंतरराज्यीय बस स्टॉप का नाम रह गया है। हाल के वर्षों में धौला कुआँ ने देश-विदेश में अपनी एक और पहचान बनाई है। दिल्ली में महिलाओं के साथ होनेवाली आपराधिक घटनाओं के कारण देश-विदेश में इस इलाके ने कुख्याति अर्जित की है। इसी

प्रकार का एक धौला कुआँ उत्तरी दिल्ली में मुकरबा चौक के आस-पास होने का हवाला मिलता है; लेकिन अब यह तो बस एक विशाल फ्लाईओवर ही दिखाई देता है। वह भी इस तरह से बनाया गया है कि उसके ऊपर और नीचे रोजाना ट्रैफिक जाम रहता है। लोग जहाँ सड़क पार करते हैं, वहाँ पर फुट ओवर ब्रिज नहीं है। हमारे नियोजकों की दूरदृष्टि के ऐसे प्रमाणों की लंबी सूची है। पानी की समस्या तो उसका एक पहलू ही है।

लाल कुएँ अब बस्तियाँ बन गए हैं

इसी प्रकार राजधानी में कम-से-कम तीन इलाकों में लाल कुआँ नाम की बस्तियाँ हैं। इनमें से एक लाल कुआँ यमुनापार में कृष्णा नगर के आस-पास रहा था। पुरानी दिल्ली में लाल कुआँ तो एक खास तरह के निवासियों के लिए पहचाना जाता था। दक्षिणी दिल्ली में तुगलकाबाद को फरीदाबाद से जोड़नेवाले रास्ते पर लाल कुआँ होने के प्रमाण हैं, लेकिन अब ये कुएँ अपनी पहचान खो चुके हैं। हाँ, उनके नाम पर बस्तियाँ जरूर पहचानी जाती हैं। जिन कुओं के कारण इनकी पहचान है उन्हीं इलाकों में अब इन कुओं के बारे में जानकारी रखनेवालों की गिनती उँगलियों पर ही की जा सकती है। अधिकतर लोग यह बता पाने की स्थिति में ही नहीं होते कि उनके इलाके में लाल कुआँ है कहाँ? और है भी कि नहीं। इन इलाकों में जाकर पूछिए कि लाल कुआँ कहाँ है, तो आमतौर पर एक ही जवाब मिलता है—लाल कुआँ तो यही इलाका है। आपको जाना कहाँ है? इस इलाके का नाम लाल कुआँ है तो लाल कुआँ भी तो होगा? पूछने पर तो एक ही जवाब मिलता है कि 'पता नहीं'। दिल्ली में अब भी एक जगह का नाम है धौली प्याऊ? यानी उस समय के राहगीरों की प्यास बुझाने के लिए बनाई गई पौशाला। यह पौशाला कब और किसने बनवाई थी, इसका तो अब पता ही नहीं चल पाता, लेकिन 'धौली प्याऊ' के नाम से राजधानी के एक इलाके की पहचान जरूर, बनी हुई है। वह प्याऊ कहाँ है या कहाँ गई, पता नहीं।

क्यों खो गए कुएँ और बावड़ियाँ

अंग्रेजी शासन के दौरान कुओं और बावड़ियों के निर्माण को बढ़ावा दिए जाने की बजाय पाइपलाइनों और नलों से पानी की सप्लाई किए जाने का सिलसिला शुरू किया जाना कहा जा सकता है। अंग्रेज शासकों द्वारा उस समय फैलनेवाली बीमारियों को रोकने के लिए कई बार आदेश जारी करके किसी खास कुएँ या बावड़ी के पानी के इस्तेमाल पर रोक लगाने के प्रमाण मिलते हैं। दिल्ली के

1883- 84 में प्रकाशित गजेटियर में दिल्ली में कुओं के इस्तेमाल होने के नियमित आँकड़े मिलते हैं। इस दस्तावेज के अनुसार वर्ष 1872-75 के दौरान दिल्ली में जमीन का हिसाब-किताब तैयार करने के लिए सर्वेक्षण के दौरान पाया गया कि उस समय 2,256 कुएँ काम कर रहे थे। इस सर्वेक्षण दिल्ली में काम करनेवाले कुओं को चार श्रेणियों में विभक्त किया गया था। इनके बनाए जाने के तौर-तरीकों के आधार पर इनका नामकरण किए जाने के प्रमाण हैं। कुओं से मिलनेवाले पानी के स्वाद के आधार पर उन्हें मीठा और मलमला या खारा कुआँ कहा जाता था। वर्ष 1909-10 के आँकड़े बताते हैं कि उस समय की दिल्ली में करीब 1 लाख हेक्टेयर में होनेवाली खेती के लिए सिंचाई का पानी कुओं से मिलता था। जिस जमीन पर सिंचाई के लिए पानी कुओं से लिया जाता था, उसे 'चाही' कहा जाता था। इन कुओं के पानी से 22 हजार एकड़ से भी अधिक जमीन पर उगाई जानेवाली फसलों की सिंचाई होती थी। इसके अलावा इन कुओं के पानी का इस्तेमाल पीने और दूसरे कामों के लिए भी किया जाता था। इन कुओं से पानी निकालने के लिए झालर और ढेंकली का इस्तेमाल किया जाता था। इससे अनुमान लगाया जा सकता है कि परंपरागत जल संसाधन कितना महत्त्व रखते थे। बदली परिस्थितियों में इनका उपयोग किया जाए तो वे आज भी उपयोगी हो सकते हैं।

परंपरा और जरूरत

दिल्ली के सन् 1912 में प्रकाशित गजेटियर में लिखा गया है कि पिछले 25 सालों में कुओं के निर्माण में बढ़ोतरी हुई है। उनके बारे उपलब्ध आँकड़े बहुत ठीक नहीं कहे जा सकते हैं, क्योंकि अस्थायी और स्थायी दोनों ही तरह के कुएँ दिखाई देते हैं। एक पक्के कुएँ हैं, जिन्हें कि पत्थर-ईंटों को चूने से जोड़कर बनाया गया है और दूसरे वे, जो कि अन्य तरीकों से बनाए गए हैं। 1968 में दिल्ली सरकार के रिकॉर्ड के अनुसार राजधानी में 10,700 कुएँ थे। दिल्ली प्रशासन की ओर से 1976 में प्रकाशित किए गए गजेटियर में बताया गया है कि रिज के पूर्वी भाग में कुओं से जल की उपलब्धि प्रतिदिन 25,9 से 340.9 किलोलीटर है। यह पानी पीने लायक या थोड़ा खारा है। रिज के पश्चिमी भाग में यह उपलब्धि प्रतिदिन 16.4 से 164 किलोलीटर है, जबकि औसत दैनिक उपलब्धि 35.5 किलोलीटर है। यह पानी कहीं बहुत अधिक और कहीं कम खारा है। 'अलवर क्वार्टजाइट' कहे जानेवाले पहाड़ी इलाकों में खोदे कुओं में कहीं पेयजल मिलता है तो कहीं कुछ खारा पानी। इनसे प्रतिदिन की उपलब्धि 32.7 से 195.5 किलोलीटर की है, जो औसत से 81.8

किलोलीटर प्रतिदिन है। दिल्ली में कुएँ केवल पीने और घरेलू इस्तेमाल के लिए पानी उपलब्ध कराने का माध्यम नहीं रहे। चतुर्थ पंचवर्षीय योजना में हरित क्रांति के प्रसार के लिए कुओं के विकास के लिए विशेष तौर आर्थिक सहायता उपलब्ध कराने की व्यवस्था की गई थी। बाद के दशकों में दिल्ली में इस ओर अधिक ध्यान नहीं दिया गया, क्योंकि शहर के प्रसार के साथ खेती-किसानी के कम होने का सिलसिला शुरू हो गया था। ये कुएँ और कुइयाँ अपना उपयोग खोते गए और फिर एक समय ऐसा आ गया कि वे इलाकों के नामों में परिवर्तित हो गए।

पानी और पारिवारिक सामाजिक जीवन

दिल्ली में कुओं का पारिवारिक व सामाजिक पहलू भी रहा और आज भी है। दिल्ली में आज भी यह परंपरा देखी जाती है कि जब नवजात शिशु 40 दिन का हो जाता है तो कुआँ-पूजन किया जाता है। इसके अंतर्गत माँ बच्चों को अपनी बाँहों में समेटे शाम के समय अन्य स्त्रियों के साथ कुएँ के निकट जाती है। सारे रास्ते स्त्रियाँ मंगल गीत गाती जाती हैं। कुएँ की भीत पर पूजा करने के बाद सब घर वापस आते हैं। कई बार तो यह काम बैंड बाजे के साथ किया जाता है। शादी-ब्याह और अन्य शुभ अवसरों पर कुआँ पूजे जाने की परंपरा आज भी देखी जा सकती है। शादी के दिन अकसर सजी-सजाई कारों में लोग कुओं की तलाश करते देखे जा सकते हैं। यह अलग बात है कि यह रस्म-अदाई रह गई है। इसके असली महत्त्व को भुला दिया गया है। इससे पता चलता है कि हमारी परंपराओं में पानी के इन परंपरागत जल स्रोतों को किस प्रकार से महत्त्व दिया जाता रहा है। म्युनिसपेल्टी द्वारा पहले ठेलों और फिर नलों से पानी की इस वैकल्पिक व्यवस्था के आने के बाद से ही संभवत: कुओं और बावड़ियों के इस्तेमाल व निर्माण को मिलने वाला महत्त्व कम होता गया। धीरे-धीरे करके ये परंपरागत स्रोत अनुपयोगी होते चले गए। दिल्ली सल्तनत के सुलतानों द्वारा शासन सँभालने के पहले आमतौर पर तालाब या बाँध बनाकर बरसाती पानी एकत्रित करके उसका उपयोग किए जाने के ही प्रमाण हैं। इसके अलावा प्राकृतिक तरीके से निचले इलाकों में भर जानेवाले पानी को तालाब या जोहड़ के नाम से पहचाना जाता था। इस पानी का इस्तेमाल आदमी और जानवर दोनों ही किया करते थे। इसके अलावा पीने का पानी प्राप्त करने के लिए कुएँ एक महत्त्वपूर्ण साधन हुआ करते थे। इसके दर्जनों उदाहरण आज भी दिल्ली के विभिन्न हिस्सों में दिखाई देते हैं। आइए, उनपर भी एक नजर डाल लेते हैं।

बाराटूटी, छह टूटी और तीन टूटी चौक

एक दौर ऐसा भी था, जबकि दिल्ली नगर निगम सड़कों और बाजारों में आने-जानेवालों की सुविधा के लिए सार्वजनिक नल लगवाता था। उससे पीने के पानी की आपूर्ति की जाती थी। इस तरह के किसी एक सार्वजनिक प्याऊ में जितनी टोंटियाँ लगी होती थीं, उससे उस इलाके की पहचान की जाती है। सदर बाजार में आज भी एक इलाका ऐसा है, जिसे 'बारा टूटी चौक' के नाम से जाना जाता है। इसी तरह 'तीन टूटी चौक' भी हुआ करते थे। अब ये टोंटियाँ या तो रह ही नहीं गई हैं। जहाँ रह गई हैं, उनमें आमतौर पर पीने लायक पानी नहीं होता है। इन दुकानों और बाजारों में काम करनेवाले व्यापारी और ग्राहक या तो बोतल का पानी खरीदकर पीते हैं, भले ही वे ब्रांडेड हों या न हों! या फिर खास तरह के प्लास्टिकवाले जगों में इन दुकानों में पानी की सप्लाई करनेवालों के लिए यह छोटे और मझोले दर्जे का कारोबार बन गया है। इन दुकानों पर फोन करके 10 लीटर से 20 लीटर तक की क्षमता के जग मँगवाए जा सकते हैं। पुराने शहर की तंग गलियों में बने बाजारों की गलियों और चौराहों पर इस तरह के पानी से भरे जगों को लाते-ले जाते देखा जा सकता है। चाँदनी चौक, सदर बाजार और तंग गलियों व कूचों में फैले थोक बाजारों में तो यह कारोबार पूरे साल चलता है और इस कारोबार में लगे लोग अच्छा मुनाफा कमा रहे हैं। पानी के बाजार के एक हिस्से की माँग पूरी कर रहे हैं। इस काम के लिए पानी जल बोर्ड का ही इस्तेमाल होता है। इससे होनेवाली आय का एक हिस्सा जल बोर्ड को तो नहीं, हाँ, उसके अधिकारियों और कर्मचारियों की जेब तक जरूर पहुँच रहा है। बाजार में खरीद-फरोख्त के लिए आनेवाले ग्राहकों और उनके सामान को गलियों से निकालकर बाहर तक पहुँचानेवाले झल्लीवालों और पल्लेदारों के लिए पीने के पानी की धर्मार्थ व्यवस्था के उदाहरण अब शायद ही कहीं दिखाई देते हैं। कभी पुण्य कमाने के लिए पानी की व्यवस्था करना अब बाजार बन गया है।

पौशाला, प्याऊ और छबील

अब तो यह परंपरा ही कहीं खो गई है। पौसला तो नहीं रही, लेकिन गरमी के महीनों में कुछ खास दिनों में सड़कों पर छबील लगाकर लोगों की प्यास बुझाने के लिए शरबत पिलाने की परंपरा अब भी दिखाई देती है। ऐसी ही स्थिति जानवरों को पानी पिलाने के लिए बनाई जानेवाली हौदियों की है। पुराने शहर में अभी भी इक्का-दुक्का जगहों पर ये हौद दिखाई देते हैं। वे अपनी उपयोगिता खोते जा रहे

हैं, क्योंकि उनमें पानी भरने की व्यवस्था विकास के दौर में खोकर रह गई है। बाजारों के बीच बने इन हौदों का उपयोग जानवरों को पीने के पानी उपलब्ध कराने की बजाय कारोबार के लिए किया जाता देखा जा सकता है या फिर उनमें गंदगी और कूड़ा-कबाड़ा भरा रहता है। कुछ दशक पहले तक पुरानी दिल्ली में सड़कों पर छिड़काव करने और लोगों को पानी पिलाने के लिए मशक लेकर आते-जाते लोग दिखाई देते थे। अब यह परंपरा लगभग समाप्त हो गई है। चमड़े से बनी मशक में पानी भरकर जामा मसजिद के आस-पास प्यासों को पानी पिलानेवाले वे लोग अब कहाँ और किस हाल में है अब पता लगा पाना भी मुश्किल हो गया है। हाँ, विभिन्न गुरुपर्वों पर निकाले जानेवाले जुलूसों के दौरान उन्हें कभी-कभार देखा जा सकता है। पक्षियों के लिए मिट्टी के बरतनों में छतों और आँगन में पानी रखने की परंपरा अब खोती जा रही है। मलेरिया फैलानेवाले मच्छरों के बारे में चलाए जानेवाले अभियान का भी इस पर असर पड़ रहा है, क्योंकि मानव अब अपनी सुरक्षा को अधिक महत्त्व देने लगा है। अपनी तुलना में पक्षियों के लिए पानी रखने को महत्त्व न दे पाना उसकी मजबूरी हो सकती है; लेकिन अपने आस-पास के प्रति इतनी असंवेदनशीलता को क्या मानवोचित कहा जा सकता है। जल स्तर गिरते जाने के कारण दिल्ली के कुएँ अब अपनी उपयोगिता खो चुके हैं, लेकिन जल संरक्षण और जल संवर्धन के लिए उनका उपयोग किया जा सकना संभव है। यहाँ यह कहना असामयिक नहीं होगा कि रेनवाटर हार्वेस्टिंग को एक भारी-भरकम नाम दे दिया गया है। असल में इसका मकसद तो यही है कि बरसाती पानी को बहकर बरबाद होने से बचाया जाए, उसे किसी-न-किसी तरह से जमीन के अंदर पहुँचा दिया जाए। इसके लिए किसी बहुत बड़े विज्ञान या तकनीकी क्षमता की आवश्यकता से कहीं ज्यादा पानी के इस्तेमाल के प्रति संवेदनशील होने की है।

जब अंग्रेजों ने कुएँ के पानी के इस्तेमाल पर रोक लगाई थी

अंग्रेजी शासन के दौरान कुओं और बावड़ियों के पानी के इस्तेमाल पर रोक लगाने जैसे आदेश जारी किए जाने के प्रमाण आज भी पुराने दस्तावेजों में दिखाई दे जाते हैं। उनका तर्क था कि इस प्रकार के पानी के इस्तेमाल से बीमारियाँ फैलती हैं। अंग्रेजों के आने के बाद ही दिल्ली में वाटर वर्क्स बनाने और नलों से पानी की सप्लाई की व्यवस्था की शुरुआत हुई थी। तो क्या कुएँ एवं बावड़ी जैसे पुण्य के कार्य माने जानेवाली हमारी इस महत्त्वपूर्ण परंपरागत कला के खो जाने कारण यही था। निश्चित तौर पर ऐसा तो नहीं कहा जा सकता। यह सच्चाई है कि हमने एक

अच्छी व्यवस्था को हमेशा के लिए खो जाने दिया। ये व्यवस्थाएँ गुजरे कल में जितनी उपयोगी थीं उतनी ही आज उपयोगी हो सकती हैं, भले ही असंतुलित विकास के इस दौर में उनका रूप और उपयोग बदलना आवश्यक हो गया हो। दिल्ली में बनाई गई इन ऐतिहासिक और पुरातत्त्व की दृष्टि से बेहद महत्त्वपूर्ण इन बावड़ियों के निर्माण में इस क्षेत्र में आमतौर पर उपलब्ध कम लागत के संसाधनों और इस विधा के लिए सामयिक व उपयोगी साज-सामान का इस्तेमाल किया गया। दिल्ली में यह कला कहाँ से, कैसे आई और कैसे विकसित हुई, इस बारे में अध्ययन किए जाने की आवश्यकता है।

मास्टर प्लान और हैरिटेज

दिल्ली में उपलब्ध परंपरागत जल संसाधनों में से एक है बावड़ी। बावड़ी को बावड़ी के नाम से भी पुकारा जाता है। बावड़ी पिछले करीब 800 सालों से यहाँ के निवासियों को पीने का पानी उपलब्ध करानेवाला एक प्रमुख स्रोत रही हैं। आज भी दिल्ली में करीब दो दर्जन बावड़ियाँ या उनके अवशेष देखे जा सकते हैं। इनका विभिन्न तरह से उपयोग किए जाने की संभावनाएँ हैं। आवश्यकता उनकी ओर नजर डालने की है। उन्हें संरक्षित और विकसित करने की है, उन्हें आम दिल्लीवालों के जीवन से जोड़ने की है। आज और कल की दिल्ली के नगर नियोजक डी.डी.ए. से इस प्रकार की संवेदनशीलता की आशा नहीं की जानी चाहिए। वह जिस तरह से शहर का विकास करता रहा है, उससे हमारे इतिहास के अनेक पहलू तो हमेशा के लिए समाप्त हो गए या हो रहे हैं। दिल्ली के मास्टर प्लान में हैरिटेज को महत्त्व देने का बार-बार वादा किया जाता रहा है। लागू किए जाते समय आमतौर पर ऐसा नहीं हो पाया है। दिल्ली मेट्रो के निर्माण के समय सिविल लाइंस इलाके में भूमि के अंदर के जल को जिस तरह से निकालकर बरबाद हो जाने दिया गया, वह विकास के दौर में सामने आनेवाले अवसरों का लाभ उठा पाने के प्रति हमारे नजरिए को ही उजागर करता है। क्या यह अवसर और शहर के विकास के अन्य अवसरों का उपयोग जल संरक्षण, जल संवर्धन के लिए किया जाएगा।

जब बाड़ ही खेत को खा जाए

डी.डी.ए. द्वारा इस समय विकसित किया जा रहा उपनगर द्वारका आज और कल होनेवाली पानी की समस्या की जानकारी होने के बाद भी जिस तरीके से विकसित किया गया है और किया जा रहा है, उसे नियोजकों के बौद्धिक दिवालिएपन

का एक जीवंत उदाहरण कहा जा सकता है। यह उपनगर इस तरह से बसाया गया है कि वहाँ आज रहनेवाले और कल रहने के लिए आनेवाले लोगों को पानी की गंभीर समस्या का सामना करना पड़ेगा। दिल्ली के सबसे तेजी से विकसित हो रहे इस उपनगर के आनेवाले समय के लिए पानी उपलब्ध कराने के लिए जिस तरह की योजनाएँ तैयार की गई हैं और की जा रही हैं, उससे आनेवाले समय में भी वहाँ पानी की स्थिति सुधरने के कुछ खास आसार नहीं हैं। इसके बावजूद नगर नियोजन में जल संसाधनों के बारे में संवेदनशीलत कितनी है, इसका पता इस बात से ही लग जाता है कि द्वारका क्षेत्र में बनी दो बावड़ियाँ हमेशा के लिए समाप्त कर दी गईं। ये बावड़ियाँ अब से सैकड़ों साल पहले दिल्ली पर पठानों के शासन में पानी की समस्या के प्रति उनके दृष्टिकोण की हमें जानकारी दे सकती थीं। बरसाती पानी के संरक्षण और उसके उपयोग के बारे में परंपरागत स्रोतों के उपयोग के विकल्प सुझा सकती थीं। ऐसा तब हो रहा था भी जबकि दिल्ली जल बोर्ड ने इस बात के लिए साफ मना कर दिया था कि वह 10 लाख से भी अधिक आबादी के लिए विकसित किए जा रहे उपनगर को पीने के पानी की आवश्यकता की पूर्ति की स्थिति में नहीं होगा और यदि डी.डी.ए. यह उपनगर बसाना ही चाहता है तो वह अपने संसाधनों से जल आपूर्ति की व्यवस्था करे। डी.डी.ए. इस स्थिति में तो था नहीं कि वह यह शहर बसाने के साथ ही यहाँ आकर रहनेवालों के लिए बाहर से पानी लाकर आपूर्ति करने की व्यवस्था कर सके तो उसने जमीन के अंदर के पानी को निकालकर उसकी आपूर्ति करने की व्यवस्था कर दी। यह पानी यहाँ के निवासियों की आवश्यकता की पूर्ति के लिए तो कतई पर्याप्त नहीं था। यही नहीं, उसका स्वाद भी इतना खारा और कसैला था कि उसका पीने के लिए इस्तेमाल किया जा सकना संभव नहीं था। यह तो परंपरागत संसाधनों के प्रति हमारी असंवेदनशीलता का एक उदाहरण है। इस प्रकार के दर्जनों उदाहरण हमारे आस-पास बिखरे देखे जा सकते हैं। इनमें बावड़ियाँ ही नहीं, कुएँ, तालाब, बाँध और हौज भी शामिल हैं। एक नजर डालते हैं अतीत के इन जल संसाधनों पर।

कहाँ से आई, कैसे बनीं

गुजरे कल के जल स्रोत बावड़ियों के ब्योरे केंद्र और दिल्ली सरकार के रिकॉर्ड में तलाशे जा सकते हैं। इनमें से कुछ को तो अब वास्तविकता के धरातल पर तलाश कर पाना संभव नहीं रह गया है। जो अब भी बची रह गई हैं, उनमें से कुछ को तो फिर से विकसित किया जा सकता है और कुछ के पुनर्विकास की

संभावनाएँ भी धूमिल ही हैं। उनका विभिन्न तरीके से उपयोग किया जा सकता है। दिल्ली में बावड़ी बनाने का काम अब से करीब 800 साल पहले शुरू हुआ। करीब 400 सालों तक जारी रहा। फिर पानी के संरक्षण के ही नहीं, शिल्प और स्थापत्य कला के एक अनोखे उदाहरण के रूप में विकसित हुए ये केंद्र अचानक बनने बंद हो गए। ऐसा क्यों हुआ? क्या इस संसाधन ने अपनी उपयोगिता खो दी? या उन्हें बनाने और बनवानेवाले ही नहीं रह गए? यह जानना बहुत महत्त्वपूर्ण होगा कि वे लोग कौन थे, जिन्होंने दिल्ली को इस प्रकार की भव्य और सार्वजनिक हित की उपयोगी इमारतें दीं? पानी के प्रति उनमें यह संवेदनशीलता कहाँ से आई? दिल्ली में इस कला का विकास क्यों और कैसे हुआ? फिर वे अचानक क्यों और कहाँ विलुप्त हो गए? इन परंपरागत जल संसाधनों का विलोपन क्यों और कैसे हुआ? इसका गहराई से अध्ययन किए जाने की आवश्यकता है, जिससे कि भविष्य में ऐसा नहीं हो; हालाँकि अब इसके लिए बहुत देरी हो चुकी है। लेकिन मुहावरा है—'जब जागे तभी सवेरा', लेकिन पानी के मामले में हमारी आँखें खुलने में दिनोंदिन देरी होती जा रही है। विशेषज्ञों का अनुमान है कि चालू दशक के पूरा होते-होते महरौली ब्लॉक में जमीन के अंदर से पानी मिलना लगभग समाप्त हो जाएगा; लेकिन फिर भी ऐसा नहीं हो, इसके लिए कुछ ठोस नहीं किया जा रहा है। दिल्ली के इस सबसे पुराने शहर को बसाने और संचालित करनेवालों ने बरसाती पानी के संरक्षण के लिए दूरगामी व्यवस्थाएँ की थीं। इसके उदाहरण आज भी देखे जा सकते हैं, लेकिन हमने अपनी अदूरदृष्टि के चलते उन्हें हमेशा के लिए अनुपयोगी बना दिया है। हम आगे चलकर इनकी विस्तृत चर्चा करेंगे।

क्यों अनुपयोगी हो गईं बावड़ियाँ

परिस्थितियों के कारण ऐसा हुआ या फिर नियोजित तरीके से ऐसा किया गया और होने दिया गया? यदि दिल्ली की बावड़ियों के विलोपन पर नजर डालें तो लगता है कि ब्रिटिश शासन के आने के बाद ऐसा हुआ। मुगल शासन के अंतिम दौर तक शासकों द्वारा कुएँ तालाब और बावड़ियाँ बनाए जाने के प्रमाण हैं। अंग्रेजी शासन के बाद किसी बावड़ी के बनाए जाने के प्रमाण नहीं हैं। तो क्या यह विदेशी शासकों के भारतीय संस्कृति व सभ्यता के प्रति विरोधी रुख का परिणाम था? क्या हमने आजादी के बाद भी अपनी स्वस्थ और उपयोगी परंपराओं की ओर देखने की बजाय उनके रास्ते पर ही चलने का रास्ता अपनाया? या हम उनसे इतने प्रभावित हो चुके थे कि अपनी अच्छाइयों की ओर देखना ही भूल गए? अब जबकि हमें

पानी की कमी का सामना करना पड़ रहा है। आनेवाले समय में इसके और गंभीर रूप धारण करने की स्थिति सामने दिख रही है तो हमें अपने अतीत के इन पहलुओं पर गहराई से विचार करना होगा और समाधान तलाश करने होंगे।

गुजरात से दिल्ली की यात्रा

बावड़ियाँ बनाने की विधा का विकास गुजरात से माना जाता है। वहीं से यह तरीका राजस्थान और मध्य प्रदेश जैसे राज्यों में पहुँचा। तो क्या बावड़ी बनाने का विचार और उसके निर्माता राजस्थान से दिल्ली आए थे? ऐसा हो सकता है, क्योंकि इन इमारतों को बनाने के लिए जिस प्रकार के पत्थर का इस्तेमाल किया गया, वैसे पत्थर अधिकतर राजस्थान में मिलते हैं। यह भी संभव है कि इन बावड़ियों के लिए पत्थर दिल्ली के ही पहाड़ी इलाकों से लिये गए हों। गुजरात, राजस्थान और मध्य प्रदेश की तुलना में दिल्ली की बावड़ियाँ किस प्रकार विभिन्न हैं? दिल्ली का इतिहास बताता है कि नई दिल्ली बनाने से लगाकर सभी प्रमुख ऐतिहासिक व पुराने शहरों को बनाने में राजस्थान के शिल्पियों और वहाँ के पत्थरों ने हमेशा महत्त्वपूर्ण भूमिका निभाई। दिल्ली के पुराने शहर को पढ़कर चौंकिए नहीं। दिल्ली को तो 'शहरों का शहर' कहा जाता है। दिल्ली में सात ऐतिहासिक शहरों के प्रमाण आज भी देखे जा सकते हैं। यूँ तो माना यह जाता है कि दिल्ली में कभी 16 शहर थे। आज का यह महानगर इन्हीं शहरों के आपस में मिल जाने के कारण बन गया है। यह अलग बात है कि वे दिल्ली में ऐसे मिलकर रह गए हैं कि अब उनकी तलाश करनी पड़ेगी। पुरानी बात छोड़ें तो अक्षरधाम मंदिर से लेकर छतरपुर के मंदिर और राष्ट्रपति भवन से लाल किले तक की सभी प्रमुख इमारतों में राजस्थानी शिल्पकारों के निर्माण कला की उत्कृष्टता के नमूने आज भी दिखाई देते हैं। तो क्या इन बावड़ियों को बनानेवाले भी राजस्थान के शिल्पी थे? ये ऐसे प्रश्न हैं, जिनके विस्तृत और प्रामाणिक उत्तर अब नहीं मिल पाते। क्या अब हम इन बेशकीमती जल स्रोतों का पुनर्विकास कर सकते हैं? आज हमारे पास उपग्रह तक से अध्ययन कर पाने के लिए आधुनिकतम तकनीक उपलब्ध हैं। क्या यह मॉर्डन टेक्नोलॉजी पानी का पता लगाने में हमारे किसी काम आ सकती है? इस प्रकार के अध्ययन के लिए पर्याप्त क्षमता और विशेषज्ञता अपने शहर और देश में ही उपलब्ध है। इसका इस्तेमाल किए जाने की आवश्यकता है।

जरूरत सोशल ऑडिट की

गुजरे कल में दिल्लीवालों को पानी की आपूर्ति करने के प्रमुख साधन थे

कुएँ, तालाब, जोहड़, झीलें, नदियाँ, नहरें, बाँध और बावड़ियाँ। हम इन संसाधनों का संरक्षण और उपयोग कर पाने में बुरी तरह असफल रहे हैं। राजस्थान, गुजरात, महाराष्ट्र और मध्य प्रदेश जैसे राज्यों में लोगों के सहयोग से इस तरह के कामों को बेहद सफलतापूर्वक किया जा सकता है, तो भला दिल्ली में ऐसा क्यों नहीं किया जा सकता? पिछले एक दशक से दिल्ली सरकार दिल्लीवालों के साथ भागीदारी पर नीतिगत रूप से काम कर रही है; लेकिन यह एक ऐसा क्षेत्र है, जिसमें भागीदारी की ओर शायद उतना ध्यान नहीं दिया गया जितनी कि आवश्यकता है। इस प्रकार की योजनाओं की सफलता का पैमाना यह होना चाहिए कि पानी के लिए गंभीर समस्याओं का सामना कर रही दिल्ली में उपलब्ध पानी में से कितने की बरबादी वास्तव में रोकी जा सकी। इस बात से नहीं कि कितनी योजनाएँ बनीं, उनपर कितना पैसा खर्च हुआ, गणना इस बात की होनी चाहिए कि दिल्ली में कितनी बारिश हुई? किस इलाके में जमीन के अंदर पानी का स्तर कितना बढ़ा? बढ़ा नहीं तो क्यों नहीं बढ़ा? मानसून की बारिश के दौरान यमुना में से होकर कितना पानी बहने की बजाय उसका जल संवर्धन के लिए कितना इस्तेमाल किया गया। इसकी सरकारी के साथ-साथ सोशल ऑडिटिंग होनी चाहिए। इसके लिए प्रशासनिक व्यवस्था में बदलाव लाए जाने की आवश्यकता है। दिल्ली जल बोर्ड में जल संरक्षण और संवर्धन के लिए सदस्य की नियुक्ति करके इसकी शुरुआत की जा सकती है। फ्लड कंट्रोल विभाग में जल संरक्षण को केंद्र में लाया जाना होगा। पानी को विभागों और हिस्सों में विभक्त करने की बजाए समग्रता में देखने और उसका प्रबंधन करने की व्यवस्था की जानी चाहिए।

□

बावड़ियों का इतिहास और विकास

बावड़ी क्या होती है?

दिल्ली की ऐतिहासिक बावड़ियों पर नजर डालने से पहले यह जानना जरूरी है कि बावली या बावड़ी होती क्या है। 'बावली' या 'बावला' शब्द का अर्थ होता है 'पागलपन'। यहाँ हमारा मकसद किसी के प्यार में बावला या बावली होनेवाले शब्द से नहीं है। यहाँ हमारा मतलब पानी के संरक्षण और इस्तेमाल के एक विशेष संसाधन से है। इसे पानी के बारे में बहुत दूर तक की सोच रखनेवालों द्वारा सैकड़ों सालों के प्रयासों के बाद विकसित किया गया। यहाँ बावड़ी का मतलब एक ऐसे कुएँ से है, जिसमें पानी तक आने-जाने के लिए सीढ़ियाँ बनी होती हैं। देश के अलग-अलग हिस्सों में इसे अलग-अलग नामों से पुकारा जाता है। कहीं इसे 'बाव' कहते हैं तो कहीं 'बावड़ी'। बावड़ी को राजस्थान में कन्या कहे जाने का भी उदाहरण मिलता है। गुजरात और मध्य प्रदेश में इसे 'बाव' भी कहते हैं। राजस्थान के कुछ हिस्सों में 'बावड़ी' को 'बेरी' भी कहा जाता है। अंग्रेजी में बावड़ी को बताने के लिए 'स्टेप वेल' शब्द का इस्तेमाल किया जाता है। बावड़ी जमीन के स्तर से 5 से 8 मंजिल गहराई तक बनाई जाती रही है। इसका इस्तेमाल जमीन के अंदर के स्रोतों के अलावा बरसाती पानी को एकत्रित करके उसका आम दिनों और विशेष रूप से सूखे के दिनों में इस्तेमाल करने के लिए किया जाता है। मूल रूप से बावड़ी के दो प्रमुख अंग होते हैं—एक कुआँ और दूसरा उसमें भरे पानी तक पहुँचने के लिए सीढ़ियाँ। इन दोनों के बीच कमरे, बरामदे, खिड़कियाँ, जालियाँ, गैलरी आदि बनाए जाने की परंपरा रही है। इस पूरी इमारत को ही 'बावड़ी' या 'बावड़ी' कहा जाता है।

यह शब्द कैसे बना, कहाँ से आया

'बावड़ी' या 'बावड़ी' शब्द की शुरुआत 'वाव', 'वाह' या 'बाय' शब्द से हुई मानी जाती है। इसे 'पगवाह' भी कहा जाता है। कुछ स्थानों पर इसे 'पगबाव' भी कहते हैं। 'पगवाह' शब्द 'पगबाव' से बना है। 'पगबाव' यानी जिसमें पानी तक पग-पग करके यानी एक-एक कदम चलकर पहुँचना होता है। कई बार छोटे तालाबों के लिए 'बाई' या 'बाव' शब्द का भी इस्तेमाल किया जाता है। हो सकता है कि बाद में यही शब्द तालाबों से हटकर बावड़ी के साथ जुड़ गया हो। गुजराती भाषा में बावड़ी के लिए 'बाव' और 'वाई' का भी इस्तेमाल किया जाता है। कहीं-कहीं बावड़ी के लिए 'बाउरी' या 'बावरी' शब्द का इस्तेमाल भी सुनाई देता है। दिल्ली, उत्तर प्रदेश के आगरा और मथुरा क्षेत्र, हरियाणा और राजस्थान में बावड़ी या बाउली का इस्तेमाल किया जाता है। पुरानी दिल्ली के रसायन और मसाले के थोक बाजार के केंद्र को आज भी खारी बावड़ी के नाम से जाना जाता है। अब खारी बावड़ी एक बाजार का नाम रह गया है। आज जहाँ यह बाजार बना हुआ है, हो सकता है कि उसके आस-पास कहीं एक बावड़ी रही हो, जिसका कि पानी खारा रहा हो। अब उस बावड़ी का पता नहीं चलता। शायद इस ऐतिहासिक शहर में पुरानी इमारतों को तोड़-फोड़कर बाजार बनाए जाते समय इस जल स्रोत को किसी बाजार के रूप में बदल दिया गया हो। उद्योग और व्यापार के रूप में विकसित अवैध निर्माण के कारोबार से जुड़े निर्माताओं और उनके संरक्षक नेताओं और अफसरों से जल स्रोत के संरक्षण के कारण इस ओर ध्यान दिए जाने की संवेदनशीलता की उम्मीद करना ही बेमानी होगा। खारी बावड़ी के समाप्त हो जाने से यह नहीं माना जाना चाहिए कि इस बाजार का नाम बावड़ी है। भाषा के नजरिए से देखा जाए तो बावड़ी संभवतः संस्कृत के 'वापी' शब्द से निकला माना जाता है। बावड़ी को 'वापिका' कहे जाने से ऐसा लगता है। 'वापी' या 'वापिका' शब्द को पानी के संरक्षण और उपयोग के लिए बनाए गए कुएँ, तालाब, जोहड़ आदि के बारे में इस्तेमाल किया जाता रहा है। वैसे तो इन जल संसाधनों के लिए कप, तड़ाग और कुंड का भी उपयोग किया जाता है। 'वाप' शब्द का अर्थ होता हैं—जहाँ पानी को बाँध आदि बनाकर रोका गया हो। बनारस के ऐतिहासिक काशी विश्वनाथ मंदिर के पास बनी ज्ञानवापी का पुनर्विकास राजनीति का कारण तो बन सकती है, लेकिन जल संरक्षण के संसाधन के रूप में वापी की ओर ध्यान दिए जाने को कभी महत्त्व दिए जाने की आवश्यकता महसूस नहीं की गई।

देश में बावड़ियों के प्रमुख केंद्र

इस खास तरह के सीढ़ियोंवाले कुएँ दिल्ली के अलावा राजस्थान और गुजरात के रेगिस्तानी इलाकों में बने शहरों व गाँवों में देखे जा सकते हैं। इसके अलावा मध्य प्रदेश एक ऐसा राज्य है जहाँ बड़ी संख्या में बावड़ियाँ दिखती हैं। दक्षिण भारत में हंफी में बनी बावड़ी को अतुलनीय ही कहा जा सकता है। उसकी खूबसूरती शब्दों में बयान करना उसके निर्माताओं की योग्यता और क्षमता को कम करके आँकना कहा जाएगा। हंफी की बावड़ी दक्षिण भारत में विजय नगर साम्राज्य का एक महत्त्वपूर्ण योगदान कही जा सकती है। इसी प्रकार एक प्रमुख बावड़ी गोवा में देखी जा सकती है। मध्य प्रदेश में राजगढ़, मंदसौर की बावड़ियाँ अपने समय के निर्माताओं की योग्यताओं और क्षमताओं को आज भी प्रस्तुत करती हैं। आगरा के किले के दीवाने-आम और फतेहपुर सीकरी में इमारत समूह के बाहर बावड़ी बनाए जाने के प्रमाण मिलते हैं। बावड़ियों की बड़ी संख्या देश के उन प्रमुख मार्गों और उनके आस-पास दिखाई देती है, जो पुराने समय में भारत के प्रमुख व्यापारिक केंद्रों को जोड़ते थे। विभिन्न राज्यों के शासकों द्वारा भी जन-हित में बावड़ियाँ बनवाए जाने के उदाहरण भी मिलते हैं। बनारस के विश्व-प्रसिद्ध काशी विश्वनाथ मंदिर के साथ बनी इमारत का नाम ही है ज्ञानवापी। निश्चय ही इस मंदिर में पूजा-अर्चना के लिए आनेवालों की सुविधा के लिए इस बावड़ी का निर्माण किया गया होगा। अब इसका वह उपयोग कर पाना संभव नहीं है, जिस लिए इसका निर्माण किया गया था। गंगा के किनारे से कुछ ही दूरी पर इस पवित्र और ऐतिहासिक मंदिर के निर्माण के बावजूद उसमें ज्ञानवापी का निर्माण इस बात का प्रतीक है कि यह परंपरा कितनी पुरानी है।

कहाँ बनीं और किसने बनाई

इन बावड़ियों को बनाने और बनवानेवालों में अपने समय के प्रमुख व्यापारिक घरानों का महत्त्वपूर्ण योगदान रहा है। इन बावड़ियों को बनाने में बंजारों ने महत्त्वपूर्ण भूमिका निभाई, क्योंकि ये बंजारे कारोबार का साज-सामान एक शहर से दूसरे शहर और एक व्यापारिक केंद्र से दूसरे व्यापारिक केंद्र तक पहुँचाने के लिए लगातार यात्राएँ करते रहते थे। यात्राओं के इन मार्गों पर रात्रि विश्राम के लिए सरायों का निर्माण उस समय की बहुत बड़ी आवश्यकता थी। तब यात्राओं के लिए आमतौर पर बैलगाड़ियों, ऊँटगाड़ियों और घोड़ों का इस्तेमाल किया जाता था। विश्राम स्थलों पर पानी की आवश्यकता की पूर्ति के लिए बावड़ियों का

निर्माण किया गया। सुरक्षा कारणों ये यात्राएँ काफिले के तौर पर की जाती थीं। काफिलों की सुरक्षा के लिए हथियारबंद दस्ते होते थे। अधिकतर यात्राएँ दिन में की जाती थीं। अकसर रात होते होते पड़ाव डाल दिए जाते थे। जिन मार्गों पर दिन में गरमी के कारण यात्रा करना संभव नहीं हो पाता था, उनमें रात में यात्राएँ की जाती थीं और दिन में इन सरायों एवं उनकी बावड़ियों के परिसर में पड़ाव डाले जाते थे।

एयरकंडीशनिंग की एक प्राचीन तकनीक

बावड़ियों के पानी के आस-पास जमीन के अंदर बनाए इन बरामदों और कमरों में दिन की गरमी से बचने के लिए रहा जाता था। इसलिए इन बावड़ियों में बहुत सी ऐसी हैं, जिनके साथ सरायें भी बनी मिलती हैं। बावड़ियाँ अधिकतर किलों और सरायों के अंदर बनाई गईं, जिससे उनमें रहनेवाले लोग उनके पानी का इस्तेमाल कर सकें। किलों के अंदर कुएँ और बावड़ी बनाए जाने की परंपरा हमलावरों द्वारा मेडिएवेल मध्य काल में घेराबंदी करके उन पर विजय पाने के तरीके अपनाए जाने से बचाव के रूप में की गई। पश्चिमी भारत के मंदिर परिसरों में बावड़ियाँ बनाए जाने की परंपरा बहुत पुरानी है। गुजरात और राजस्थान आदि राज्यों में इसके अनेक प्रमाण आज भी देखे जा सकते हैं। इसके अलावा रिहाइशी इलाकों में बावड़ियाँ पानी की जरूरत पूरा करने के लिए इस्तेमाल की जाती रही हैं। राजस्थान, गुजरात आदि राज्यों में आज भी ऐसा हो रहा है। दिल्ली के ऐतिहासिक मकबरों और मसजिदों के परिसर में भी बावड़ियाँ बनाए जाने की परंपरा देखने को मिलती है।

जल संरक्षण के क्षेत्र में दुनिया को भारत का योगदान

दुनिया में भारत संभवतः एकमात्र ऐसा देश है, जहाँ जल संरक्षण और उपयोग के लिए बावड़ी बनाने की व्यवस्था की शुरुआत हुई और निर्माण कला के चरम तक पहुँची। जल संरक्षण के परंपरागत संसाधनों के जानकारों का कहना है कि दुनिया के किसी अन्य देश में बावड़ी का इस्तेमाल किए जाने के आमतौर पर उदाहरण नहीं मिलते हैं। बावड़ी बनाने की विधा की शुरुआत और विकास का प्रमुख केंद्र गुजरात माना जाता है। इसे राज्य के सूखे और रेगिस्तान में पानी की कमी की समस्या से निपटने के लिए एक प्रयास के रूप में शुरू किया गया कहा जा सकता है। इसकी शुरुआत बरसाती पानी का भंडारण करने और उसे अधिक-से-अधिक समय तक और साफ-सुथरा बनाए रखने की व्यवस्था से शुरू

हुई। देश की सबसे पुरानी बावड़ी गुजरात के सौराष्ट्र क्षेत्र में बनी गई मानी जाती है। इसे अब से कोई 1300 साल पहले बनाया गया माना जाता है। गुजरात के इतिहास के बारे में फारसी भाषा में लिखी गई पुस्तक 'मिरात ए अहमदी' में बावड़ी का उल्लेख मिलता है। यह इतिहास अली मुराद खान ने सन् 1761 में लिखा था।

बावड़ी मत्स्यपुराण में

परसी ब्राउन ने अपनी सुप्रसिद्ध पुस्तक 'इंडियन आर्किटेक्चर में लिखा है कि बावड़ी बनाने का सिलसिला हिंदुओं के शासन के कार्यकाल के दौरान शुरू हुआ। मुसलमानों के शासन के दौरान इसका और भी विकास हुआ। ब्राउन का मानना है कि सार्वजनिक उपयोग के लिए बनाए गए कुओं के साथ इन इमारतों को बनाने में जिस प्रकार की निर्माण कला का इस्तेमाल किया गया, उसका उदाहरण दुनिया के किसी और देश में देखने को नहीं मिलता। ब्राउन के अनुसार, भारत में निर्माण की इस अनोखी कला की शुरुआत गुजरात में हुई और शिखर तक पहुँची। यहीं से यह कला आस-पास के राज्यों और विशेष रूप से राजस्थान व मध्य प्रदेश में पहुँची। राजस्थान में अभी भी ऐसी बावड़ियाँ देखी जा सकती हैं, जिनका निर्माण आठवीं से ग्यारहवीं शताब्दी के बीच किया गया। राजस्थान के थार रेगिस्तान में बसे गाँवों में पानी के संरक्षण के लिए कुंड और कुंडी बनाकर बरसात का पानी उनमें एकत्रित किए जाने और गरमी में भाप बनकर उड़ने से बचाने के लिए उसे ढककर रखे जाने की व्यवस्था आज भी देखी जा सकती है। जोधपुर और जैसलमेर के किलों में तो बरसाती पानी की आखिरी बूँद तक को बचाकर रखने की सैकड़ों साल पुरानी व्यवस्था आज भी पूरी तरह काम कर रही है। राजस्थान की महत्त्वपूर्ण बावड़ियों में ओसियन, अबनेरी, मिन्नामल, पीपड़, हर्शा, बसंतगढ़, नाडोल, सेवासी, बूँदी आदि की बावड़ियाँ शामिल की जा सकती हैं। भारत में तो बरसाती पानी के संरक्षण की पुरानी व्यवस्था हड़प्पा सभ्यता में देखी गई है। मत्स्यपुराण में कहा गया है—'दस कूप-समावापी, दशवापी-समोदहः। दस-हद समपुत्रसमो'—दुमा अर्थात् दस कुओं के बराबर एक वावड़ी है। दस बावड़ियों के बराबर एक तालाब है। दस तालाबों के बराबर एक पुत्र है और दस पुत्रों के बराबर एक वृक्ष है। जैन तीर्थंकरों के प्रवचन के लिए बनाए जानेवाले आसनों के आस-पास बावड़ियाँ होने का उल्लेख मिलता है। भित्ति चित्रों और प्राचीन पेंटिंगों में भी बावड़ियाँ देखी गई हैं।

भारत की बावड़ी और इटली के कुएँ

ब्राउन ने गुजरात में बावड़ी के निर्माण की कला के उच्च स्तर की तुलना क्वात्रो सेंटो शासकों के कार्यकाल के दौरान इटली में कुओं के विकास से की है। ब्राउन ने उस दौरान इटली में सार्वजनिक इस्तेमाल के लिए बनाए गए कुओं के ऊपर बनाए गए खंभों के निर्माण में इस्तेमाल कला का उल्लेख करते हुए कहा है कि बावड़ियों में जमीन के नीचे बरामदे, कमरे, दालान और सीढ़ियों के निर्माण में जिस प्रकार की निर्माण कला का उपयोग किया गया, उससे इटली की कला फीकी पड़ जाती है। ब्राउन ने अपनी पुस्तक में अहमदाबाद की बाई हरी बाव और अडालज की बावड़ियों का विशेष रूप से उल्लेख किया है। बाई हरी बाव का निर्माण वर्ष 1499 में किया गया था। यदि देश के विभिन्न हिस्सों में कुओं के आस-पास बावड़ी के रूप में बनाई गई इन इमारतों में जितनी भव्यता और कलात्मकता गुजरात में देखी जाती है, उतनी अन्य राज्यों में नहीं मिलती है। देश में सबसे पुरानी बावड़ी सौराष्ट्र में बनी मानी जाती है। इस बावड़ी का निर्माण सातवीं शताब्दी में हुआ बताया जाता है। परंपरागत शिल्प-शास्त्रों में इसका उल्लेख मिलता है। जैन साहित्य और पुराणों में बावड़ी बनाए जाने का उल्लेख मिलता है। विभिन्न प्रकार के अध्ययनों और अनुसंधानों के आधार पर विशेषज्ञों में इस बारे में लगभग आम राय है कि बावड़ी बनाकर जल संरक्षण की यह कला और परंपरा 1,300 साल या उससे भी अधिक पुरानी है।

बावड़ी और कुएँ में अंतर

कुछ बावड़ियों में सीढ़ियों से पानी लाने के साथ ही रस्सी और बालटी से भी पानी बाहर लाए जाने की व्यवस्था देखी गई है। ऐसा कहीं-कहीं ही हुआ है। आमतौर पर बावड़ियों से पानी लाने के लिए सीढ़ियों से उतरकर पानी तक आने-जाने की ही व्यवस्था है। बावड़ी में जैसे-जैसे पानी का स्तर घटता बढ़ता जाता है, उसी प्रकार से अधिक या कम सीढ़ियाँ उतर-चढ़कर पानी का उपयोग किया जा सकता है। बावड़ी से पानी बाहर लाने के लिए भिश्तियों द्वारा चमड़े की मशक का भी इस्तेमाल किया जाता रहा है। बावड़ियों में पानी की सतह तक पहुँचने के लिए बनाई गई सीढ़ियाँ और उनकी दिशाएँ विभिन्न बावड़ियों की पहचान में अलगाव लाती हैं। आमतौर पर बावड़ियों में पानी तक आने-जाने के लिए सीधी सीढ़ियाँ होती हैं। कुछ में ये सीढ़ियाँ घुमावदार होती हैं। कुछ बावड़ियों में विभिन्न मंजिलों पर बने कमरों और बरामदों से होकर सीधे पानी तक पहुँचने

के रास्ते होते हैं। कुछ में सिर्फ मुख्य सीढ़ियों से होकर ही पानी तक पहुँचा जा सकता है। देश के अन्य भागों में, विशेषकर गुजरात की बावड़ियों में, निचली मंजिलों पर मंदिर और मंडप बनाए गए हैं।

बावड़ी के निर्माण में पत्थर और चूने का उपयोग किया गया

वापस चलते हैं दिल्ली की बावड़ियों की कहानी की ओर। दिल्ली में बावड़ियों के कुओं और उसके साथ लगनेवाली इमारतें पत्थर से बनाई गईं। इन पत्थरों को जोड़ने के लिए चूने का इस्तेमाल किए जाने की परंपरा रही है। चूने का इस्तेमाल किए जाने के कारण बनने के सैकड़ों वर्ष गुजर जाने के बाद भी ये इमारतें आज भी सिर उठाकर खड़ी हुई हैं। इन इमारतों में यदि सीमेंट का उपयोग किया गया होता तो संभवतः ये अब तक टिकी नहीं रहतीं। चूने का इस्तेमाल होने के कारण इनसे पानी के रिसकर बरबाद हो जाने की अधिक संभावना नहीं रहती। इन इमारतों के निर्माण के लिए पत्थर और चूना ऐसा कच्चा माल था, जो आसानी से उपलब्ध था। पहाड़गंज क्षेत्र में आज भी एक इलाका है, जिसे 'चूना मंडी' और 'चूना भट्ठी' के नाम से जाना जाता है। कभी इसे 'चूना घाटी' कहे जाने का भी उल्लेख मिलता है। क्या इस इलाके में तैयार किए गए चूने का इस्तेमाल दिल्ली की बावड़ियों को बनाने के लिए किया गया? यह अब निश्चयपूर्वक तो नहीं कहा जा सकता, लेकिन संभव है कि ऐसा हुआ हो! आवश्यकता इस बारे में अतिरिक्त जानकारियाँ एकत्रित करने की है।

पहाड़गंज की चूना भट्ठी

बावड़ियों को बनाने में पत्थरों को जोड़ने के लिए सीमेंट की बजाय चूने का इस्तेमाल क्यों हुआ? शायद यह सस्ता भी था और टिकाऊ भी। इसका इस्तेमाल करनेवाले जानते थे कि इसको किस अनुपात में मिलाया जाना बेहतर होगा। आज इस तरह के सस्ते और आसानी से उपलब्ध संसाधनों का इस्तेमाल तो सिर्फ डिमांस्ट्रेशन तक ही सीमित रह गए हैं। इसके लिए अब लो कास्ट और एथिनिक जैसे शब्दों का उपयोग किया जाता है। घरों से लगाकर बड़ी इमारतों तक के निर्माण में इस प्रकार की तकनीक का आमतौर पर इस्तेमाल नहीं किया जाता है। पहाड़गंज के अलावा राजधानी के और किसी इलाके में चूना मंडी, चूना भट्ठी जैसे नाम नहीं मिलते। इस आधार पर यह कहा जा सकता है कि राजधानी में जिन इमारतों को बनाने में चूने का इस्तेमाल किया गया, उनके लिए चूना शायद यहीं से आता रहा होगा! नई दिल्ली बनाए जाते समय पहाड़गंज के इस इलाके

में बनी चूना भट्ठियों का इस्तेमाल किया गया, इसके प्रमाण अभी भी मिलते हैं। इन भट्ठियों में चूना तैयार करने के लिए काम आनेवाला पानी कुओं से लिया जाता था। इस इलाके के लगभग हर घर में एक कुआँ बना हुआ है। इसमें से कुछ तो विकास के दौर में बंद हो गए। पानी का स्तर गिरते जाने के कारण कुछ सूख गए और कुछ अभी भी काम के लायक हैं। उनमें पानी दिखाई देता है। दिल्ली में प्रदूषण नियंत्रण के लिए उद्योग धंधों को बंद किए जाने के बाद ये भट्ठियाँ बंद हो गई थीं। ये कुएँ अभी भी हैं और उन्हें जल संरक्षण के संसाधन के रूप में इस्तेमाल किए जाने की संभावना भी है। इस इलाके में जमीन के अंदर के पानी का स्तर गिरता जा रहा है, जो कि चिंता का विषय है, लेकिन इन कुओं का उपयोग नहीं किया जा रहा है।

पानी ढककर रखने की व्यवस्था

बावड़ियाँ बनाने के लिए चूना और पत्थर का उपयोग किए जाने के साथ उसमें पानी को इस तरह से रखने की भी व्यवस्था की गई थी कि इनमें भरा पानी गंदा न हो सके। आमतौर पर बावड़ियों का निर्माण इस तरह से किया जाता रहा, जिससे उसमें भरा पानी गंदगी आदि से बचा रहे। इसके लिए बावड़ी पर छत बनाकर पानी को ढककर रखने की व्यवस्था की जाती है। ऐसा करने का एक मकसद यह भी रहा कि धूप और गरमी के कारण पानी भाप बनकर उड़ता न रहे। बावड़ियों में पानी तक आने-जाने के लिए सीढ़ियों के अलावा उनके तीन तरफ दालानें, गैलरी, बरामदे और कमरे आदि भी बनाए जाते थे। जमीन के स्तर से गहराई में बने होने के कारण इनका इस्तेमाल गरमी से बचाव के लिए भी किया जाता था। पानी के पास होने के कारण इन बावड़ियों की निचली मंजिलों पर अपेक्षाकृत कम गरमी होती थी। सरायों में बनी बावड़ियों के साथ बनी गैलरी और कमरों का इस्तेमाल यात्रियों के ठहरने और सराय के संचालन में लगे लोगों के रिहाइशी हिस्से के रूप में भी किया जाता रहा है। किलों और महलों में बनी बावड़ी के साथ बनाए गए कमरों व बरामदों का इस्तेमाल राजे-महाराजों और उनके परिवार के सदस्यों द्वारा गरमी से बचाव के साधन के रूप में किए जाने के प्रमाण हैं। लाल किले और फिरोजशाह कोटला में बनी बावड़ियों में इसके प्रमाण आज भी देखे जा सकते हैं। इन बावड़ियों को उस समय के एक मनोरंजन के साधन के रूप में भी देखा जा सकता है। कुछ समय पहले तक तो महरौली और निजामुद्दीन की बावड़ियों में कूदने की कला दिखाकर रोजी कमाई जाती

थी। वहीं इन कलाकारों की योग्यता और क्षमता से देखनेवालों की आँखें खुली रह जाती थीं। इस कला को जाननेवाले अब खोते जा रहे हैं। दिल्ली के पुराने किले को छोड़कर आगरा जा बसने और फिर फतेहपुर सीकरी बसानेवाले अकबर के शहर की बावड़ी अभी भी काम आ रही है, हालाँकि उसका शहर उजड़ गया। इस बावड़ी में छलाँग लगाकर देश-विदेश के पर्यटकों को लुभाने का सिलसिला अभी जारी है।

कहाँ खो गई यह परंपरा

पानी के प्राकृतिक स्रोत के समाप्त हो जाने पर कुएँ और बावड़ियाँ दोनों सूख जाती हैं। फिर उनका इस्तेमाल किया जा सकना संभव नहीं हो पाता। इनका पुनर्वास किया जा सकता है और किया जाना चाहिए। बावड़ियों को फिर से काम के लायक बनाने के लिए इन तक पानी पहुँचाने की व्यवस्था की जानी होगी। इसके लिए अनेक विकल्प संभव हैं। उसी स्थान पर अधिक गहराई में जाकर भू-जल के वैकल्पिक स्रोत तलाश किए जा सकते हैं। इस प्रकार की व्यवस्था की जा सकती है कि किसी अन्य स्रोत से इन तक पानी पहुँचाया जा सके। आस-पास के बरसाती पानी को इन बावड़ियों तक पहुँचाने का प्रयास किया जा सकता है। इसके अलावा इन बावड़ियों के आस-पास के भू-जल के स्तर को ऊपर उठाया जाए, जिससे इनमें फिर से स्वतः पानी आना शुरू हो जाए। इसके लिए आस-पास के इलाकों में बरसाती पानी इकट्ठा करने के लिए तालाब बनाए जा सकते हैं। आस-पास के इलाकों के बरसात के पानी को नियोजित तरीके से जमीन के अंदर पहुँचाने की व्यवस्था की जा सकती है। जमीन के अंदर पानी के स्तर के बढ़ने का लाभ केवल इन बावड़ियों को ही नहीं मिलेगा, बल्कि इनके आस-पास के इलाकों में रहने और काम-काज करनेवाले भी इससे लाभान्वित होंगे।

गुजरा कल आनेवाले कल के लिए रास्ता दिखा सकता है

दिल्ली में बावड़ी बनाने का चलन कब और कैसे शुरू हुआ, इसके बारे में बहुत प्रामाणिक जानकारी उपलब्ध नहीं है। पानी की आपूर्ति के लिए कुओं के बनाए जाने का सिलसिला तो बहुत पुराना माना जाता है। यदि उग्रसेन की बावड़ी को उसके नाम के कारण छोड़ दिया जाए तो राजधानी में बनी हुई अधिकतर बावड़ियाँ मुसलमानों के सत्ता में आने के बाद बनाई गई प्रमाणित होती हैं। इसलिए ऐसा माना जा सकता है कि दिल्ली में बावड़ी बनाने का सिलसिला मुसलिम शासकों के सत्ता सँभालने के बाद ही शुरू हुआ। इसका एक कारण यह

रहा होगा कि उस समय तक दिल्ली की आबादी के अनुरूप यहाँ पानी पर्याप्त मात्रा में उपलब्ध था। उस समय कुओं, तालाबों, नहरों, झीलों और नदियों से दिल्लीवालों की पानी की जरूरतें पूरी हो जाती होंगी। तब तक दिल्ली में रेगिस्तान का इतना प्रभाव नहीं हुआ था कि उन्हें पानी बचाने के लिए बावड़ी जैसी तकनीक के इस्तेमाल की आवश्यकता पड़े। दिल्ली में पानी के स्रोत के रूप में बावड़ियों के इस्तेमाल के इतिहास पर नजर डालें तो पता चलता है कि इसकी शुरुआत सन् 1200 के आस-पास हुई। यह सिलसिला शाहजहाँ द्वारा दिल्ली में शाहजहानाबाद के नाम से एक नया शहर बसाने और लाल किला बनाए जाने, यानी करीब वर्ष 1650 तक जारी रहा। लाल किले की बावड़ी के बाद दिल्ली में कोई नई बावड़ी बनाई गई हो, इसका अब कोई प्रमाण नहीं मिलता। अंग्रेजों द्वारा दिल्ली में बसाए गए दो शहरों—सिविल लाइंस और नई दिल्ली में कोई बावड़ी नहीं बनाया जाना इस बात का प्रमाण है कि मुगलों के शासन के बाद इस कला की ओर कोई ध्यान नहीं दिया गया। यानी विकास के साथ यह परंपरा खोती गई; लेकिन इसे अब भी उपयोगी बनाए जाने की संभावना है।

□

दिल्ली की बावड़ियाँ

दिल्ली के ज्ञात इतिहास में बावड़ी बनाने का काम इल्तुतमिश के शासन काल के दौरान शुरू किए जाने के ही प्रमाण हैं। दिल्ली में बावड़ी के विकास पर एक नजर डाली जाए तो कम-से-कम दो दर्जन बावड़ियों का पता चलता है। इनका इस्तेमाल गुजरे कल की दिल्ली और दिल्लीवालों ने अपने जीवन की सबसे प्रमुख जरूरत पानी की आवश्यकता को पूरा करने के लिए किया। ये बावड़ियाँ उस समय की दिल्ली के लगभग सभी हिस्सों में बनाई गई थीं। यहाँ यह याद रखना जरूरी है कि जब ये बावड़ियाँ बनाई जा रही थीं तब की दिल्ली मुख्य रूप से यमुना के पश्चिमी किनारे और रिज की पहाड़ियों के बीच ही हुआ करती थी। इस पुस्तक में शामिल की गई बावड़ियों की सूची को अंतिम नहीं कहा जा सकता। हो सकता है कि 1,000 साल से भी पुराने शहर में और भी बावड़ियाँ रही हों। शायद जो हों भी, वे भी विकास की भेंट चढ़ गई हों, अभी भी कूड़े-कचरे, मिट्टी से ढकी कहीं हों। उनके बारे में जानकारी आमतौर पर उपलब्ध नहीं है। इनका पता लगाकर उन्हें फिर से बहाल किए जाने के प्रयास किए जाने की आवश्यकता है। ऐसा किया जा पाना तकनीकी दृष्टि से संभव है और ऐसा भी किया जाना चाहिए। ऐसा किया जाना दिल्ली और दिल्लीवालों दोनों के लिए लाभकारी हो सकता है।

दिल्ली के किले और उनकी बावड़ियाँ

दिल्ली एक ऐसा शहर है, जिसमें करीब डेढ़ दर्जन किले या उनके अवशेष आज भी देखे जा सकते हैं। इनमें से कुछ किलों और शहरों का तो पहले उल्लेख किया जा चुका है और कुछ की जानकारी आगे मिलेगी। किलों और शहरों की विस्तृत चर्चा करना इस पुस्तक के दायरे में नहीं लाया गया है। राजधानी के सभी प्रमुख किलों के अंदर बावड़ियाँ बनाए जाने के प्रमाण हैं। दिल्ली के चार प्रमुख

शहरों के केंद्र के रूप में बने किलों और महलों में एक-एक बावड़ी होने का पता चलता है। ये बावड़ियाँ लाल किला, फिरोजशाह कोटला, पुराना किला और तुगलकाबाद में हैं। पहले तीन किलों की बावड़ियाँ तो अभी भी काम कर पाने की स्थिति में हैं। तुगलकाबाद के किले और तुगलकाबाद गाँव में चार बावड़ियाँ होने के प्रमाण हैं। इस किले के अंदर बनी बावड़ियों में अब पानी नहीं रह गया है, क्योंकि उनमें बने पानी के प्राकृतिक स्रोत सूख गए हैं। महरौली को तो 'बावड़ियों का शहर' ही कहा जा सकता है। राजधानी के इतिहास के सबसे महत्त्वपूर्ण हिस्से महरौली और उसके आस-पास ही चार बावड़ियाँ देखी जा सकती हैं। दिल्ली के विभिन्न इलाकों में बनी बावड़ियों में से कई तो ऐसी हैं, जिन्हें बनवाए हुए 600 से 800 साल या उससे भी अधिक का समय गुजर चुका है। इनमें से कुछ तो अभी भी बची हुई हैं। हाँ, जिस संरक्षण और संवर्धन के इरादे से इनका निर्माण किया गया था, अब उनमें पानी नहीं रह गया है। उनका पानी आस-पास के विकास की बलि चढ़ गया। हालाँकि इस विकास के बाद उनके आस-पास रहने आनेवालों के लिए पानी उतना ही जरूरी है जितना कि सैकड़ों साल पहले यहाँ रहनेवालों के लिए था। हाँ, तब उन्हें बोतलबंद मिनरल वाटर नहीं मिलता था, भले ही इन मिनरल वाटर की बोतलों में मिनरल के अलावा सबकुछ हो। कुछ कूड़ा-मिट्टी भर जाने और उनपर इमारतें आदि बना दिए जाने के कारण हमेशा के लिए मिट गईं। कुछ को अभी भी पुनर्विकसित और संरक्षित किया जा सकता है। कुछ तो केवल कागजों पर ही तलाशी जा सकती हैं। अब उनके बारे में यही कहा जा सकता है कि अमुक जगह पर कभी एक बावड़ी हुआ करती थी। खारी बावड़ी अब केवल एक प्रमुख थोक बाजार का नाम रह गया है। वह बावड़ी कहाँ गई, पता नहीं। यह बावड़ी इस इलाके में बने बाजारों और गोदामों के बीच कहीं दबी हुई है। उसकी तलाश कर पाना या अब उसको फिर से काम करने लायक बना पाना अब नामुमकिन ही लगता है। शाहजहानाबाद विकास बोर्ड इस दिशा में प्रयास कर पाने की स्थिति में है। आवश्यकता इसे प्राथमिकता दिए जाने की है। किताबों में रह गई बावड़ियों को पानी के प्रति हमारी असंवेदनशीलता के प्रतीक के रूप में रेखांकित किया जा सकता है।

महरौली बावड़ियों का शहर

जिन बावड़ियों के बारे में इस पुस्तक में चर्चा की जा रही है, उनमें से चार दिल्ली के सबसे पुराने शहर महरौली में हैं। इन्हें 'राजों की बैन', 'गंधक की

बावड़ी', 'कुतुबशाह की बावड़ी' और 'औरंगजेब की बावड़ी' के नाम से जाना जाता है। उपलब्ध ऐतिहासिक प्रमाणों के आधार पर महरौली में बनी 'गंधक की बावड़ी' को दिल्ली की सबसे पुरानी बावड़ी कहा जा सकता है। सबसे खूबसूरत और भव्य बावड़ी दिल्ली के दिल कहे जानेवाले कनॉट प्लेस के पास है। अब आप कनॉट प्लेस तो जाते ही रहते हैं, तो एक बार उग्रसेन की बावड़ी देख लीजिए! यदि आप पुरानी दिल्ली, सदर बाजार, करोल बाग या उसके आस-पास मध्य दिल्ली में रहते हैं तो नबी करीम के पास 'कदम शरीफ की बावड़ी' देखने जा सकते हैं। यह अलग बात है कि अब वहाँ बनाई गई बावड़ी की पुरानी भव्यता और खूबसूरती देखने को नहीं मिलेगी। उसके अस्तित्व के कुछ प्रमाण ही तलाश करने पर दिखाई दें। इससे आपको निराशा हो सकती है। उत्तरी दिल्ली के लोग नॉर्दर्न रिज पर हिंदू राव अस्पताल के पास बनी बावड़ी के बचे-खुचे अवशेषों के देखकर उसकी खूबसूरती और भव्यता का अनुमान लगा सकते हैं। इस बात पर भी विचार कर सकते हैं कि क्या इसे फिर से विकसित किया जा सकता है? किया जा सकता है तो कैसे? भारत की आजादी के पहले संग्राम में नॉर्दर्न रिज और उसके आस-पास की बहुत महत्त्वपूर्ण भूमिका रही। दिल्ली विश्वविद्यालय और उसका परिवार इस क्षेत्र के संरक्षण और विकास में बहुत बड़ा योगदान कर पाने की स्थिति में है। डीयू में जानकारी, तकनीक और संसाधनों की कमी नहीं है, आवश्यकता उनके उपयोग की है। आवश्यकता अपने आस-पास के पर्यावरण के प्रति अधिक संवेदनशील होने की है। इन मामलों में कहीं ज्यादा सक्रिय और सक्षम युवा पीढ़ी को इस दिशा में प्रेरित करने की आवश्यकता है। वे अपने आस-पास के पर्यावरण के प्रति निश्चय ही हमसे ज्यादा संवेदनशील हैं। उनमें जोश और कुछ कर दिखाने की योग्यता व क्षमता भी है। उन्हें इस ओर प्रेरित किए जाने की आवश्यकता है।

आपके आस-पास बावड़ियाँ-ही-बावड़ियाँ

नई दिल्ली और दक्षिणी दिल्ली में रहनेवाले लोग साउथ एक्सटेंशन, पार्ट-वन के साथ बने कोटला मुबारकपुर की बावड़ी का पता और अनुमान लगाने का काम कर सकते हैं। उनके पास हजरत निजामुद्दीन की दरगाह के पास जाकर बावड़ी देख पाने का विकल्प भी है। लाडो सराय में फर्नीचर की शॉपिंग के बीच यदि समय मिल जाए तो यहाँ की कहीं खो गई बावड़ी का पता लगाने के लिए कुछ समय निकाल सकते हैं। दक्षिण-पश्चिम दिल्ली और द्वारका के निवासियों को तो अब तलाशने पर भी बावड़ियों के प्रमाण नहीं मिल पाएँगे। यह जरूर है कि उनके

घर के पास कभी बावड़ियाँ हुआ करती थीं। इससे उनके लिए निराश होने की जरूरत नहीं है। वे पानी के इन परंपरागत संसाधनों का कोई विकल्प तलाशने पर विचार कर सकते हैं। वे कल, आज और आने वाले कल में भी अपनी जरूरत का पूरा पानी पा सकेंगे, इसकी फिलहाल उन्हें ज्यादा उम्मीद नहीं करनी चाहिए। इसलिए इन इलाकों में रहनेवालों के लिए और भी जरूरी है कि वे रेन वाटर हार्वेस्टिंग और वाटर रीसाइक्लिंग जैसी योजनाओं पर आज से विचार करने और उन्हें क्रियान्वित करने के लिए काम करना शुरू कर दें। आर.के.पुरम, मुनीरका और आस-पास के इलाकों में रहनेवालों को आर.के.पुरम के सेक्टर 5 में बावड़ी देखने को मिल सकती है। वे इसके आस-पास लोदी शासकों के कार्यकाल में बनी ऐतिहासिक इमारतों के रख-रखाव में भागीदार बनकर बहुत कुछ कर सकते हैं। लाजपत नगर, भोगल, निजामुद्दीन और उसके आस-पास के लोग हजरत निजामुद्दीन की दरगाह और अरब की सराय में जाएँ तो उन्हें आज भी बावड़ी देखने का अवसर है। सैकड़ों साल पहले विकसित किए गए इन संसाधनों के संरक्षण और पुनर्वास में आज की विकसित तकनीक व जानकारी का इस्तेमाल किए जाने की संभावनाओं पर तो विचार किया ही जा सकता है।

आइए, चलें बावड़ियों की सैर पर

आइए, आपको दिल्ली में पानी के इस परंपरागत स्रोत की सैर पर ले चलते हैं। एक बार आप वहाँ आएँ तो मुझे पूरा भरोसा है कि ये बावड़ियाँ आपको पसंद आएँगी। इनके माध्यम से आप अपने शहर के अतीत के एक और रूप से परिचित हो सकेंगे। हो सकता है कि इनसे प्रेरणा लेकर आप पानी बचाने, उसका बेहतर इस्तेमाल करने के बारे में कुछ और सोचने तथा शायद कुछ करने के लिए तैयार हो जाएँ, ऐसा नहीं भी कर सकें तो इन्हें देख और जानकर आप अपने शहर को कुछ और अच्छे तरीके से जान सकेंगे और 'दिल्लीवाला' कहलाने पर और भी गर्व कर सकेंगे। दिल्ली की बावड़ियाँ इतनी भव्य और आकर्षक हैं कि देखनेवालों का

मन मोह लेती हैं। काश, इनमें हमेशा साफ पानी भरा रह पाता तो इनकी सुंदरता में चार चाँद और लग जाते। इनकी मरम्मत कर दी जाए, इनमें पानी भर दिया जाए, इन्हें और इनके आस-पास के इलाके को हरा-भरा बना दिया जाए, रंग-बिरंगी रोशनी से सजा दिया जाए तो यह राजधानी के लिए एक अतिरिक्त आकर्षण बन सकती हैं। कभी आप भी इन बावड़ियों को देखने के लिए निकलिए! ये आपसे बहुत दूर भी नहीं हैं। आप अपने घर और काम-काज की जगहों से दूर होने के कारण इन बावड़ियों को देखने जाने से कतराएँ मत। इनमें से तो अनेक आपके घर के आस-पास ही हैं।

बावड़ियों का भ्रमण एक अलग अनुभव

दिल्ली में बावड़ियों की यात्रा खासी रोचक हो सकती है। हर बावड़ी को देखने के लिए परिवार के साथ या फिर दोस्तों के साथ एक पिकनिक के रूप में या फिर अपने शहर को जानने के लिए अकेले भी जाया जा सकता है। राजधानी में इतनी सारी बावड़ियाँ हैं कि बावड़ियों की एक अलग ट्रिप भी बनाई जा सकती है। सारी बावड़ियाँ एक साथ देखना जरूरी नहीं है। यह भी जरूरी नहीं है कि सब देखी ही जाएँ। ये इतनी दूरी पर बनी हुई हैं कि एक बार में सारी देख पाएँगे, ऐसा कर पाना संभव भी नहीं है। एक ही इलाके या आस-पास के इलाकों में बनी बावड़ियाँ एक साथ देख सकते हैं। आप अपनी सुविधा से ऐसा कर सकते हैं। आइए, हम आपको ले चलते हैं दिल्ली की बावड़ियों की यात्रा पर। शुरू करते हैं दिल्ली के दिल कनॉट प्लेस से। आप कहेंगे कि कनॉट प्लेस में बावड़ी? कनॉट प्लेस और बावड़ी, भला इन दोनों में क्या संबंध हो सकता है! कनॉट प्लेस में बावड़ी कहाँ से आ गई? लेकिन सच मानिए, कनॉट प्लेस में बावड़ी है और बेहद ही भव्य व आकर्षक! बस, आप एक बार वहाँ जाइए तो मान जाएँगे कि इतने साल दिल्ली में रहने के बाद भी इसे आपने अब तक देखा क्यों नहीं!

उग्रसेन की बावड़ी

कनॉट प्लेस के सेंट्रल पार्क से चंद मिनटों की दूरी पर एक बहुत ही भव्य ऐतिहासिक इमारत और बावड़ी है। वहाँ तक आप पैदल भी जा सकते हैं। इसे 'उग्रसेन की बावड़ी' के नाम से पहचाना जाता है। आधुनिक बहुमंजिली इमारतों के बीच कहीं खो गई इस बावड़ी को आप एक बार देखकर तो आएँ! आप इसकी भव्यता से प्रभावित हुए बिना नहीं रह सकते। इस बावड़ी में पानी नाम मात्र को ही रह गया है। कबूतरों व चमगादड़ों की आवाजें और उनके द्वारा फैलाई गई गंदगी

की ओर आप ज्यादा ध्यान नहीं दें तो यह इमारत ऐसी है, जहाँ कि आप दुबारा आना जरूर पसंद करेंगे। इसकी निर्माण कला और जब इसे बनाया गया होगा, तब और आज के निर्माताओं को उपलब्ध तकनीकी जानकारी एवं संसाधनों से उस समय के निर्माताओं की तुलना करें! गुजरे कल के लोगों के इस योगदान को सराहे बिना रह ही नहीं सकते। बाराखंबा रोड और कस्तूरबा गांधी मार्ग के बीच अतुलग्रोव रोड के साथ बनी यह बावड़ी दिल्ली की सर्वश्रेष्ठ बावड़ी कही जा सकती है। यह बावड़ी कस्तूरबा गांधी मार्ग, फिरोजशाह रोड और बाराखंभा रोड के त्रिकोण के बीच बनी रिहायशी और कॉमर्शियल बहुमंजिली इमारतों के बीच छिपी हुई है। टॉलस्टॉय मार्ग से होकर भी यहाँ तक पहुँचा जा सकता है। हेली रोड और हेली लेन से होकर भी आप वहाँ तक पहुँच सकते हैं। इस समय इस बावड़ी में थोड़ा पानी ही दिखाई देता है। इसको साफ किए जाने की जरूरत है। बावड़ी में पानी की कमी के मुख्य रूप से दो कारण हैं—एक, इसमें बरसाती पानी आने के सारे रास्ते बंद कर दिए गए हैं और दूसरा आस-पास की बहुमंजिली इमारतों में पानी की जरूरतों को पूरा करने के लिए जमीन के अंदर के पानी का लगातार इस्तेमाल किया जा रहा है। इस कारण से यह बावली पानी के बिना सूनी है।

गिर रहा है कनॉट प्लेस में भू-जल का स्तर

भू-जल का लगातार इस्तेमाल किए जाते रहने के कारण कनॉट प्लेस और उसके आस-पास के इलाके में जमीन के अंदर के पानी का स्तर बहुत अधिक गिर चुका है। इस हरी-भरी नई दिल्ली में भू-जल के गिरते स्तर को रोकने के लिए कोई प्रभावकारी प्रयास नहीं किया गया है और नहीं किया जा रहा है। दिल्ली के इस दिल में जमीन के अंदर के पानी को रीचार्ज करने की अपार संभावनाएँ हैं। कनॉट प्लेस के सेंट्रल पार्क को फिर से विकसित किए जाते समय इसकी बेसमेंट पहले ही भरी हुई है। वहाँ वाटर बॉडी तो है, लेकिन उसमें पानी नहीं रहता। पानी

की कमी के कारण फव्वारे कभी ही चलते दिखाई देते हैं। यह तो स्थिति तब है जबकि इसे बनाए हुए चंद साल ही हुए हैं! तो अब 600 से 700 साल पहले की बावड़ी के संरक्षण के बारे में अधिक नहीं कहना ही ठीक होगा। इस सबके बाद भी इस बावड़ी की पाँच मंजिली इमारत की प्राचीन भव्यता आज भी बरकरार है। ये मंजिलें जमीन के ऊपर नहीं, नीचे की ओर बनी हुई हैं। इस बावड़ी के परिसर में बने बरामदों और कमरों में भीषण गरमी में भी ठंडक का अहसास होता है। इनमें से तो कुछ ही अब देखे जा सकते हैं। कुछ रख-रखाव के अभाव में हमेशा के लिए खो गए हैं। इमारत के परिसर की आस-पास की जमीन हथिया ली गई है। इस इमारत का रास्ता बताने के लिए इक्का-दुक्का ही संकेत चिह्न लगे हैं, लेकिन उससे परेशान नहीं हों। इसकी तलाश में आपको कहीं दूर भी नहीं जाना होगा। निकलिए तो इसे तलाशने। यह दिल्ली की संरक्षित इमारतों में से एक है। इसकी देखभाल की जिम्मेदारी केंद्र सरकार के 'आर्केलॉजिकल सर्वे ऑफ इंडिया' का है। यहाँ पर एक विभाग द्वारा लगाए गए बोर्ड में यह लिखा है कि 'यह एक संरक्षित इमारत है। इसको नुकसान पहुँचानेवालों पर सजा और जुरमाना किया जा सकता है।' यह क्या है? क्यों है? कैसे बनी? जैसे सवालों के जवाब देनेवाला बोर्ड बहुत सीमित जानकारी ही दे पाता है।

समागम नई और पुरानी दिल्ली का

यहाँ आकर आप आधुनिक और प्राचीन दिल्ली के इस अनोखे समागम का आनंद ले सकते हैं। इसे 'उग्रसेन' या 'अग्रसेन की बावड़ी' तो कहा जाता है, अभी तक निश्चित तौर पर यह नहीं कहा जा सकता कि इस बावड़ी के निर्माता कौन थे? उन्होंने कब और क्यों यह बावड़ी बनवाई थी? कुछ लोग इस बावड़ी को 'अग्रवाल समाज के संस्थापक महाराज अग्रसेन द्वारा बनवाई मानते हैं। अग्रसेन के शासन सँभालने और बावड़ी के विकास के ऐतिहासिक प्रमाणों के बीच एक लंबा अंतराल मिलता है। इसलिए इस बात की पुष्टि नहीं हो पाती है। कुछ लोग इस बावड़ी के निर्माण को मथुरा के शासक और भगवान् श्रीकृष्ण के पूर्वज उग्रसेन द्वारा बनवाई गई मानते हैं। इतिहास और निर्माण कला के आधार पर इसमें तारतम्य बिठा पाना संभव नहीं हो पाता। इतिहासकारों का एक वर्ग मानता है कि पुराना किला अनंगपाल के शासन के दौरान बनवाया गया था। अनंगपाल के पिता का नाम अग्रसेन या उग्रसेन बताया गया है। क्या इन्हीं उग्रसेन ने या उनके नाम पर यह बावड़ी बनवाई गई? निश्चित तौर पर यह कह पाना खासा मुश्किल है। सिकंदर लोदी के शासन

के पहले आगरा में राजा अग्रसेन के शासन का इतिहास की किताबों में उल्लेख मिलता है। लेकिन उग्रसेन की बावड़ी से उनका स्पष्ट संबंध होने का कोई उल्लेख नहीं मिल पाता। इतिहासकारों का मानना है कि यह बावड़ी दिल्ली में लोदी वंश का शासन आने के पहले की बनी हुई लगती है। इस प्रकार अब इसे 600 से 700 साल पहले का बना हुआ तो कहा ही जा सकता है।

यह बावड़ी कभी आस-पास की सबसे ऊँची इमारत थी

बावड़ी क्या होती है, कैसी होती है, कितनी बड़ी होती है—इस तरह के सवालों के जवाब और अनुमान इस बावड़ी को देखकर लगाया जा सकता है। उग्रसेन की बावड़ी कितनी बड़ी है, इस पर एक नजर डालिए! बहुमंजिली इमारतों का विकास होने के पहले यह शायद कनॉट प्लेस की किसी भी इमारत से भव्य और विशाल निश्चित ही रही होगी। आस-पास बहुमंजिली इमारतें बनने से इस इलाके में किस प्रकार का बदलाव आ गया है, इसका अनुमान आप इस बात से लगा सकते हैं कि नई दिल्ली बनाने के लिए जमीन का चुनाव करने से पहले इस इलाके को देखने के लिए आनेवाले अधिकारियों ने जंतर-मंतर की सीढ़ियों पर चढ़कर आस-पास के इलाके को देखा था। जंतर-मंतर के आस-पास बहुमंजिली इमारतें बनाए जाने की इजाजत दिए जाने के बाद गुजरे कल की यह बावड़ी बौनी लगने लग गई है। यह बावड़ी तो जंतर-मंतर बनने के भी बहुत पहले बनाई जा चुकी थी। उग्रसेन की बावड़ी जमीन के स्तर पर 192 फीट लंबी और 45 फीट चौड़ी है। पानी के स्तर तक उतरने के बाद इसकी चौड़ाई घटकर 129 फीट लंबी और साढ़े 24 फीट चौड़ी रह जाती है। उत्तरी छोर पर इस बावड़ी पर साढ़े 33 फीट चौड़ी छत बनी हुई है। इसका इस्तेमाल बैठने के लिए किया जा सकता है। इस बावड़ी और कुएँ को बनाने के लिए चूना मिट्टी और पत्थरों का इस्तेमाल किया गया है। इस बावड़ी की सीढ़ियों से उतरकर एक बार पानी तक पहुँचने की कोशिश कीजिए। पानी तो शायद ज्यादा नहीं दिखे, लेकिन नीचे से ऊपर की ओर देखने के बाद इसकी निर्माण कला से प्रभावित हुए बिना आप नहीं रह पाएँगे। इस इमारत की सीढ़ियों से एक बार नीचे से ऊपर तक आ-जाकर देखिए! उस दिन आपको वर्कआउट के लिए जिम जाने की जरूरत नहीं रह जाएगी। सोचिए कि इन सीढ़ियों के रास्ते पानी से भरी बालटी या मशक लेकर आने-जानेवालों की क्षमता क्या रही होगी? काश, इस बावड़ी में किसी प्रकार पानी भरा जा सके!

क्यों सूख गई

इस बावड़ी के पानी सूखने का एक बड़ा कारण आस-पास की इमारतों में बूस्टर पंप लगाकर जमीन के अंदर के पानी का निकाला जाना माना जाता है। इसके अलावा आस-पास इन इमारतों के बन जाने से इस बावड़ी के अंदर बरसात के दिनों में भी पानी आ पाने के रास्ते बंद हो गए हैं। इस बावड़ी को फिर से रिवाइव किए जाने की पर्याप्त संभावनाएँ हैं। इसे रंग-बिरंगी रोशनी से सजाया-सँवारा जा सकता है। इसे हरा-भरा बनाया जा सकता है। इसके आस-पास से बरसाती पानी इकट्ठा करने के लिए रेन वाटर हार्वेस्टिंग का रास्ता अपनाया जा सकता है। कनॉट प्लेस और आस-पास के इलाके में बरसाती पानी को इकट्ठा करके यहाँ के जल स्तर को और गिरने से रोकने के लिए बरसाती पानी को स्ट्राम वाटर ड्रेन के रास्ते बाहर निकाल दिए जाने और बरबाद किए जाने की बजाय जमीन के अंदर ले जाए जाने की आवश्यकता है। इस इमारत के आस-पास रहनेवालों से इस प्रकार की संवेदनशीलता की उम्मीद नहीं कर सकते हैं; क्योंकि पानी की कमी से तो उन्हें भी निपटना पड़ रहा होगा। उन्हें आवश्यकता का पानी उपलब्ध कराकर इस विरासत को बचाने में भागीदार बनने के लिए राजी किया जा सकता है। सेंटर बिजनेस डिस्ट्रिक के बीचोबीच बनी होने के बावजूद यह इमारत आपको आज के शोर-शराबे से कहीं दूर, बहुत दूर ले जा सकती है। यहाँ बैठकर गुजरे कल की दिल्ली और उनके निर्माताओं की दूरदृष्टि पर एक नजर डाली जा सकती है। आज और कल पानी को लेकर उठनेवाले सवालों पर विचार कर सकते हैं और फिर आँख बंद करके कुछ देर के लिए सुस्ता ही सकते हैं। आप अपने काम-काज के बीच एक ब्रेक लेकर कभी भी आसानी से यहाँ आ सकते हैं।

लाल किले की बावड़ी

लाल किला अब एक वर्ल्ड हैरिटेज साइट घोषित किया जा चुका है। भारत के इतिहास और विकास का तो यह मूक साक्षी है ही। इस किले के अंदर एक बावड़ी आज भी देखी जा सकती है। यों तो यह बावड़ी लाल किले के बनाए जाने के साथ बनाई गई लगती है, लेकिन जिस तरीके से यह बनाई गई है, उसके आधार पर इसमें अफगान शासकों के शासन के अंतिम दौर में अपनाए जानेवाले तरीकों का भी संकेत मिलता है। तो क्या यह बावड़ी तुगलकों के शासन काल में बनाई गई थी? तुगलक और विशेषकर फिरोजशाह तुगलक के शासन काल में राजधानी में बड़े पैमाने पर निर्माण कार्य कराए गए थे। संभव है, लाल किले के अंदर बनाई

गई यह बावड़ी भी उसी दौरान बनाई गई हो! यानी लाल किला बनाए जाने के पहले यहाँ पर बावड़ी के अलावा और इमारतें भी बनी हो सकती हैं! शाहजहाँ काल के इतिहासकारों के लेखन से इस बात की पुष्टि नहीं हो पाती, क्योंकि उनके लेखन में कहा गया है कि लाल किले के निर्माण के लिए यमुना के किनारे एक खाली जगह का चुनाव किया गया था। लेकिन यह जमीन फिरोजाबाद के इतने पास थी कि इस जमीन का पूरी तरह खाली हो पाना संभव नहीं है। इसलिए यह संभव है कि किले की जमीन के बीच में यहाँ पर पहले बावड़ी रही हो और लाल किला बनाए जाते समय इसका पुनर्विकास किया गया हो! इस आधार को ठीक माना जाए तो यह बावड़ी लाल किला बनाए जाने के पहले बनाई गई कही जा सकती है। कितना पहले? करीब 300 साल पहले। कुछ इतिहासकार इसे मुगलों के शासन के दौरान ही बनाई गई मानते हैं। शाहजहाँनाबाद बसाए जाने का सिलसिला वर्ष 1640 के आस-पास शुरू हुआ, जबकि अफगानी शासन इसके पहले 1526 में समाप्त हो चुका था। शहजहाँनाबाद बनाए जाते समय फिरोजाबाद और सीरी के पत्थरों व अन्य सामग्री का इस्तेमाल किए जाने के प्रमाण मिलते हैं। लाल किला बनाए जाने के लिए जिस जमीन का चयन किया गया था, वह इसके पहले फिरोजशाह तुगलक द्वारा बसाए गए शहर फिरोजाबाद के एक हिस्से में आती थी।

लाल किले के अंदर नहर भी बहती थी

आज की पुरानी दिल्ली को बनाए और बसाए जाने के बहुत पहले की अनेक इमारतें शाहजहाँनाबाद में आज भी देखी जा सकती हैं। इनमें प्रमुख हैं—रजिया बेगम की कब्र और इसके पास ही बनी कला मसजिद। यह कब्र रजिया बेगम की है या नहीं, इस पर इतिहासकारों में विवाद रहे। लेकिन आप इसे देखने तो आइए! कभी यहाँ आपको पुरानी दिल्ली से भी सैकड़ों साल पुरानी इमारतें देखने को मिलेंगी। अब जब सारी दुनिया लाल किला देखने आ रही है तो आप भी क्यों नहीं एक दिन अपनी आजादी और विकास की गाथा के इस मूक साक्षी के साथ गुजारते। जब यह किला देखने जाएँ तो 'दीवान ए आम', 'दीवान ए खास', 'मोती मसजिद', 'हम्माम' और अन्य महत्त्वपूर्ण इमारतों में ही उलझकर नहीं रह जाएँ। इस बावड़ी को आप किसी तरह मिस नहीं करें। इस किले में रहनेवाले लोगों ने सैकड़ों साल तक इस बावड़ी के पानी का इस्तेमाल किया है। किले में पानी की आपूर्ति करनेवाली 'नहर ए बहिश्त' मोती महल से 'दीवान ए खास' तक 'बड़ी बैठक' और 'रंगमहल' से होकर किले के अनेक हिस्सों में बहा

करती थी। इस नहर के साथ इस बावड़ी ने किले में रहनेवालों के जीवन में बेहद उपयोगी भूमिका निभाई है। यह बावड़ी लाल किले के अंदर बने 'हयात बख्श' के बगीचे के पश्चिम में परेड ग्राउंड के साथ बनी हुई है। इस बगीचे के बीच में 60 फीट का एक वर्गाकार हौज था। इस हौज के किनारों पर चाँदी के फव्वारे लगे हुए थे। वर्ष 1857 में मुगल वंश के अंतिम शासक बहादुरशाह जफर को 'देश-निकाला' दिए जाने के बाद लाल किला पहले ब्रिटिश सेना और देश की आजादी के बाद भारतीय सेना के नियंत्रण में रहा। तब से इस परेड ग्राउंड का इस्तेमाल सैनिक करते रहे। भारतीय सेना के लाल किले से हट जाने के बाद परेड ग्राउंड का इस्तेमाल नहीं किया जा रहा है। किले के अंदर अंग्रेजों के शासन के दौरान बनाई गई बैरकों में अब म्यूजियम बनाया जा रहा है।

बावड़ी, जो कभी जेल भी रही

राजधानी की दूसरी बावड़ियों की तुलना में लाल किले की बावड़ी थोड़ी अलग तरह से बनी हुई है। इस बावड़ी में बने कुएँ के साथ ही एक हौज भी बना हुआ है। बावड़ी के कुएँ से इस हौज में पानी लाए जाने की व्यवस्था है। बादशाह के रिहाइशी इलाके में बनी बावड़ी के इस हौज का इस्तेमाल संभवतः किले में रहनेवाले लोग नहाने के लिए करते रहे होंगे। यह हौज वर्गाकार है। इसकी लंबाई-चौड़ाई 20 फीट है। कुएँ में 27.5 फीट की गहराई पर बने एक मेहराब में बनाए गए छेद से इस हौज में पानी ले जाने की व्यवस्था की गई थी। यह व्यवस्था इस प्रकार की थी कि हौज में लगे एक निशान तक ही पानी भर सकता था। संभवतः ऐसा हौज का इस्तेमाल करनेवालों की सुरक्षा को ध्यान में रखकर किया गया होगा। हौज के उत्तरी और पश्चिमी किनारे पर बनी सीढ़ियों से होकर दोनों ओर बने मेहराबोंवाले कमरों में जाया जा सकता है। बावड़ी का कुआँ ऊपर से देखने में आठ कोनोंवाला लगता है। इसका घेरा कुल 21.25 फीट का है। यह कुआँ करीब 47 फीट गहरा है। इस कुएँ और हौज के पानी को ढककर रखने की व्यवस्था की गई है। अंग्रेजी शासन के दौरान इस बावड़ी को जेल के रूप में इस्तेमाल किए जाने के प्रमाण हैं। नेताजी सुभाष चंद्र बोस द्वारा गठित 'इंडियन नेशनल आर्मी' के सैनिकों को इसी बावड़ी में बंद रखे जाने के प्रमाण हैं। औरंगजेब के शासन काल में उसके भाई दारा शिकोह को भी संभवतः इसी बावड़ी में बंद करके रखा गया था। शाहजहाँ के किले के अलावा उसके शहर में एक और बावड़ी होने के प्रमाण आज भी मिलते हैं—वह है खारी बावड़ी। विकास के दौर में यह बावड़ी कहीं खो

गई हो। सकता है, वह किसी बाजार, दुकान और मकान के अंदर पहुँच गई हो! इसका यह नाम शायद इसलिए पड़ा होगा कि उससे मिलने वाला पानी खारा रहा हो! इस बावड़ी के प्रमाण तो अब नहीं दिखाई देते, लेकिन इस बावड़ी के नाम पर एक पूरा थोक बाजार जरूर है। इस थोक बाजार में अब रसायन, मसाले, अचार आदि का कारोबार होता है। यह बावड़ी कब और किसने बनाई थी, इस बारे में न तो सरकारी दस्तावेज कुछ बता पाने की स्थिति में हैं और न ही इस बाजार में रहने और कारोबार करनेवाले लोग। उनके लिए यह बावड़ी तो अब बस नाम ही है एक बाजार का।

फिरोजशाह कोटला की बावड़ी

देश और दुनिया में अब फिरोजशाह कोटला को एक क्रिकेट स्टेडियम के रूप में जाना जाता है। यह स्टेडियम दिल्ली पर शासन करनेवाले तुगलक वंश के तीसरे बादशाह फिरोजशाह तुगलक द्वारा बसाए गए 'फिरोजाबाद शहर' का एक हिस्सा रही जमीन पर बना हुआ है। फिरोजशाह और उसके शहर की चर्चा तो अब केवल इतिहास की किताबों में ही मिलती है। फिरोजशाह तुगलक को एक ऐसे सुलतान के रूप में जाना जाता है, जिसके कार्यकाल 1351–1385 ई. के दौरान न केवल दिल्ली में, बल्कि देश के अनेक शहरों में बड़े पैमाने पर इमारतों का निर्माण किया गया। उसकी गिनती अपने समय के दुनिया के सबसे बड़े निर्माताओं में होती है। फिरोजशाह की विशेषता यह थी कि उसने सार्वजनिक हित की इमारतों के निर्माण और पहले से बनी इमारतों के संरक्षण को उच्च प्राथमिकता दी। काश! आज के नीति निर्धारक और निर्माता फिरोजशाह तुगलक से कुछ सीख पाते, प्रेरणा ले पाते।

यमुना से पानी आता था इस बावड़ी में

फिरोजशाह कोटला स्टेडियम के साथ दिखाई देनेवाले किले के अवशेष तो अब भी गुजरे कल की कथा कहते लगते हैं। फिरोजशाह को निर्माण कराना इतना पसंद था कि सत्ता सँभालने के बाद उसने अपने रहने के लिए यमुना के किनारे एक नया महल बनवाया। उस महल के तीन ओर एक शहर बसाया गया। हालाँकि उसके पहले उसके ही पूर्वजों ने तुगलकाबाद और आदिलाबाद के किले बनवा दिए थे। इसके अलावा महरौली में लाल कोट और किला राय पिथौरा का भी वह इस्तेमाल कर सकता था, लेकिन उसने अपने नाम पर एक शहर और एक किला बनाने का फैसला किया। इस किले में पानी लाने के लिए उसने नहरें बनवाईं। पुरानी नहरों का पुनर्निर्माण और विकास करवाया। इस किले के अंदर रहनेवालों की सुविधा के लिए बनवाई गई बावड़ी आज भी देखी जा सकती है। हालाँकि उसकी खूबसूरती के तो अब अवशेष ही दिखाई देते हैं। कुछ समय पहले तक यह बावड़ी गुंबदनुमा छत से ढकी थी। अब इस छत का निशान भी नहीं मिलता। इस बावड़ी में यमुना से पानी जाने की व्यवस्था थी। इस पानी को किले के अंदर बने तहखानों को ठंडा रखने के लिए काम में लाया जाता था। दिल्ली प्रवास के दौरान सुलतान स्वयं गरमी के दिनों में इस बावड़ी के साथ बनाए गए कमरों और बरामदों का उपयोग करता था। फिरोजशाह कोटला की छत पर आज भी 'अशोक की लाट' दिखाई देती है। यह दिल्ली की सबसे पुरानी ऐतिहासिक धरोहरों में से एक है। यह अब से 2,000 साल से भी अधिक पुरानी है। इस लाट से कुछ ही दूरी पर बनी इस बावड़ी में आज भी पानी देखा जा सकता है। इस पानी का इस्तेमाल इस इमारत के आस-पास के क्षेत्र को हरा-भरा बनाए रखने के लिए किया जाता है।

पुराने किले की बावड़ी

पुराने किले के अंदर आज भी बावड़ी बनी हुई है, जो काम में लाई जा सकती है। यह बावड़ी इस किले के अंदर बनाई गई मसजिद 'किला ए कुहना' के दक्षिण-पश्चिम की ओर बनी हुई है। इस मसजिद को पठानों की निर्माण कला के अंतिम दौर और मुगल निर्माण कला के शुरुआती दौर का संगम माना जाता है। यह बावड़ी इसी मसजिद से कुछ ही दूरी पर बनी हुई है। नई दिल्ली बनाए जाने की शुरुआत के समय पुराने किले के अंदर और आस-पास के इलाकों में रहनेवालों को यहाँ से हटाकर शहर के अन्य इलाकों के अलावा रोहतक, बुलंदशहर और गुड़गाँव में बसाया गया था। जब इस किले के अंदर लोग रहते थे तो यह बावड़ी काम के लायक नहीं रह

गई थी। इसमें कूड़ा और मिट्टी आदि भर गया था। बाद में इसे साफ किया गया। अब यह बावड़ी देखने लायक बन गई है। यह बावड़ी दिल्ली पर शेरशाह सूरी के शासन के दौरान करीब 1540 ई. में बनाई गई मानी जाती है। इस बावड़ी के उत्तर-पूर्वी छोर की ओर कुआँ बना हुआ है। इस कुएँ के पानी तक पहुँचने के लिए 89 सीढ़ियाँ बनी हुई हैं। इसकी दीवारें और मेहराबें पत्थरों से बनाई गई हैं। यह बावड़ी इस तरह से बनी हुई है कि इसके अंदर बने कुएँ में जमीन के अंदर के प्राकृतिक स्रोतों के अलावा बरसात के दौरान किले में एकत्र होने वाला पानी भी आ सकता है। इस बावड़ी का इस्तेमाल दिल्ली के दो शहरों की स्थापना करनेवाले बादशाहों के कार्यकाल के दौरान किया गया।

दीन पनाह और शेरगढ़

पुराना किला दिल्ली के दो पुराने और ऐतिहासिक शहरों—'दीन पनाह' और 'शेरगढ़' का केंद्र रहा है। यह भी माना जाता है कि यह किला उसी जगह पर बना माना जाता है, जहाँ महाभारत काल में इंद्रप्रस्थ का किला हुआ करता था। इस किले में अफगान शेरशाह सूरी और मुगल शासक हुमायूँ द्वारा कराए गए निर्माण आज भी देखे जा सकते हैं। 13 साल की उम्र में ही बादशाह बननेवाला अकबर इसी किले में रहा करता था। इसी किले के बाहर उसकी हत्या करने की भी कोशिश हुई थी। शेरशाह ने हुमायूँ को हराकर अफगानों की सत्ता वापस छीन ली थी। बाबर ने पानीपत के मैदान में अफगानों को हराकर भारत में मुगल शासन की नींव डाली थी। हुमायूँ को भागकर वापस ईरान जाना पड़ा था। हुमायूँ ने उससे फिर से अपनी सत्ता को पाने के लिए लगातार प्रयास किया। हुमायूँ ने शेरशाह को हराकर अपना साम्राज्य वापस छीन लिया था। इसी किले में बने पुस्तकालय की सीढ़ियों से गिर जाने के कारण हुमायूँ की मौत हो गई थी। बावड़ी से कुछ ही दूरी पर बनी यह इमारत आज भी देखी जा सकती है। जिस मकबरे में हुमायूँ को दफनाया गया, उसे अब 'हुमायूँ के मकबरे' के नाम से जाना जाता है। यह मकबरा ताजमहल के प्रोटोटाइप के रूप में देखा जाता है। इसी मकबरे से मुगल स्थापत्य कला की दिल्ली में शुरुआत हुई, जो आगरा में ताजमहल बनाए जाने के साथ अपने शिखर पर पहुँची। 'हुमायूँ के मकबरे' से मुगल स्थापत्य कला के शिखर की ओर बढ़ने का काम शुरू हुआ। इस मकबरे के सामने से शुरू होनेवाले लोदी रोड के दूसरे छोर पर बने सफदरजंग के मकबरे से मुगल स्थापत्य कला के पतन का दौर शुरू हुआ माना जाता है।

पानी के बिना फतेहपुर सीकरी उजड़ गई

इनमें से एक था मुगल बादशाह हुमायूँ और दूसरा अफगान बादशाह शेरशाह। आगरा के पास 'फतेहपुर सीकरी' के नाम से अपनी नई राजधानी बनानेवाला और भारतीय इतिहास के पन्नों में 'अकबर महान्' के नाम से पुकारा जानेवाला अकबर अपने बाल्यकाल में इसी किले में रहता था। क्या उसने कभी इस बावड़ी के पानी का इस्तेमाल किया होगा, इस बारे में कहा नहीं जा सकता। लेकिन फतेहपुर सीकरी में बावड़ी बनाए जाने के प्रमाण आज भी मिलते हैं। अकबर के मन में फतेहपुर सीकरी में बावड़ी बनवाने का विचार शायद पुराने किले की बावड़ी से ही आया होगा! लाल पत्थरों से बने फतेहपुर सीकरी के शाही महल को ठंडा रखने के लिए पानी के इस्तेमाल के लिए अनेक रोचक तरीके अपनाए गए थे। इनमें से अधिकतर बरसाती पानी को रोककर उसको इस्तेमाल करने के तरीके पर ही निर्भर हैं। अकबर ने बड़े मन से अपने इस शहर को बनवाया और बसाया था, लेकिन अंत में उसे अपनी यह राजधानी छोड़ने के लिए मजबूर होना पड़ा। फतेहपुर सीकरी को बनाकर छोड़ दिए जाने का एक कारण वहाँ पानी की कमी माना जाता है। फतेहपुर सीकरी देखने के लिए आनेवाले पर्यटकों के लिए जहाँ किले की दीवार की ऊँचाई से कुएँ में छलाँग लगाते देखना एक खास आकर्षण हैं; वहीं यह शहर पानी के महत्त्व की ओर भी संकेत करता है। यह हमें यह भी याद दिलाता है कि छोड़े गए शहर को यह नाम मिलने के पीछे एक कारण पानी भी रहा। हम इससे कोई सबक लेते हैं कि नहीं, इसके लिए किसी अध्ययन की आवश्यकता नहीं है।

तुगलकाबाद के किले और शहर की बावड़ियाँ

तुगलकाबाद के किले और शहर में चार स्थानों पर बावड़ी बनाए जाने का उल्लेख मिलता है, लेकिन अब इसके अधिक प्रमाण नहीं दिखाई देते। इस शहर और किले में बनाई गई बावड़ियों में से एक करीब 8.50 वर्गमीटर में फैली हुई थी, जबकि दूसरी करीब 425 वर्गमीटर में फैली हुई थी। ये बावड़ियाँ हमेशा के लिए समाप्त हो गई हैं। अब इनमें पानी नहीं रह गया है। विशेषज्ञों का मानना है कि इनमें अब फिर से पानी लाए जाने की संभावना नहीं रह गई है; क्योंकि इसके अंदर पानी के ऐसे स्रोत नहीं रह गए हैं, जिससे कि इसके साथ बने कुएँ में स्थायी तौर पर पानी भरा रखा जा सके। कुछ अन्य विशेषज्ञों का मानना है कि पानी के गहरे स्रोतों का पता लगाने के लिए अब कहीं अधिक आधुनिक तकनीक उपलब्ध है। इसके लिए देशी-विदेशी विशेषज्ञों और तकनीक का इस्तेमाल करके ऐसा किया जा सकता है। यह

काम मुश्किल जरूर कहा जा सकता है, लेकिन असंभव नहीं है। निश्चय ही अधिक गहराई पर पानी के स्रोत हो सकते हैं। उनका पता लगाने का प्रयास किया जाना चाहिए। इस समय इन बावड़ियों में आस-पास के इलाके का गंदा पानी भर रहा है। ये बावड़ियाँ इस तरह से बनी हुई हैं कि वे निचाईवाले इलाके में केंद्रित हैं। इन बावड़ियों को बनानेवालों ने ऐसा इसलिए किया होगा कि बरसाती पानी इनमें इकट्ठा किया जा सके। लेकिन अब इन बावड़ियों में तुगलकाबाद गाँव और उसके आस-पास बस गई बस्तियों का गंदा पानी इन बावड़ियों में जाकर भरता रहता है। इसलिए इनमें हमेशा गंदगी भरी रहती है। इस पानी को निकालकर इन बावड़ियों को साफ किए जाने की संभावना है। इसके लिए दिल्ली जल बोर्ड और दिल्ली नगर निगम को मिलकर काम करना होगा। जरूरी होगा कि इन बावड़ियों के आस-पास की आबादी के लिए सीवेज और गंदे पानी की निकासी की उचित व्यवस्था की जाए। प्रशासनिक संगठनों की पानी के इन परंपरागत साधनों के प्रति बढ़ती असंवेदनशीलता के चलते ऐसा नहीं हो पा रहा है। इससे इन बावड़ियों के हमेशा के लिए समाप्त हो जाने की आशंका उत्पन्न हो गई है। ऐसा तब किया जा रहा है, जबकि यह इलाका पानी की कमी से जूझ रहा है!

सबसे पुरानी दिल्ली महरौली की बावड़ियाँ, राजो की बेन

दिल्ली के सबसे पुराने शहर महरौली में बनी इस बावड़ी को राजधानी की सबसे पुरानी बावड़ियों में से एक माना जा सकता है। यह बावड़ी सिकंदर लोदी द्वारा बनवाई गई मानी जाती है। सिकंदर लोदी ने सन् 1489-1517 के बीच दिल्ली की गद्दी सँभाली थी। लोदी वंश दिल्ली पर शासन करनेवाला एक ऐसा वंश रहा, जिसने यहाँ पर अपने किसी शहर का निर्माण नहीं किया, लेकिन उनके निर्माण के नमूने आज भी शहर में दिखाई देते हैं। इनमें से एक है यह बावड़ी। तीन मंजिलोंवाली इस बावड़ी का निर्माण अब से करीब 500 साल पहले 1506 में किया गया माना जाता है। माना जाता है कि इस बावड़ी के पानी का इस्तेमाल इस इलाके में रहने और निर्माण कार्यों में लगे राज और मिस्त्रियों द्वारा किया जाता था। इसलिए इसका नाम 'राजों की बेन' पड़ा। इसका उल्लेख 'राजों की बाव' के नाम से भी मिलता है। यह बावड़ी महरौली में आदम खाँ के मकबरे के दक्षिण में करीब 500 गज की दूरी पर बनी हुई है। इस बावड़ी को इस तरह से बनाया गया था कि इसकी सीढ़ियों से उतरकर साथ बनी मसजिद में भी आया-जाया जा सके। मसजिद के सामने बनी छतरी पर लगे हुए एक पत्थर पर लिखी गई इबारत से इस बावड़ी के 1506 ई. में बनाए जाने

की पुष्टि होती है। इस इमारत को बेहतर संरक्षित और प्रचारित करके इसके अधिक उपयोगी बनाए जाने की संभावनाएँ हैं। यह इमारत चार मंजिला है। इसके चारों ओर कमरे बने हुए हैं, जिनका उपयोग किया जा सकता है। इतिहासकार परसीवल स्पीयर ने अपनी पुस्तक 'दिल्ली : इट्स मान्यूमेंट एंड हिस्ट्री' में लिखा है कि "एक समय में इस बावड़ी को 'सूखी बावड़ी' भी कहा जाता था, क्योंकि इसमें पानी नहीं रह गया था।" इस बावड़ी के साथ ही एक मसजिद भी बनी हुई है। यह बावड़ी डी.डी.ए. द्वारा महरौली क्षेत्र में विकसित किए गए आर्केलॉजिकल पार्क में स्थित है। जमाली कमाली से करीब आधा किलोमीटर उत्तर-पश्चिम की ओर चलने पर यह बावड़ी मिलती है।

गंधक की बावड़ी

कुछ इतिहासकार कुतुबमीनार के पास बने अनंग ताल को दिल्ली की सबसे पुरानी बावड़ी कहते हैं। यह बावड़ी राजपूत तोमर शासकों के समय की बनी बताई जाती है। इस बावड़ी में बरसाती पानी को इकट्ठा करके पूरे साल उपयोग में लाया जाता था। महरौली में बनी 'गंधक की बावड़ी' इल्तुतमिश के शासन काल 1211-1236 के दौरान बनाई गई मानी जाती है। इसे 'गंधक की बावड़ी' कहे जाने का कारण इसके पानी से निकलनेवाली गंधक की महक बताया जाता है। यह बावड़ी आदम खान के मकबरे से करीब 100 मीटर दक्षिण में बनी हुई है। कुछ दशक पहले तक तो इस बावड़ी के कुएँ में छलाँग लगाकर यहाँ आनेवालों के मनोरंजन की व्यवस्था

थी। इस काम को करनेवालों के लिए यह नियमित आय का साधन था। इस बावड़ी की इमारत पाँच मंजिली है। जैसे-जैसे इसके अंदर उतरते जाते हैं, हर मंजिल सँकरी होती जाती है। हर मंजिल में गैलरियाँ बनी हुई हैं। इनसे होकर पानी के नजदीक जाया जा सकता है। ये गैलरियाँ पूर्व और पश्चिम की दिशा में बनी हुई हैं। यह

बावड़ी उत्तर से दक्षिण की ओर 133 फीट लंबी और करीब 35 फीट चौड़ी है। इस इमारत में पानी तक पहुँचने के लिए 105 सीढ़ियाँ हैं। बावड़ी के ऊपरी हिस्से में सजावटी पत्थर लगे हुए हैं। माना जाता है कि 'मसजिद कवत ए इसलाम' और कुतुब मीनार के निर्माण के समय इस बावड़ी के पानी का इस्तेमाल किया गया था। इस बावड़ी में अभी भी पानी दिखाई देता है। सरकारी दस्तावेज बताते हैं कि इस बावड़ी के तहत करीब 2,200 वर्गमीटर का क्षेत्र आता है। अब यह क्षेत्र कितना बचा है, यह तो इसे देखनेवाले ही जान-समझ सकते हैं। दिल्ली को दुनिया में पहचान देनेवाली कुतुब मीनार के निर्माण में महत्त्वपूर्ण योगदान करनेवाला यह जलस्रोत अब स्वयं पानी माँग रहा है। क्या हम ऐसा कर पाएँगे?

कुतुब साहब की बावड़ी

यह बावड़ी कुतुब साहब की दरगाह परिसर में बनी हुई है। इस पवित्र दरगाह को 'ख्वाजा बख्त्यार काकी' की दरगाह के नाम से भी जाना जाता है। इस दरगाह को मजलिस खाना के ठीक उत्तर में बनाया गया था। इतिहासकार स्टीफेन ने अपनी पुस्तक में इस बावड़ी के बारे में जानकारी देते हुए कहा है कि कुतुब साहब की दरगाह से करीब 25 गज पूर्व में एक बावड़ी है। इस बावड़ी का निर्माण 1846 ई. में किया गया। यानी यह बावड़ी अब 160 साल से भी अधिक पुरानी हो चुकी है। इस बावड़ी को बनवानेवाले का

नाम था हाफिज मुहम्मद दाऊद। दाऊद को बहादुर शाह का निकट सहयोगी माना जाता है। इस बावड़ी के पानी का इस्तेमाल दरगाह की देखभाल के लिए तैनात कर्मचारियों द्वारा किया जाता था। यह बावड़ी 96 फीट लंबी, 42 फीट चौड़ी और 75 फीट गहरी बताई जाती है। इस बावड़ी में 40 फीट या उससे भी अधिक गहरा पानी हुआ करता था। इस बावड़ी के दक्षिण और पश्चिमी दिशा से पानी तक जाने के लिए सीढ़ियाँ बनी हुई थीं। तीन मंजिली इस बावड़ी में पश्चिमी छोर से प्रवकश किया जा सकता है। तीन मंजिलोंवाली इस बावड़ी में विभिन्न आकार के कमरे बने

हुए हैं। इसमें पानी तक उतरने के लिए 74 सीढ़ियाँ बनी हुई हैं। इस बावड़ी को निजामुद्दीन और दौलत खान की बावड़ी की तर्ज पर बनाया गया था। अब इस बावड़ी की देखभाल का काम दिल्ली सरकार द्वारा राजधानी की हैरिटेज को सुरक्षित रखने के लिए गठित कंपनी 'शाहजहाँनाबाद रिडेवलपमेंट कॉरपोरेशन' के हवाले कर दिया गया है। अब तक यह जिम्मेदारी डी.डी.ए. और दिल्ली वक्फ बोर्ड के बीच विवादों के दायरे में थी। इसका परिणाम यह हुआ कि इस बावड़ी में कूड़ा-करकट भरता चला गया। इसमें से पानी धीरे-धीरे करके गायब हो गया। सुप्रसिद्ध इतिहासकार स्टीफेन की पुस्तक में एक बावड़ी का उल्लेख मिलता है। इसे 'दौलत खान की बावड़ी' कहा गया है। यह बावड़ी कहाँ पर थी? कैसी थी? उसका निर्माण कब और किसने किया? उसका पानी कैसा था? किस उपयोग में आता था? यह दौलत खान कौन था? यह बावड़ी उसने क्यों बनवाई थी?—इस तरह के सवालों का जवाब अब नहीं मिलता है और न ही इस बावड़ी के बारे में अब और कोई प्रमाण ही मिलता है। इस बावड़ी की तलाश किए जाने की आवश्यकता है। उसे रिवाइव किए जाने की संभावना पर विचार किया जाना चाहिए।

औरंगजेब की बावड़ी

यह बावड़ी बहादुरशाह द्वितीय के महल के पश्चिम में करीब 36 फीट की दूरी पर बनी हुई थी। यह बावड़ी जिस जमीन पर बनाई गई, उसे सरकारी जमीन के रूप में दर्ज किया गया था। इस बावड़ी को औरंगजेब की बावड़ी का नाम देने का कारण यह बताया गया कि उसके औरंगजेब के शासन काल के दौरान बनाए जाने के प्रमाण मिले हैं। औरंगजेब ने सन् 1658 से 1707 के बीच दिल्ली की गद्दी सँभाली थी। इस बावड़ी को संरक्षित रखने की सिफारिश की गई थी। यह बावड़ी 130 फीट लंबी और 36 फीट चौड़ी थी। इस बावड़ी में पानी तक उतरने के लिए 74 सीढ़ियाँ बनाई गई थीं। इस बावड़ी का कुआँ ऊपर से आठ कोणोंवाला है। जैसे-जैसे यह कुआँ नीचे की ओर जाता था, यह गोलाकार होता जाता दिखता था। यह इमारत तिमंजिली कही जा सकती थी। यह बावड़ी इसी इलाके में बनी 'गंधक की बावड़ी' और राजों की बेन की तर्ज पर बनाई गई लगती थी। अब इस बावड़ी के प्रमाण नहीं मिलते हैं। पता नहीं यह कब, कहाँ और कैसे खो गई? इसकी तलाश किए जाने की आवश्यकता है। औरंगजेब रोड पर रहनेवालों की इस बावड़ी की तलाश और पुनर्विकास में महत्त्वपूर्ण भूमिका हो सकती है और होनी भी चाहिए, क्योंकि इस सड़क पर रहना उन्हें दिल्ली और देश में ही नहीं विदेशों में भी एक खास सम्मान देता है।

लेकिन वे शायद यह नहीं जानते कि वे जितना पानी अपने लॉन को हरा-भरा रखने और वाहनों के धोने पर बरबाद कर देते हैं, उतने में हजारों परिवार अपनी दैनिक जरूरतें पूरी कर सकते हैं।

निजामुद्दीन की बावड़ी

निजामुद्दीन औलिया की दरगाह के निकट बनी इस बावड़ी के पानी को बहुत ही पवित्र माना जाता है। इस बावड़ी का निर्माण 1321 में किया गया था। इस बावड़ी को बने हुए 690 साल होनेवाले हैं। इससे यह भी पता चलता है कि 'हजरत निजामुद्दीन' कहे जानेवाले इलाके में पिछले करीब 700 सालों से लोग रहते आ रहे हैं। पहले इस इलाके को 'गियासपुर' के नाम से जाना जाता था। 'निजामुद्दीन की बावड़ी' को कुछ समय पहले ही फिर से साफ किया गया है। यह बावड़ी करीब 180 फीट लंबी और 120 फीट चौड़ी है। इस बावड़ी के दक्षिण-पूर्व और पश्चिम की ओर दीवारें बनी हुई हैं। इसमें उतरकर जाने के लिए उत्तर की ओर से सीढ़ियाँ बनाई गई हैं। पिछले कुछ वर्षों में इस बावड़ी को साफ-सुथरा करके फिर से बहाल करने का प्रयास किया गया है। सफाई के बाद अब इस बावड़ी में पानी दिखाई देने लगा है। हालाँकि इसे अब तक अपने प्राचीन रूप में तो नहीं लाया जा सका है और लाया जा सकना भी शायद संभव नहीं रह गया है, लेकिन इसे एक प्रयास के रूप में सराहा गया है और सराहा जाना चाहिए।

निजामुद्दीन औलिया और गियासुद्दीन तुगलक

दिल्ली के इतिहास और ऐतिहासिक इमारतों के बारे में लिखी पुस्तक 'दि ऑर्केलॉजी एंड मान्यूमेंटल रिमेन्स ऑफ डेल्ही' में कार स्टीफेन ने लिखा है कि इस बावड़ी का निर्माण उस समय की दिल्ली के बादशाह गियासुद्दीन तुगलक और निजामुद्दीन औलिया के बीच मतभेदों का कारण बना। स्टीफेन ने सन् 1876 में प्रकाशित अपनी इस पुस्तक में लिखा है कि जिस समय गियासुद्दीन तुगलक अपने शहर तुगलकाबाद का निर्माण करा रहा था, लगभग उसी समय इस बावड़ी का निर्माण

किया जा रहा था। इस बावड़ी का निर्माण आस-पास के रहनेवालों को पीने के पानी की आपूर्ति सुनिश्चित करने के उद्देश्य से किया गया था। तुगलक अपने किले का निर्माण जल्दी-से-जल्दी पूरा कर लेना चाहता था। इसलिए उसने एक सरकारी आदेश जारी करके सभी मजदूरों को दिन में कहीं और काम करने पर रोक लगा दी थी। इसलिए इस बावड़ी के निर्माण का काम रात में किया जाता था। उस समय दिल्ली की आबादी इतनी अधिक तो थी नहीं कि इतनी बड़ी संख्या में मजदूर मिल सकें। इसलिए ये मजदूर दिन में तुगलकाबाद के किले को बनाने का काम करते थे और रात में बावड़ी के निर्माण में भागीदार बनते थे। इस पर बादशाह ने निजामुद्दीन को तेल की बिक्री पर रोक लगा दी, जिससे कि रात में निर्माण कार्य नहीं किया जा सके। निजामुद्दीन की दुआ के बाद मजदूरों ने तेल की जगह पानी का इस्तेमाल किया। निजामुद्दीन परिसर में बनी इमारतों में से यह बावड़ी एक ऐसा निर्माण है, जिसे हजरत निजामुद्दीन ने स्वयं कराया था। बाकी इमारतों का निर्माण उनके मुरीदों ने करवाया।

अरब की सराय की बावड़ी

अरब की सराय की बावड़ी का अस्तित्व अब नाममात्र का ही रह गया है। इस बावड़ी में अब पानी नहीं रह गया है। अब यह बता पाना भी संभव नहीं है कि यह कब से सूखी हुई है। विशेषज्ञों का मानना है कि इसे फिर से काम करने लायक बनाया जा सकता है। इसको फिर से विकसित किए जाने की एक योजना पर काम किया जा रहा है। 'अरब की सराय' की इमारत हुमायूँ के मकबरे के दक्षिण-पश्चिम में कुछ ही दूरी पर बनी हुई है। इस सराय का निर्माण अकबर की माँ हमीदा बानू बेगम ने सन् 1560 में करवाया था। इस सराय को 'अरब की सराय' कहने का कारण कुछ इस तरह से बताया गया है—हुमायूँ की बेगम हमीदा बानू हज यात्रा पर मक्का गई थीं। वापसी में वे अपने साथ अरब के 300 निवासियों को अपने साथ लाई थीं। यह सराय उनके ठहरने के लिए बनाई गई थी। अरब से आए इन निवासियों को दस्तकार माना जाता है। हुमायूँ के मकबरे के निर्माण में इन दस्तकारों ने महत्त्वपूर्ण भूमिका निभाई। इस मकबरे को बनाने का काम एक ईरानी कलाविद् मिरक मिर्जी गियास को सौंपा गया था। गुंबज बनाने की ईरानी परंपरा का भारत में यह पहला उदाहरण है। इस सराय का इस्तेमाल दिल्ली और आगरा की राजधानियों के बीच आने-जानेवाले यात्रियों द्वारा नियमित रूप से किया जाता था। 'हुमायूँ का मकबरा' आगरा के ताजमहल का प्रोटोटाइप माना जाता है। तो दुनिया की सबसे खूबसूरत

इमारतों में से एक ताजमहल के विकास में इस प्रोटोटाइप की कितनी महत्त्वपूर्ण भूमिका रही? वर्ष 2010 की सर्दियों में जब अमेरिका के राष्ट्रपति बराक ओबामा और उनकी पत्नी मिशेल ओबामा दिल्ली आए थे तो उन्होंने एक पूरी शाम इस इमारत में बिताई थी। ओबामा दंपती इस शाम को खासी यादगार बनाकर यहाँ से गए थे और तभी से वे फिर भारत आने की इच्छा व्यक्त करते रहे हैं।

रायपुर खुर्द की बावड़ी

सरकारी दस्तावेजों में 'रायपुर खुर्द' कहे जानेवाले इलाके में एक बावड़ी होने का हवाला मिलता है। अब यह कहाँ खो गई, फिलहाल इसका पता लगा पाना संभव नहीं हो पा रहा है। इतिहास की किताबों में इसे 'बस्ती बावड़ी' के नाम से जाना जाता है। सैयद अहमद खान के अनुसार, यह बावड़ी वर्ष 1488 में बनाई गई थी—यानी अब से करीब 525 साल पहले। यह बावड़ी दिल्ली पर लोदी शासन के दौरान बनाई गई एक महत्त्वपूर्ण इमारत मानी जा सकती है। दिल्ली की ऐतिहासिक इमारतों के सर्वेक्षक मौलवी जफर हसन ने अपनी रिपोर्ट में लिखा था कि यह बावड़ी 'फूटा गुंबद' कही जानेवाली इमारत के 250 गज दक्षिण में बनी हुई थी। इस इमारत को 'फूटा गुंबद' का नाम इसलिए दिया जा चुका था, क्योंकि यह खासी टूटी-फूटी हालत में था। यह इमारत सरकारी जमीन पर बनी हुई थी। इस इमारत को संरक्षित रखने की सिफारिश की गई थी। सर्वेक्षण के दौरान इस इमारत पर ऐसा कोई पत्थर लगा या लिखा हुआ नहीं मिला, जिससे पता चलता कि इसे कब और किसने बनवाया! यह बावड़ी 96 फीट लंबी और 26.3 फीट चौड़ाई में बनी हुई थी। इस बावड़ी का पता इसमें बनी पाँच मेहराबोंवाली दालानों से चलता था। ये दालानें 37 फीट लंबी और 11.3 फीट चौड़ाई की थी। इन्हें बावड़ी के उत्तरी और दक्षिणी छोर पर बनाया गया था। इनके किनारों पर पैवेलियन बने हुए थे। बावड़ी के साथ मसजिद और मकबरा भी बना हुआ था। इस परिसर के चारों ओर दीवार भी थी। इस परिसर में जाने के लिए पश्चिम की ओर एक गोलाई वाला दरवाजा भी बना हुआ था। यह बस्ती सिकंदर लोदी के कार्यकाल के दौरान ख्वाजा सारा द्वारा बसाई गई मानी जाती है। इतिहासकार कार स्टीफेन ने लिखा है कि ख्वाजा सारा बस्ती खान सिकंदर लोदी के शासन काल के दौरान महत्त्वपूर्ण पदों पर रहे थे। स्टीफेन कार इस बावड़ी को निजामुद्दीन गाँव की जमीन पर बनाए गए एक परिसर के अंदर बनाई गई बताते हैं। अब इसके प्रमाण नहीं मिलते। अब जबकि दिल्ली को 'हैरिटेज सिटी' का दर्जा देने के लिए निजामुद्दीन जैसे इलाकों के पुनर्विकास की योजना पर काम किया जा रहा है, तो इस बावड़ी को

तलाश कर उसका विकास करने की ओर भी ध्यान दिए जाने की आवश्यकता है।

खैरपुर की बावड़ी

खैरपुर की बावड़ी नाम सुनकर ही चौंक गए न। अरे नहीं, यह दिल्ली के किसी दूर-दराज के गाँव में नहीं है। यह बावड़ी लोदी गार्डन में बनी हुई है। लोदी गार्डन को यह नाम तो मिले अभी बहुत दिन नहीं गुजरे हैं। लोदी गार्डन बनने के पहले यहाँ पर 'खैरपुर' नाम का एक गाँव हुआ करता था। नई दिल्ली बनाए जाते समय जब इस पार्क का विकास किया गया तो यहाँ के निवासियों को हटाकर कहीं और बसा दिया गया। इस पार्क को सन् 1936 में बनाया गया था। बनाए जाते समय इसे 'लेडी विलिंग्डन पार्क' के नाम से जाना जाता था। इस पार्क को लोदी गार्डन का नाम देश की आजादी के बाद दिया गया। तब इसे जापानी विशेषज्ञों द्वारा फिर से विकसित किया गया। इस पार्क में बने आधा दर्जन गुंबदोंवाली इमारतें और मसजिद जैसे गुजरे कल की कथा सुनाती दिखाई देती हैं! इस पार्क के अंदर बनी यह बावड़ी 'शीश गुंबद' के नाम से पहचाने जानेवाले मकबरे के उत्तर-पश्चिम में एक चारदीवारी के साथ बनी हुई है। इस चारदीवारी के अंदर एक बगीचा और इसके साथ ही एक मसजिद बनाए जाने के प्रमाण हैं। यह बावड़ी मुगल काल में बनाई गई मानी जाती है। बावड़ी इस परिसर में प्रवेश करने के रास्ते पर बनी हुई है, लेकिन यह परिसर के अंदर नहीं बनाई गई लगती है। लोदी गार्डन इस वर्ष अपनी स्थापना के 75 वर्ष पूरे कर रहा है। इस अवसर पर इस पार्क को फिर से विकसित करने के लिए अनेक योजनाएँ लागू की जा रही हैं। आवश्यकता इस बात की है कि इस बावड़ी को फिर से उसके परंपरागत स्वरूप में विकसित किया जाए और उसमें पानी भरने के लिए परंपरागत तरीके को पुनर्जीवित किया जाए।

कोटला मुबारकपुर की बावड़ी

मुबारकशाह के मकबरे के पश्चिमी दरवाजे के उत्तर-पश्चिम में 50 गज की दूरी पर एक बावड़ी थी। दिल्ली सरकार द्वारा संरक्षित ऐतिहासिक इमारतों की सूची में इस बावड़ी का होना दर्ज है। इस इमारत को मकबरे के साथ ही संरक्षित किया जाना था। यह बावड़ी 'शामिलात जमीन' पर बनी हुई थी। इसे लोदी शासकों के कार्यकाल के दौरान बनाया गया था। ईंट और पत्थरों से बनाई गई यह बावड़ी पूर्व से पश्चिम की ओर 90 फीट लंबाई और उत्तर से दक्षिण की ओर 38 फीट चौड़ाई में बनी हुई थी। इस बावड़ी की इमारत पाँच मंजिली थी। जैसे-जैसे इसमें नीचे उतरा जाता था, यह सँकरी होती जाती थी। सबसे निचले स्तर पर इसकी लंबाई-चौड़ाई

घटकर 30 फीट बाई 19 फीट रह जाती थी। इस इमारत के दक्षिणी छोर पर कुआँ बना हुआ था, जिसकी गोलाई 13 फीट थी। इस कुएँ से पानी लाने के लिए उत्तर की ओर से सीढ़ियाँ बनी हुई थीं। इस इमारत की हर मंजिल पर पूर्व, पश्चिम और दक्षिण की ओर एक गैलरी बनी हुई थी। इनसे होकर भी पानी तक जाया जा सकता था। इस बावड़ी में जाने का रास्ता बावड़ी के तीन ओर बनी मेहराबवाली दालानों से होकर जाता है। इस बावड़ी के आस-पास भारी संख्या में इमारतें बन गई हैं। इससे इस बावड़ी को ठीक से देख पाना तक संभव नहीं है। पुरातत्त्व महत्त्व की इमारतों के 100 गज के इर्द-गिर्द किसी भी प्रकार का निर्माण करना गैर-कानूनी है। इसके बावजूद यहाँ पर निर्माण किया जा चुका है। इस कारण अब इस बावड़ी की दक्षिणी दीवार और कुएँ की ही पहचान कर पाना संभव हो पाता है। घनी बसी आबादी और कारोबार के लिए वैध व अवैध तरीकों से विकसित होते जा रहे कोटला मुबारकपुर की बावड़ी की बात तो कौन करे, दिल्ली का कभी ऐतिहासिक शहर रहा मुबारकाबाद ही विकास के दौर में अपनी पहचान खो चुका है।

मुनीरका की बावड़ी

दिल्ली में सरकारी कर्मचारियों की सबसे बड़ी रिहाइशी कॉलोनी रामकृष्ण पुरम के सेक्टर 5 के बीच में पुरातत्त्व महत्त्व की बेहद महत्त्वपूर्ण इमारतों के बीच यह बावड़ी बनी हुई है। ऐतिहासिक सरकारी दस्तावेज इसे 'वजीरपुर की बावड़ी' कहते हैं। अब यह पता नहीं चलता कि इस इलाके का नाम किस वजीर के नाम पर वजीरपुर पड़ा था! उत्तरी दिल्ली में वजीरपुर नाम का एक इलाका आज भी है। क्या इन दोनों वजीरपुरों में कभी कोई संबंध रहा? इसका पता नहीं चला। कभी मुनीरका गाँव के तहत आनेवाली इस जमीन पर बनी होने के कारण इसे 'मुनीरका की बावड़ी' भी कहा जाता है। यह बावड़ी अफगान शासकों के कार्यकाल के दौरान बनाई गई मानी जाती है। यह बावड़ी 100 फीट लंबी और 38 फीट चौड़ी है। इसे चूने व पत्थरों से बनाया गया था। इसके दक्षिणी छोर पर कुआँ बना हुआ है, जिसकी गोलाई 14 फीट है। इसके दोनों छोरों पर गोलाकार छतरियाँ बनी हुई हैं। इस बावड़ी में पानी तक जाने के लिए सँकरी सीढ़ियाँ बनी हुई हैं। बावड़ी में अब पानी नहीं है। इस बावड़ी के आस-पास अनेक मकबरे बने हुए हैं। ये मकबरे लोदी वंश के शासन के दौरान बनाए गए माने जाते हैं। लोदी वंश के शासकों ने दिल्ली पर वर्ष 1451 से 1526 के बीच करीब 75 साल तक राज्य किया। दिल्ली पर शासन करनेवाला यह एक ऐसा वंश रहा, जिसने कभी यहाँ कोई शहर नहीं बसाया। उस समय दिल्ली में

बनाई गई दर्जनों इमारतें आज भी देखी जा सकती हैं। इन इमारतों की पहचान मुख्य रूप से इनके गुंबदों से की जा सकती है। नई दिल्ली और दक्षिणी दिल्ली के विभिन्न इलाकों में ये इमारतें दिखाई देती हैं।

मुरादाबाद पहाड़ी की बावड़ी

इस बावड़ी के अवशेष वसंत विहार के डी ब्लॉक के निकट की पहाड़ियों में अभी भी देखे जा सकते हैं। दक्षिण-पश्चिमी रिज कहे जानेवाले हिस्से में आनेवाली मुरादाबाद की पहाड़ियों के इलाके में एक बावड़ी होने का उल्लेख मिलता है। यह बावड़ी पठानों के शासन के दौरान बनाई गई लगती थी। मौलवी जफर हसन के सर्वेक्षण में इस बावड़ी और इसके आस-पास बनी इमारतों की मरम्मत करके उन्हें संरक्षित रखे जाने की सिफारिश की गई थी। चूने और पत्थर से बनी इस बावड़ी की लंबाई उत्तर से दक्षिण की ओर 183 फीट और पूर्व से पश्चिम की ओर इसकी चौड़ाई 67 फीट थी। उस समय इस बावड़ी में कूड़ा और मिट्टी भरी पाई गई थी। इस बावड़ी में पानी तक जाने के लिए दक्षिण की ओर से सीढ़ियाँ बनी हुई दिखाई देती थीं। इसके उत्तरी छोर पर तीन मंजिली इमारत बनी हुई थी। इस बावड़ी के कुएँ की गोलाई करीब 10.3 फीट थी और उसमें उस समय पानी नहीं था। इसके पास में बनी एक इमारत के अवशेषों को 'कसाई वाला गुंबद' कहा जाता था। इसको जिस तरह से बनाया गया था, उससे लगता था कि इसे तुगलकों के शासन के कार्यकाल के दौरान बनाया गया। यह मकबरा पहाड़ी की चोटी पर बना हुआ था। इस मकबरे के पूर्व में करीब 500 गज की दूरी पर एक और मकबरा भी दिखाई देता था। इस मकबरे को 'बाजरे का गुंबद' का नाम दिया गया था। 'बाजरे का गुंबद' पठानों के शासन काल के दौरान बनाई गई इमारतों की तर्ज पर बनाया लगता था। इनमें से अधिकतर इमारतें अब दिखाई नहीं देती हैं। अब यह भी पता नहीं चलता कि इन्हें ये नाम क्यों दिए गए थे? इस बावड़ी पर आस-पास के लोगों ने कब्जा कर लिया है। आवश्यकता इसको खाली कराकर इसको पुनर्जीवित करके इसे पर्यटन केंद्र के रूप में विकसित करने की है। इस बावड़ी को मुरादाबाद की पहाड़ी पर बना होने के कारण 'मुरादाबाद, पहाड़ी की बावड़ी' कहा जाता है।

पानी हो या न हो, शापिंग मॉल और होटल बनना जरूरी है

वसंत विहार दिल्ली की ऐसी बस्ती है, जहाँ अनेक ऐसे लोग रहते हैं जिन्होंने देश-विदेश में अपनी योग्यता और क्षमता के चलते अपना नाम कमाया है। देश के विकास की नीतियों के निर्माण में उनकी महत्त्वपूर्ण भूमिका रही है, लेकिन चिराग

तले अँधेरा का मुहावरा यहीं पर चरितार्थ होता दिखाई देता है। इस बावड़ी के आस-पास रहनेवालों में से अधिकतर को पीने के पानी की आपूर्ति कोई समस्या नहीं है, क्योंकि वे पीने के पानी के लिए मिनरल वाटर पर निर्भर करते हैं। लेकिन बावड़ी का रख-रखाव उन्हें आकर्षित करने के लिए पर्याप्त नहीं है। बस्ती के बीच बने पार्कों में जहाँ-तहाँ रेन वाटर हार्वेस्टिंग की गई है; लेकिन वह कितनी प्रभावकारी साबित हो रही है, इसका परिणाम सामने नहीं आता। यह सारा इलाका बहुत समय से पानी की कमी का सामना करता रहा है, लेकिन नगर नियोजकों ने इस पहलू को पूरी तरह अनदेखा करके वसंत विहार और वसंत कुंज के बीच नेल्सन मंडेला रोड के पश्चिमी किनारे पर आलीशान शॉपिंग मॉल, होटल और बहुमंजिली इमारतोंवाले दफ्तरों के समूह विकसित किए जाने की इजाजत दे दी। इसकी पथरीली जमीन और अरावली की पहाड़ियों को काटकर विकसित किए गए इस समूह के विकास के बाद इस इलाके में पानी एक बड़ी समस्या खड़ी हो गई है और आनेवाले समय में इसके और भी विकराल रूप धारण कर लेने की है। अब इस समूह को पानी की आपूर्ति करने के लिए दूर-दराज से पानी लाकर उसका भंडारण करने और उसकी आपूर्ति की व्यवस्था करने पर जल बोर्ड मोटी रकम खर्च कर रहा है।

सुलतानपुर की बावड़ी

दिल्ली के रईसों और नेताओं के फार्महाउसों की बस्ती सुलतानपुर में एक बावड़ी होने के प्रमाण हैं। अब यह सारा इलाका फार्महाउसों से भरा हुआ है जिनकी ऊँची दीवारों, सुरक्षा कर्मचारियों और खूँखार कुत्तों से बचकर बिना मालिक की मरजी के उनके अंदर जा पाना संभव ही नहीं है। इसलिए यह पता लगा पाना संभव नहीं हो पाया कि यह बावड़ी अब किस हाल में है। सरकारी रिकॉर्ड के अनुसार—जहाँ पर यह बावड़ी होनी चाहिए, वहाँ पर अब केंद्र सरकार के एक मंत्री का फार्म हाउस है। यह बावड़ी सुलतानपुर गाँव के दक्षिण में करीब आधे मील की दूरी पर बनी हुई थी। सरकारी दस्तावेज यह बावड़ी 'शामिलात जमीन' पर बनी बताते हैं। 'शामिलात जमीन' उस जमीन को कहा जाता है, जो किसी की निजी संपत्ति नहीं होती। वह जमीन पूरे गाँव के साझे इस्तेमाल के लिए होती है। यह जमीन किस तरह से किसी की निजी संपत्ति बन गई होगी, इसके लिए तो एक अलग अध्ययन की आवश्यकता होगी, क्योंकि दिल्ली में सरकारी जमीन का ही हिसाब-किताब नहीं हो पाता तो गाँव की 'शामिलात जमीन' किस तरह किसी मंत्री के घर की जमीन बनी होगी, इसके अध्ययन के लिए तो सी.बी.आई. और जे.पी.सी. जैसी कोई व्यवस्था करनी होगी।

वैसे भी यह विषय किसी तरह से इस किताब के दायरे में लाया जा सकना तो संभव नहीं कहा जा सकता। हाँ, खबरिया चैनलों के लिए यह काम का विषय हो सकता है। लेकिन पानी के प्रति उनकी संवेदनशीलता और टी.आर.पी. की दौड़ में इस विषय को कितना महत्त्व दिया जा सकता है, यह फैसला तो वहाँ के निर्णायक ही कर सकेंगे।

क्या यहाँ कोई मंदिर भी था?

मैं इसे यहीं पर छोड़ना चाहूँगा और सुलतानपुर की इस बावड़ी की ओर आप का ध्यान लाना चाहूँगा। यह बावड़ी पत्थरों से बनाई गई थी। यह 100 फीट लंबी और 18 फीट चौड़ी थी। इसके चारों ओर दीवार थी। इस बावड़ी की पश्चिमी छोर पर एक दालान बनी हुई थी। बावड़ी की दीवार के दोनों ओर 3.6 फीट से अधिक चौड़ाई की गैलरी बनी हुई थी। इसके उत्तर-पश्चिम और दक्षिण-पश्चिम कोनों से नीचे की ओर जाने के लिए सीढ़ियाँ बनी हुई थीं। दालान के पश्चिमी छोर के निकट एक कुआँ था, जिसकी गोलाई करीब 12 फीट की थी। इस बावड़ी के पास आठ कोनों वाली एक छतरी थी, जिसकी छत गोलाकार थी। इस छतरी में सिलेटी रंग के आठ खंभे लगे थे। ऐसा लगता था कि वे किसी पुराने मंदिर से हटाकर यहाँ लाए गए थे। कुतुब मीनार बनाए जाते समय आस-पास के इलाके के मंदिरों को तोड़कर उसके पत्थरों और अन्य साजो-सामान का उपयोग किया गया था। कुतुब मीनार जिस मसजिद की मीनार है, उसे उस समय के विजेताओं ने 'कूव्वत ए इसलाम' का नाम दिया था। इस बावड़ी के खंभे किस मंदिर से लाए गए, वह मंदिर कहाँ कब और किसने बनवाया था और किन परिस्थितियों में अतीत के गर्भ में समा गया, इसके बारे में कोई जानकारी फिलहाल नहीं मिल पाती है। इसके साथ ही राजधानी के अतीत का एक हिस्सा हमेशा के लिए गायब हो गया। दिल्ली का अतीत मिटते जाना दिल्लीवालों के लिए कोई खास बात नहीं है। ऐसा करनेवाले यदि नीति-निर्धारक और राजनेता या ऊपर तक पहुँच रखने वाले हों तो वह और भी आसान हो जाता है।

लाडो सराय की बावड़ी

कुतुब मीनार को बदरपुर से जोड़नेवाली महरौली-बदरपुर रोड के उत्तरी हिस्से में, जहाँ बहुमंजिली इमारतें और बड़े-बड़े शोरूम बन चुके हैं, के बीच कहीं पर एक बावड़ी होनी चाहिए थी। अब से करीब 100 साल पहले किए गए मौलवी जफर हसन के सर्वेक्षण के अनुसार, यह बावड़ी महरौली-बदरपुर रोड के उत्तर में 'कुतुब साहब की हवेली' कही जानेवाली इमारत के आस-पास थी। इस बावड़ी के बनवानेवाले

के बारे में जानकारी देनेवाला एक पत्थर लगा मिला था। सिलेटी रंग के इस पत्थर पर लिखे ब्योरे पढ़े जाने लायक तो नहीं थे। इस पत्थर को सुरक्षित रखे जाने के लिए दिल्ली म्यूजियम में ले जाने के प्रमाण मिलते हैं। म्यूजियम के कैटलॉग नंबर सी 7 में इसका उल्लेख है। इस बावड़ी के कुएँ का दायरा 33 फीट आँका गया था। इस बावड़ी के प्रमाण दक्षिणी दिल्ली में पत्रकारों की बस्ती प्रेस एनक्लेव के दक्षिण में साकेत स्पोर्ट्स कॉम्प्लेक्स के सामने दिखाई देते हैं। बनाए जाते समय शायद यह एक बड़ी इमारत रही होगी। इस कुएँ के पानी तक जाने के लिए दक्षिण की ओर से सीढ़ियाँ बनी हुई थीं। अब इसकी कुछ ही सीढ़ियाँ और पूर्व और पश्चिम की ओर की दीवारों के कुछ हिस्से ही नजर आते हैं। इस बावड़ी के अब इस इलाके में विकसित किए जा रहे डिस्ट्रिक सेंटर में बन रहे आलीशान होटलों और मॉल्स के बीच कहीं खोकर रह जाने की आशंका उत्पन्न हो गई है। पिछले एक दशक में इस इलाके में भारी बदलाव आ चुका है। यहाँ पर बड़े-बड़े अस्पताल और व्यावसायिक इमारतें बन गई हैं। इन निर्माणों के कारण इस इलाके में पानी की माँग लगातार बढ़ रही है। जल संरक्षण के लिए आवश्यक व्यवस्थाएँ प्रभावकारी तरीके से नहीं लागू की जा सकी हैं। किसी इलाके के इस प्रकार के गहन विकास के साथ ऐसा किया जाना आवश्यक भी था और संभव भी; लेकिन अपेक्षाकृत परिणाम देखने को नहीं मिलते।

भगोला की बावड़ी

यह बावड़ी एक सराय के परिसर में बनी हुई थी। इसलिए इसे 'सराय बावड़ी' के नाम से भी पहचाना जाता है। यह बावड़ी ओखला गाँव के दक्षिण में करीब 1 मील की दूरी पर बनी हुई थी। जिस जमीन पर यह बावड़ी बनी हुई थी उसे सरकारी रिकॉर्ड में शामिलात जमीन के रूप में दर्ज किया गया था। यह बावड़ी पठानों के शासन काल के दौरान बनाई गई मानी जाती है। इस बावड़ी के बारे में अब अधिक जानकारी नहीं मिलती, लेकिन सराय के ब्योरे उपलब्ध हैं। यह सराय दिल्ली की जामिया मिलिया इस्लामिया विश्वविद्यालय के आस-पास कहीं पर होनी चाहिए। सराय जुलियाना अब एक बस्ती है। यह इलाका ओखला गाँव के पश्चिम में 'जोगाबाई' के नाम से जाना जाता है। सरकारी रिकॉर्ड में यह 'सराय भगोला' गाँव के दक्षिण में करीब 1 मील की दूरी पर बनी हुई बताई गई है। शायद ओखला का कभी नाम 'भगोला' रहा हो। भगोला गाँव का मूल नाम खिजाबाद माना जाता है। खिजाबाद को दिल्ली के एक शहर के रूप में बसाया गया था। इस शहर को बसानेवाले का नाम था खिज्र खान। खिज्र खान दिल्ली पर शासन करनेवाले सैयद वंश के संस्थापक थे।

इस शहर की स्थापना करीब सन् 1418 में की गई थी। इस शहर के होने के अब अधिक प्रमाण नहीं मिलते। ओखला गाँव के अंदर अभी भी एक महल रही इमारत के खंडहर देखे जा सकते हैं। संभवत: यह महल उस शहर का हिस्सा रहा हो। इसके आस-पास बड़े पैमाने पर इमारतें बनाई जा चुकी हैं, इसलिए इनकी तलाश कर पाने में खासी दिक्कत होती है। कुछ दशक पहले तक यहाँ पर 'खिज्र खाँ की गुम्टी' नाम की एक इमारत हुआ करती थी। अब उसको पहचानने वाले या उसके बारे में जानकारी देनेवाले तलाश करने पर भी नहीं मिल पाते। ओखला वाटर वर्क्स बनाए जाते समय उसे हटा दिए जाने का उल्लेख मिलता है। संभवत: इसे फिर से किसी दूसरी जगह पर बनाया गया। आज भी इस इलाके के लोग खिज्र खाँ की दरगाह में इबादत करने जाते हैं। तो क्या ओखला कभी भोगला हुआ करता था? बस्ती हजरत निजामुद्दीन के पास बनी बस्ती भोगल से इसका कोई संबंध तो नहीं। पता नहीं। ओखला तो अब एक बड़ी औद्योगिक बस्ती के रूप में अपनी पहचान रखती है। इस इलाके में कल-कारखानों और राष्ट्रीय व अंतरराष्ट्रीय कंपनियों के आलीशान कार्यालय और इमारतें हैं; लेकिन इन्हें मुनाफा कमाने के बीच इतना समय कहाँ मिलता कि कॉरपोरेट सोशल रिस्पोंसबिलिटी में इस पहलू को शामिल करें! यमुना के किनारे होर्डिंग लगाकर अपने प्रोडक्ट बेचने का प्रयास तो वे करते दिखाई देते हैं। इनकी पानी की खपत तो बहुत ज्यादा है, लेकिन यमुना या पानी के संरक्षण की ओर ध्यान दे पाने में उनकी कोई खास रुचि के प्रमाण दिखाई नहीं देते हैं।

हिंदूराव की बावड़ी

उत्तरी दिल्ली में दिल्ली नगर निगम द्वारा संचालित हिंदूराव अस्पताल परिसर के पास बनी एक बावड़ी अभी भी देखी जा सकती है। यह बावड़ी सिविल लाइंस क्षेत्र में हिंदूराव मार्ग पर अस्पताल के पश्चिमी दरवाजे के पास है। नॉर्दर्न रिज पर 'पीर गायब' के दक्षिण-पश्चिम में करीब 50 गज की दूरी पर बनी यह बावड़ी फिरोजशाह तुगलक के कार्यकाल में बनाई गई थी। यह बावड़ी सरकारी जमीन पर बनी संरक्षित इमारत के रूप में दर्ज की गई है। दिल्ली में बनी सबसे बड़ी बावड़ियों में से एक इस बावड़ी के चारों ओर बहुत से कमरे बनाए जाने के प्रमाण हैं। टूट-फूट जाने के कारण अब पूरी इमारत देख पाना संभव नहीं रह गया है। इस बावड़ी के उत्तरी दीवार के पास से एक सुरंग में जाने का भी रास्ता था। अबुल फजल ने 'आइन-ए-अकबरी' में लिखा है कि इस सुरंग से होकर फिरोजाबाद, यानी आज के फिरोजशाह कोटला से जहाज नुमा यानी उत्तरी रिज पर बनी इस इमारत की ओर आया-जाया जा

सकता था। यहाँ पर सुरंग बने होने के तो प्रमाण आज भी हैं। अब यह उतनी लंबी-चौड़ी तो नहीं दिखती जितनी कि अबुल फजल की किताब में बताई गई है। वक्त के साथ रख-रखाव के अभाव में यह हमेशा के लिए बरबाद हो गई। इस बावड़ी के कुएँ के साथ ही दक्षिण-पश्चिम की ओर पानी भरने के लिए तालाब बनाए जाने के प्रमाण हैं। इस तालाब से पानी ले जाने के लिए नालियाँ बनाई गई थीं। ऐसा लगता है कि इस तालाब से पास ही में बनाए गए किले या महल में पानी ले जाए जाने की व्यवस्था की गई थी। इस बावड़ी से कुछ ही दूरी पर फिरोजशाह द्वारा एक महल बनवाया गया था। इस महल को जहाज नुमा या 'कुशक ए शिखर' के नाम से भी पहचाना जाता है। इस महल को जहाज नुमा कहे जाने का कारण यह बताया जाता है कि वह देखने में जहाज जैसा लगता था। इसे 'कुशक ए शिखर' कहे जाने का कारण शायद पहाडी की चोटी पर बना होना हो सकता है। फिरोजशाह इस इमारत का इस्तेमाल शिकारगाह के रूप में भी करता था। तब यहाँ पर जंगली जानवरों की बहुतायत हुआ करती थी। यानी यहाँ पर इतना पानी था, जो कि इस जंगल और यहाँ रहनेवाले जंगली जानवरों की पानी की जरूरतों को पूरा कर पाने में सक्षम था। आदमी के बाहुल्य के कारण वहाँ अब न जानवर रहे, न प्राकृतिक जंगल, अब इस बावड़ी का बहुत थोड़ा हिस्सा ही देखा जा सकता है। जल संरक्षण के अन्य स्रोत लापता हो गए हैं। इस इलाके को हरा-भरा बनाए रखने के लिए पानी दूर-दराज के इलाकों से यहाँ लाया जाता है। लेकिन स्थानीय स्तर पर जिस प्रकार से इस पानी को संरक्षित किया जाता था और जा सकता है, वैसा कर पाने में 21वीं सदी के दिल्लीवाले कोई खास योगदान नहीं कर पा रहे हैं।

बावड़ी कदम शरीफ

नई दिल्ली रेलवे स्टेशन के पहाड़गंज की ओर से कुछ ही दूरी पर उत्तर की ओर 'किला कदम शरीफ' के अवशेष आज भी देखे जा सकते हैं। 'किला कदम

शरीफ' सन् 1375 के आस-पास बनाया गया था। फिरोजशाह तुगलक के शहर फिरोजाबाद की सीमा के ठीक बाहर बनाया गया था। यह शहर आज की पुरानी दिल्ली कही जानेवाली शाहजहाँ की दिल्ली से बहुत पहले बसाया गया था। इस इमारत को दिल्ली की संरक्षित इमारतों की सूची तक में शामिल करने की आवश्यकता नहीं महसूस की गई। इससे इस इमारत के बचे-खुचे अवशेष ही खास तलाश करने पर ही दिखाई देते हैं। नबी करीम के पास बने एक किले की तरह बनाए गए इस परिसर में कभी एक बावड़ी हुआ करती थी। अब उसके अवशेष तलाश कर पाना भी संभव नहीं रह गया है। यह बावड़ी फिरोजशाह तुगलक के शासन काल के दौरान बनाई गई मानी जाती है। एक समय में इस बावड़ी की दीवार लगे लाल रंग के एक पत्थर पर कुछ लिखा पाया गया था, जिससे इस बावड़ी के बनाए जाने और बनवाए जाने के बारे में कुछ जानकारियाँ मिल सकती थीं। वह लिखावट इतनी खराब हो चुकी थी कि उसे पढ़ा जाना संभव नहीं हो पाया। यह पत्थर इस बावड़ी के कुएँ की पूर्वी दीवार पर लगा हुआ था। इस बावड़ी को संरक्षित रखे जाने की सिफारिश की गई थी। ऐसा किया नहीं गया। ऐसा क्यों हुआ, अब इस पर चर्चा करने का भी कोई मतलब नहीं रह गया है। इस बावड़ी की इमारत दुमंजिली थी। हर मंजिल पर दो-दो कमरे बने हुए थे, जिनमें तीन-तीन मेहराबें थीं। यह बावड़ी पत्थरों से बनाई थी। इस बावड़ी में बने हुए कुएँ की गोलाई 7.9 फीट आँकी गई थी। यह कुआँ इस बावड़ी के पूर्वी छोर पर बना हुआ था। इस किले के परिसर में हौज बनाए जाने का भी उल्लेख मिलता है।

क्या कहते हैं फिरोजशाह तुगलक के इतिहासकार

फिरोजशाह के शासन के इतिहासकारों की मानें तो इस परिसर में 'कदम शरीफ' नाम की यहाँ पर एक दरगाह हुआ करती थी। इसे फिरोजाबाद शहर की पश्चिमी सीमा के पास ही बनाया गया था। 'कदम शरीफ' नाम की यह इमारत सन् 1375 में यानी आज से करीब 633 साल पहले बनाई गई थी। इस इमारत में फिरोजशाह के बड़े बेटे फतह खान को दफन किया गया था। उसकी कब्र पर लगाए गए पत्थर पर मुहम्मद साहब के पैरों के पवित्र निशान थे। 'कदम शरीफ' का अर्थ है—पैरों के पवित्र निशान। इसी से इस बावड़ी का नाम भी 'बावड़ी कदम शरीफ' रखा गया। यह पत्थर बगदाद के खलीफा की ओर से सुलतान फिरोजशाह तुगलक को भेजा गया था। इस पत्थर को इतना पवित्र माना गया था कि इसे फतेह खान की कब्र पर उस जगह पर लगाया गया था जहाँ कि दफनाए गए व्यक्ति का सीना होता है।

फिरोजशाह के शासन के समय के इतिहासकारों ने लिखा है कि इस पत्थर को हजरत मख्दूद मक्का से अपने सिर पर रखकर दिल्ली लाए थे। इस दरगाह के पास एक हौज बनाए जाने का भी उल्लेख मिलता है। 'तहरीके फिरोजशाही' में लिखा है कि इस शहर को बनाए जाने के दौरान ही मंदाती और सिरमौर से यहाँ पानी लाने के लिए नहर भी बनाई गई थी। खग्गर से सरसुती के किले से होकर फिरोजाबाद के लिए एक और नहर बनाई गई थी। यमुना से निकालकर एक और नहर का पानी शहर में बनाए गए तालाबों तक पहुँचाने की व्यवस्था की गई थी। शहर के अंदर इन नहरों का रास्ता क्या रहा होगा, अब इसको तलाश कर पाना मुश्किल है। माना यह जाता है कि आज का 'फैज बाजार' फिरोजशाह के समय में नहर के किनारे रहा होगा!

पालम की बावड़ी

इतिहास की किताबों में पालम की बावड़ी का उल्लेख मिलता है। इस बावड़ी का अब पता लगा पाना संभव नहीं हो पा रहा है, क्योंकि अब वहाँ पर बस्ती बसाई जा चुकी है। यदि जमीन के पुराने सरकारी रिकॉर्ड से मिलान किया जाए तो लगता है कि यह बावड़ी लगभग वहीं कहीं रही होगी, जहाँ अब सर छोटूराम पब्लिक स्कूल बना हुआ है। यह बावड़ी पालम गाँव के दक्षिण में करीब 200 गज की दूरी पर बनी हुई थी। पत्थरों से बनी यह बावड़ी तीन मंजिला थी। जैसे-जैसे इसमें नीचे की ओर उतरा जाता था, यह सँकरी होती चली जाती थी। यह करीब 52.3 फीट लंबी और 18.6 फीट चौड़ी थी। इसमें उतरने के लिए उत्तर की ओर से 40 सीढ़ियाँ बनी हुई थीं। इनसे होकर पानी तक पहुँचा जा सकता था। हर मंजिल पर एक पैवेलियन बना हुआ था, जिसके खंभे हिंदू कारीगरों द्वारा बनाए गए लगते थे। ये खंभे तराशे हुए पत्थरों से बनाए गए थे। इन खंभों को देखकर ऐसा लगता था कि इन्हें कहीं और से लाकर यहाँ पर लगाया गया है। इस पैवेलियन में जाने के लिए गैलरी बनी हुई थी। सबसे ऊपरी मंजिल पर बने पैवेलियन की छत नहीं थी। मौलवी जफर हसन के अनुसार, यह बावड़ी पठानों के शासन काल के दौरान बनाई गई बावड़ियों जैसी लगती थी। 'इंदिरा गांधी इंटरनेशनल एयरपोर्ट' और 'एयरोसिटी' हजारों लोग रोजाना आए-जाएँगे और रहेंगे, वैसे विकास के बाद यह इलाका पानी की आपूर्ति के लिए एक बड़ी चुनौती बनने जा रहा है। इस गहन विकास के लिए पानी कहाँ से आएगा और उसकी आपूर्ति कैसे सुनिश्चित की जाएगी? इसमें पानी की रिसाइक्लिंग और जमीन के अंदर के पानी का इस्तेमाल बहुत महत्त्वपूर्ण भूमिका निभानेवाले हैं। इस पूरे क्षेत्र में जमीन के अंदर पानी की उपलब्धता और उसकी किस्म एक बड़ी चुनौती है।

उसका समाधान कब और कैसे निकाला जाएगा, फिलहाल तो दिल्लीवालों के लिए उपलब्ध पानी से ही इस विकास के लिए पानी उपलब्ध कराए जाने का प्रावधान किया जा रहा है। इस अतिरिक्त आवश्यकता की पूर्ति कब और कैसे की जाएगी, इस ओर भी ध्यान दिए जाने की आवश्यकता है।

तेघनपुर की बावड़ी

सरकारी दस्तावेजों के अनुसार, द्वारका फेस 1 के सेक्टर 20 में एक बावड़ी होनी चाहिए थी। आज की दिल्ली के नगर नियोजकों से शायद इसके बचाने की उम्मीद कर पाना बेमानी है। इसे 'तेघनपुर की बावड़ी' या 'पोचनपुर की बावड़ी' के नाम से दर्ज किया गया है। यह बावड़ी और उसके साथ बनी इमारत को पठानों के शासन के महत्त्वपूर्ण योगदान के रूप में भी जाना जा सकता था। यह बावड़ी उस समय बसे 'अंबराही गाँव' के उत्तर में करीब पौन मील की दूरी पर बनी हुई थी। 'अंबराही' तो 'आमों के बगीचों' को कहा जाता है। तो क्या यहाँ पर आमों का कोई बगीचा था? या उस बगीचे के आस-पास कोई गाँव बसा हुआ था? 1857 में हुए स्वतंत्रता के पहले संग्राम में इस क्षेत्र में सैकड़ों भारतीय हताहत हुए थे। उनकी याद तो हम जैसे भुला ही चुके हैं। यह सब तो गुजरे कल की बात हो गई। अब तो यह बस द्वारका है, जहाँ बस अतीत से जुड़ा हुआ केवल नाम ही रह गया है। अतीत के प्रमाणों के संरक्षण को महत्त्व नहीं दिए जाने के कारण यह बावड़ी भी कहीं बिला गई। यह बावड़ी पूर्व से पश्चिम की ओर 60 फीट और उत्तर से दक्षिण की ओर 20 फीट की थी। इसमें 13.3 फीट का कुआँ था। पानी तक पहुँचने के लिए सीढ़ियाँ दिखाई देती थीं। अब इस बावड़ी का कोई प्रमाण दिखाई नहीं देता है। इस बावड़ी को कब, किसने और क्यों बनवाया था, इसके बारे में अधिक जानकारी अब नहीं मिल पाती है। द्वारका के विकास के समय डी.डी.ए. द्वारा तैयार किए गए सर्वेक्षणों में इसका उल्लेख होना चाहिए। फाइलों को अस्त-व्यस्त रखने और खो जाने के लिए अपनी अलग पहचान रखनेवाले डी.डी.ए. के पास अब वे दस्तावेज उपलब्ध नहीं बताए गए हैं। यह संभव है कि फाइलों की तलाश की जो व्यवस्था डी.डी.ए. के कार्यालय में है, उस व्यवस्था के रास्ते नहीं जाने के कारण ये दस्तावेज उपलब्ध नहीं बताए गए हों। आवश्यकता इस बात की है कि इनकी तलाश की जाए। द्वारका की बावड़ियों का पता लगाकर उन्हें जल स्रोतों के लापता हो जाने और उसके पानी की उपलब्धता की ओर इस उपनगर के निवासियों को संवेदनशील बनाने के लिए इनका इस्तेमाल किया जाए। जमीन से जुड़े नेताओं और दिल्ली के विकास में उनके

योगदान को देखते हुए इस प्रकार की योजनाओं की सफलता की संभावनाएँ सीमित ही हैं, लेकिन ऐसा किया जाना जरूरी है।

लोहाहेड़ी की बावड़ी

यह बावड़ी द्वारका फेस 1 के सेक्टर 12 में बनाए गए डी.डी.ए. फ्लैटों के बीच कहीं पर होनी चाहिए थी। अब तो इसके अवशेष भी नहीं दिखाई देते। पुराने दस्तावेज बताते हैं कि यह बावड़ी मटियाला गाँव के दक्षिण में करीब 1 मील की दूरी पर ऐसी जमीन पर बनी हुई थी, जिसे 'शामिलात' कहते हैं। यानी ऐसी जमीन जिस पर किसी खास व्यक्ति का मालिकाना हक नहीं था। इस बावड़ी को पठानों के शासन काल के दौरान बनाए जाने के प्रमाण थे। ईंट-पत्थरों से बनी यह बावड़ी उत्तर से दक्षिण की ओर 52 फीट लंबी और पूर्व से पश्चिम की ओर 16.6 फीट चौड़ी थी। इस बावड़ी के साथ बने कुएँ की गोलाई 8.6 फीट थी। इस कुएँ से पानी लेने के लिए आने-जाने के लिए 22 सीढ़ियाँ बनी हुई थीं। इस बावड़ी का इस्तेमाल इस गाँव के रहनेवालों द्वारा किया जाता था। मौलवी जफर हसन ने अपने सर्वेक्षण के दौरान इस बावड़ी की स्थिति को अच्छी करार दिया था। उन्हें इस इमारत के बनाए जाने आदि के बारे में जानकारी देनेवाला कोई पत्थर आदि नहीं मिला था। उस समय की सरकार द्वारा इस सर्वेक्षण के लिए किसी इमारत को दर्जा देने के लिए निर्धारित नियमों के तहत इस इमारत को तृतीय श्रेणी का करार दिया गया था। तीसरे दर्जे की इमारत उसे माना गया था, जिसकी हालत ऐसी हो कि उसके संरक्षण पर सरकारी पैसा खर्च करने की जरूरत नहीं मानी गई हो। अंग्रेजी शासन के दौरान ऐसा किया जा सकता था, लेकिन विदेशी शासकों ने इसकी आवश्यकता महसूस नहीं की। आजादी के बाद भी इसे जरूरी महत्त्व नहीं मिल सका। दिल्ली के विकास के लिए बनाए गए डी.डी.ए. को इसे संरक्षित रखने के लिए कदम उठाने चाहिए थे। ऐसा नहीं किया गया। आजाद भारत के हुक्मरानों ने भी ऐसा नहीं किया और यह जल स्रोत हमसे हमेशा के लिए छिन गया। ऐसा तब हुआ जबकि तेजी से फैल रही दिल्ली में पानी की आपूर्ति की समस्या गंभीर रूप ले चुकी थी और पानी के संरक्षण व उसके बेहतर इस्तेमाल किए जाने पर चर्चा की जा रही थी। इस सिलसिले को वातानुकूलित कमरों से निकालकर वास्तविकता के धरातल पर ले जाए जाने की आवश्यकता है। ऐसा कब होगा? कहा नहीं जा सकता। ऐसा किया जाना आज और अभी जरूरी है।

□

ऐतिहासिक कुंड और बाँध

बावड़ियों और कुओं के अलावा दिल्ली में अनेक ऐसे ऐतिहासिक तालाब और बाँध हैं, जो गुजरे कल के दिल्ली के निवासियों को बरसाती पानी के संरक्षण और संवर्धन के तौर-तरीकों की जानकारी देते हैं। इनमें प्रमुख हैं बाँध और तालाब। इन बाँधों के जरिए शहर में से होकर गुजरनेवाले बरसाती पानी के रास्तों में पानी रोकने की व्यवस्था की गई थी, जिसका कि बाद में आवश्यकता के अनुरूप इस्तेमाल किया जा सकता हो। इन बाँधों के अवशेष आज भी राजधानी के विभिन्न इलाकों में देखे जा सकते हैं।

सूरजकुंड

सुलतानों के सत्ता सँभालने के पहले दिल्ली पर तोमरों और चौहानों का शासन था। अब हम इनके शासन के दौरान पानी के इस्तेमाल के लिए बनाए गए साधनों पर नजर डालते हैं। यानी यह बात है सन् 1,000 और उसके आस-पास के समय की। उस समय कुओं के अलावा तालाब और बाँध बनाकर बरसाती पानी को रोके जाने का तरीका अपनाया जाता था। राजाओं के अलावा कुएँ और तालाब बनवाने का काम समाज के विभिन्न वर्गों द्वारा मिलकर किया जाता था। इन्हें बनाने में श्रमदान करना एक सामान्य व्यवस्था थी। उस दौर में बने और अब तक बचे हुए प्रतीकों पर नजर डालें तो सूरजकुंड को अपने दौर में रेन वाटर हार्वेस्टिंग का सबसे अनोखा उदाहरण कह सकते हैं। 'कुंड' संस्कृत भाषा का शब्द है। 'कुंड' का मतलब है 'तालाब' या 'गड्ढा', जिसे बनाया गया हो। प्राकृतिक रूप से नीची जगह पर पानी भर जाने के लिए 'तालाब तड़ाग' आदि शब्दों का प्रयोग किया जाता है। कुंड हमेशा मानव निर्मित ही हो सकता है। मंदिरों और गुरुद्वारों के साथ कुंड और तालाब बनाए जाने की परंपरा रही है। मसजिदों

में नमाज के पहले वजू करने के लिए कुंड बनाकर पानी उपलब्ध कराए जाने की भी व्यवस्था की जाती है। इसे 'वजूखाना' भी कहते हैं।

सूरजमल ने बनवाया सूरजकुंड

सूरजकुंड दसवीं शताब्दी में दिल्ली पर शासन करनेवाले राजा सूरजमल द्वारा बनवाया गया माना जाता है। अर्ध गोलाकार यह कुंड इस तरह से बना है कि आस-पास की पहाड़ियों से बरसात के दौरान गिरनेवाला पानी बहकर इस कुंड में स्वत: ही इकट्ठा हो जाता था। इस कुंड से पानी के इस्तेमाल के लिए पत्थर की सीढ़ियाँ बनी हुई थीं। कुंड में पानी की स्थिति के अनुसार इन सीढ़ियों से होकर पानी तक आया-जाया जा सकता है। जानवरों को पानी पिलाने के लिए एक अलग रास्ता बनाया गया था। सूरजकुंड के पास एक मंदिर था, जिसमें सूरज की पूजा की जाती थी। अब इस मंदिर के अवशेष ही रह गए हैं। उत्तर भारत में सूर्य के मंदिर गिने-चुने ही बने। पुरी के पास बने कोणार्क मंदिर को देश और दुनिया के सबसे महत्त्वपूर्ण सूर्य मंदिरों में माना जाता है। इसलिए इस सूरजकुंड के मंदिर का अपने समय में क्या महत्त्व रहा होगा, उसका अनुमान ही लगाया जा सकता है। सूरजकुंड की अब तो केवल एक मेला और मनोरंजन स्थल के रूप में ही पहचान रह गई है। जल संरक्षण और उसके इस्तेमाल के प्रति उस समय के लोगों की दूरदर्शिता और क्षमता को हम महत्त्व नहीं दे पाए हैं। मेले के साथ जल संरक्षण और उसके महत्त्व व उपयोगिता को भी इससे जोड़े जाने की संभावना है।

कुंड और बावड़ियों में अंतर

सूरज कुंड और राजधानी में बनाई गई बावड़ियों में एक ही समानता कही जा सकती है और वह है पानी तक पहुँचने के लिए बनी सीढ़ियाँ। इसके अलावा इस कुंड और बावड़ियों में बहुत अंतर है। हम यह नहीं कह सकते कि सूरजकुंड दिल्ली और उसके आस-पास जल संरक्षण व संवर्धन का सबसे पुराना उदाहरण है। सूरजकुंड बनने के पहले भी दिल्ली में जल संवर्धन और संरक्षण की व्यवस्था की जाती थी। ऐसी ही एक व्यवस्था के अवशेष दिल्ली से तुगलकाबाद लाल कुआँ के रास्ते फरीदाबाद जाते हुए अनंगपुर के पास आज भी देखे जा सकते हैं। यहाँ पर बरसाती पानी के संरक्षण और इस्तेमाल के लिए बनाया गया एक बाँध आज भी देखा जा सकता है। यह व्यवस्था सूरजकुंड बनाए जाने से करीब 300 साल पहले की गई मानी जाती है। अब इस पूरी व्यवस्था को देख पाना

संभव नहीं रह गया है, क्योंकि अब इसके कुछ ही हिस्से बचे रह गए हैं। बरसाती पानी को बाँध बनाकर रोकने और इस्तेमाल करने की अपने समय में की गई यह अनोखी व्यवस्था थी। अब यह पूरा बाँध तो नहीं बचा है, लेकिन उसके अवशेष बताते हैं कि यह व्यवस्था कितनी प्रभावकारी रही होगी। जब बरसाती पानी के उपयोग के लिए बाँध बनाने की यह व्यवस्था की गई थी, उस समय बाँधों के इस समूह की लंबाई मीलों में आँकी गई थी। आज चेक डैम का पानी की कमी वाले राज्यों में व्यापक उपयोग किया जा रहा है। दिल्ली में इसकी संभावनाएँ हैं, लेकिन इन सस्ते, सुंदर, टिकाऊ व्यवस्थाओं का उपयोग निर्णायकों के लिए शायद लाभ का सौदा नहीं है।

अनंगपाल का बाँध

सूरजकुंड बनाए जाने से करीब 300 साल पहले अनंगपाल 'प्रथम' के शासन के दौरान अरावली की पहाड़ियों में बाँध बनाकर पानी रोके जाने और उसका इस्तेमाल किए जाने का इंतजाम था। इसके प्रमाण दिल्ली से सूरजकुंड जाते हुए अनंगपुर की पहाड़ियों के पास देखे जा सकते हैं। यह बाँध जिस इलाके में बना हुआ है, उसे 'सबसे पुरानी दिल्ली' कहा जा सकता है। यह दिल्ली अनंगपाल 'प्रथम' के शासन काल के दौरान सन् 731 में बसाई गई मानी जाती है—यानी अब से करीब 1275 साल पहले। अरावली की पहाड़ियों के बीच कभी बसे अनंगपुर के इस इलाके से आधुनिक दिल्ली के विकास के लिए पत्थर और बदरपुर निकाले जाने के बाद अब इस बाँध का अधिक उपयोग किया जा पाना संभव नहीं है। इससे पानी की कमी का गंभीर संकट झेल रहे दक्षिण दिल्ली के दूर-दराज के पहाड़ी इलाकों में पानी की आपूर्ति की व्यवस्था किए जाने की अभी भी संभावना है। इस बाँध को फिर से बनाकर और इसे चालू किया जाए तो इस इलाके में जमीन के अंदर खतरनाक स्तर तक गिर गए पानी के स्तर में सुधार किए जाने की संभावना है। पत्थर और बदरपुर निकाले जाने के बाद इस इलाके में बन गई खाइयों आदि में आज भी बरसाती पानी अपने आप ही इकट्ठा होता है। इसका नियोजित तरीके से संरक्षण और इस्तेमाल किया जा सकता है। इस बाँध और उसके आस-पास के इलाके में बरसाती पानी को रोककर उसके इस्तेमाल किए जाने पर प्राथमिकता के आधार पर विचार किए जाने की आवश्यकता है। इसके लिए दिल्ली और हरियाणा की सरकारों के बीच बेहतर तालमेल की आवश्यकता होगी, क्योंकि अब यह इलाका दोनों राज्यों के सीमावर्ती क्षेत्र में आता है।

पानी के बिना उजड़ गई अनंगपाल की दिल्ली

अनंगपाल 'प्रथम' की दिल्ली के उजड़ जाने का एक कारण शायद पानी की कमी रहा होगा; क्योंकि इसके बाद सत्ता में आनेवाले अनंगपाल के वंशजों ने इस शहर के उत्तर-पश्चिम में अपना नया शहर बसाया। इस शहर को तब 'लाल कोट' का नाम दिया गया था। यह 'लाल कोट' दिल्ली के लाल किले से 500 साल से भी अधिक समय पहले बनाया गया था। महरौली में इसके अवशेष अभी भी दिखाई देते हैं। यह शहर बनाए जाते समय महरौली के आस-पास का इलाका इसलिए चुना गया था, क्योंकि तब यहाँ पर पानी पर्याप्त मात्रा में था। शहर को सुरक्षा प्रदान करने के लिए अरावली की पहाड़ियाँ थीं। इस शहर से होकर पानी की धाराएँ यमुना की ओर बहा करती थीं। महरौली-बदरपुर रोड लगभग उसी जमीन पर बनी हुई है, जिस पर आज से करीब 1,000 साल पहले पानी बहकर यमुना की ओर जाया करता था। महरौली में किला और नया शहर बसाए जाने के बाद यहाँ बरसाती पानी के इस्तेमाल के लिए तालाब बनाए गए। अनंगपाल के वंशजों द्वारा बनाए गए तालाब और उनके अवशेष आज भी दिखाई देते हैं। रख-रखाव और देखभाल के अभाव में ये आज उतने उपयोगी और भव्य नहीं दिखाई देते, जितने कि ये तब थे जब बनाए गए थे। इनको इस हाल में पहुँचाने की जिम्मेदारी से हम बच नहीं सकते। योगमाया का मंदिर और उसके आस-पास के तालाब का एक हिस्सा आज भी बचा हुआ है। उसे संरक्षित और विकसित किए जा सकने की अपार संभावनाएँ हैं। इनमें पानी नहीं होने का मुख्य कारण यह रह गया कि इनके आस-पास इस तरह के निर्माण हो जाने दिए गए कि बरसाती पानी वहाँ पहुँचाने के रास्तों पर इमारतें, बाजार और कल-कारखाने बन गए। यही नहीं, तालाब की जमीन ही हथिया ली गई। अजमेर के चौहान शासकों द्वारा 'लाल कोट' में शासन सँभाले जाने के बाद यहाँ बनाए गए किले को 'राय पिथौरा का किला' भी कहा जाता है। महरौली से प्रेस एन्क्लेव तक राय पिथौरा के किले के अवशेष आज भी देखे जा सकते हैं। महरौली के बाद भी दिल्ली में बनाए गए शहरों में बरसाती पानी की निकासी के प्राकृतिक रास्तों पर बाँध बनाकर रेन वाटर हार्वेस्टिंग किए जाने का सिलसिला जारी रहा।

महिपालपुर बाँध

इसका एक और उदाहरण दक्षिण-पश्चिमी दिल्ली के महिपालपुर इलाके में भी मिलता है। अब इस व्यवस्था का भविष्य खतरे में है। शहर के विकास

की वर्तमान दिशा जारी रही तो कुछ समय के बाद इस बारे में किताबों में ही पढ़ा जा सकेगा। वसंत कुंज के पास अब से करीब 650 साल पहले बाँध बनाकर बरसाती पानी इकट्ठा किया जाता था। यह बाँध फिरोजशाह तुगलक के शासन काल के दौरान बनाया गया माना जाता है। तुगलक वंश के इस तीसरे शासक ने 1351–1388 के बीच दिल्ली की गद्दी सँभाली थी। उसने फिरोजाबाद के नाम से दिल्ली में एक शहर भी बसाया था। उसके किले और महल के अवशेष आज भी फिरोजशाह कोटला में देखे जा सकते हैं। उस समय के एक इतिहासकार शम्स शिराज आफिफ ने इस बाँध को बनाए जाने के बारे में जानकारी दी है। आफिफ ने अपनी पुस्तक में लिखा है कि यह बाँध उत्तर से दक्षिण की ओर करीब 500 गज चौड़ाई में बना था। इसे इस तरह से बनाया गया था कि आस-पास के पहाड़ी इलाके से बरसात के दौरान निकलनेवाले पानी को रोका जा सके। बाँध में इस प्रकार की व्यवस्था भी की गई थी कि आवश्यकता के अनुसार इस बाँध में से थोड़ा-थोड़ा करके पानी छोड़ा जा सके। नया इंटरनेशनल एयरपोर्ट बनाए जाने के कारण विस्थापित लोगों को बसाए जाने से यह व्यवस्था हमेशा के लिए बेकार हो जाने के कगार पर पहुँच गई है। डी.डी.ए. नेशनल हाईवे 8 के पूर्व और महरौली-गुड़गाँव रोड के पश्चिम में दिल्ली-हरियाणा सीमा पर एक और सब सिटी बनाए जाने के प्रस्ताव पर काम कर रहा है। इस नए उपनगर के बसाए जाने के बाद इस वाटर बॉडी के हमेशा के लिए खत्म हो जाने की आशंका है। मसूदपुर और महिपालपुर की पुरानी बस्तियों में बड़े पैमाने पर निर्माण किए जाने के कारण इन शहरीकृत गाँवों के बीच से होकर गुजर रही आउटर रिंग रोड पर भीड़-भाड़ ट्रैफिक के लिए एक बड़ी समस्या बन गई है। इसलिए इस इलाके में एक बाईपास बनाने पर विचार किया जा रहा है। विकास की इन योजनाओं को बनाते और लागू करते समय ऐतिहासिक और भावी महत्त्व के इस जल स्रोत को उचित महत्त्व नहीं दिया गया तो इसके अस्तित्व को एक बड़ा खतरा उत्पन्न जाएगा। संभव है, यह हमेशा के लिए समाप्त ही हो जाए और महिपालपुर बाँध का कोई नाम लेवा ही न रह जाए। ऐसा ही एक बाँध उत्तरी दिल्ली में वजीराबाद के पास बनाए जाने का भी उल्लेख इतिहास की पुरानी किताबों में मिलता है।

नाले, जो कभी नदी थे

दक्षिणी दिल्ली में रिज से पानी के यमुना के बहाव की ओर नजर डालें बारापूला तेहखंड और बुधिया नाला तीन ऐसे रास्ते हैं, जिनसे होकर पहाड़ियों

का पानी यमुना में पहुँचने का पता चलता है। ये तीनों अब नाले के रूप में दिखाई देते हैं। इनसे होकर शहर की गंदगी यमुना में पहुँचती है। इन नालों ने कभी अच्छे दिन भी देखे हैं। मानसून के दिनों में ये तेज रफ्तारवाली पहाड़ी नदियों की तरह काम करते थे। इस तेज बहाव के कारण इनके पानी का इस्तेमाल खेती-किसानी के लिए कर पाना संभव नहीं था। स्थानीय मिट्टी के कारण इन बरसाती नदियों ने कई बार अपना रास्ता थोड़ा-बहुत बदला जरूर है। इन्होंने कभी यमुना को मैली करने में मदद नहीं की। इनकी वर्तमान स्थिति के लिए तो हम जिम्मेदार हैं। कभी 'बारापुला' के नाम से पहचानी जानेवाली यह नदी इस पर बने एक पुल के 12 मेहराबों के कारण इस नाम से जानी जाती थी। इस नदी के रास्ते महरौली के उत्तर-पश्चिम में बने गाँवों के बरसाती पानी की निकासी होती थी। यह नदी हुमायूँ के मकबरे के पास खादर को पार करती हुई यमुना में मिल जाया करती थी। बारापुला तो अब बहुचर्चित एलेवेटेडरोड बनकर रह गया है। तेहखंड नदी महरौली के पश्चिमी इलाके में होनेवाली बारिश के पानी की निकासी का काम करती थी। यह नदी बारापूला नदी के करीब 4 मील दक्षिण में ओखला के पास यमुना में मिल जाया करती थी। बुधिया नदी के द्वारा अरंगपुर या अनंगपुर के आस-पास की पहाड़ियों का पानी यमुना नदी में मिल जाया करता था।

दिल्ली की नदियाँ और उनके ऐतिहासिक बाँध

दिल्ली की बरसाती नदियों पर बाँध बनाकर पानी के इस्तेमाल की परंपरा 1,000 साल से भी अधिक पुरानी है। हम आज गुजरे कल के इन अनुभवों से लाभ नहीं उठा पा रहे हैं। अनंगपुर बाँध और सूरजकुंड इस व्यवस्था के जीवंत उदाहरण हैं, लेकिन हम उनके महत्त्व को न तो समझ पा रहे हैं और न ही उनकी दूरदृष्टि का इस्तेमाल कर पा रहे हैं। वैज्ञानिक यमुना नदी के पूर्व की ओर खिसकते जाने की बात करते हैं। हो सकता है कि शायद उसमें से एक समय यमुना कभी अनंगपुर के पास से होकर बहा करती हो। सूरजकुंड में आज से 1,000 साल पहले बरसाती पानी को इकट्ठा करने के लिए अर्धगोलाकार एक कुंड बनाया गया था। इसी प्रकार आज से करीब 700 साल पहले पानी को रोककर इस्तेमाल करने के लिए बनाए गए एक बाँध के नमूने आज भी वसंत कुंज के पास महिपालपुर में देखे जा सकते हैं। क्या यह बाँध भी यमुना की किसी धारा पर बनाया गया था? यह बाँध अब शायद कुछ ही वर्षों का मेहमान रह गया है। बाँध रह भी जाए तो भी उसका कोई उपयोग नहीं हो पाएगा, क्योंकि

वहाँ पर पानी पहुँच पाना ही संभव नहीं हो पाएगा। वहाँ तक बरसाती पानी पहुँचाने के लिए जमीन ही नहीं बची होगी। इसी प्रकार आज की पुरानी और नई दिल्ली के बीच से कई नदियों के निकलने के प्रमाण आज भी देखे जा सकते हैं। 'सतपुला', 'बारापुला' जैसे शब्द आज भी बोले जाते हैं। इस समय तो ये किसी इलाके के नाम के रूप में ही इस्तेमाल किए जाते हैं। दिल्ली पर शासन करनेवालों ने ये पुल अपने समय की दिल्लीवालों के लिए नदियों को पार करने के लिए ही बनवाए थे। लोदी गार्डन के बीच में आज भी एक पुल दिखाई देता है, जो फिरोजशाह तुगलक की दिल्ली 'फिरोजाबाद' को उस समय की पुरानी दिल्ली महरौली से जोड़नेवाली मुख्य सड़क पर बना हुआ था।

नदियाँ, जो अब नाले हैं

पानी के प्रति हमारी इसी असंवेदनशीलता ने दिल्ली की नदियों को नालों में बदल दिया है। यह तो सभी जानते हैं कि दिल्ली यमुना के किनारे बसा हुआ एक शहर है। इस महानगर का एक और पहलू है, जिसके बारे में बहुत कम जानकारी उपलब्ध है। यमुना के अलावा दिल्ली में और भी नदियाँ बहती रही हैं। ये नदियाँ मूल रूप से बरसाती नदियाँ कही जा सकती थीं, क्योंकि इनसे होकर दिल्ली के पहाड़ी इलाकों में होनेवाली बारिश का पानी बहकर यमुना में जाया करता था। इस प्रकार इन्हें यमुना की सहायक नदियाँ माना जा सकता है। यही नहीं, दिल्ली में यमुना के अलावा और भी नदियाँ हैं। नदियाँ? क्या बात करते हैं? दिल्ली में नदियाँ! हमने न देखीं न सुनीं। दिल्ली में तो यमुना ही नदी नहीं रह गई है, आप नदियों की बात करते हैं! यह कहना तो सही है कि यमुना नदी नहीं रह गई है, लेकिन इसमें यमुना और नदी का क्या कसूर? रही दिल्ली की नदियों की बात, तो यह कहना सही है कि दिल्ली में यमुना के अलावा और भी नदियाँ हैं। आपने उन्हें कभी जाना ही नहीं और न जानने का प्रयास किया। वाकई दिल्ली में यमुना ही नहीं और भी नदियाँ हैं। नदियाँ ही नहीं, यहाँ नहरें भी हैं। इन नदियों और नहरों से सैकड़ों सालों से दिल्लीवालों को पीने और खेती-किसानी के लिए पानी मिलता रहा है। इन नदियों के अवशेष आज भी राजधानी के विभिन्न इलाकों में आते-जाते दिख जाते हैं। हमने इनको नालों में बदल दिया है। कुछ को तो अभी भी नदियों के नाम से जाना जाता है। कुछ का [illegible] नाम ही बदलकर नदी से नाला कर दिया गया है। ये आज के नाले कभी अपने समय के दिल्लीवालों को पीने का पानी उपलब्ध कराते थे। इनके पानी का इस्तेमाल खेती-किसानी और

बगीचों की सिंचाई के लिए किया जाता था। राजधानी के विभिन्न शहरों में रहनेवाले लोग इन नदियों के किनारे ठंडी हवा लिया करते थे। इनके कारण शहर का तापमान कम रहा करता था। इन नदियों के पानी को रोकने के लिए बाँध बनाए गए थे, ताकि इनमें इकट्ठा होनेवाले पानी का बेहतर और अधिकतम इस्तेमाल किया जा सके। इन बाँधों में कुछ का पानी तो इतना पवित्र माना जाता था कि उसका इस्तेमाल बच्चों को पवित्र दिनों और अवसरों पर नहलाने के लिए किया जाता था। उस समय यह माना जाता था कि इनमें से कुछ में तो स्नान करने से उन्हें अनेक प्रकार की बीमारियाँ नहीं लगा करती थीं। इस प्रकार की मान्यताएँ कितनी सही थीं या नहीं, इस पर विवाद हो सकता है, लेकिन निश्चय ही वे पानी के प्रति हमसे कहीं ज्यादा संवेदनशील जरूर थे, क्योंकि कम-से-कम बरसाती पानी के इस्तेमाल की बजाय इन नदियों का इस्तेमाल कम-से-कम गंदगी बहाने के लिए तो नहीं करते थे।

हमने नदियों को नाला बना दिया

दक्षिणी दिल्ली में रिज से पानी के यमुना की ओर बहाव की ओर नजर डालें तो बारापुला, तेहखंड और बुधिया नाला तीन ऐसे रास्ते हैं, जिनसे होकर रिज की पहाड़ियों का पानी यमुना में पहुँचा करता था। ये तीनों अब नाले के रूप में दिखाई देते हैं जो शहर की गंदगी को यमुना में पहुँचाने का काम करते हैं। इन नालों ने कभी अच्छे दिन भी देखे थे। मानसून के दिनों में तेज रफ्तार से पानी की निकासी करनेवाली ये नाले पहाड़ी नदियों की तरह काम करते थे। इस तेज बहाव के कारण इनके पानी का इस्तेमाल खेती-किसानी के लिए कर पाना संभव नहीं हो पाता था। स्थानीय मिट्टी के कारण इन बरसाती नदियों ने कई बार अपना रास्ता बदला जरूर है, लेकिन अतीत में इन्होंने कभी यमुना को मैली करने में कोई योगदान नहीं किया। यमुना को मैली करने में इनके वर्तमान योगदान की हालत के लिए तो हम जिम्मेदार हैं।

नाले अवसर हैं जल संरक्षण के

इन नदियों नहीं, नालों का इस्तेमाल शहर की गंदगी को बहाकर यमुना में भेजने की बजाय इनमें उपलब्ध जमीन का इस्तेमाल बरसाती पानी के संरक्षण के लिए किया जा सकता है। पिछली शताब्दी तक ये नाले दिल्लीवालों को उनकी जरूरतों का पानी सप्लाई करते थे। शहर को हरा-भरा बनाए रखने और खेती-किसानी के लिए पानी उपलब्ध कराते थे, शहर को ठंडा रखने में भागीदार बनते

थे; लेकिन अब वे इस लायक नहीं रह गए हैं। ऐसा क्यों हुआ? हमारी असंवेदनशीलता और विकास की जरूरतों की बढ़ती माँग को पूरा नहीं कर पाने के कारण। इन नालों में गंदगी बहाए जाने का मुख्य कारण यह है कि दिल्ली में सीवरेज डिस्पोजल की व्यवस्था इस प्रकार से नहीं की जा सकी है कि वह शहर की जरूरतों को पूरा कर सके। इस व्यवस्था की खामियों का ही परिणाम है कि बरसाती पानी की निकासी के लिए निर्धारित इन नालों का इस्तेमाल सीवर लाइन की गंदगी को बहाने के लिए किया जा रहा है। इसके कारण दिल्ली से होकर बहनेवाली यमुना भी मैली हो रही है। दिल्लीवाले यमुना को इतना मैला कर देते हैं कि वह दिल्ली से गुजरने के बाद कभी साफ ही नहीं रह पाती है। सीवर डिस्पोजल की व्यवस्था को सुधारकर दिल्ली की इन नदियों को जल संरक्षण के लिए इस्तेमाल किया जा सकता है। इससे न केवल शहर के पर्यावरण में सुधार होगा बल्कि जमीन के अंदर के पानी का स्तर भी बढ़ेगा। यह काम मुश्किल नहीं है। इसे किया जा सकता है। आवश्यकता पानी के प्रति संवेदनशील बनने की और उसके बारे में सोच बदलने की है। इसके लिए सबसे पहला काम इन नालों में सीवेज की गंदगी को बहाने से रोकना होगा। ऐसा किया जाना कानूनन जरूरी है। इन नालों में मलबा और गंदगी आदि डालने को रोका जाना होगा। यमुना एक्शन प्लान एक और चरण में अब इन नालों से बहकर यमुना में जा रही गंदगी को इंटरसेप्टर लगाकर रोकने और फिर साफ किए गए पानी को यमुना में बहाने की योजना पर काम शुरू करने को तैयारी है। इस सफाई के बाद समुना का पानी कितना साफ होगा, यह तो वक्त ही बताएगा।

पिछले 100 साल में लापता हो गए बाँध

दिल्ली के वर्ष 1912 के गैजेटियर में महिपालपुर और शादीपुर के बाँध का दिल्ली के एक महत्त्वपूर्ण जल संसाधन के केंद्र के रूप में उल्लेख किया गया है और कहा गया है कि इन दोनों बाँधों में इतना पानी रोका जा सकता है कि उससे 300 एकड़ जमीन में पानी भरा जा सकता है। इसी प्रकार छतरपुर और ग्वालपहाड़ी क्षेत्र के बंध में 600 एकड़ और खिड़की बंध में 300 एकड़ में पानी भरने की क्षमता बताई गई है। इसके अलावा सरकारी रिकॉर्ड में आधा दर्जन और बाँधों का हवाला मिलता है। इनके नाम हैं—डेरा बंध, असोला बंध, गदईपुर बंध, सुलतानपुर बंध, रजोकरी बंध, बिजवासन बंध, देवली एडजोइनिंग बंध और फतेहपुर बेरी बंध। इनमें से अधिकतर बंध महरौली खंड में हैं। यहाँ सीधे ढलान

के साथ सपाट मैदानी इलाका भी हुआ करता था। इनके चारों ओर पुश्ते बनाकर बरसात का पानी जमा किया जा सकता था। इन बाँधों में इतना पानी इकट्ठा करने की क्षमता थी कि करीब 1,000 एकड़ जमीन पर खेती की जा सकती थी। ये बंध कितने बड़े रहे होंगे, इसका अनुमान इस बात से लगाया जा सकता है कि बिजवासन बंध की लंबाई 10,000 फीट से अधिक थी। गदईपुर बाँध करीब 950 फीट लंबाई का था। सुलतानपुर और रजोकरी के बाँध 6,000 फीट से अधिक चौड़ाईवाले थे। राजोकरी बाँध तो इसके आस-पास वायुसेना और अन्य सुरक्षा एजेंसियों को उनके काम-काज के लिए उपलब्ध कराई गई जमीन के अंदर आने के कारण उपयोगी नहीं रहा।

ऊँचे लोगों के फार्म हाउस बने हैं इन बाँधों की जमीन पर

इसी प्रकार सुलतानपुर, गदईपुर और फतेहपुर बेरी बंध देश के प्रमुख नेताओं, उद्योगपतियों और अन्य महत्त्वपूर्ण व्यक्तियों के फार्म हाउस आदि के विकास के कारण अपना उपयोग खो बैठे। ये सभी बंध उन नालों पर बनाए गए थे, जो प्रदेश की दक्षिणी सीमा पर पहाड़ी इलाके में आते हैं और महरौली ब्लॉक से होकर बहते हैं। इन बंधों से नालों में आनेवाले बरसाती पानी को रोक दिया जाता था और प्रवाह की विपरीत दिशा में विस्तृत इलाके में फैला दिया जाता है। बरसात के बाद पानी नियमित तरीके से बहकर निकल जाता है। पानी रुकने से जमीन उसे सोख लेती थी, जिससे कुछ दशक पहले तक रबी की फसल तैयार होने में मदद मिलती थी। इससे भू-क्षरण की रोकथाम होती थी। भूमिगत जल का स्तर ऊपर उठता था। ये सभी बंध दक्षिणी दिल्ली के उन इलाकों में हैं, जहाँ पर पानी की कमी अभी भी एक बड़ी समस्या है। यही नहीं, यह वह इलाका है जहाँ पर जमीन के अंदर के पानी का स्तर सबसे नीचे गिर चुका है। इन बाँधों से करीब 1,000 एकड़ क्षेत्र में बरसाती पानी एकत्र करने की क्षमता आँकी गई थी, लेकिन इसे कार्यरूप नहीं दिया जा सका। इस जमीन पर आबादी बसती चली गई या निर्माण कार्य होते रहने दिए गए। यह वह इलाका है, जहाँ पर कि नए ट्यूबवेल खोदने पर रोक लगाई जा चुकी है। इस क्षमता को कुछ हद तक अभी भी इस्तेमाल किया जा सकता है। 'जसोला वाइल्ड लाइफ सेंचुरी' में इस बारे में कुछ हद तक प्रयास किया गया है, लेकिन इसको विकसित किए जाने की संभावनाओं का पूरा इस्तेमाल नहीं हो पा रहा है।

आठपुला और बारापुला

इस पार्क के अंदर मुगल काल में बनाया गया 'आठपुला' आज भी देखा जा सकता है। 'आठपुला' का मतलब होता है एक ऐसा पुल, जिसमें होकर पानी के निकलने के लिए आठ पायोंवाला पुल बनाया गया हो। इस पुल के नीचे से होकर कभी एक नदी बहा करती थी। यह पुल उस समय की दिल्ली के तीन शहरों फिरोजाबाद, सीरी और महरौली के बीच आने-जानेवाले प्रमुख रास्ते पर बनाया गया था। यह पुल 19वीं शताब्दी के शुरू के वर्षों तक इतना महत्त्वपूर्ण था कि इस पुल की सरकारी खर्चे पर अंग्रेजों ने 1913-14 में मरम्मत कराई थी। इसे पहले 'खैरपुर का पुल' भी कहा जाता था। 'पुला' शब्द संस्कृत के 'प्रोल' शब्द से बना, जो कि हिंदी में आते-आते 'पोल' और फिर 'पुला' बन गया। दिल्ली की अन्य नदियों पर बनाए गए सतपुला और बारापुला आज भी देखे जा सकते हैं। बारापुला तो अब एलेवेटेड रोड बन गया है। इसे वर्ष 2010 में हुए कामनवेल्थ गेम्स में खेल गाँव से नेहरू स्टेडियम तक खिलाड़ियों को लाने-ले जाने के लिए तैयार किया गया था। अब इस मार्ग को नई दिल्ली और पूर्वी दिल्ली के बीच एक प्रमुख वैकल्पिक मार्ग के रूप में विकसित किया जा रहा है। लोदी गार्डन जाएँ तो इस समय दिल्ली के सबसे पुराने पुलों में से एक बनी हुई वाटर बॉडी पर नजर डालें। इसमें ठहरा हुआ और गंदा पानी आपको इस पार्क के अतीत और महत्त्व को देखते पसंद नहीं आएगा। इस पानी को साफ किया जा सकता है। इसमें भरा हुआ पानी साफ हो सकता है। इसके लिए आप क्या कर सकते हैं? क्या कुछ भी नहीं कर सकते? कर सकते हैं। हाँ, तो कीजिए। करते क्यों नहीं? इस पार्क के परिसर और उसके आस-पास आधा दर्जन स्कूल और कॉलेज हैं। देशी-विदेशी कॉरपोरेट और स्वयंसेवी संगठन हैं। दिल्ली के वी.वी.आई.पी. माने जानेवाले नेता और अफसर इस पार्क में सुबह-शाम सैर करते देखे जा सकते हैं। उन्हें इस पार्क में देश और दुनिया के विषयों पर चिंता करते हुए देखा जा सकता है; लेकिन चिराग तले अँधेरा होने के कारण शायद इसका कुछ हो नहीं पाता। जब इस पार्क की ऐसी स्थिति है तो दूर-दराज में क्या हो रहा होगा, उसका अनुमान तो अपने आप ही लगाया जा सकता है।

नाले, जहाँ जल संरक्षण का प्रयास किया जा रहा है

बाहरी दिल्ली के नजफगढ़, मुंगेशपुर और बवाना तथा नई दिल्ली व दक्षिणी दिल्ली में कृषक और बारापुला नाले का इस्तेमाल जल संरक्षण के लिए

किया जा सकता है। इन नालों में 122 एम.सी.एम. तक पानी के बहकर बरबाद हो जाने से रोक पाने की क्षमता है। इसके अलावा इन धाराओं के दोनों किनारों पर जमीन के अंदर 15 एम.सी.एम. पानी बचाया जा सकता है। इस बारे में यहाँ-वहाँ कुछ योजनाएँ बनाई गई हैं। उनपर कुछ काम हुआ भी है। लेकिन इन योजनाओं को पूरा नहीं किया जा सका है। दिल्ली सरकार की दसवीं पंचवर्षीय योजना के दौरान माइनर इरीगेशन विभाग ने मुंगेशपुर ड्रेन और बवाना एस्केप में बरसाती पानी के संरक्षण के लिए आर्टिफिशियल ट्रेंचेज बनाने की एक योजना तैयार की थी। इस योजना को कार्यरूप देने के लिए 6 करोड़ रुपए मंजूर भी किए गए थे; लेकिन इस योजना को पूरी तरह कार्यरूप नहीं दिया जा सका। इसी प्रकार से नजफगढ़ ड्रेन में 'ऑन चैनेल स्टोरेज' और 'रिचार्ज ऑफ ग्राउंड वाटर' नाम की एक योजना तैयार की गई थी। इस पर करीब 19 करोड़ रुपए व्यय किए जाने का प्रस्ताव था। यह योजना भी फाइलों में ही उलझकर रह गई है। इसके लिए जरूरी है कि एक व्यापक योजना बनाकर उसे एक निर्धारित समय-सीमा के तहत पूरा किया जाए। इन योजनाओं को प्राथमिकता के आधार पर किर्यान्वित किए जाने की आवश्यकता है।

भाटी माइंस : जल संरक्षण बनाम सैनेटरी लैंडफिल

दक्षिण दिल्ली में अरावली पहाड़ियों के बीच भाटी माइंस के नाम से पहचाने जानेवाले इलाके को अब दिल्ली में बन रहे कूड़े के पहाड़ों को निपटाने के लिए सेनेटरी लैंड फिल बनाने के लिए इस्तेमाल किए जाने पर विचार किया जा रहा है। चुनाव इस बात में किया जाना है कि इस जमीन का इस्तेमाल पानी के संरक्षण के लिए हो या कूड़ा भरकर इन्हें पाट देने का हो। चुनाव आसान नहीं है, क्योंकि दिल्ली में कूड़ा बढ़ता जा रहा है। यह कूड़ा अलग-अलग प्रकार है। उसके अलग नाम भी रखे गए हैं! जैसे—ई वेस्ट, बायो डिग्रेडेबल वेस्ट, मलबा, बायो वेस्ट और न जाने क्या-क्या! दिल्ली में उपलब्ध कूड़े की इस सूची को पूरा नहीं कहा जा सकता, क्योंकि राजनीति प्रशासन और मीडिया में भी ऐसा बहुत कुछ हो रहा है जिसे इस क्षेत्र में शामिल किए जाने की संभावना पर विचार किया जाना चाहिए। दुनिया के सबसे बड़े लोकतंत्र की राजधानी में निकलनेवाले इस प्रकार के वेस्ट का देश और दुनिया में भी दूरगामी असर पड़ रहा है। इसकी सड़ाँध आनेवाली पीढ़ियों पर भी बुरा प्रभाव डालने में सक्षम है। उसे कैसे और कहाँ डिस्पोज किया जाए, इस पर विशेषज्ञों से मदद लिये जाने की आवश्यकता है;

क्योंकि इस तरह के कूड़े के पहाड़ों का निपटान करना आसान नहीं होगा। यह कूड़ा इस तरह का है कि उसे आसानी से ठिकाने लगाया जा सकना भी संभव नहीं है। इसके लिए विशेषज्ञता हासिल करनेवालों की तलाश अपने आप में एक बड़ी चुनौती कही जा सकती है। उसको ठिकाने लगाने के लिए क्या किया जाए, कैसे किया जाए, इसके बारे में विशेषज्ञों की राय अलग-अलग हो सकती है। अब तक कूड़े का निष्पादन खाली पड़ी निचली जमीन को कूड़े से भरकर उसे हरित क्षेत्र के रूप में विकसित करने की रही है। अब तक के लैंडफिल भर गए हैं। उनमें अधिक कूड़ा खपाया जा सकना संभव नहीं है। बढ़ती आबादी के साथ बढ़ती जमीन की माँग और उसकी कीमत तो एक चुनौती है ही, आस-पास रहनेवाले लोग खाली जमीन पर सैनेटरी लैंडफिल बनाने का विरोध करते हैं। इस विरोध के कारण इस काम के लिए जमीन जुटा पाना भी आसान नहीं रह गया है।

नहीं चाहिए दिल्ली का कूड़ा हमें

दिल्ली सरकार अपनी सीमाओं के बाहर भी सैनेटरी लैंडफिल के लिए जमीन तलाश करने का लंबे समय से प्रयास करती रही है; लेकिन राजधानी के कूड़े को भला पड़ोसी राज्य क्यों अपने यहाँ निपटाने के लिए स्थान उपलब्ध कराएँ? उनके यहाँ अपने कूड़े की कोई कमी थोड़ी है। दिल्ली की गंदगी से साफ किया गया पानी तो पड़ोसी राज्य लेने के लिए तैयार हैं, क्योंकि वह खेतीबाड़ी के लिए खासा उपयोगी है, लेकिन दिल्ली के कूड़े की सड़ाँध ऐसी है कि पड़ोसी उसे लेते हुए भी नाक-भौं सिकोड़ते हैं। इसलिए मजबूरन दिल्ली के कूड़े को यहीं की मिट्टी में निपटाने की व्यवस्था करने की मजबूरी को देखते हुए दिल्ली सरकार और नगर निगम ने दक्षिणी दिल्ली में अरावली की पहाड़ियों के बीच इस कूड़े को निपटाने के लिए जगह की तलाश शुरू की। भाटी माइंस के इलाके में पहाड़ी और ऊँची-नीची जमीन होने के कारण वहाँ पर आबादी नहीं है। इसलिए इसका इस्तेमाल कूड़ा भरने के लिए किया जाना एक आसान रास्ता है। यह जमीन बरसाती पानी के संरक्षण और इस्तेमाल के लिए प्राकृतिक दृष्टि से बेहद उपयोगी है। इसलिए इस प्रकार के फैसले किए जाने के पहले इस बारे में समग्र दृष्टि से विचार किया जाना जरूरी होगा। सैनेटरी लैंडफिल आस-पास के भू-जल की गुणवत्ता को खराब करने का एक प्रमुख कारण रहे हैं। कूड़े के निपटान के लिए ऐसी आधुनिक तकनीक उपलब्ध है, जहाँ कि उसे बेहतर और

लाभकारी तरीके से काम में लाया जा सकता है। शुरू में यह काम महँगा हो सकता है। पी.पी.पी. यानी पब्लिक निजी पार्टिसिपेशन जैसी योजनाओं के तहत इसमें निजी क्षेत्र को शामिल करके इसे सबके लाभ के लिए इस्तेमाल किया जा सकता है। इसलिए भाटी माइंस और उसके आस-पास के इलाके को कूड़ा भरने की बजाय बरसाती पानी के इस्तेमाल के एक प्रमुख केंद्र के रूप में विकसित किए जाने की संभावना पर विचार किया जाना चाहिए। खानों से पत्थर निकाले जाने के कारण यहाँ पर गहरे खड्ढे बन गए हैं। इसके अलावा पहाड़ी क्षेत्रों में प्राकृतिक ढलान के कारण भी यहाँ के गड्ढों में गरमियों में भी कुछ हिस्सों में पानी भरा देखा जा सकता है।

□

हौज और झरने

दिल्ली में केवल बावड़ियाँ, बाँध, कुंड और कुएँ ही नहीं हैं, जो कि परंपरागत जल संरक्षण के तौर-तरीकों की ओर आज भी हमारा ध्यान आकर्षित करने में ही सक्षम नहीं हैं। वे आज भी इस स्थिति में हैं कि राष्ट्रीय राजधानी में पीने के पानी की कमी को दूर करने में हमारी मदद कर सकते हैं। इनमें प्रमुख हैं हौज और झरने। ये हौज केवल जल संरक्षण के साधन नहीं थे, बल्कि ये हमारी संस्कृति और सभ्यता के विकास की ओर भी संकेत करते हैं। भारतीय संस्कृति और सभ्यता में परंपरा से ही जल को महत्त्व दिया जाता रहा है। हम नदियों को माँ कहकर उनकी पूजा-अर्चना करते हैं। आज भी हमारे सभी प्रमुख तीर्थ नदियों के किनारों पर ही हैं। शाम को इन नदियों की आरती न केवल जल के प्रति हमारी श्रद्धा का प्रतीक है बल्कि हरिद्वार, बनारस, इलाहाबाद जैसे शहरों में तो आरतियों के समय घाट पर जैसे लघु भारत ही उतर आता है। भले ही उनकी भाषा कोई हो, खान-पान और पहनावा अलग हो, लेकिन आरती के समय भारत एक ही नजर आता है। दिल्ली में देश-विदेश से आए राजा-महाराजों और सुलतानों द्वारा अलग-अलग समय पर बनवाए गए ये हौज प्यासों को पानी पिलाने की हमारी परंपरा के प्रतीक हैं। ये हौज केवल इनसान के लिए ही नहीं थे, बल्कि पशुओं और पक्षियों तक के लिए पानी पीने की व्यवस्था करना हमारी परंपरा का अभिन्न अंग रहा है। विकास के दौर में ये परंपराएँ अब शायद पीछे रह जाने लगी हैं। इसलिए भी इस ओर नजर डालना जरूरी हो गया है। दिल्ली के हौज न केवल जल संरक्षण के माध्यम रहे हैं, बल्कि वे गुजरे कल की दिल्ली की दास्तान भी सुनाते लगते हैं। एक बार उनके किनारों पर बैठकर उनसे जुड़कर तो देखिए, वे कल, आज और कल भी आपकी मदद कर पाने की स्थिति में होंगे। इनकी कहानियाँ तो आपको गुजरे कल से जोड़ेंगी ही, साथ ही आनेवाले समय में पानी

जैसी जरूरत की वस्तु के समाधान का रास्ता भी दिखाएँगी।

हौज-ए-शम्शी

चौहानों की पराजय के बाद कुतुबुद्दीन ऐबक ने दिल्ली की गद्दी सँभाली तो उसने किला राय पिथौरा और लाल कोट में ही अपना डेरा जमाया। इस वंश के शम्शुद्दीन इल्तुतमिश के शासन 1211-1236 ई. के दौरान महरौली के दक्षिणी हिस्से में एक हौज बनाया गया। इसे 'हौज-ऐ-शम्शी' का नाम दिया गया। इल्तुतमिश का शम्शी परिवार का होने के कारण इस हौज को यह नाम मिला। उस समय के इतिहासकारों के अनुसार इल्तुतमिश के माता-पिता मध्य एशिया के इबारी कबीले के शम्शी परिवार के थे। इल्तुतमिश दिल्ली की गद्दी पर बैठनेवाला पहला तुर्की सुलतान था। इल्तुतमिश के साथ दिल्ली में एक नए वंश के शासन की शुरुआत हुई। इतिहास की किताबों में इसे 'गुलाम वंश' के शासन के नाम से जाना जाता है। दिल्ली की गद्दी सँभालने के पहले इल्तुतमिश मुहम्मद गोरी का गुलाम था। शम्शी तालाब के बनाए जाने के बारे में एक रोचक कहानी बताई जाती है। यह कहानी कुछ इस प्रकार है—उस समय की दिल्ली की पानी की कमी की समस्या से निपटने के लिए इल्तुतमिश एक तालाब बनवाने पर विचार कर रहा था। वह यह तय नहीं कर पा रहा था कि यह तालाब कहाँ पर बनाया जाए। एक रात उसे सपने में हजरत मोहम्मद दिखाई दिए। उन्होंने एक खास जगह की ओर इशारा करके उसे वहाँ पर हौज बनवाने को कहा। सुबह उठने पर इल्तुतमिश बताई गई जगह पर गया। उसे वहाँ पर घोड़े के हूफ यानी खुर का निशान दिखाई दिया। इल्तुतमिश ने जहाँ पर यह निशान दिखाई दिया था, वहाँ पर एक छतरी बनवाई तथा उसके चारों ओर इस हौज का निर्माण करवाया। यह कहानी कितनी ठीक है, यह तो नहीं कहा जा सकता, लेकिन यह हौज आज भी है।

इब्नबतूता और शम्शी का तालाब

इस प्रकार रेनवाटर हार्वेस्टिंग करके अब से करीब 900 साल पहले तब की दिल्लीवालों के लिए पानी की व्यवस्था किए जाने का एक बड़ा प्रमाण आज भी देखा जा सकता है। हौज में पानी कभी ही होता है और वह कितना साफ रहता है, इसके बारे में कुछ कहने की जरूरत नहीं है। हाँ, सन् 1324 और 1354 के बीच अफ्रीका से चीन तक की करीब 75 हजार मील की यात्रा करनेवाले बहुचर्चित यात्री इब्नबतूता ने अपनी दिल्ली-यात्रा के विवरण में 'हौज-ए-शम्शी' का उल्लेख किया है। इब्नबतूता ने लिखा है कि यह हौज इतना बड़ा था कि उसके आकार ने ही मुझे बहुत प्रभावित किया। इस हौज के बीच में एक दुमंजिला इमारत थी। उस इमारत में

आने-जाने के लिए नाव का इस्तेमाल किया जाता था। संभवत: यह वही इमारत रही होगी, जिसे इल्तुतमिश ने बनवाया था। अब इस इमारत के आस-पास बड़े पैमाने पर अनधिकृत निर्माण किए जा चुके हैं। यह हौज अब अपनी पहचान खोता जा रहा है। दिल्ली सरकार और उसकी एजेंसियों के बीच इस बात पर विवाद चल रहा है कि इन अवैध निर्माणों को रोकने और हटाने की जिम्मेदारी किसकी है। इससे करीब 2000 वर्गमीटर में फैले रेन वाटर हार्वेस्टिंग के इस अनोखे तरीके के ऐतिहासिक हौज के हमेशा के लिए खो जाने की स्थिति उत्पन्न हो गई है। हाँ, मानसून की बारिश के बाद यह अभी भी एक हौज लगता है।

हौज खास

सन् 1300 के आस-पास खिलजी शासकों ने 'सीरी' के नाम से एक नया शहर बसाया। सही मामलों में यह पहला मौका था, जबकि शहर को अरावली की पहाड़ियों से हटाकर समतल इलाके में लाने का प्रयास किया गया। इसका एक कारण उस समय के पुराने शहर में आबादी के बढ़ते जाने के कारण पानी की कमी रही। 'सीरी' बसाए जाते समय जिस जमीन का चुनाव किया गया था, उसके आस-पास पानी के अनेक स्रोत थे। इसमें से कुछ तो पानी की धाराएँ थीं, जो इस शहर से होकर यमुना की ओर बहा करती थीं। इस शहर के बसाए जाते समय बनाया गया हौज खास आज भी रेनवाटर हार्वेस्टिंग करने के काम में लाए जा सकने की स्थिति में है। इसपर कुछ काम भी किया गया है। रख-रखाव के अभाव में उसकी पूरी क्षमता के एक हिस्से का भी वास्तविक इस्तेमाल नहीं किया जा रहा है। इस हौज का निर्माण अलाउद्दीन खिलजी के शासन काल के दौरान सन् 1296-1316 के बीच किया गया था। अलाउद्दीन के शासन के बाद यह हौज सूख गया था। फिरोजशाह तुगलक के शासन काल 1351-1388 के दौरान इसको फिर से साफ और मरम्मत करके इस्तेमाल के लायक बनाया गया। फिरोजशाह तुगलक के कार्यकाल में अनेक स्थानों पर बरसाती पानी के बहाव को बाँध बनाकर रोकने की व्यवस्था की गई। इसके बाद के 700 सालों में जल संरक्षण के इस परंपरागत स्रोत हौज खास की ओर किसी की खास नजर नहीं पड़ी। रख-रखाव के अभाव में यह अपना महत्त्व खोता गया। आज की नई दिल्ली बसने के बाद दिल्ली का दक्षिण की ओर फिर एक बार प्रसार शुरू हुआ।

जब सीरी नई दिल्ली था

आज की नई दिल्ली लिखने का कारण यह है जब 'सीरी' बसाया गया था तो

उसे नया शहर का नाम दिया गया था। जब नई दिल्ली का दक्षिण की ओर फैलाव शुरू किया गया तो अब दक्षिणी दिल्ली कही जानेवाली पॉश कालोनियाँ बसती गईं। आबादी बढ़ने के साथ यहाँ पानी की कमी का जो दौर शुरू हुआ, वह आज भी जारी है। सोनिया विहार जल शोधन संयंत्र बनने के बाद इसमें कुछ राहत तो मिली है, लेकिन पानी की कमी की समस्या खत्म नहीं हुई है। इसके बावजूद यह हौज पूरा भरता नहीं है। इसका इस्तेमाल बरसाती पानी के संरक्षण और ग्राउंड वाटर रिचार्ज के लिए किया जा सकता है। इसे एक प्रमुख पर्यटन केंद्र के रूप में विकसित किया जा सकता है। इस हौज के साथ अपने समय में दुनिया की सर्वश्रेष्ठ यूनिवर्सिटीज में से एक माने जानेवाले मदरसे के अवशेष आज भी दिखाई देते हैं। हौज खास को अब पानी की बजाय एक रिहायशी बस्ती और एथनिक शॉपिंग डेस्टिनेशन के रूप में जाना जाता है। यह शॉपिंग डेस्टिनेशन घरेलू और अंतरराष्ट्रीय पर्यटकों में बेहद लोकप्रिय हो चुका है तो इसे हौज के साथ भला क्यों नहीं जोड़ा जा सकता।

हौज काजी

शाहजहाँ द्वारा बसाई गई दिल्ली में एक इलाके को 'हौज काजी' के नाम से जाना जाता है। आज के भीड़-भाड़वाले इस इलाके में कभी रहा काजी का हौज यहाँ के निवासियों की पानी की जरूरतें पूरी करता रहा। अब वह कहाँ खो गया, इसका पता लगा पाना एक अच्छा प्रयास होगा लेकिन अब इसकी ज्यादा संभावनाएँ नहीं रह गई हैं। इसी प्रकार सुईवालान मुहल्ले में सुईवालों का हौज और उसके पास ही हौजवाली मसजिद होने का उल्लेख मिलता है। यह हौज कहाँ गया, पता नहीं। इस मुहल्ले के पास नवाब आजम खान द्वारा बारादरी और हौज बनाए जाने की भी चर्चा मिलती है। इस हौज को 'नवाब आजम खान हौज' के नाम से पुकारा जाता है। अब इस हौज का भी पता नहीं चलता। मेट्रो रेल की केंद्रीय सचिवालय-दिल्ली विश्वविद्यालय अंडरग्राउंड लाइन बनाए जाते समय पानी के इन परंपरागत स्रोतों का पता लगाए जाने की संभावना पर विचार किया जा सकता था। वह मौका अब हाथ से निकल चुका है। अब साँप निकल जाने के बाद लाठी पटकने का क्या फायदा। इस गलती को सुधारा जा सकता है। इस समय मेट्रो रेल दक्षिणी दिल्ली के उन हिस्सों में काम कर रही है, जहाँ कभी दिल्ली के तीन ऐतिहासिक शहर बसाए गए थे। इन शहरों में पानी के अनेक परंपरागत स्रोत काम कर रहे थे, जिनका कि इतिहासकारों ने हवाला दिया है। मेट्रो रेल के फेज 3 में भी बड़ा हिस्सा भूमिगत होगा। इस निर्माण के दौरान जल संरक्षण संवर्धन को प्राथमिकता दिए जाने की संभावनाएँ तलाशी जानी चाहिए। एनवायरमेंट इम्पैक्ट

एसेसमेंट तो होता है, लेकिन एक पेड़ के बदले इस पेड़ लगाने के लिए दूसरी एजेंसियों का भुगतान ही केवल कॉरपोटसोशल रिसपांस्बलिटी नहीं मानी जा सकती। इसलिए यह एक अवसर है, जब हम अपने अतीत पर आधुनिक तकनीक के जरिए एक और नजर डाल सकते हैं। क्या हम इस अवसर का उपयोग कर पाएँगे? शहर की जरूरतों को पूरा करने के लिए विकास योजनाओं को समयबद्ध तरीके से लागू किया जाना आवश्यक है। लेकिन इसके साथ ही अतीत और उसमें से जो आज भी सामयिक और उपयोगी हो, उसके संरक्षण के पहलुओं पर एक नजर डाल लेना भी अनावश्यक नहीं कहा जा सकता।

लाल डिग्गी

अंग्रेजी राज के दौरान लाल किले के सामने एक हौज बनाया गया था। यह वह समय था, जबकि मुगल बादशाह के नाम पर दिल्ली पर अंग्रेजों का शासन चलता था। उस समय के दिल्ली के लोग इसे 'लाल डिग्गी' के नाम से पुकारते थे। तालाब और हौज को 'डिग्गी' कहे जाने की परंपरा हरियाणा और राजस्थान में आज भी कई बार सुनाई पड़ जाती है। यह हौज कितना बड़ा रहा होगा, इसका अनुमान इस बात से लगाया जा सकता है कि इसके पानी का इस्तेमाल हाथियों को नहलाने और पानी पिलाने के लिए किया जाता था। यह तालाब वर्ष 1846 के आस-पास बनवाया गया था। इस तालाब का निर्माण एक अंग्रेज अधिकारी सर एलेनबरो ने कराया था। सरकारी दस्तावेज इस तालाब को 'एलेनबरो टैंक' के नाम से जानते हैं। यह तालाब 500 फीट लंबा और 150 फीट चौड़ा था। इसे लाल किले को बनाने के लिए इस्तेमाल किए गए पत्थरों की तर्ज पर लाल पत्थरों से बनाया गया था। इस तालाब में पानी चाँदनी चौक से होकर गुजरनेवाली नहर से लाया जाता था। इस तालाब के चारों कोनों पर पत्थर के खंभे बने हुए थे। इस तालाब में पानी तक पहुँचने के लिए दो किनारों पर सीढ़ियाँ बनाई गई थीं। यह तालाब लाल किले के लाहौरी गेट के दक्षिण में और दिल्ली गेट के बीच बनाया गया था।

एलेनबरो टैंक को रिवाइव किया जा सकता है

दिल्ली के शहरों के इतिहास के बारे में जानकारी देनेवाली पुस्तक 'द सेवेन सिटीज आफ डेल्ही' में गार्डन रिजले हर्न ने इस तालाब का उल्लेख किया है। सन् 1857 में हुए भारत की आजादी के पहले संग्राम के बाद जब अंग्रेजों ने फिर से दिल्ली पर कब्जा किया। इस बार वे नाममात्र के नहीं बल्कि असली शासक और विजेता बनकर आए थे। क्रांति के दौरान दिल्ली से निकाल बाहर किए जाने से क्षुब्ध

अंग्रेज जब वापस आए तो उन्होंने दिल्लीवालों को उनके अपने ही शहर से निकालकर बाहर कर दिया था। वे महीनों तक पुराने शहरों के खँडहरों और जंगलों में छिपकर अपनी जान बचाने के लिए मजबूर कर दिए गए थे। बदले की भावना से काम कर रहे अंग्रेजी शासकों ने लाल किले के आस-पास बने महलों व हवेलियों को ढहा दिया गया। इस अभियान के बाद धीरे-धीरे मिट्टी आदि भर जाने के कारण एलेनबरो द्वारा बनाया गया यह तालाब बंद हो गया। चाँदनी चौक की नहर पाट दिए जाने के कारण इस तालाब को नहर से मिलनेवाला पानी भी नहीं मिल सका। धीरे-धीरे यह 'लाल डिग्गी' समाप्त कर दी गई। 'एलेनबरो टैंक' को रिवाइव किया जाए तो इस वर्ल्ड हैरिटेज साइट की खूबसूरती में चार चाँद लग सकते हैं। शाहजहाँ के किले और शहर के उस समय के नियोजकों ने इसे हरा-भरा और ठंडा बनाए रखने के लिए जिस प्रकार से पानी का इस्तेमाल किया था, उसका उदाहरण दुनिया के बहुत कम शहरों और महलों में देखने को मिलता है।

हैरिटेज संरक्षण के लिए सरकारी कंपनी

अब पुराने शहर को हैरिटेज सिटी और इसके पुरानी शान-शौकत को बहाल करने के लिए चर्चा की जा रही है। इस काम के लिए एक अलग कॉरपोरेशन बनाया गया है। इस कॉरपोरेशन में सरकारी अधिकारियों की भरमार है। इनमें से अनेक तो ऐसे हैं, जिन्होंने दिल्ली की प्रशासनिक व्यवस्था में लंबी पारियाँ खेली हैं और उनके कार्यकाल के दौरान हैरिटेज का बहुत सा हिस्सा दिल्ली से हमेशा के लिए समाप्त हो गया। अब यह कॉरपोरेशन पुराने शहर के विकास की अनेक योजनाएँ बना रहा है। ये योजनाएँ कब बनेंगी और कब लागू होंगी, यह तो अभी बता पाना मुश्किल है; लेकिन आशा की जानी चाहिए कि इन योजनाओं में पानी के इस्तेमाल को महत्त्व दिए जाने की नितांत आवश्यकता होगी। नहरों और फव्वारों के बिना शाहजहनाबाद की कल्पना भी नहीं की जा सकती। इस शहर के बसने के कुछ समय बाद आए पर्यटकों ने अपनी रिपोर्टों में इस शहर के हरा-भरा और खुशबू से गमकता हुआ होने के रोचक ब्योरे दिए हैं। इसे 'खुशबू और फाख्ताओं का शहर' कहा जाता था। सन् 1909 में दिल्ली पर लिखी अपनी पुस्तक 'वाइस आफ ओरिएंट' में श्रीमती वाल्टर टिब्बटिस ने लिखा है कि गर्मियों में पुराने शहर में नीम ओलिएंडर और दूसरे पेड़ों से तथा फूलों से ऐसी खुशबू आती थी कि लगता था कि सारा इलाका ही एक परफ्यूम शॉप है। दुनिया के किसी शहर में मैंने ऐसा महसूस नहीं किया जहाँ कि शहर का माहौल ऐसा हो कि वह परफ्यूम की दुकान की तरह महकता हो। इस शहर में हजारों

परिंदे इस तरह से चहकते और खुशी से उड़ान भरते दिखे, जैसे कि उन्हें दुनिया की हर खुशी मिली हो! आज की दिल्ली के बादशाहों ने इस शहर को स्लम करार दे दिया है। अब आशा की जानी चाहिए कि आज के निर्माता गुजरे कल के निर्माताओं से कुछ सीखेंगे और आनेवाली पीढ़ियों के लिए एक बेहतर शहर छोड़ने की कोशिश करेंगे।

महरौली का झरना

मध्य एशिया से सैकड़ों मील की दूरी तय करके लड़ते-झगड़ते दिल्ली पहुँचने और उस पर कब्जा करनेवालों ने संभवतः शुरू में अपनी पानी की जरूरतों को पूरा करने के लिए यहाँ पहले से ही उपलब्ध तौर-तरीकों को आजमाना बेहतर समझा होगा। इसलिए उन्होंने पहले तालाब बनवाने का फैसला किया। उस हौज का नाम 'हौज शम्शी' रखा। उसका निर्माण 1230 के आस-पास किया गया माना जाता है। इस हौज के पानी को तब खासा पवित्र माना जाता था। इस हौज के चारों ओर अनेक प्रमुख संतों की दरगाहें थीं। उनमें से कुछ तो आज भी उतनी ही पवित्र और लोकप्रिय मानी जाती हैं। अमीर खुसरो ने 'तारीख-ए-अलाई' में लिखा है कि अलाउद्दीन खिलजी के शासन काल के दौरान इस हौज की सफाई और मरम्मत की गई थी। अलाउद्दीन खिलजी ने अब से करीब 700 साल पहले दिल्ली पर शासन किया था। उस समय में भी इस हौज का पानी अकसर सूख जाया करता था, इसलिए इसमें फिर से पानी भरे जाने की व्यवस्था की गई थी। आज भी 'फूल वालों की सैर' के नाम से विख्यात दिल्ली के सबसे पुराने मेलों में से एक 'सैर ए गुलफिरोशाँ' की शुरुआत इसी हौज के पास ही होती है। इस मेले की शुरुआत तालाब के उस हिस्से के पास से होती है, जहाँ शम्शी तालाब का पानी एक झरने के रूप में नीचे गिरा करता था। इस स्थान को अब भी झरने के नाम से ही पहचाना जाता है। पानी नहीं होने के कारण 'झरने' का अब तो केवल नाम ही रह गया है। यह मेला सांप्रदायिक एकता और सद्भाव का प्रतीक है। इस मेले के दौरान बख्तयार काकी की दरगाह और योगमाया के मंदिर में फलों के पंखे चढ़ाए जाने की परंपरा है। मेले के दौरान दिल्ली के उपराज्यपाल और मुख्यमंत्री को उनके निवास पर पंखे भेंट किए जाने की परंपरा है। इस मेले तथा पानी और उसके संरक्षण के बीच के संबंध को हमने भुला दिया है। यह मेला सिर्फ रस्म-अदायगी और गीत-संगीत तक सीमित रह गया है। इसे बदला जा सकता है और बदला जाना चाहिए। यह दिल्ली की गंगा-जमुनी संस्कृति का प्रतीक है और दिल्ली की सांस्कृतिक विरासत का अभिन्न अंग है। इसे मेले को बड़े पैमाने पर

प्रचारित-प्रसारित करके और उसके साथ ही जल संरक्षण के इन परंपरागत संसाधनों का पुनर्विकास करके दिल्ली का एक और रूप देशी-विदेशी पर्यटकों के लिए प्रस्तुत किया जा सकता है।

दिल्ली के शहर पहाड़ियों से हटकर यमुना के किनारे फिर पहाड़ियों पर

इन हौजों और तालाबों के बीच बावड़ी बनाने का सिलसिला कब और कैसे शुरू हुआ, इसके बारे में अब कोई ठोस प्रमाण नहीं मिल पाते हैं। तालाब से बावड़ी बनाने के बीच के रास्ते का पता लगाना एक रोचक अध्ययन हो सकता है। इसपर काम किए जाने की आवश्यकता है, क्योंकि इससे हमारे शहर में पानी के संरक्षण और इस्तेमाल के तरीके में एक बड़े अंतर के आने का पता लग सकता है। ऐसा क्यों हुआ। क्योंकि हौज और तालाब जैसे हमेशा खुले रहनेवाले जल स्रोतों की जगह पानी को बंद और संरक्षित रखने का तरीका अपनाया जाने लगा। क्या उस दौरान पानी की कमी शुरू हो गई थी। इसके दौरान ही दिल्ली के दक्षिण से उत्तर की ओर बढ़ने का सिलसिला शुरू हुआ था। उसका दिल्ली के वातावरण पर बुरा प्रभाव पड़ने लगा था। ऐसा क्यों हुआ था? ये ऐसे सवाल हैं, जिनके जवाब मिलने चाहिए। लाल कोट और किला राय पिथौरा के बाद सीरी, तुगलकाबाद और आदिलाबाद तथा फिर फिरोजाबाद व शाहजहाँबाद यमुना के किनारे की ओर बसाए जाने लगे थे। सीरी, फिरोजाबाद, शाहजहाँनाबाद के शहर यमुना के बिलकुल किनारे पर बसाए गए। आदिलाबाद का किला तो इस तरह से बनाया गया कि वह तो पानी के बीच बना हुआ दिखाई देता था। तुगलकाबाद और आदिलाबाद के किलों के बीच आने-जाने के लिए पानी पर बने पुल से होकर जाना होता था। 'हौजे शम्शी' से इन किलों तक पानी लाने के लिए नहर बनाई गई थी। इन दोनों किलों के अवशेष आज भी दिखाई देते हैं। उन तक पानी पहुँचाने के लिए बनाई गई नहर अब महरौली-बदरपुर रोड हो गई है। इन शहरों के दक्षिण से उत्तर की ओर पहाड़ियों से दूर और नदी के किनारे बसाए जाने में यमुना के पानी की कितनी भूमिका रही, उसपर गहराई से नजर डालने की जरूरत है। अब जबकि शहर को पहाड़ी इलाकों में विकसित किए जाने की तैयारी है तो देखना यह होगा कि उसके लिए पानी की आवश्यकता कहाँ से और कैसे पूरी की जाएगी?

□

झीलों और तालाबों का शहर

चौंक गए न यह पढ़कर, यह जानकर। आप कहेंगे कि क्या मजाक करते हैं, दिल्ली और झीलों का शहर! इसे तो कंक्रीट का जंगल ही कहा जा सकता है। दिल्ली को 'झीलों और नदियों का शहर' का नाम देना एक मजाक नहीं है, वास्तव में यह शहर ऐसा है। आज भी इस शहर में इतनी झीलें, तालाब, ताल-तलैया, जोहड़ और पानी से भरे या पानी बचाकर रखनेवाले ऐसे संसाधन बचे हुए हैं कि इसे यह नाम दिया कहा जा सकता है। यह सही है कि बचाव के प्रयासों और दावों के बीच साल-दर-साल इनकी संख्या घटती जा रही है या आकार छोटा होता जा रहा है। इनको जीवित रखने के लिए जरूरी है कि आस-पास का बरसाती पानी इन वाटर बॉडीज तक पहुँचने दिया जाए; लेकिन शहर के विकास की भूख ऐसा होने से रोकती है। दूसरों को जीवन देनेवाले पानी के संरक्षक अपने जीवन की रक्षा के लिए अनुरोध करते-से दिखाई देते हैं।

कहाँ हैं झीलें, ताल-तलैया और जोहड़

दिल्ली में अब भी इतनी झीलें, ताल-तलैये, पोखर, जोहड़ हैं कि इस शहर को 'तालाबों और झीलों का शहर' कहा जा सकता है। यह अलग बात है कि राष्ट्रमंडल खेलों का आयोजक शहर होने के बावजूद यह पानी पर होनेवाले खेलों का आयोजन कर पाने की स्थिति में नहीं है। इसके लिए हमें दूसरे राज्यों से मदद माँगने के लिए मजबूर होना पड़ा। इसका मुख्य कारण है कि हम अपने परंपरागत जल स्रोतों का संरक्षण कर पाने में सफल नहीं रहे। नए जल स्रोतों का विकास तो अभी हमारी सोच तक में नहीं है। इस पुस्तक में दिल्ली को 'नदियों और झीलों का शहर' कहा गया है। निश्चय ही यह नामकरण आलोचना और आश्चर्य का विषय हो सकता है। लेकिन वास्तव में ऐसा है। सवाल इस ओर एक नजर डालने

का है। कहाँ हैं दिल्ली की नदियाँ, झीलें और ताल-तलैया? हमें इस सवाल का जवाब तलाश करने के लिए दिल्ली की भौगोलिक स्थिति पर एक नजर डालनी होगी। रिज और यमुना राजधानी की दो सबसे महत्त्वपूर्ण प्राकृतिक विशेषताएँ हैं। इन दोनों विशेषताओं के प्रभावों का दिल्ली में पानी की स्थिति के बारे में जानने के लिए समझना बहुत जरूरी है। ऐसा इसलिए है, क्योंकि दिल्ली की झीलों, नदियों, बाँधों, हौजों, ताल-तलैया और कुओं तथा पानी के अन्य ज्ञात व अज्ञात स्रोतों पर इन दोनों प्राकृतिक क्षेत्रों का दूरगामी प्रभाव पड़ा है। वास्तविकता यह है कि दिल्ली के पानी के स्रोत इन दोनों प्राकृतिक संरचनाओं से सीधे जुड़े हुए हैं। तो आइए, पहले बात करते हैं दिल्ली के रिज की! रिज का दिल्ली की पानी की व्यवस्था से बहुत सीधा संबंध है। इसलिए दिल्ली में पानी की स्थिति को जानने-समझने के लिए रिज और उसकी स्थिति को समझना बहुत जरूरी है।

डाबर

उत्तर-पश्चिमी और पश्चिमी दिल्ली के एक बड़े इलाके को 'डाबर' कहा जाता है। डाबर पहाड़ियों के पश्चिम में स्थित निचली सतहवाला 'नदीथाला' यानी बेसिन है। इस प्राकृतिक जलाशय में पहाड़ियों से बहनेवाला पानी स्वतः भर जाता है। यह झील दिल्ली में पानी की समस्या के समाधान के लिए कितनी महत्त्वपूर्ण हो सकती है, इसका अनुमान इस बात से लगाया जा सकता है कि अच्छी बरसात वाले वर्षों में इस झील में करीब 52 वर्ग किलोमीटर जमीन में पानी भर जाया करता था। इसका भराव क्षेत्र लगातार सिकुड़ता जा रहा है। यदि इस पानी को नजफगढ़ नाले के रास्ते नहीं बहने दिया जाए तो यह भराव क्षेत्र और भी बढ़ सकता है। दिल्ली और हरियाणा की सीमा के साथ लगनेवाला यह इलाका अपेक्षाकृत नीचा कहा जा सकता है। आमतौर पर बरसात के दिनों में इस इलाके में 'साहिबी नदी' का पानी भर जाया करता था। साहिबी नदी का पानी अलवर से गुड़गाँव के रास्ते होकर इस झील तक पहुँचा करता था। बरसात के दिनों में छावला और उसके आस-पास के गाँवों में मीलों दूर तक पानी भरे रहने के दृश्य को देखनेवाले लोग आज भी हैं। वे याद करते हैं कि तब बरसात में यह इलाका कितना खूबसूरत और बाद में हरा-भरा दिखा करता था! जैसे-जैसे सर्दी आती थी, इस इलाके में पानी का स्तर कम होता जाता था; क्योंकि नजफगढ़ ड्रेन के जरिए बहकर पानी यमुना की ओर निकलता जाता था। यहाँ यह उल्लेख करना जरूरी है कि तब नजफगढ़ नाले का नाम 'नजफगढ़ झील एस्केप' हुआ करता

था। इसे नाला तो दिल्ली के विकास के साथ बना दिया गया है। जिस साल बारिश कम होती थी, उन सालों को छोड़ दिया जाए तो इस झील से पानी की निकासी के बावजूद बहलोलपुर, दाहरी और जौनापुर गाँवों के दक्षिण में हमेशा झील का पानी भरा रहता था।

यमुना के बाद सबसे बड़ी वाटर बॉडी नजफगढ़ झील

यह ड्रेन अब बरसाती पानी की निकासी की बजाय शहर की गंदगी को बहाने का माध्यम बन चुका है। यह नाला अपने आस-पास रहनेवालों के लिए बीमारियों और सड़ाँध का एक प्रमुख कारण है। यमुना को मैली करने का यह सबसे बड़ा कारण है। नजफगढ़ ड्रेन की मार्फत झील का अतिरिक्त पानी बहकर यमुना में जाता था। इस झील में भर जानेवाले बरसाती पानी की निकासी के लिए यह ड्रेन पर्याप्त साबित नहीं हो रहा था। पानी की निकासी की यह व्यवस्था होने के बाद भी इस झील के आस-पास के इलाके में पानी भरा रह जाता था। इसलिए एक सप्लीमेंटरी ड्रेन बनाकर इस पानी की निकासी के प्रबंध किए गए। इस तरह से बरसात के पानी को संरक्षित करके उसका उपयोग करने की बजाय उसे नदी में बहाने के नजरिए से काम किए जाने के बावजूद यह झील आज भी यमुना के बाद दिल्ली की सबसे बड़ी वाटर बॉडी है। एक अनुमान के अनुसार इस झील में करीब 1,000 किलोमीटर के दायरे में होनेवाली बरसात का पानी इकट्ठा होता था। 100 साल के अंतर में हमने इस झील को लगभग समाप्त हो जाने दिया है; लेकिन अब इसका जो हिस्सा बचा रह गया है, उसे संरक्षित किए जाने की आवश्यकता है। श्रीनगर की डल झील की चिंता करनेवाले तो बहुत हैं, लेकिन दिल्ली की इस विशाल लेक को अपने बचानेवालों की प्रतीक्षा है। नजफगढ़ के नवाब हैं तो हैं, लेकिन अपने आँगन में क्या हो रहा है, इसका पता लगाने के लिए उनके पास समय कहाँ है? अब इस झील की जमीन पर सैकड़ों वैध और अवैध कॉलोनियाँ बन गई हैं और उभर रही हैं। दिल्ली और केंद्र की सरकारें इन कॉलोनियों को नियमित करने की बात करके वोट बैंक की राजनीति कर रही हैं; लेकिन इन बस्तियों में पीने के पानी की नियमित आपूर्ति कब और कैसे हो सकेगी, इसकी ओर उनका ध्यान नहीं है। पिछली शताब्दी के सातवें दशक में नियमित घोषित की गई 612 कॉलोनियों में तीन दशक के बाद आज भी पीने के पानी और सीवेज डिस्पोजल की व्यवस्था नहीं हो पाई है। अब जबकि करीब 1,600 कॉलोनियों को नियमित करने की प्रक्रिया चल रही है। देखना यह होगा कि इनमें जन सुविधाएँ क्या इसी शताब्दी में उपलब्ध हो पाएँगी?

बाढ़ नियंत्रण बनाम जल संरक्षण और जल संवर्धन

बाढ़ नियंत्रण की विभिन्न योजनाओं को लागू किए जाने के बाद इस इलाके मे बाढ़ की स्थिति में कुछ हद तक नियंत्रण हुआ है। इसका दूसरा पहलू यह है कि बरसाती पानी के इकट्ठा होने के दिल्ली को प्रकृति द्वारा दिए गए वरदान के प्रभाव को लगातार कम किया जाता रहा है। पानी को रोककर उसका इस्तेमाल करने की बजाय उसे बहाकर बरबाद कर देने के इन मानवीय प्रयासों के बावजूद अभी भी नजफगढ़ झील का इलाका इतना बचा हुआ है, जहाँ पानी भरा देखा जा सकता है। वर्ष 2010 में दिल्ली में हुए कॉमनवेल्थ गेम्स के दौरान इस झील के एक हिस्से में नौका दौड़ जैसे खेलों का आयोजन करने की योजना थी। दिल्ली-हरियाणा सीमा पर धुर दक्षिण तक फैली नजफगढ़ झील राजधानी का सबसे बड़ा 'लो लाइंग एरिया' है। तश्तरी की तरह दिखनेवाली यह झील 900 वर्ग किलोमीटर से अधिक इलाके में फैली हुई थी। इसका अधिकतर हिस्सा दिल्ली में नजफगढ़ और हरियाणा में गुड़गाँव तक फैला हुआ था। गुड़गाँव जिले के तालाबों का अतिरिक्त पानी भी इस झील में पहुँच जाया करता था। झील की सामान्य जल से पूर्ण सतह समुद्र-तल से 690 फीट की ऊँचाई पर थी। जब जल इस सतह तक जमा हो जाता है तो लगभग 7,500 एकड़ में पानी भर जाता था। लेकिन भारी वर्षा के बाद झील अपने पानी का निकास शीघ्रता से नहीं कर पाती थी, क्योंकि नजफगढ़ ड्रेन की क्षमता सीमित थी। इसलिए आस-पास के इलाकों में पानी भर जाया करता था। 19 और 20 जुलाई, 1958 को मध्य रात्रि में हुई भारी वर्षा के कारण इस झील का जल- स्तर समुद्र-तल से 692.4 फीट तक पहुँच गया था, जिसके फलस्वरूप 14,440 एकड़ जमीन में पानी भर गया था। 1912 के गजेटियर में इस बात का उल्लेख मिलता है कि अस झील के कारण एक बार बाढ़ का विस्तार 207 वर्ग किलोमीटर तक हो गया था, लेकिन अब इस इतना विस्तार नहीं होता। जिस वर्ष बरसात कम होती है, झील सिकुड़ जाती है। अब इस जमीन पर नई-नई कॉलोनियाँ कटती जा रही हैं। तब उसके सिरों पर उपलब्ध जमीन में खेती कर पाना संभव हो जाता था। इस झील के पानी को निकालने के लिए ही नजफगढ़ ड्रेन बनाई गई थी।

कितने ताल-तलैये और जोहड़

दिल्ली में कुल मिलाकर करीब 800 जगहें ऐसी हैं, जिनमें कि पानी भरा रहता है। इसमें झीलों, तालाबों, जोहड़ों, ताल-तलैयों को शामिल किया गया है। इनमें प्राकृतिक और मानव निर्मित दोनों ही प्रकार के जल स्रोतों को शामिल किया

गया था। दिल्ली सरकार के अपने आँकड़े 500 से भी अधिक जगहों पर झीलों, तालाबों, ताल-तलैयों आदि की पुष्टि करते हैं। दिल्ली सरकार और उसकी एजेंसियों ने अक्तूबर 2001 में दिल्ली की ताल-तलैयों और अन्य उन जगहों का सर्वेक्षण किया था, जिनमें किसी-न-किसी रूप में पानी भरा हुआ था। इस सर्वेक्षण के दौरान शहरी और ग्रामीण दोनों इलाकों के जल स्रोतों को शामिल किया गया था। इस योजना के तहत 'वाटर बॉडी' शब्द का इस्तेमाल करके उसके समाज से जुड़ाव को ही समाप्त कर दिया गया। इस सर्वेक्षण के दौरान पाया गया कि उस समय तक राजधानी में 507 जलस्रोत बचे हुए थे। तालाबों और झीलों के परंपरागत नाम उन्हें आस-पास के लोगों से जोड़ते थे। उनके पारिवारिक सामाजिक व सांस्कृतिक संबंधों के प्रतीक थे। वाटरबॉडी बन जाने के बाद उनके परिवार और समाज से संबंधों को जैसे काट दिया गया है। इसका परिणाम यह हुआ है कि अब इनकी देखभाल और संरक्षण का विचार ही समाप्त होता जा रहा है। एक अनुमान है कि राजधानी के तालाबों में 95 प्रतिशत पानी रह ही नहीं गया है या बरा-ए-नाम ही रह गया है। उनका आकार साल-दर-साल घटता जा रहा है। आवश्यकता इस बात की है कि इन जल स्रोतों को आज की दिल्लीवालों के साथ हर तरह से जोड़ा जाए, तभी उनके संरक्षण की योजनाएँ सफल हो पाएँगी। इन तालाबों और ताल-तलैयों का पानी इस प्रकार का है कि उनके आस-पास रहनेवालों के लिए यह एक बड़ी समस्या है तो वे इसे बचाने के लिए क्यों काम करें? उनकी रुचि तो इस बात की है कि इसे किस तरह से समाप्त किया जाए, जिससे उनकी समस्या कम हो।

किसके तालाब और किसकी ताल-तलैयाँ

दिल्ली में जमीन के मालिकाना हक के नजरिए से देखा जाए तो सबसे ज्यादा तालाब ऐसी जमीन पर हैं, जिस पर दिल्ली सरकार का नियंत्रण है। दिल्ली सरकार उसके विकास विभाग और सिंचाई व बाढ़ नियंत्रण विभाग के अधीन आनेवाली जमीन पर कुल मिलाकर 370 तालाब पाए गए। दिल्ली नगर निगम के अधीन आनेवाली जमीन पर 11 तालाबों का पता चला है। डी.डी.ए. के नियंत्रणवाली जमीन पर 67 तालाब हैं। केंद्र सरकार के तहत काम करनेवाली सी.पी.डब्ल्यू.डी. के अधीन 6 तालाब आते हैं। 8 अन्य तालाबों की जिम्मेदारी दिल्ली जल बोर्ड, रेलवे, जे.एन.यू. और उत्तर प्रदेश सरकार के सिंचाई विभाग की है। यहाँ यह जानना जरूरी है कि अभी भी केंद्र-शासित प्रदेश दिल्ली में बहुत

सी जमीन ऐसी है जिस पर उत्तर प्रदेश, हरियाणा और पंजाब सहित अन्य राज्यों का नियंत्रण है। इसलिए तालाब उत्तर प्रदेश सरकार के अधीन आनेवाली जमीन पर होने से कोई आश्चर्य नहीं होना चाहिए। क्षेत्रफल की दृष्टि से देखा जाए तो दिल्ली का सबसे बड़ा तालाब पालम में है, जो 30,000 वर्गमीटर जमीन पर फैला हुआ नापा गया है। पालम में ही 'दादाजी के हौज' के नाम से पहचाने जानेवाले तालाब का क्षेत्रफल 15,400 वर्गमीटर आँका गया है। इसी प्रकार कापसेहड़ा में बने तालाब का क्षेत्रफल 22,720 वर्गमीटर पाया गया है। इस सर्वेक्षण के दौरान धिचाऊँ कलाँ में बने एक तालाब का क्षेत्रफल करीब 18,000 वर्गमीटर पाया गया। नजफगढ़ झील का क्षेत्रफल साल-दर-साल कम होता जा रहा है। इसके बावजूद इस सर्वेक्षण के दौरान इस झील का क्षेत्रफल 18,000 वर्गमीटर आँका गया।

सबसे ज्यादा तालाब नजफगढ़ क्षेत्र में

इस अध्ययन के दौरान इस बात की जानकारी सामने आई कि नजफगढ़ ब्लॉक में सबसे ज्यादा 218 तालाब हैं। इस इलाके में द्वारका उपनगर और नया अंतरराष्ट्रीय एयरपोर्ट बनाए जाने के बाद से आबादी सबसे तेजी से बढ़ रही है। आनेवाले समय में इस क्षेत्र का और भी तेजी से विकास होने जा रहा है। इस क्षेत्र में आज भी पानी की आपूर्ति एक बड़ी समस्या है। आनेवाले समय में स्थिति के और बिगड़ने की आशा है, क्योंकि अभी तक यह तय नहीं हो पाया है कि इस आबादी के लिए पानी कहाँ से लाया जाएगा? वर्तमान स्थिति को देखते हुए कहा जा सकता है कि इस इलाके में पानी की माँग की आपूर्ति करने के लिए जमीन के अंदर के ही पानी का इस्तेमाल किए जाने की मजबूरी होगी। इस इलाके का पानी पहले ही खारा और कसैला है। इस इलाके में जमीन के अंदर पानी का स्तर लगातार गिरता जा रहा है। यदि इसे रिचार्ज करने के लिए बड़े पैमाने पर काम नहीं किया गया तो वह दिन बहुत दूर नहीं है, जब यहाँ से जमीन के अंदर से पानी निकाल पाना संभव ही नहीं रह जाएगा। इस स्थिति से निपटने में इस क्षेत्र की नजफगढ़ झील और इन तालाबों की महत्त्वपूर्ण भूमिका रहेगी। इसलिए इन्हें विकास के दौर में संरक्षित किए जाने की नितांत आवश्यकता है। यह वह इलाका भी है, जहाँ पिछले एक दशक में दिल्ली की सबसे ज्यादा अवैध कॉलोनियों का निर्माण हुआ है। अब इन कॉलोनियों को नियमित करने की कार्यवाही की जा रही है। इन बस्तियों में पीने के पानी की आपूर्ति सुनिश्चित करने के लिए अब तक कोई ठोस योजना तक तैयार नहीं की जा सकी है। दिल्ली

जल बोर्ड और डी.डी.ए. दोनों पानी की आपूर्ति के लिए एक-दूसरे को जिम्मेदार ठहराकर अपना पल्ला झाड़ चुके हैं। नजफगढ़ ब्लॉक के बाद तालाबों की संख्या के आधार पर कंझावला ब्लॉक का नंबर आता है। यहाँ पर 104 तालाब होने की पुष्टि की गई है। अलीपुर ब्लॉक में 75 और महरौली ब्लॉक में 43 तालाब होने के आँकड़े मिले हैं। सिटी ब्लॉक में 28 और यमुनापार के शाहदरा ब्लॉक में इस सर्वेक्षण के दौरान 28 तालाबों का पता चला था।

यमुना पार के ताल-तलैये और झीलें

पूर्वी दिल्ली में शाहदरा ब्लॉक के तहत आनेवाली संजय गांधी झील का दायरा 1,70,000 वर्गमीटर से भी अधिक है। बिहारीपुर में 22,000 वर्गमीटर में फैला हुआ एक तालाब पाया गया। पूर्वी दिल्ली में पुराने जमाने में बावड़ियाँ बनाए जाने का उल्लेख मिलता है, लेकिन अब उनमें से एक का भी पता नहीं चल पाता है। झील के नाम से एक पूरा इलाका बसा हुआ है, लेकिन वहाँ पर अब झील जैसा कुछ नहीं दिखता। अब तो झील का नाम ही रह गया है। शायद कभी यहाँ कहीं पर झील रही हो! भौगोलिक दृष्टि से यह पूरा-का-पूरा इलाका यमुना और हिंडन नदियों का रिवर बेड है। इस इलाके में बाढ़ आने का सिलसिला बहुत पुराना नहीं है। पिछली शताब्दी के सातवें, आठवें और नौवें दशक तक इस इलाके में अकसर बरसाती पानी भर जाता था। दिल्ली सरकार के रिकॉर्ड बताते हैं कि ऐसा भी हुआ है कि हिंडन और यमुना का पानी कई बार बाढ़ के दौरान मिल जाता था। 'झील' कहे जानेवाले इलाके में अकसर पानी भरा रहा करता था और धान की खेती की जा सकती थी। संजय झील का आकार साल-दर-साल वास्तव में कम होता जा रहा है। इसका परिणाम यह हो रहा है कि यहाँ भी पानी का स्तर गिर रहा है और कुएँ सूखते जा रहे हैं। इस झील के संरक्षण के लिए स्थानीय निवासियों और स्कूली बच्चों ने पहल की है, लेकिन उसके लिए बहुत कुछ किए जाने की आवश्यकता है। अनेक नामी-गिरामी कहे जानेवाले कुएँ तो अब मिलते तक नहीं हैं। कृष्णा नगर में लाल कुआँ नाम की एक जगह तो है, लेकिन कुआँ कहाँ हैं, इसके जाननेवाले कुछ ही मिलते हैं। अधिकतर लोग लाल कुआँ के बारे में पूछने पर इसी नाम की एक बस्ती का ठिकाना बता देते हैं। यही स्थिति तुगलकाबाद से होकर फरीदाबाद की ओर आनेवाली सड़क के आस-पास की है। यहाँ पर भी लाल कुआँ के नाम पर एक मोड़ और बस्ती की पहचान की जाती है, लेकिन जिस लाल कुएँ के नाम पर इस इलाके का नाम पड़ गया है,

वह कहाँ है, अब शायद ही कोई जानता हो! आज की पुरानी दिल्ली में भी एक इलाके का नाम लाल कुआँ हैं, जहाँ कभी किन्नरों की बस्ती हुआ करती थी; लेकिन यह कुआँ भी बस नाम का ही रह गया है।

दक्षिणी दिल्ली के तालाब

हौज खास का दायरा 80,000 वर्गमीटर का है। योगमाया के मंदिर के पास के तालाब को तो अब तालाब कहना ही ठीक नहीं होगा, क्योंकि उसकी जमीन पर कब्जा करके निर्माण किए जा चुके हैं। मादीपुर पार्क में बनी झील ही 25,000 वर्गमीटर में फैली हुई है। जहाँगीरपुरी मार्श यानी जहाँ अकसर पानी भरा रहता है, में 7,40,000 वर्गमीटर में पानी भरा पाया गया तो भलस्वाँ जहाँगीर पुरी में 8,000 वर्गमीटर में पानी वाला तालाब मिला। धौला कुआँ के पास एक तालाब में 15,000 वर्गमीटर दायरे का तालाब देखा गया। रिंग रोड पर नारायणा के पास मायापुरी तालाब 20,000 वर्गमीटर के दायरे में दिखाई दिया। हालाँकि गंदगी-कूड़ा और मलबा भरते जाने के कारण अब इसकी लंबाई-चौड़ाई दिनोदिन कम होती जा रही है। यही हालत रही तो एफ.सी.आई. गोदाम के पास रिंग रोड के किनारे एक तालाब होता तो था, जैसी स्थिति आने में अब ज्यादा दिन नहीं लगेंगे। तिहाड़ झील 10,000 वर्गमीटर में फैली है तो मॉडल टाउन की नैनी झील 21,000 वर्गमीटर के दायरे में थी, लेकिन अब यह सिमटती जा रही है। खिड़की के पास सतपुला में 1,500 वर्गमीटर में पानी भरा रहता है। इस पानी को बेहद पवित्र माना जाता था और नवजात शिशु को ले जाकर स्नान कराया जाता था। ऐसा माना जाता था कि इसमें स्नान करनेवालों को किसी प्रकार की बीमारी नहीं होगी। अब तो पुल ही नाम का रह गया है। यहाँ साफ पानी की बजाय सीवेज का गंदा पानी बहता है, जिसमें नहाने का कोई सवाल ही नहीं उठता। सैकड़ों साल पुराने इस ऐतिहासिक पुल का तो संरक्षण दिल्ली की हैरिटेज के लिए जरूरी है। इसके अलावा विजय घाट, शांति वन, पुराना किला, इंदिरा गांधी स्टेडियम के पास दिल्ली सरकार के मुख्यालय 'प्लेयर्स बिल्डिंग' में खासी बड़ी झीलें हैं। 'प्लेयर्स बिल्डिंग' की झील में बत्तखें तो तैरती दिखाई देती हैं, लेकिन इस झील में उलटी पड़ी नाव जल संरक्षण और संवर्धन के प्रति हमारी सोच की कहानी कहती लगती है।

पश्चिमी दिल्ली के तालाब, जहाँ आज भी पानी बचाना संभव

कंझावला ब्लॉक के रानी खेड़ा, गढ़ी रिठालाँ, सओधा, सुलतानपुर-डबास और किराड़ी सुलेमान नगर में बने तालाबों का क्षेत्रफल 10 से 15,000 वर्गमीटर

के बीच पाया गया। इस ब्लॉक के तहत आनेवाली जमीन के शहरीकरण के बाद बसे अवंतिका, रोहिणी, रिठाला और पश्चिम विहार में 15,000 से 20,000 वर्गमीटर के आकार के तालाब हैं। अलीपुर ब्लॉक के सन्नोठ, भलस्वाँ, शाहाबाद डेरी सहित अनेक इलाकों में 15,000 वर्गमीटर से अधिक के तालाब पाए गए। इस ब्लॉक के धीरपुर में तो एक तालाब का क्षेत्रफल 50,000 वर्गमीटर से भी अधिक का पाया गया। महरौली ब्लॉक के तहत आनेवाले बहुचर्चित सैनिक फार्म में तो एक तालाब का आकार 1,00,000 वर्गमीटर का मिला। इसी क्षेत्र के लाल कुआँ में 25,000 वर्गमीटर का तालाब है, जबकि ऐतिहासिक हौज शम्शी का आकार 20,000 वर्गमीटर से अधिक का आँका गया है। जे.एन.यू. और आई.आई.टी. के अंदर दस से 15,000 वर्गमीटर में फैले तालाब देखे जा सकते हैं। श्याम नगर झील का दायरा 21,000 वर्गमीटर का है जबकि 'नेशनल साइंस फोरम' के पास बने तालाब का आकार 10,000 वर्गमीटर से भी अधिक का नापा गया। ये तालाब साल–दर–साल छोटे तो होते जा ही रहे हैं, साथ ही वे अपनी उपयोगिता भी खोते जा रहे हैं। इसका कारण यह है कि इनमें बरसाती पानी इकट्ठा होने के कैचमेंट एरिया में निर्माण कार्य का होते जाना। दिल्ली में सरकारी और शामिलात की जमीन पर अवैध कब्जा करके कॉलोनाइजेशन एक नियोजित उद्योग और व्यापार बन चुका है। गाहे–बगाहे अदालती आदेशों पर इनके खिलाफ काररवाई की रस्म–अदायगी की जाती है और फिर बात आई–गई हो जाती है और फिर निर्माण कार्य शुरू हो जाते हैं और उनके संरक्षण के लिए केंद्र और दिल्ली सरकार नियम–कानून बनाती है। इस प्रकार एक ओर इनके रोकने के लिए काररवाई की जाती है और दूसरी ओर उन्हें संरक्षण दिया जाता है।

जमीन के मालिकाना हक के रिकॉर्ड में खामियाँ

इस सर्वेक्षण के दौरान इस बात का भी हिसाब–किताब तैयार किया गया था किस जल स्रोत का मालिकाना हक किस सरकारी संगठन के नियंत्रण में है। ऐसा किया जाना इसलिए जरूरी समझा गया था, जिससे कि इस बात को साफ किया जा सके कि किसके रख–रखाव और संरक्षण की जिम्मेदारी किस संगठन की है। दिल्ली में जमीन के मालिकाना हक के बारे में रिकॉर्ड में साफ जानकारी नहीं होने के कारण बड़े पैमाने पर सरकारी जमीन पर अवैध कब्जे कर लिये गए हैं। उनमें कॉलोनियाँ बसा दी गई हैं या अन्य प्रकार के निर्माण हो गए हैं। जमीन के मालिकाना हक की पुख्ता और स्पष्ट व्यवस्था नहीं होने के कारण सरकारी

एजेंसियों के अधिकारी इस जिम्मेदारी से अपने आपको साफ बचा जाते रहे हैं। इस दौरान इस बात की भी नाप-जोख की गई थी कि हर जल स्रोत कुल कितनी जमीन पर है और उसमें कितनी जमीन पर पानी भरा हुआ है। इस सर्वेक्षण के दौरान पता चला कि दिल्ली के ग्रामीण इलाकों में अभी भी 192 ऐसे तालाब हैं, जिनका क्षेत्रफल 4,000 वर्गमीटर से कम है। 186 ऐसे तालाबों का पता चला है जिनका कि क्षेत्रफल 4,000 से 10,000 वर्गमीटर पाया गया। 84 तालाब तो ऐसे पाए गए, जिनका आकार 10,000 वर्ग मीटर से भी अधिक था। 46 ऐसे तालाब पाए गए, जिनमें उस समय पानी नहीं था। दिल्ली सरकार ने इन तालाबों की जमीन को विकास की योजनाओं को लागू करने के लिए अधिग्रहण किए जाने की प्रक्रिया चला रही थी। दिल्ली सरकार अब सभी प्रकार के रिकॉर्ड डिजिटल रखने की एक योजना पर काम कर रही है। इसके तहत उपग्रहों से दिल्ली के विभिन्न प्रकार की तसवीरें लेकर उनका विश्लेषण और उपयोग करने की व्यवस्था की जा रही है। लेकिन केवल रिकॉर्ड रखने से कुछ खास होने वाला नहीं है। इन प्राकृतिक संसाधनों के संरक्षण की जिनकी जिम्मेदारी है, उन्हें कर्तव्यबोध होना चाहिए और निजी लाभ की बजाय आज और आनेवाले कल के जनहित के आधार पर इनके संरक्षण के लिए काम करना चाहिए।

जिसकी जमीन वही जल संरक्षक

इस बैठक में यह भी तय किया गया कि जिस सरकारी संगठन की जमीन पर वाटर बॉडी है, उसके संरक्षण का काम वही संगठन करेगा। वाटर बॉडी के संरक्षण का अर्थ यह होगा कि उसके कैचमेंट एरिया को संरक्षित रखा जाएगा। वाटर बॉडी का कैचमेंट एरिया उसे कहा जाता है, जिस सारे क्षेत्र का बरसाती पानी उस ताल-तलैया, पोखर, जोहड़ आदि में आकर इकट्ठा होता है। इस वाटर बॉडी के किनारों और उसके आस-पास की जमीन को हरा-भरा करना भी संरक्षण के दायरे में लाया गया। वाटर बॉडी के पानी की किस्म को वर्तमान स्तर पर बनाए रखने और उसमें सुधार लाने के लिए कदम उठाए जाएँगे। वाटर बॉडीज को आस-पास की नहर या बरसाती पानी की निकासी के नालों से जोड़ने की संभावनाओं का पता लगाया जाएगा, जिससे कि वाटर बॉडी में पानी का स्तर बढ़ाया जा सके । इनमें से अधिकतर फैसले वास्तव में कागजों और फाइलों में उलझे हुए हैं। जहाँ उन्हें लागू किया गया है, वे वास्तव में फिजूलखर्ची साबित हो रहे हैं; क्योंकि तालाबों और जोहड़ों का विकास इस तरह से किया जा रहा

है कि वे देखने में तो अच्छे लगें, लेकिन यह ध्यान नहीं रखा जा रहा है कि बरसात का पानी उन तक वास्तव में पहुँचेगा कैसे। कैंचमेंट एरिया पर पहले ही निर्माण कार्य किया जा चुका है या इस तरह से किया जा रहा है कि पानी पहुँच पाना संभव नहीं हो पाएगा।

□

यमुना और रिज : दिल्ली के फेफड़े

दिल्ली में पानी की स्थिति को समझने के लिए राजधानी के प्राकृतिक रूप रंग को जानना-समझना जरूरी है। दिल्ली के दो प्राकृतिक भाग अरावली की पहाड़ियाँ और यमुना इस शहर में उपलब्ध पानी और उसकी वितरण व्यवस्था को सर्वाधिक प्रभावित करते हैं। इन्हें 'दिल्ली के फेफड़े' कहा और माना जाता है। इस शहर के पर्यावरण को संरक्षित रखने के लिए इनका संरक्षण व संवर्धन किया जाना बेहद जरूरी है। रिज और यमुना के इन दो प्राकृतिक विशेषताओं के कारण इस शहर को इस अध्ययन के लिए चार हिस्सों में विभक्त करके देखा जा सकता है—ये हैं खादर, बाँगर, कोही और नजफगढ़ झील। इस अध्ययन से दिल्ली के जल स्रोतों की स्थिति को बेहतर तरीके से समझा जा सकता है। भूगोल का अध्ययन करनेवाले इन विषयों को शायद ज्यादा बेहतर तरीके से समझ सकते हैं। दिल्ली में पानी की स्थिति को समझने के लिए इस पर एक नजर डाला जाना बेहद जरूरी है। केंद्र-शासित प्रदेश दिल्ली, सिंधु, गंगा के मैदान की एक सँकरी पट्टी के रूप में बसा हुआ है। इसके उत्तर, पश्चिम व दक्षिण में हरियाणा और पूर्व में उत्तर प्रदेश है। पूर्वी सीमा पर यमुना नदी उत्तर से दक्षिण दिशा की ओर बहती है। भारतीय उपमहाद्वीप में संघ राज्य दिल्ली की स्थिति नोडीय है। यह दो बड़ी नदी व्यवस्थाओं को विभाजित करनेवाले विभाजक क्षेत्र में स्थिति है। इसमें से एक गंगा नदी, जो बंगाल की खाड़ी में गिरती है और दूसरी सिंधु, जो अरब सागर में गिरती है। दूसरी यमुना, जिसके दोनों किनारों पर आज की दिल्ली बसी हुई है। दिल्ली के ऐतिहासिक शहर यमुना के पश्चिमी किनारे और रिज की पहाड़ियों के बीच बसते रहे। बढ़ती आबादी के कारण इस शहर का विकास यमुना के पूर्वी किनारे और रिज की पहाड़ियों को पार करके उत्तर व पश्चिम की ओर पिछली शताब्दी के अंतिम दशकों में हुआ।

दिल्ली में यमुना

यमुना उत्तरी दिल्ली में पल्ला की ओर से दिल्ली की सीमा में प्रवेश करती है। करीब 51 किलोमीटर की दूरी तय करने के बाद ओखला के बाद जैतपुर से उत्तर प्रदेश की सीमा में प्रवेश कर जाती है। जिस समय यमुना दिल्ली की सीमा में प्रवेश करती है, उस समय वह समुद्र के स्तर से 225 मीटर की ऊँचाई पर होती है। ओखला बैराज के नीचे जब वह उत्तर प्रदेश की सीमा में प्रवेश करती है, उस समय तक उसकी ऊँचाई घटकर 210 मीटर रह जाती है। पल्ला से ओखला के बीच यह नदी 18 से 20 इंच प्रति किलोमीटर की दर से नीचे की ओर उतरती जाती है। वर्षा ऋतु में इस नदी का पाट काफी चौड़ा हो जाता है। इसके दोनों किनारों पर बनाए गए बंधों के कारण अब इस नदी की चौड़ाई सीमित होती जा रही है। बरसात के दिनों में यमुना नदी में जल स्तर की गहराई 25 फीट तक हो जाती है। गरमी के सूखे के दिनों में यह घटकर 4 फीट से भी कम रह जाती है। बरसात के दिनों में इस नदी को तैरकर पार कर पाना लगभग असंभव हो जाता है। सूखे के दिनों में इसे पैदल चलकर पार किया जा सकता है। दिल्ली की सीमा तक पहुँचने के पहले ही यमुना नदी से दो नहरें ईस्टर्न यमुना कैनाल और वेस्टर्न यमुना कैनाल निकाल लिये जाने के कारण इस नदी में पानी की बेहद कमी हो जाती है।

इन नहरों से बवाना, राजपुर, लामपुर आदि उपनहरें निकलती हैं। इन नहरों की ये डिस्ट्रीब्यूटरीज औचंदी, बुडहानपुर, सुलतानपुर, मुंडका, मंगोलपुर, नाहरी, ढाँसा और सुरखपुर की अन्य छोटी नहरों को पानी उपलब्ध कराती रही हैं। इनका उपयोग सिंचाई आदि के लिए पानी पहुँचाने में किया जाता रहा है। लेकिन अब इनकी उपयोगिता लगातार घटती जा रही है, क्योंकि अकसर इनमें पानी उपलब्ध नहीं हो पाता या उपलब्ध पानी का सिंचाई आदि के लिए सीमित उपयोग ही हो पाता है। दिल्ली को पार करके उत्तर प्रदेश की सीमा में प्रवेश करने के ठीक पहले ओखला के निकट यमुना से आगरा कैनाल निकलती है। इस कैनाल में पानी जाने के बाद ओखला बैराज के नीचे यमुना नदी में पानी नाममात्र को ही रह जाता है। इससे आप अनुमान लगा सकते हैं कि इस बैराज के बाद आनेवाले पवित्र शहरों—मथुरा-वृंदावन आदि में यमुना की स्थिति क्या होती है और उसमें उपलब्ध पानी किस तरह का होता है। यमुना में पानी की स्थिति लगभग तब तक ऐसी ही बनी रहती है जब तक कि उसमें चंबल का पानी आकर नहीं मिलता है। इसके बाद इलाहाबाद में यमुना गंगा से मिल जाती है और प्रयागराज में स्नान को सबसे

पवित्र स्नानों में से एक माना जाता है।

यमुना एक नदी थी, जिसमें नावें चलती थीं

यमुना को हम दिल्ली की 'लाइफलाइन' कहते हैं। इसे बेहद पवित्र मानते हैं। उसकी पूजा करते हैं। इस लाइफलाइन को इस पवित्र नदी को हम कैसे रख रहे हैं, इसके बारे में कुछ न ही कहना ठीक है। यह नदी, यदि इसे हम नदी कहें, वरना यह नदी केवल बहता हुआ सीवर है। इस नदी की वास्तविकता सबके सामने है। यह स्थिति तब है, जबकि सुप्रीम कोर्ट इसकी सफाई की प्रगति पर नजर रखता है। इस काम पर 2,000 करोड़ रुपए से भी अधिक की रकम खर्च की जा चुकी है। शायद पानी के हमारे इस परंपरागत स्रोत के प्रति हमारी असंवेदनशीलता का इससे बड़ा कोई सबूत हो ही नहीं सकता। इस नदी की वर्तमान स्थिति की चर्चा करना ही पर्याप्त नहीं होगा। यमुना के दिल्ली को योगदान को जरा गहराई से देखने की जरूरत है। बहुत पुरानी बात नहीं है, जब यमुना में पानी हुआ करता था। इस पर लोगों और साजो-सामान की ढुलाई की जाती थी। यमुना के एक किनारे से दूसरे किनारे और एक छोर से दूसरे छोर तक जाने के लिए आज की डी.टी.सी. की ही तरह नावें चला करती थीं। इन नावों पर पैसे देकर पदयात्री ही नहीं, हाथी, घोड़ों और पालकी पर चलनेवाले लोग अपने वाहनों के साथ आया-जाया करते थे। यही नहीं, समय ऐसा भी था जबकि यमुना आज जहाँ बह रही है वहाँ नहीं बहती थी। इसकी चौड़ाई आज से कहीं ज्यादा हुआ करती थी। आज के दिल्ली नगर निगम का पूर्ववर्ती संगठन 'जिला बोर्ड' इस सेवा का संचालन करता था—यानी उस समय की सरकार ने इस सेवा की आउटसोर्सिंग कर रखी थी। इस सेवा के लिए जिला बोर्ड सरकार को 4,500 रुपए सालाना का भुगतान करता था। इस सेवा के संचालन पर इसके अलावा 772 रुपए की अतिरिक्त लागत आती थी। इस 'फेरी सर्विस' के संचालन से बोर्ड को 4,995 रुपए की लागत आती थी। इससे बोर्ड को उस समय 277 रुपए सालाना का नुकसान होता था। यानी आज की डी.टी.सी. की तरह यह सेवा भी उस समय का जिला बोर्ड घाटे पर चलाता था। यह एक पब्लिक सर्विस थी और उसपर होनेवाला घाटा सरकार वहन करती थी।

यमुना की फेरी सर्विस

यह बात इतनी भी पुरानी नहीं है। दिल्ली को वर्ष 1912 में प्रकाशित दिल्ली गजेटियर में इस सेवा के बारे में व्यापक जानकारी दी गई है। ओखला के पास

बनी जेटी को छोड़कर दिल्ली से होकर बहनेवाली यमुना नदी के लगभग पूरे ही हिस्से में नावें चला करती थीं। इस नदी में बहुत ज्यादा आवागमन तो नहीं होता था लेकिन लकड़ी से लदी हुई बड़ी नावें अकसर इस नदी के रास्ते शहर में आया करती थीं। बाकी समय में यमुना को पार करने के लिए 'फेरी' यानी नावें चला करती थीं। इस नाव सेवा के उपयोग के लिए यमुना नदी में बाकायदा स्टेशन बने हुए थे। इन स्टेशनों पर वोंट के छूटने और पहुँचने का टाइम टेबल लगा होता था। ये स्टेशन जहाँ बने थे, उनके नाम थे—दहीसरा, बुराड़ी, वजीराबाद, ओखला, जैतपुर, कुओंली, मुहब्बतपुर, मझौली और छाँसा। इनमें से अधिकतर नाम आज भी हैं लेकिन न वहाँ अब यमुना है और न उसमें इतना पानी कि नावें चलाई जा सकें। तब पूरे साल यमुना में साफ पानी बहा करता था और वह केवल शहर की गंदगी से भरा एक गंदा नाला नहीं बनी थी। गरमियों को छोड़कर अन्य महीनों में इस नदी में इतना पानी होता था कि उसमें सामान से भरी नावें चल सकती थीं। हाँ, तब आज की तरह मोटर वाहनों की भरमार नहीं हुआ करती थी।

तब सड़क की तरह नाव पर टोल लगता था

इन नावों के इस्तेमाल के लिए किराए की दरें पहले से ही निर्धारित रहती थीं। किराए की दरों पर भी एक नजर डाल लेते हैं। चार पहिएवाले वाहन के लिए सबसे ज्यादा 2 रुपए का किराया देना होता था, यानी बग्घी रथ जैसे वाहनों के लिए आज के हिसाब से इन्हें उस समय की कार कह सकते हैं; लेकिन इस तरह के वाहनों का इस्तेमाल करनेवाले बहुत रईस लोग ही हुआ करते होंगे, क्योंकि तब 2 रुपए की कीमत आज से कहीं बहुत ज्यादा हुआ करती थी। दो पहिएवाले वाहनों के लिए 1 रुपए किराया होता था। इक्के के लिए 4 आने लगते थे। आठ घोड़ों या बैलों से चलाए जानेवाले वाहनों के लदे होने पर 1 रुपए किराया लगता था। वाहन के खाली होने पर अठन्नी लगती थी। 6 घोड़ों या बैलोंवाले लदे वाहनों के लिए 12 आने देने होते थे तो वाहन के खाली होने पर 6 आने लगते थे। हाथी को नाव पर यात्रा करने के लिए 1.5 रुपए देना होता था। सामान से लदे ऊँटवाले को 4 आने और यदि सामान नहीं लदा हो तो 4 आने का भुगतान करना होता था। भेड़-बकरी को लाने-ले जाने के लिए 1 पैसा किराया लगता था। यदि आप पालकी, डोली-पालना आदि से यात्रा कर रहे हैं तो आठ कहारोंवाली पालकी का 1 रुपए लगता था तो 6 कहारों वालों का 12

आने। 4 कहारों की पालकी पर यात्रा करनेवालों को नाव का इस्तेमाल करने के लिए 8 आने और दो कहारों वालों को 4 आने देने होते थे। पदयात्रियों को नाव का इस्तेमाल करने के लिए 3 पैसे किराए के रूप में देने होते थे।

तब यमुना पर इतने पुल न थे

यमुना को पार करने के लिए नावों का इस्तेमाल किए जाने का कारण यह था कि उन दिनों दिल्ली में यमुना पर आज की तरह पुलों की कतार नहीं होती थी। इस समय इस नदी पर आधा दर्जन पुल बने हुए हैं और कुछ अन्य बनाए जाने की योजनाएँ हैं। पुरानी दिल्ली के पास एकमात्र लोहे का पुल हुआ करता था। दो मंजिले इस पुल की पहली मंजिल पर रेल चलती थी। निचली मंजिल पर अन्य वाहनों के आने-जाने के लिए सड़क हुआ करती थी। निर्माण के पौने दो दशक होने को आए, लेकिन यह पुल अभी भी काम कर रहा है। अब इस पुल के स्थान पर एक नया पुल बनाया जा रहा है। इस पुल को बनाए जाने की योजना एक दशक से भी अधिक का समय पूरा कर चुकी है, लेकिन अभी इसको पूरा किए जाने में लंबा समय लगने की संभावना है। ऐसा इसलिए हो रहा है, क्योंकि यह पुल ऐतिहासिक सलीमगढ़ के किले के बीच से होकर निकलता है। उसके एलाइनमेंट को लेकर पुरातत्त्व विभाग और रेलवे के बीच विवाद का हल नहीं निकल पा रहा है। पुराने लोहेवाले पुल के अलावा उस समय दिल्ली के दक्षिणी छोर पर ओखला के निकट बैराज बनाया गया था। इस पर से होकर पैदल यमुना को पार किया जा सकता था। 'पुराना यमुना पुल' कहे जानेवाले लोहे के पुल पर बने रास्ते से यमुना को पार किया जा सकता था। बागपत के पास नावों का पुल होता था। ओखला के पास बने यमुना बैराज से होकर पैदल यमुना को पार करने की व्यवस्था थी। मेट्रो के फेस 3 में इस बैराज के दक्षिण में एक पुल बनाकर मेट्रो रेल की एक नई लाइन बनाने की तैयारी है। ऐसा ही एक पुल सराय कालेखाँ और मयूर विहार फेज वन के बीच बनाने की योजना पर काम शुरू होने को है। डी.एन.डी. फ्लाई ओवर के पास बारापुला रोड को मयूर विहार लाने के लिए यमुना पर एक और पुल बनाए जाने पर भी विचार हो रहा है। सर्दी के मौसम में नदी में पानी कम हो जाया करता था। तब अनेक जगहों पर यमुना को पार कर पाना संभव हो जाता था।

यमुना में मगर और घड़ियाल भी होते थे

राजधानी कलकत्ता से दिल्ली लाए जाने के अवसर पर वर्ष 1912 में

प्रकाशित गजेटियर बताता है कि तब यमुना में मगरमच्छ और घड़ियाल हुआ करते थे। घड़ियाल आमतौर पर मछली खाते थे और मगरमच्छों की तुलना में घड़ियालों की संख्या कहीं ज्यादा हुआ करती थी। पानी में ऑक्सीजन की कमी के कारण अब इस नदी के पानी में किसी जीव-जंतु का जीवित रह पाना मुश्किल ही है; लेकिन कुछ दशक पहले तक इस नदी में माछर रेहू, बचवा, मल्ली, टेंगरा, सिलोंद, मोही, मिरगा, कलबाँस, चिलवा और गंच जैसी मछलियाँ बहुतायत में थीं। उस समय के मछली खानेवालों में रेहू चिलवा और टेंगरा मछलियाँ खासी लोकप्रिय थीं। यमुना ही क्यों, उस समय की दिल्ली की नहरों, झीलों और तालाबों में भी मछलियाँ बहुतायत में मिलती थीं। मछुआरे यमुना से मछली पकड़कर शहर में लाते थे और बेचकर अपना पेट पालते थे। मछली पकड़नेवालों के लिए ओखला एक लोकप्रिय जगह थी। मछली पकड़ने के लिए बंसी, जाल और टपिया यानी बास्केट का उपयोग किया जाता था। मछली की उपलब्धता और बाजार की स्थिति ऐसी थी कि 1 आने सेर से लगाकर 4 आने सेर तक मछली मिल जाती थी। बरसात के दिनों में पानी में मिट्टी ज्यादा होने के कारण मछली महँगी होकर 8 आने सेर तक पहुँच जाती थी।

यमुना बदलती रही है अपना रास्ता

यह नदी पिछले 4,000 सालों में अपनी दिशा बदलती रही है। 'सैटेलाइट इमेजरी' यानी उपग्रहों से यमुना की तसवीरों से पता चलता है कि यह नदी अपना रास्ता बार-बार बदलती रही है। यह काम धीरे-धीरे भी होता रहा और अचानक भी। उपग्रहों से ली गई इन तसवीरों के आधार पर वैज्ञानिकों का कहना है कि पहले यमुना उत्तर-पूर्व से दक्षिण-पश्चिम की ओर आज के करनाल, सफीदों एवं भिवानी से होकर बहती थी और फिर मुड़कर झज्झर से गुड़गाँव होकर दिल्ली की ओर आती थी। फिर इस नदी ने पूर्व की ओर खिसकना शुरू किया। इस नदी के कम-से-कम पाँच बार पूर्व की ओर खिसकते जाने के प्रमाण आज की दिल्ली में देखे जाते हैं। नजफगढ़, सूरजकुंड और बड़कल की झीलें यमुना की पहाड़ियों के बीच रास्ता बदलते जाने कारण बनी मानी जाती हैं। इस प्रकार यह नदी खिसकती हुई रिज के दक्षिण-पश्चिम की ओर से पूर्व की ओर बढ़ती रही है। दिल्ली और उसके आस-पास शताब्दियों से बहनेवाली यमुना की टेढ़ी-मेढ़ी धाराओं ने दिल्ली की मैदानी बनावट पर गहरा प्रभाव डाला है।

विशेषज्ञ इस बात पर एक मत हैं कि यमुना बार-बार अपना रास्ता बदलती

रही। उनमें इस बात पर मतभेद हैं कि यह काम अचानक ही हुआ या धीरे-धीरे। उत्तरी दिल्ली के गाँवों की स्थिति और उनमें बनाए गए पुराने मकानों के तौर-तरीकों और उनकी स्थिति की जाँच के आधार पर कुछ विशेषज्ञों का मानना है कि एक समय में यमुना निश्चय ही सोनीपत से दक्षिण की ओर बहती हुई नरेला और आजादपुर के रास्ते उस तरह से बहती रही होगी जिस तरह से आज जी.टी.रोड बनी हुई है। आज के 'नॉर्दर्न रिज' कहे जानेवाले इलाके से टकराने के बाद उसने उत्तर व पूर्व का रुख किया होगा और आज जिस रास्ते पर बह रही है, उसपर बहने लगी होगी।

ऐसे बदले रास्ते यमुना के

दिल्ली में जमीन का सामान्य ढलान यमुना नदी के बहाव की मुख्य दिशा उत्तर से दक्षिण की ओर है। अरावली पहाड़ियों की स्थिति के कारण यमुना नदी के पश्चिमी किनारे की ओर एक ऐसी काल्पनिक रेखा इस शहर में खींची जा सकती है, जिसके पूर्व का पानी बहकर यमुना की ओर आता है और पश्चिम का पानी बहकर विभिन्न प्राकृतिक बहावों के रास्ते से होता हुआ दक्षिण की ओर नजफगढ़ नाले में जाकर गिरता है। यमुना उत्तर भारत में पानी का प्रवाह करनेवाली एक बेहद पुरानी नदी है । दिल्ली में बरसनेवाले पानी की निकासी का यही मुख्य साधन है। यह नदी दिल्ली और उत्तर प्रदेश के बीच की सीमारेखा के रूप में भी काम करती है। यह नदी पिछले हजारों वर्षों से इस क्षेत्र से होकर बह रही है और अकसर यह अपना रास्ता बदलती रही है। यह बदलाव आमतौर पर पश्चिम से पूर्व की ओर का रहा है। 'सैटेलाइट इमेजरी' यानी उपग्रहों से खींची गई यमुना की तसवीरों से पता चलता है कि यह नदी अपना रास्ता बार-बार बदलती रही है। यह काम धीरे-धीरे होता रहा है और अचानक भी। इन तसवीरों के आधार पर वैज्ञानिकों का मानना है कि पहले यमुना उत्तर-पूर्व से दक्षिण-पश्चिम की ओर आज के करनाल सफीदों और भिवानी से होकर बहती थी। फिर अपने रास्ते से मुड़कर झज्झर से गुड़गाँव होकर दिल्ली की ओर आती थी। फिर इस नदी ने पूर्व की ओर खिसकना शुरू किया। इस नदी के कम-से-कम पाँच बार पूर्व की ओर खिसकने के प्रमाण आज की दिल्ली में देखे जा सकते हैं। नजफगढ़, सूरजकुंड और बड़कल झील का निर्माण यमुना के पहाड़ियों के बीच अपना रास्ता बदलने के कारण हुआ माना जाता है।

दिल्ली पर यमुना का प्रभाव

इस नदी के पानी के साथ बहकर आनेवाली मिट्टी ने दिल्ली के प्राकृतिक परिदृश्य पर दूरगामी प्रभाव डाला है और नदी के पानी के द्वारा लाई गई मिट्टी के राजधानी के अलग-अलग हिस्सों में हजारों साल से एकत्रित रहने का यहाँ पर पानी की उपलब्धता की स्थिति पर सीधा प्रभाव पड़ा है। इस नदी के बदलते रास्तों और उसकी टेढ़ी-मेढ़ी धाराओं ने दिल्ली की मैदानी बनावट को प्रभावित किया है। विशेषज्ञ इस बात पर तो एकमत हैं कि यमुना अपना रास्ता बदलती रही है, लेकिन इस बात को लेकर उनमे व्यापक मतभेद हैं कि यह काम अचानक हुआ या धीरे-धीरे। उत्तरी दिल्ली के गाँवों की स्थिति और उनमें बने पुराने मकानों के निर्माण के तौर-तरीकों के आधार पर कुछ विशेषज्ञों का मानना है कि एक समय में यमुना निश्चय ही सोनीपत से दक्षिण की ओर बहती हुई नरेला और आजादपुर के रास्ते इस तरह से बहती रही हो जिस तरह से आज जी.टी. रोड बनी हुई है। आज के नॉर्दन रिज कहे जानेवाले इलाके से टकराने के बाद उसने उत्तर व पूर्व का रुख किया होगा और आज वह जिस रास्ते पर बह रही है, उस पर बहने लगी हो।

खादर

यमुना नदी और उसके किनारे की निचली जमीन को खादर कहा जाता है। यमुना के किनारों पर बाँध और ठोकरें बनाकर दिल्ली को बाढ़ से बचाने के लिए की गई व्यवस्थाओं के कारण खादर इलाके में आनेवाली जमीन का क्षेत्रफल लगातार घटता जा रहा है। आमतौर पर यमुना में आनेवाली बाढ़ के कारण उसका पानी जहाँ तक फैलता रहा है, उसे खादर कहा जाता है। इस इलाके में ऐसी मिट्टी होती है, जो कि नदी के पानी के साथ बहकर आने के बाद इस इलाके में जमा होती रहती है। इस मिट्टी में पानी को सोखने की क्षमता अधिक होती है। इसलिए इसका इस्तेमाल बरसाती पानी को बचाने और उसका इस्तेमाल करने की व्यवस्था कर पाने के लिए किया जा सकता है। इस कारण से इस इलाके में आमतौर पर कम गहराई पर पानी मिलता है। आमतौर पर उसकी किस्म भी अच्छी होती है। दिल्ली में यमुना के रास्ते पर नजर डालें तो पता चलता है कि यह नदी दिल्ली की सीमा में प्रवेश करने के बाद थोड़ी सी तिरछी चलती हुई नरेला, भोरगढ़, सन्नोट, खेला, कलाँ, खेरा खुर्द, अलीपुर, पल्ला, आलमगीरपुर से आजादपुर तक आती है। फिर थोड़ा सा पूर्व की ओर मुड़कर किंग्सवे कैंप से वजीराबाद तक

आती है। इसके बाद थोड़ा सा दक्षिण की ओर मुड़ती हुई मेटकॉफ हाउस तक आती है। इसके बाद सलीमगढ़ के किले के कारण थोड़ा सा पूर्व की ओर मुड़कर लगभग एक सीध पर चलती हुई कालिंदी कॉलोनी और ओखला होकर जैतपुर की ओर निकल जाती है।

रिंग रोड और आउटर रिंग रोड बन जाने के कारण बाँगर कहे जानेवाले इलाकों के एक बहुत बड़े हिस्से में अब आबादी बस गई है। इन दो प्रमुख सड़कों के बनाए जाने के बाद से यमुना की दिशा भी बदल गई है। वह अब पुराने रास्ते पर बहने की बजाय और भी उत्तर की ओर खिसकती जा रही है। यमुना के फ्लड जोन में आनेवाले इस इलाके की अब पहचान कर पाना संभव नहीं है। इस लेखक ने 1978 में आई बाढ़ के दौरान आज के उत्तर और उत्तर-पश्चिम जिले कहे जानेवाले बहुत बड़े हिस्से में बाढ़ का पानी भर जाते देखा है। यमुना के पूर्वी किनारे पर शाहदरा, गांधीनगर, सीलमपुर, भजनपुरा, शकरपुर, मयूर विहार आदि को खादर की जमीन पर बसा कहा जा सकता है।

बाँगर

दिल्ली के उत्तर-पश्चिमी जिले के अधीन आनेवाली जमीन को बाँगर कहा जाता है। इसका कारण यह है कि बहुत पुराने समय में यहाँ यमुना नदी बहा करती थी। तब नदी के द्वारा बहाकर लाई गई मिट्टी यहाँ मिलती है। दिल्ली में बाँगर जमीन एक तिकोन के रूप में दिखाई देती है। बाँगर की जमीन की इस तरह से पहचान की जा सकती है कि इसके उत्तरी छोर पर खादर कही जानेवाली जमीन है। यानी वह जमीन, जिसमें बाढ़ के दौरान यमुना का पानी भरता रहा है। बाँगर के पश्चिम की ओर की जमीन को डाबर कहा जाता है। दक्षिण-पश्चिम में 'कोही' कही जानेवाली पहाड़ी और रिज की जमीन आती है। बाँगर जमीन की विशेषता यह है कि यहाँ से बरसाती पानी की निकासी आसानी से नहीं हो पाती। अकसर यहाँ पानी भरा रह जाता है। यह ऐसा इलाका है, जहाँ कि अभी भी नहर के पानी और कुओं से खेतों की सिंचाई की जाती है। दिल्ली में जी.टी. रोड आमतौर पर इस तरह से बनी दिखाई देती है, जिसके कि उत्तर की ओर की जमीन खादर और दक्षिण की ओर की जमीन को बाँगर कहा जा सकता है। बाँगर के इलाके की जमीन खादर की तुलना में कुछ ऊँचाई पर है। पश्चिमी यमुना कैनाल बाँगर की जमीन के लगभग बीचोबीच से निकलती है। पहले यह नहर दिल्ली में खेती-किसानी और फलों के बगीचों की सिंचाई के लिए पानी पहुँचाने का

काम करती थी। अब इससे होकर यमुना का पानी दिल्ली के सबसे बड़े वाटर वर्क्स हैदरपुर तक पहुँचाया जाता हैं। इस संयंत्र से उत्तरी और उत्तर-पश्चिमी तथा दक्षिणी दिल्ली के बहुत बड़े इलाके को पीने के पानी की आपूर्ति की जाती है। वास्तव में दिल्ली में खादर और बाँगर का विभाजन करने का अवसर ही इसलिए मिला, क्योंकि यमुना बार-बार अपना रास्ता बदलती रही।

यमुना की एक धारा शायद तुर्कमान गेट के पास थी!

दिल्ली सल्तनत के इतिहासकारों की मानें तो पहली महिला प्रमुख रजिया सुलतान को नदी के किनारे बियाबान में तुर्कमान में दफनाया गया था। इस बियाबान जंगल में उस समय एक फकीर रहता था, जिसे 'तुर्कमान बियाबानी' के नाम से पुकारा जाता था। सुलताना के दफनाए जाने के करीब 400 साल बाद शाहजहाँ ने आज की पुरानी दिल्ली बसाई तो 'तुर्कमान' के नाम से शहर का एक गेट बनवाया था। इसे अब हम 'तुर्कमान गेट' कहते हैं। इसी गेट से कुछ ही दूरी पर रजिया सुलतान की कब्र आज भी देखी जा सकती है। गली बुलबुली खाना में बनी इस कब्र के पास जाने पर निराशा जरूर होगी, क्योंकि शायद हम अपनी पहली सुलताना को वह सम्मान नहीं दे पाए, जिसने कि उस दौर में एक बेहद प्रभावकारी शासक के रूप में दिल्ली की सत्ता सँभाली थी। रजिया को नदी के किनारे दफनाए जाने की बात कही जाती है, तो क्या यमुना या उसकी कोई धारा आज की पुरानी दिल्ली से नई दिल्ली होकर बहा करती थी? अब वह कहाँ गई, पता नहीं। शायद तब वह आज के बहादुरशाह जफर मार्ग और खान मार्केट से होकर बहा करती थी। लोदी गार्डन में बना सतपुला तभी बनाया गया था। मथुरा रोड के पास बना बारापुला आज भी उस दौर की इंजीनियरिंग और दूरदृष्टि का नायाब नमूना है। हमने इस पुल के नीचे बहनेवाले दरिया को नाले में बदल डाला है। शायद ये कभी यमुना या उसमें आकर मिलनेवाली नदियाँ रही होंगी।

अशोक की लाट नाव से फिरोजशाह कोटला पहुँची

दिल्ली के एक नाले को आज भी 'बुधि या बुधिया नाला' कहा जाता है। यह नाला सोनीपत के पास से शुरू होता है। इस नाले का इस्तेमाल पानी की निकासी के लिए किया जाता रहा है। यह नाला आज भी दिल्ली की जमीन को खादर और बाँगर में विभक्त करने का काम करता दिखाई देता है। परंपरा से माना जाता है कि यह नाला कभी उसी रास्ते पर आज भी दिखाई देता है, जहाँ कभी

यमुना बहा करती होगी। इस नाले को पहले बुधि एस्केप यानी बरसाती पानी की निकासी का रास्ता कहा जाता था। अब या तो यह सूखा रहता है या फिर इसमें शहर की गंदगी बहा दी जाती है। सन् 1857 तक, जिस रिंग रोड से आज हम उत्तर से दक्षिण दिल्ली की ओर आते जाते हैं, इस पुल के नीचे यमुना का पानी बहा करता था। शाहजहाँ और फिरोजशाह ने अपने शहर तो यमुना के पानी के किनारे रहने के लिए ही बसाए थे। शाहजहाँनाबाद का उद्घाटन करने के लिए शाहजहाँ नाव से ही आगरा से दिल्ली आया था और आज की रिंग रोड की ओर से उसने लाल किले में प्रवेश किया था। फिरोजाबाद के किले में लगी अशोक की लाट को नाव से दिल्ली लाया गया था और किले की छत पर लगाया गया था तो यमुना आज के फिरोजशाह कोटला को लगभग छूती हुई बहा करती थी। वैज्ञानिकों का तो यहाँ तक कहना है कि कभी यमुना और गंगा का संगम वहाँ पर होता था, जहाँ आज दिल्ली बसी हुई है। इलाहाबाद में गंगा-यमुना का संगम तो एक बहुत नई बात मानी जाती है। राजधानी के विभिन्न इलाकों में जमीन के अंदर पाई जानेवाली चट्टानों और मिट्टी के नमूनों से भी इन तथ्यों की पुष्टि की जा सकती है। आज और कल की दिल्ली में पानी की स्थिति में सुधार करने के लिए इन अध्ययनों से बहुत लाभ उठाया जा सकता है। जमीन के अंदर मेट्रो रेल के निर्माण के लिए किए गए अध्ययनों का इस्तेमाल राजधानी में जमीन के अंदर के पानी की स्थिति की जाँच और भावी इस्तेमाल के लिए किया जाना चाहिए।

मैली यमुना तब ही साफ होगी

दिल्ली की लाइफलाइन कही जानेवाली यमुना के सबसे ज्यादा गंदा होने का मुख्य कारण भी यही है। इसे रोकने के लिए अनेक योजनाएँ बनाई और लागू की जा चुकी हैं, लेकिन यमुना में गंदगी कम होने की बजाय साल-दर-साल बढ़ती ही जा रही है। यमुना को प्रदूषण-मुक्त किए जाने की योजना के पहले चरण में इस काम पर करीब 2,000 करोड़ रुपए खर्च किए जा चुके हैं। अब इसका दूसरा चरण लागू किया जा रहा है। दिल्ली सरकार फिर एक बार यमुना में गिरनेवाले नालों की गंदगी रोकने के लिए एक नई योजना तैयार कर रही है। इस पर 2,000 से 4,000 करोड़ रुपए तक खर्च किए जाने का प्रस्ताव है। सवाल तो यह है कि इन नालों में गंदगी आने ही क्यों दी जाती है। यह गंदगी इसलिए आती है, क्योंकि सीवर लाइनें इस स्थिति में हैं ही नहीं कि उनमें बहकर गंदगी

ट्रीटमेंट प्लांट तक ले जाई जा सके। एक ओर सीवेज के प्रदूषण की सुविधा नहीं है, दूसरी ओर इस काम के लिए जो संयंत्र लगाए गए हैं, उनका भी पूरी क्षमता से इस्तेमाल नहीं हो पा रहा है; क्योंकि उन तक सीवेज पहुँचाने की ही व्यवस्था नहीं की जा सकी है। दिल्ली की स्थिति विचित्र है—एक-तिहाई आबादी के पास सीवर की सुविधा ही नहीं है। जिन इलाकों में यह सुविधा है, वह भी इस तरह से बनी ही नहीं है कि सीवर लाइनों से गंदगी ट्रीटमेंट तक पहुँचाई जा सके। तो आसान रास्ता यही मिलता है कि उसे बरसाती पानी की निकासी के नालों में बहा दिया जाए। ऐसा किया जाना गैर-कानूनी है। ऐसा करनेवालों को सजा और जुर्माना किया जा सकता है। लेकिन ऐसा हो नहीं पाता, क्योंकि करनेवाली भी सरकार है और उल्लंघन करनेवाली भी सरकार की ही एजेंसियाँ हैं। ऐसा कैसे हो गया और ऐसा कैसे हो जाने दिया गया? क्या अब ऐसा हो सकता है कि यमुना में नावें चलाई जा सकें। दुनिया के अनेक प्रमुख शहरों—लंदन, पेरिस, बर्लिन आदि में नदियों की ही हालत ऐसी हो गई थी, जैसी कि आज दिल्ली में यमुना की है, लेकिन उन देशों की सरकारों और वहाँ के निवासियों ने इन नदियों को फिर से इस लायक बना दिया गया कि उनका जल संरक्षण और पर्यटन के लिए इस्तेमाल किया जा रहा है। दूसरे देशों में ऐसा किया जा सका है, क्या हम ऐसा नहीं कर सकते?

प्रकृति के परे दिल्ली का विकास

पिछले 100 सालों में दिल्ली में जिस तेजी से आबादी बढ़ी और उसकी बढ़ती जरूरतों के लिए निर्माण कार्य किए गए, उससे हमने प्रकृति को ध्यान में नहीं रखा है, इस कारण अनेक समस्याएँ सामने आ रही हैं। बसावट शुरू होने के बाद से यह शहर हमेशा अरावली की पहाड़ियों और यमुना के पश्चिमी किनारे के बीच बसता रहा, लेकिन पिछले दशकों में इस शहर का प्रसार अरावली की पहाड़ियों के पश्चिमी और दक्षिणी क्षेत्र में भी हुआ है। यही नहीं, इसने यमुना के पूर्व की ओर भी अपने पाँव फैलाए और वास्तव में अब जनसंख्या का घनत्व उन इलाकों में फैल रहा है, जहाँ कि प्रकृति को पीछे छोड़कर विकास जरूरी हो गया है। दिल्ली में पानी की स्थिति को ठीक से जानने-समझने के लिए जरूरी है कि राष्ट्रीय राजधानी की प्राकृतिक स्थिति पर एक नजर डाली जाए।

रिज

अरावली की पहाड़ियों को दिल्ली में रिज के रूप में पहचाना जाता है।

इसकी भौगोलिक व प्रशासनिक स्थिति के आधार पर इसे उत्तर-मध्य और दक्षिणी क्षेत्र के रूप में विभक्त करके देखा जाता है। अरावली की पहाड़ियों की गिनती दुनिया के सबसे पुराने पहाड़ों में होती है और पर्यावरण की दृष्टि से इसे 'दिल्ली का दूसरा फेफड़ा' कहा जाता है, लेकिन यमुना की ही तरह इस फेफड़े को भी समाप्त किया जा रहा है। दिल्ली समुद्र के औसत स्तर से 305 मीटर से 213 मीटर की ऊँचाई पर बसा हुआ है। रिज दिल्ली का वह पहाड़ी या पठारी हिस्सा है, जो कि पानी की स्थिति पर सबसे दूरगामी प्रभाव डालता है। रिज अरावली पर्वत शृंखला की मेवाती शाखा का अंतिम छोर है। अरावली की पहाड़ियों की यह शृंखला दिल्ली में दक्षिण की ओर से प्रवेश करती है और उत्तर-पूर्वी दिशा में चलती हुई वजीराबाद के पास यमुना के किनारे समाप्त हो जाती है। यह पर्वत शृंखला देखने में एक पतली, लेकिन जानदार उँगली की तरह दिखाई देती है। रिज दिल्ली के दो फे फड़ों में से एक माना जाता है। यह रिज दिल्ली के ऐतिहासिक शहरों को उत्तर-पश्चिमी और पश्चिमी दिशा में इस तरह से घेरती है, जैसे वे देश की राजधानी रूपी किले की प्राचीरें हैं। ये दीवारें दिल्ली को प्रकृति से प्राप्त हुई हैं। रिज की एक शाखा भाटी माइंस के पास अरावली पहाड़ियों की मुख्य शाखा से अलग हो जाती है। यह शाखा उत्तर और उत्तर-पूर्वी दिशा की ओर अरंगपुर तक वक्राकार बढ़ती हुई फिर से मुख्य शृंखला में जाकर मिल जाती है। रिज की इस मुख्य शाखा के अतिरिक्त कुछ अन्य स्थानों पर भी इसकी छोटी-बड़ी पहाड़ियाँ दिखाई देती हैं, जो कि राजधानी को ऊपर से देखने पर एक खास आकर्षण प्रदान करती हैं। विमान से रिज पर दिखाई देनेवाली रेखाओं में बरसात का अतिरिक्त पानी बहाकर ले जानेवाले अनेक नाले दिखाई देते हैं। इन प्राकृतिक सूखे नालों में नालियों और मिट्टी के क्षरण से बने गड्ढों में अकसर पानी भर जाता है।

रिज, जहाँ बरसाती पानी रोका जा सकता है

रिज को 'दिल्ली का फेफड़ा' कहा जाता है। राजधानी के पर्यावरण संरक्षण के लिए रिज का संरक्षण अनिवार्य है। रिज और दिल्ली में पानी की स्थिति का चोली-दामन का साथ है। दिल्ली में अरावली की पहाड़ियों की शुरुआत उत्तरी दिल्ली के तिमारपुर से शुरू होती है। ये पहाड़ियाँ मध्य दिल्ली में धौला कुआँ से होती हुई दक्षिण दिल्ली में भाटी माइंस तक फैली हुई हैं। इन पहाड़ियों में से बरसाती पानी को निकालने के लिए अनेक धाराएँ निकला करती थीं। आज

भी इन धाराओं में से होकर बरसाती पानी यमुना की ओर बहता है। इन्हें अब 'नाला' कहा जाता है। अब ये गंदगी बहाने के काम आते हैं। गुजरे कल में इनका इस्तेमाल बरसाती पानी को इन धाराओं में रोककर पीने और सिंचाई करने के काम में लाया जाता रहा है। इसके उदाहरण आज भी शहर में दिखाई देते हैं। एक सर्वेक्षण के अनुसार रिज और उसके आस-पास आज भी 17 ऐसे चैनल हैं, जिनका इस्तेमाल जमीन के ऊपर पानी रोककर बाद में आवश्यकता के अनुसार उसका उपयोग करने के लिए किया जा सकता है। इनसे सामान्य बरसातवाले वर्ष में मानसून के सीजन में 7 एम.सी.एम. पानी मिल सकता है। बाहरी दिल्ली के नजफगढ़, मुंगेशपुर और बवाना तथा नई और दक्षिण दिल्ली में कृषक और बारापुला नाले का इस्तेमाल पानी क संरक्षण के लिए किया जा सकता है। इन नालों से 122 एम.सी.एम. तक पानी को बह जाने से बचाने की क्षमता है। इस बारे में यहाँ-वहाँ कुछ योजनाएँ बनाई गई हैं। उन पर जहाँ-तहाँ काम हो रहा है। इस काम को इस तरह से कभी पूरा नहीं किया जा सकेगा। दिल्ली के अब से पहले के शासकों ने सैकड़ों साल पहले इस प्रकार के पानी को बंध बनाकर उनमें पानी को रोकने और बाद में आवश्यकता के अनुसार उसका सही उपयोग करने की व्यवस्था की थी। लेकिन अब की लीडरशिप में शायद उस तरह की दूरदृष्टि नहीं दिखाई देती, जो कि पानी को बचाने के काम को प्राथमिकता के आधार पर लागू करती। इसलिए जरूरी है कि एक व्यापक योजना बनाकर इसे लागू किया जाए।

कोही

अरावली पहाड़ियों और उसके साथ की ऊँची-नीची जमीन को 'कोही' के नाम से पुकारा जाता है। तुगलकाबाद और महरौली की जमीन को 'कोही' कहा जाता है। अरावली की मेवात शाखा की शुरुआत दिल्ली के उत्तर में वजीराबाद गाँव के पास यमुना के बिलकुल किनारे पर होती है। फिर कुछ दूर यमुना के किनारे के साथ-साथ चलती हुई शाहजहाँनाबाद के किनारे से निकलकर नई दिल्ली के पश्चिम की ओर से निकलती हुई कुतुब, महिपालपुर, महरौली होती हुई हरियाणा के गुड़गाँव जिले की ओर निकल जाती है। सलीम शाह द्वारा बनवाया गया सलीमगढ़ का किला और शाहजहाँ की बनवाई हुई देश की सबसे बड़ी जामा मसजिद उत्तरी दिल्ली में 'कोही' जमीन पर किए गए प्रमुख निर्माण कार्यों में हैं। इसी प्रकार दक्षिण में तुगलकाबाद का किला और शहर 'कोही'

जमीन पर हुए निर्माण कार्यों का प्रतिनिधित्व करते हैं। तुगलकाबाद के पास पहाड़ियों की एक शृंखला यमुना के किनारे की ओर बढ़ती है और फिर मुड़कर मंडी हरचंदपुर की ओर होती हुई अनंगपुर की ओर निकल जाती है। कोही की जमीन की सबसे ज्यादा ऊँचाई भाटी माइंस के पास समुद्र से करीब 318 मीटर है। इस जमीन का सबसे निचला हिस्सा वजीराबाद और बालकराम अस्पताल के पास समुद्र से 208 मीटर की ऊँचाई पर है। रिज की दो शाखाओं के बीच बना ऊबड़-खाबड़ इलाका पठार के रूप में है। इस क्षेत्र में पानी को रोककर रखने की बड़ी संभावनाएँ आज भी बरकरार हैं। पहले ऐसा किया जाता रहा है। दिल्ली के ही सन् 1883-84 के गजट में बताया गया है कि इस इलाके में विभिन्न स्थानों पर मीलों लंबे छोटे-बड़े बाँध बनाकर बरसाती पानी को इस्तेमाल किए जाने की व्यवस्था की गई थी। इस पहाड़ी इलाके से बड़े पैमाने पर पत्थर आदि निकाले जाने के बाद खाली हुई बेकार पड़ी जमीन का इस्तेमाल बरसाती पानी को रोककर उसका इस्तेमाल किए जाने के लिए किया जा सकता है। यह चर्चा तो हुई रिज और उसके दिल्ली के पानी के स्रोतों पर पड़नेवाले प्रभाव की।

बाएँ हाथ को नहीं पता, दायाँ हाथ क्या कर रहा है

यदि दिल्ली सरकार की बाढ़ नियंत्रण की योजनाओं को राजधानी में पानी की कमी और भू-जल के गिरते स्तर के साथ मिलाकर देखा जाए तो एक विचित्र स्थिति उभरकर सामने आती है। एक ओर घरों की छत पर बरसनेवाले पानी के इस्तेमाल के लिए नियम-कानून बनाए जाने और उनको लागू किए जाने का प्रयास किया जा रहा है, वहीं दूसरी ओर नजफगढ़ झील में भर जानेवाले पानी की निकासी की योजनाओं पर हर साल करोड़ों रुपए खर्च किए जा रहे हैं। बरसाती पानी की निकासी के लिए बनाए जानेवाले इन नालों में बरसाती पानी की निकासी की बजाय शहर की गंदगी बहाए जाने के लिए इस्तेमाल किया जा रहा है। इस व्यवस्था पर कितना पैसा खर्च किया जा रहा है और किस तरह से काम किया जा रहा है, इसके ब्योरे दिल्ली सरकार के बाढ़ नियंत्रण विभाग की फाइलों में देखे जा सकते हैं। नजफगढ़ ड्रेन दिल्ली में यमुना को गंदा करने का सबसे बड़ा स्रोत है; लेकिन दिल्ली सरकार नजफगढ़ क्षेत्र से पानी की निकासी के नाम पर एक सप्लीमेंटरी ड्रेन का निर्माण कर रही है। इस ड्रेन के बनाने का काम लगभग 90 प्रतिशत पूरा किया जा चुका है। इस योजना पर पिछले करीब 20 साल से काम चल रहा है।

संरक्षण और निकासी का विरोधाभास

इस योजना का उद्देश्य ही बरसाती पानी की निकासी की रफतार को तेज करना था, जिससे आस-पास के इलाकों में पानी नहीं भर सके। इस योजना के तहत नजफगढ़ ड्रेन के बाएँ किनारे पर ककरौला रेगुलेटर से नांगलोई ड्रेन तक एक अतिरिक्त नाला बनाया जाना था। नजफगढ़ ड्रेन का निर्माण अंग्रेजी शासन के दौरान नजफगढ़ झील में भरे पानी की यमुना के रास्ते निकासी के लिए किया गया था। तब दिल्ली में पानी की कमी नहीं थी, लेकिन जब सप्लीमेंटरी ड्रेन बनाने की योजना बनाने का काम वर्ष 1988 में शुरू किया गया था, तब दिल्ली में पानी की कमी का सिलसिला शुरू हो चुका था; लेकिन फिर भी केंद्र और दिल्ली की सरकारों और सेंट्रल वाटर कमीशन जैसी विशेषज्ञ एजेंसियों ने इस योजना को अपनी मंजूरी दे दी थी। अब तक करीब 35 किलोमीटर की लंबाई मे इस नाले का निर्माण कार्य किया जा चुका है और 11वीं पंचवर्षीय योजना के दौरान इस योजना को पूरा करने के लिए काम किया जा रहा है। इसी प्रकार से शालीमार बाग, आजादपुर, मॉडल टाउन, आदर्शनगर आदि से बरसाती पानी की निकासी के लिए जहाँगीरपुरी क्षेत्र में आउटफिल ड्रेन बनाने और जहाँगीरपुरी ड्रेन की रिमॉडलिंग पर करीब 35 करोड़ रुपए खर्च किए जा रहे हैं। यह वह इलाका है, जहाँ कि यमुना के किनारे होने के बाद भी जमीन के अंदर पानी का जल स्तर लगातार गिरता जा रहा है और बरसात के बाद भी जल स्तर में बढ़ोतरी के प्रमाण नहीं मिल रहे हैं। इसी प्रकार यमुना पार में सोनिया विहार, राजीव नगर, सी.आर.पी.एफ. कैंप और उसके आस-पास के इलाकों से पानी की निकासी के लिए योजनाएँ बनाई जा चुकी हैं या उन पर बाकायदा काम शुरू कर दिया गया है। यमुना के दोनों किनारों पर बने बाँधों की दीवारें मजबूत करने और उनको इस तरह से बनाने का काम पूरे जोरों पर है कि कहीं शहर के अंदर बरसात का पानी भूलकर भी आ न जाए। इसी प्रकार पालम लिंक ड्रेन, बवाना एस्केप, किराड़ी सुलेमान नगर ड्रेन, बवाना ड्रेन, अलीपुर लिंक ड्रेन, बाँकनेर लिंक ड्रेन, खेड़ा कलाँ ड्रेन, खेड़ा खुर्द ड्रेन आदि को इस तरह से बड़ा किया जा रहा है कि बरसात में कहीं आस-पास के इलाके में पानी न भर जाए।

नालों का जल संरक्षण के लिए उपयोग का प्रयास

इस प्रकार की योजनाओं का जल संवर्धन और जल संरक्षण पर क्या प्रभाव पड़ेगा, इसके लिए इन योजनाओं पर थोड़ी गहराई से जाना जरूरी है। बवाना

एस्केप ड्रेन, दरयापुर झील से हरेवली गाँव के पास शुरू होता है। शुरुआत में इस नाले की क्षमता 3.54 क्यूसेक की है और जब इस नाले का पानी दूसरे नाले में गिरता है तो इसकी क्षमता 24 क्यूसेक से अधिक हो जाती है। इसकी क्षमता को बढ़ाए जाने का कारण यह है कि डी.एस.आई.डी.सी. ने बवाना के पास एक औद्योगिक क्षेत्र का विकास किया है, जिसमें सुप्रीम कोर्ट के आदेश के बाद शहर से हटाए जानेवाले कल-कारखानों को फिर से लगाया जा रहा है। इस औद्योगिक बस्ती से बरसाती पानी को निकाले जाने के लिए इस नाले की क्षमता बढ़ाई जानी जरूरी है। इस औद्योगिक बस्ती को बसाए जाने की योजना पर अभी काम चल रहा है; लेकिन इससे इतना तो साफ है कि इस नए औद्योगिक क्षेत्र को बसाए जाने की योजना के दौरान जल संरक्षण और संवर्धन की योजनाओं को कोई महत्त्व नहीं दिया गया। इस नए औद्योगिक क्षेत्र के विकास के साथ यहाँ पर पानी की माँग और बढ़ेगी। यह पानी कहाँ से आएगा, इस बारे में चर्चा तक नहीं की जा रही है।

दूर-दराज से पानी लाना महँगा होता जाएगा

आनेवाले समय में दिल्ली के बाहरी स्रोतों से पानी मिलने की संभावनाएँ सीमित हैं। पानी मिल भी जाए तो भी उसको वहाँ से दिल्ली लाकर और फिर साफ-सफाई के बाद घरों, दफ्तरों एवं कल-कारखानों तक पहुँचाना महँगा होता जाएगा और इस लागत की पूरी वसूली संभव नहीं हो पाएगी। फिर सरकारों को या तो पानी पर सब्सिडी देनी होगी या फिर माँग और आपूर्ति का अंतर बढ़ता जाएगा, क्योंकि पानी पहुँचानेवाले सरकारी संगठनों का घाटा बढ़ता जाएगा। निजी सेक्टर को शामिल किया गया तो वह तो मुनाफा कमाने की कोशिश करेगा और अंततः उसका बोझ आम आदमी पर ही पड़ेगा। इसलिए इस औद्योगिक क्षेत्र में काम करनेवाले लोगों और कल-कारखानों को पानी की माँग को पूरा करने के लिए भू-जल पर ही निर्भर होना पड़ेगा। यह वह इलाका है, जहाँ कि जमीन के अंदर के पानी का स्तर पहले ही गिर रहा है। उसमें नाइट्रेट जैसे रसायनों की मात्रा निर्धारित मात्रा से कहीं ज्यादा है। इसके बावजूद जल संवर्धन और संरक्षण की बजाय बरसाती पानी की निकासी की योजनाओं पर पैसा खर्च किया जा रहा है। इसी प्रकार किराड़ी-सुलेमान नगर ड्रेन को रिमॉडल यानी उससे पानी की निकासी की क्षमता को बढ़ाने के लिए 20 करोड़ रुपए खर्च करने की एक योजना बनाई गई है। इस नाले के दोनों ओर अनधिकृत कॉलोनियाँ पहले से ही बनी हुई हैं।

इनकी गंदगी इसी नाले में बहाई जा रही है। द्वारका में पानी की सबसे ज्यादा कमी है। आनेवाले समय में इस उपनगर में पानी उपलब्ध कराने के लिए कोई योजना तब तक नहीं बन सकती, जब तक कि दिल्ली को यमुना से अतिरिक्त कच्चा पानी नहीं मिलता। इसके बावजूद पालम ड्रेन और बपरौला ड्रेन से पानी की निकासी की क्षमता बढ़ाने पर काम चल रहा है, जबकि आवश्यकता इस बात की है कि इस इलाके में बरसात के दौरान मिलनेवाले पानी को किसी तरह जमीन के अंदर पहुँचाया जाए, जिससे कि यहाँ के लोगों को पीने के पानी की सप्लाई की जा सके। इस प्रकार की दर्जनों योजनाएँ बन रही हैं या फिर उन पर काम चल रहा है। आवश्यकता इस बात की है कि इन योजनाओं को इस तरह से विकसित और लागू किया जाए कि वे बरसाती पानी के संरक्षण व संवर्धन में काम आ सकें, न कि बरसाती पानी की निकासी करके शहर को पीने के पानी के लिए तरसता छोड़ने के काम आएँ।

पानी और अदालती आदेश

दिल्ली नगर निगम की ओर से हाई कोर्ट में एक हलफनामा दाखिल करके इन ब्योरों की पुष्टि की गई थी। यह हलफनामा विनोद कुमार जैन बनाम दिल्ली नगर निगम और अन्य मामले में दाखिल किया गया था। दिल्ली हाई कोर्ट में इस मामले पर लंबे समय से विचार चल रहा था। अदालत ने बार-बार केंद्र सरकार, दिल्ली सरकार और उसकी एजेंसियों को निर्देश दिया कि राजधानी में पानी की स्थिति को देखते हुए जल संरक्षण की योजनाओं को सर्वोच्च महत्त्व दिया जाए। इन्हें जल संरक्षण के अलावा पर्यटन के केंद्रों के रूप में विकसित किए जाने का भी आदेश दिया गया है। अदालत ने इस स्थिति को देखते हुए अपने एक ऐतिहासिक फैसले में आदेश दिया है कि तालाबों, पोखरों, जोहड़ों और अन्य ऐसी जगहों, जहाँ पर पानी भरा रहता है, उनका अधिग्रहण नहीं किया जा सकता। अभी तक कानून में जल संरक्षण और संवर्धन के बारे में स्पष्ट व्यवस्थाएँ नहीं हैं। इसके लिए अलग से कानून बनाए जाने की आवश्यकता है। सुप्रीम कोर्ट और दिल्ली तथा अन्य राज्यों के हाई कोर्ट ने इस बारे में अनेक व्यवस्थाएँ दी हैं। जल संरक्षण और जल संवर्धन से जुड़े विषयों के बारे में अलग से कानून बनाए जाने और उसे प्राथकिता के आधार पर सख्ती से लागू किए जाने की आवश्यकता है। इस बारे में अधिक देरी किया जाना ठीक नहीं होगा।

संरक्षण नीति और कार्य-योजना

इस हलफनामे में अदालत को बताया गया था कि दिल्ली नगर निगम के आयुक्त के कक्ष में आयोजित एक बैठक में यह फैसला किया गया है कि नगर निगम पानी से भरे हुए उस इलाके को वाटर बॉडी मानेगा, जो कि प्राकृतिक तरीके से बना हुआ हो या उसे किसी ने बनाया हो। पानी के बारे में सरकारी नीति की इस सोच को एक हद तक ही ठीक कहा जा सकता है। कुछ नहीं होने से तो यही बेहतर है कि कुछ तो करने पर विचार किया गया। इस सोच को एक तरह से किसी भी योजना के प्रति नौकरशाही की सोच का एक सामान्य प्रतीक है। इसमें पानी के प्रति जिस संवेदनशीलता की आशा की जाती है, वह कहीं नहीं दिखाई देती है। भारतीय समाज में परंपरा से कुआँ, तालाब, प्याऊ व पोखर बनवाना और उसका संरक्षण करना धर्म व समाज का काम माना जाता रहा है। यहाँ पर उस संवेदनशीलता और व्यक्ति व समाज से पानी को जोड़ने की ओर ध्यान देने की बजाय इसे किसी और योजना की तर्ज पर देखा और लागू करने का प्रयास किया गया। इस बैठक में यह भी फैसला किया गया था कि राजधानी की सभी ऐतिहासिक वाटर बॉडीज का संरक्षण किया जाएगा। पार्कों और परिसरों में विकसित की गई सभी वाटर बॉडीज को संरक्षित रखा जाएगा। संरक्षित रखने के लिए उन जल स्रोतों का चुनाव करने का फैसला किया गया, जिसमें अक्तूबर से दिसंबर यानी मानसून निकल जाने के बाद सर्दियों में कम-से-कम 4,000 वर्गमीटर में पानी भरा रहता है। इससे बड़ी वाटर बॉडीज को संरक्षित की सूची में शामिल नहीं करने के पक्ष में यह तर्क दिया गया था कि इससे बड़ी वाटर बॉडीज में निश्चय ही पूरे साल पानी भरा रहता है। उनमें पानी अपने आप भरता रहता है।

रेलवे लाइन और सड़कों के किनारे का पानी

इस सर्वेक्षण में राजधानी में से होकर गुजरनेवाली रेलवे लाइनों, सड़कों और नहरों के किनारों पर बिना किसी प्रयास के पानी भर जाने की व्यवस्था को जल स्रोतों की सूची में शामिल नहीं किया गया था। यह फैसला कितना तार्कि क और उचित कहा जा सकता है, इस पर बहस की जा सकती है। दिल्ली की सीमा से होकर गुजर रही सैकड़ों किलोमीटर लंबी रेलवे लाइनें, सड़कों व नहरों के दोनों किनारों पर अकसर पूरे साल ही और बहुत बड़े इलाके में बरसात के बाद चार से पाँच महीने तक पानी भरा रहता है। इस पानी के उचित इस्तेमाल

के लिए काम किया जाना चाहिए और किया जा सकता है। 4,000 वर्ग मीटर से छोटी वाटर बॉडीज को संरक्षित नहीं रखने का फैसला करने का तर्क यह दिया गया था कि इनका रख-रखाव मुश्किल होगा। इनसे जमीन के अंदर के पानी का स्तर ऊँचा करने में कोई खास मदद नहीं मिलेगी। इससे बड़े जल स्रोतों को संरक्षित करने के काम पर अधिक ध्यान दे पाने में दिक्कत होगी। नगर निगम के इस तर्क को एक हद तक ही स्वीकार किया जा सकता है। इस काम को किया जाना चाहिए और इसमें आस-पास के निवासियों के संगठनों को शामिल किए जाने जैसे विकल्पों पर विचार किया जाना चाहिए। एक ओर तो कहा जाता है कि 'जल ही जीवन' है, दूसरी ओर उसके संरक्षण की ओर इस प्रकार का रुख अपनाया जाना कहाँ तक उचित है, इस पर भी विचार किया जाना चाहिए। वर्ष 2021 के मास्टर प्लान में सिफारिश की गई है कि कम-से-कम 1 हेक्टेयर क्षेत्रफलवाली वाटर बॉडीज का संरक्षण उन एजेंसियों द्वारा किया जाए, जिनका उनपर मालिकाना हक है। इससे छोटी वाटर बॉडीज का संरक्षण करने का प्रयास स्थानीय स्तर पर किए जाने का प्रयास किया जाए। इस काम में इन जल स्रोतों के आस-पास रहनेवालों की महत्त्वपूर्ण भूमिका रहेगी। वे इन जल स्रोतों में कूड़ा, मलबा आदि न स्वयं भरें और न दूसरों को भरने दें। इन स्रोतों तक बरसाती पानी के पहुँचने में, होनेवाले निर्माण आदि को होने से रोककर अपने इलाकों में पानी की कमी को रोकने में मदद मिल सकती है। इस काम की शुरुआत आज और अभी से करनी होगी, वरना फिर बहुत देर हो जाएगी।

□

पहले पानी, फिर विकास

शहरी विकास से पहले पानी की व्यवस्था

राजधानी में जल संरक्षण की व्यापक योजनाओं को वर्ष 2021 के मास्टर प्लान को लागू किए जाने के पहले पूरा करना होगा, क्योंकि इस मास्टर प्लान को लागू किए जाने के बाद राजधानी में ग्रामीण दिल्ली जैसी कोई चीज नहीं रह जाएगी। तब बरसाती पानी के संरक्षण के लिए न तो जमीन होगी और न ही जल-संग्रहण के क्षेत्र ही बचे रह पाएँगे। इसलिए मास्टर प्लान लागू किए जाते समय बरसाती पानी के संरक्षण को उचित प्राथमिकता दी जानी जरूरी होगी। अब तक की स्थिति यही रही है कि दिल्ली के मास्टर प्लान को बनाए जाते समय पानी के संरक्षण और संवर्धन को कोई विशेष महत्त्व नहीं दिया जाता रहा है। इसके लिए दिल्ली की प्रशासनिक व्यवस्था को एक हद तक जिम्मेदार कहा जा सकता है। कागजी तौर पर कुछ भी कहा जाए, पर वास्तव में दिल्ली के नियोजित विकास के नाम पर मास्टर प्लान तो बनाया जाता रहा है; लेकिन उसे जिस रूप से बनाया और लागू किया जाता रहा है, उसमें राजधानी में काम कर रही विभिन्न एजेंसियों के बीच तालमेल में कमी साफ दिखाई देती है। दिल्ली के नियोजित विकास के नाम पर बनाई गई बस्तियों में पानी की कमी इसका स्पष्ट उदरण हैं। डी.डी.ए. ने द्वारका का विकास तो कर दिया, लेकिन उसमें रहनेवालों को पानी कहाँ से मिलेगा, इसकी जिम्मेदारी दिल्ली जल बोर्ड पर डाल दी।

मास्टर प्लान और पानी

दिल्ली के लिए अब तक बनाए गए तीनों मास्टर प्लान हमारे प्रशासकों और नियोजकों के दिवालिएपन के स्पष्ट प्रमाण हैं। 1962 में बनाए गए दिल्ली के पहले मास्टर प्लान में आनेवाले समय में पानी की व्यवस्था के बारे में कोई हवाला

ही नहीं मिलता। दो अध्यायों और संलग्नकों तथा नक्शोंवाले इस दस्तावेज में लैंड यूज प्लान और जोनिंग व सब डिवीजन रेगुलेशंस का हवाला दिया गया है। इस दस्तावेज में यह तो बताया गया है कि सरकारी दफ्तर कहाँ बनेंगे और कारोबार कहाँ होगा। स्कूल-कॉलेज खेल के मैदान कहाँ होंगे, यह भी लिखा है। वाटर वर्क्स के लिए जगह रिजर्व रखे जाने की बात तो कही गई है, लेकिन पानी कहाँ से आएगा, इसके बारे में कोई हवाला नहीं मिलता।

इसके बाद निर्धारित समय से करीब 10 साल बाद दूसरा मास्टर प्लान 1990 में जारी किया गया, जो कि वास्तव में पहले मास्टर प्लान का ही संशोधित रूप था। इस दस्तावेज की प्रस्तावना में यमुना का उल्लेख करते हुए कहा गया कि इसे प्रदूषण-मुक्त किया जाना। इस मास्टर प्लान को क्रियान्वित करने की समय सीमा पूरी हो चुकी है, लेकिन यमुना को प्रदूषण-मुक्त करने का काम योजना के रूप में ही है। यमुना को साफ करने के लिए बना यमुना एक्शन प्लान का पहला चरण पूरा हो चुका है। दूसरे चरण में भी भारी खर्च किया जा चुका है और किया जा रहा है। यमुना को साफ करने के लिए नालों पर इंटरसेप्टर लगाने की एक और योजना के ठेके दिए जाने की प्रक्रिया चल रही है। इस योजना के पूरा होने के बाद भी यमुना का पानी इस स्तर का नहीं हो सकेगा कि उसमें स्नान और आचमन किया जा सके। यमुना के किनारों को मनोरंजन के अवसरों से इस तरह से विकसित किया जाना चाहिए, जिससे कि यह नदी शहर के विकास के साथ संयुक्त दिखाई दे; लेकिन वास्तविकता यह है कि साल के एक-दो महीनों को छोड़ दिया जाए तो इस नदी को बिना नाक पर रूमाल रखे सड़क के रास्ते या इस पर बने पुलों से होकर गुजरा नहीं जा सकता। मास्टर प्लान के इस दस्तावेज में दिल्ली की भावी जरूरतों के बारे में कुछ नहीं कहा गया। इस दस्तावेज में कहा गया कि दिल्ली को कच्चे पानी के लिए यमुना पर निर्भर रहना पड़ता है। यमुनापार के कुछ इलाकों को आंशिक रूप से गंगा से पानी की आपूर्ति की जाती है। उत्तर प्रदेश के टिहरी बाँध और हिमाचल प्रदेश के किशऊ लखवर और गिरी बाँधों के पूरा हो जाने के बाद वर्ष 2021 तक दिल्ली की पानी की जरूरतों का एक बड़ा हिस्सा पूरा हो जाएगा। बाकी कमी को दिल्ली के गंदे पानी को हरियाणा को देकर तथा बदले में साफ पानी लेकर पूरा कर लिया जाएगा। अपेय जल की आपूर्ति के अलावा जहाँ कहीं संभव होगा, वहाँ जमीन के अंदर के पानी का इस्तेमाल करके कच्चे पानी की माँग की कमी भी पूरी की जाएगी।

पानी : शहरी विकास का अभिन्न अंग

इन मास्टर प्लानों को लागू किए जाते समय से ही दिल्ली में पानी की माँग और आपूर्ति के बीच के अंतर के बढ़ने का सिलसिला शुरू होने लगा था; लेकिन इस समस्या के समाधान के लिए पड़ोसी राज्यों से अतिरिक्त पानी लाकर दिल्ली में सप्लाई करने की नीति जारी रखी गई। लेकिन अपने संसाधनों को सहेजने और सँवारने को प्राथमिकता नहीं दी जा सकी। वर्ष 2021 का मास्टर प्लान बनाए जाते समय तक स्थिति ने गंभीर रूप धारण कर लिया था। इस दस्तावेज में पहली बार पानी की समस्या को प्राथमिकता दी गई। पानी की आपूर्ति के वैकल्पिक उपायों का हवाला दिया गया है। पानी की रिसाइक्लिंग करने जैसे उल्लेख इस दस्तावेज में देखने को मिलते हैं। लेकिन इस दस्तावेज में भी जल संवर्धन और संरक्षण को उचित महत्त्व नहीं दिया गया है। अभी भी यही सुझाव दिया गया है कि पड़ोसी राज्यों के साथ समझौते करके दिल्ली को अतिरिक्त पानी उपलब्ध कराने के लिए प्रयास किया जाए। जिन बाँधों के सन् 2001 में पूरा होने की आशा व्यक्त की गई थी, उनके 2011 में भी पूरा होने के आसार इस समय नहीं दिखाई दे रहे हैं। इसलिए यह और भी जरूरी हो गया है कि पानी के संरक्षण, संवर्धन और अधिकतम इस्तेमाल को सर्वोच्च प्राथमिकता दी जाए क्योंकि आनेवाले वर्षों में दिल्ली को अतिरिक्त कच्चा पानी मिल पाने की अधिक संभावनाएँ नहीं हैं।

पानी तो बचाना ही होगा

दिल्ली के लिए अब यह बहुत महत्त्वपूर्ण हो चुका है कि बरसात के दिनों में दिल्ली में होनेवाली बारिश के पानी और यमुना में से होकर बह रहे बरसाती पानी को रोककर उसका जमीन के ऊपर और अंदर इस तरह से भंडारण करने की व्यवस्था की जाए, जिससे कि उसका किसी-न-किसी तरह से इस्तेमाल किया जा सके। इस पानी को रोककर अगर किसी प्रकार से जमीन के अंदर पहुँचा दिया जाए तो इससे भू-जल के गिरते स्तर पर रोक लगाने में मदद मिलेगी। वही इससे जमीन के अंदर के पानी का स्तर भी ऊँचा किया जा सकता है और उस पानी का अधिक आसानी से इस्तेमाल किया जा सकता है। इस पानी को रोक इसे जमीन के अंदर और जमीन के ऊपर रोके जा सकने की संभावनाएँ साफ दिखाई देती हैं। इस पानी को इंजेक्शन वेल चेक डेम नालों पर बाँध बनाकर रिचार्ज शैफ्ट्स बोर ट्रेंचेज बनाकर ऐतिहासिक कुओं, बावड़ियों, तालाबों आदि में रखा जा सकता है। दिल्ली के तेजी से हो रहे विकास के बावजूद अभी भी सैकड़ों की संख्या में

तालाब, ताल-तलैया, पोखर, झीलें आदि जल स्रोत बचे हुए हैं। इन्हें फिर से पुनर्जीवित और पुनर्विकसित किया जा सकता है। यमुना के दोनों किनारों पर बाढ़ के पानी के फैलने के लिए छोड़ी गई जमीन में ही इतनी क्षमता आँकी गई है कि वह 332 एम.सी.एम. मिलियन क्यूबिक (करोड़ों लीटर पानी) को सँभाल सकती है। इस जमीन का यदि पानी के संरक्षण के लिए इस्तेमाल किया जाए तो उससे 200 एम.जी.डी. पानी की आपूर्ति करने की क्षमता प्राप्त की जा सकती है। इसमें से कुछ क्षमता का अभी से इस्तेमाल शुरू भी कर दिया गया है।

यमुना के किनारे व्यावसायिक विकास के खतरे

वजीराबाद के बाद यमुना एक गंदा नाला ही बनकर रह गई है। इसकी सफाई के लिए अब तक बनाई और लागू की गई योजनाओं की एक लंबी सूची है; लेकिन ये योजनाएँ कितनी प्रभावकारी साबित हुई हैं, इसका प्रमाण तो यमुना के पानी का रंग और इससे उठनेवाली सड़ाँध ही बहुत है। इस समय जिस प्रकार यमुना के किनारों की जमीन का इस्तेमाल करने की योजनाएँ बनाई जा रही हैं और लागू की जा रही हैं, उससे यह जमीन कुछ और वर्षों के लिए ही दिखाई देगी। यदि इस जमीन का दिल्ली की अन्य जरूरतों को पूरा करने के लिए इस्तेमाल किया गया तो यमुना एक नदी नहीं रह जाएगी। यही नहीं, बरसाती पानी के इस्तेमाल की यह क्षमता हमेशा के लिए हमसे छिन जाएगी। इसलिए विकास और विनाश के बीच के इस चुनाव की ओर अधिक ध्यान दिए जाने की आवश्यकता है। मेट्रो रेल कॉरपोरेशन ने शास्त्री पार्क एवं खेल गाँव मेट्रो स्टेशन के पास मॉल और अपने कर्मचारियों के लिए रिहाइशी परिसर बनाने का प्रस्ताव करके विकास के इस विनाशकारी प्रभाव की ओर अपनी संवेदनशीलता का अभाव पहले ही प्रकट कर दिया गया है। रिवर बेड के व्यावसायिक उपयोग की चिंताओं को परे रखकर निजामुद्दीन पुल और रिंग रोड के बीच की नदी की तलहटी में कॉमनवेल्थ गेम्स के नाम पर करोड़ों रुपए खर्च करके डी.टी.सी. का डिपो बना दिया गया। इसे बनाए जाते समय इस निर्माण को अस्थायी कहकर मंजूरी ली गई थी, लेकिन अब यह कहकर इसे बनाए रखने का प्रयास किया जा रहा है कि डी.टी.सी. के पास नई बसों के लिए पर्याप्त जगह नहीं है और उसे अपनी बसों को पार्क करने तथा उनकी देखभाल करने के लिए डिपो की आवश्यकता है। इस जमीन का मालिकाना हक डी.डी.ए. के पास है। डी.डी.ए. के अध्यक्ष दिल्ली के उपराज्यपाल हैं। अक्षरधाम मंदिर और चंद हफ्तों के लिए खेल गाँव में डेरा डालनेवाले देशी-विदेशी मेहमानों

के लिए विकसित की गई सुविधाएँ अब शायद करोड़ों के इन फ्लैटों में रहनेवालों के काम शायद ही कभी ही आ सकें; लेकिन पानी के संरक्षण के लिए इस जमीन का उपयोग किय जा सकना अब टेढ़ी खीर ही कहा जा सकता है।

यमुना के रीवर बेड में बना डी.टी.सी. डिपो

उन्होंने एक आदेश जारी करके यमुना के रिवरबेड पर किसी प्रकार का निर्माण करने पर रोक लगा दी थी। फिर उन्हीं के आदेश से इस जमीन पर डी.टी.सी. का बस डिपो बनाने को मंजूरी दी गई। उन्हीं के आदेश पर यमुना बेड में खेल गाँव का निर्माण किया गया, जो अब सी.बी.आई. के जाँच के दायरे में है। कुछ समय पहले तक डी.टी.सी. के इस नए डिपो के निर्माण के काम में लाई गई इस जमीन का इस्तेमाल पास में ही बने पर इंद्रप्रस्थ बिजली घर से निकलनेवाली राख का भंडारण करने और डिस्पोजल करने के लिए किया जाता था। इस डिपो के आस-पास की जगह पर एक समय में राख को ईंटों में बदलने के लिए प्लांट लगाने के काम में भी लाया गया था। इसी आधार पर दिल्ली की सरकार का दावा है कि यह रीवर बेड की जमीन नहीं है। अब इस पर डिपो बनाया जाना अनुचित करार नहीं दिया जा सकता। अब यह मामला दिल्ली हाई कोर्ट के विचाराधीन है। सरकार इस पर जनता की गाढ़ी कमाई के टैक्स से एकत्र पैसा खर्च किए जाने को आधार बनाकर इस डिपो को हटाए जाने का विरोध कर रही है। इस मामले पर अदालत क्या रुख लेती है, इसपर इस डिपो का भविष्य तय होगा। इस जमीन के जल संरक्षण के लिए इस्तेमाल किए जाने की संभावना फिलहाल नहीं के बराबर ही रह गई है।

पानी और लाभ के सौदों के बीच चुनाव

यमुना बैंक मेट्रो स्टेशन के निर्माण के लिए जमीन का इस्तेमाल आवश्यक कहा जा सकता हैं, लेकिन उसके डिब्बों की पार्किंग और मेंटीनेंस आदि की व्यवस्था करने के लिए रिवर बेड की जमीन का इस्तेमाल पानी के प्रति हमारे संकुचित दृष्टिकोण का ही परिचाायक है। मॉल, आई.टी. कॉम्पलेक्स और मेट्रो के लिए रिहाइशी इलाके का निर्माण मुनाफा कमाने और पानी की आवश्यकता की तुलना में लाभ को बढ़ावा देने के नजरिए से ही देखा जा सकता है। अक्षरधाम मंदिर कॉमनवेल्थ गेम्स विलेज और कालिंदी कुंज के पास यमुना के पश्चिमी किनारे पर क्रिक्रेट और फुटबॉल स्टेडियम को मंजूरी दिया जाना इस दिशा में एक और बुरा संकेत कहा जा सकता है। कॉमनवेल्थ गेम्स विलेज को आवश्यकता से

कहीं अधिक बड़ा कर मुनाफा कमाने को प्राथमिकता दी गई, जबकि इस काम के लिए जमीन अन्य इलाकों में उपलब्ध थी। जवाहरलाल नेहरू स्टेडियम के पास ही केंद्र सरकार के लैंड एंड डेवलपमेंट ऑफिस की जमीन उपलब्ध थी। यदि इसका उपयोग किया जाता तो बारापुला नाले की जमीन का जल संरक्षण के लिए उपयोग किए जाने की संभावना बरकरार रह सकती थी, लेकिन ऐसा नहीं हो सका। गेम्स विलेज के साथ आवश्यक सुविधाएँ विकसित किए जाने के लिए रिवर बेड की जमीन का उपयोग किया जाना भी नियोजकों की संकुचित दृष्टिकोण का ही परिचायक है। दिल्ली की पानी की जरूरतों और पर्यावरण संरक्षण की तुलना में मुनाफा कमानेवाली परियोजनाओं को महत्त्व नहीं दिया जाना चाहिए। शायद हम कल की बजाय आज ही लाभ कमाने में ज्यादा विश्वास रखते हैं, 'कल किसने देखा है' के तर्क पर चलना चाहते हैं। विकास के इस रुख के परिणाम कल की दिल्लीवालों को निश्चय ही भुगतने होंगे। इससे यह भी यह साबित होता है कि आज के नीति-निर्धारकों और नियोजकों ने इस शहर के अतीत से कुछ सीखा नहीं। इसके लिए कल के दिल्लीवाले क्या हमें कभी माफ कर पाएँगे? शायद नहीं करेंगे।

रिवर बेड केवल जल संरक्षण के लिए रखें

यमुना के किनारों पर जमीन के इस्तेमाल की योजना के पहले चरण में करीब 100 वर्ग किलोमीटर जमीन का इस्तेमाल किया जा रहा है। इस योजना के लिए यमुना के दोनों किनारों की जमीन को पाँच सेक्टरों में विभक्त किया गया है। इनके नाम हैं—पल्ला सेक्टर, हिरंकी बाँध के उत्तर का इलाका, सोनिया विहार सेक्टर, सभापुर का इलाका, उस्मानपुर सेक्टर, मयूर विहार सेक्टर, नंगली रजापुर एरिया। इस सेक्टर से 2010 में दिल्ली में होनेवाले कॉमनवेल्थ गेम्स के लिए बनाए जा रहे खेल गाँव को पानी देने का प्रस्ताव किया गया था। मदनपुर खादर, जैतपुर के आस-पास का इलाका। इसे कालिंदी कुंज सेक्टर का नाम दिया गया है। इस योजना को इस तरह से लागू किया जा रहा है कि इससे जमीन के अंदर के पानी का इस्तेमाल भी किया जा सके और उसमें बरसाती पानी को रोका भी जा सके । इस योजना के तहत पल्ला सेक्टर के हिरंकी बाँध से धीरपुर बॉर्डर तक फैले करीब 25 वर्ग किलोमीटर के दायरे में 30 से 45 मीटर की गहराई के 500 अपेक्षाकृत कम गहरे ट्यूबवेल बनाए जा रहे हैं। इनमें से करीब 40 ने काम करना शुरू कर दिया है। इनमें से उत्तरी दिल्ली के ग्रामीण इलाकों को पानी की सप्लाई

की जा रही है। राजघाट और इंद्रप्रस्थ बिजली घरों के बंद किए जाने के बाद इस जमीन का उपयोग इस तरह से अतिरिक्त पानी हासिल करने के लिए किया जा सकता है; लेकिन यहाँ पर तो पहले ही डी.टी.सी. का एक डिपो बनाया जा चुका है। इस डिपो में सैकड़ों की संख्या में आधुनिक एयरकंडीशंड बसें कभी भी खड़ी देखी जा सकती हैं। इन बसों की धुलाई, सफाई और रख-रखाव का काम भी इसी डिपो में किया जाता है।

बरसाती पानी : खतरा या अवसर

दिल्ली में बाढ़ आने का खतरा यमुना के अलावा मुख्य रूप से साहिबी नदी से आनेवाली पानी से होता है। यह नदी नजफगढ़ नाले से मिलती है। यमुना और साहिबी से होनेवाले बाढ़ के संभावित खतरों से बचाने के लिए नजफगढ़ नाले की क्षमता बढ़ाई जाती रही है, जिससे कि उससे होकर पानी यमुना के रास्ते शहर से बाहर निकाला जा सके। यमुना के किनारों पर बसी बस्तियों के बचाव के लिए यमुना के दोनों किनारों को बार-बार मजबूत किया जाता है, उन्हें ऊँचा और मजबूत किया जाता है। मतलब सोच और प्रयास यही रहता है कि किसी भी तरह से शहर के अंदर पानी न आने दिया जाए और उसे किसी भी तरह से शहर से बाहर निकाल दिया जाए। ऐसा तब हो रहा है, जबकि शहर में जमीन के ऊपर और नीचे दोनों ही तरह से हो जरूरत भर का भी पानी दिल्ली में नहीं है। उसकी भारी कमी है। जमीन के अंदर का पानी खतरनाक स्तर तक गिर चुका है। इसे रोके जाने और फिर से बहाल किया जाना बेहद जरूरी है। बरसाती पानी को बहकर निकल जाने को रोककर ऐसा किया जा सकता है, लेकिन ऐसा हो नहीं पा रहा है। आवश्यकता इस बात की है कि इस पानी को शहर के अंदर न केवल आने दिया जाए बल्कि इस बात के प्रयास भी किए जाएँ कि कैसे यमुना में बरसात के दौरान बहकर बरबाद हो रहा अधिक-से-अधिक पानी शहर के अंदर आ सके। उसे जमीन के ऊपर और अंदर संरक्षित करने के लिए प्राथमिकता के आधार पर काम किया जाए। दिल्ली से गुजर रहे बरसाती पानी की निकासी के नालों में उपलब्ध जमीन का इस्तेमाल इनमें बरसाती पानी को संरक्षित करने और जमीन के अंदर पानी के स्तर को सुधारने के लिए किए जाने की योजनाओं को उच्च प्राथमिकता दिए जाने की आवश्यकता है।

बरसात में क्यों ठप हो जाती है दिल्ली

बरसात के दौरान दिल्ली में पानी भर जाने का दूसरा मुख्य कारण अचानक

ज्यादा भारी बारिश होना बताया जाता है। अचानक ज्यादा बरसात होने पर पानी की निकासी की व्यवस्था पानी को तत्काल निकाल पाने में सक्षम नहीं है। दिल्ली का ड्रेनेज सिस्टम इस तरह का नहीं है कि वह एक सीमा से अधिक पानी बरसने पर उसको तुरंत निकाल सके। इसके अलावा ड्रेनेज सिस्टम की ठीक से सफाई नहीं होने के कारण यह दिक्कत और भी बढ़ जाती है। मानसून के पहले नाले-नालियों की सफाई का एक अभियान चलाकर हर साल औसतन 25 करोड़ रुपए खर्च किए जाते हैं। नाले-नालियों से इस अभियान के दौरान कितने भार का कचरा निकाला गया, इसके आँकड़े जारी किए जाते हैं। नेता और अफसर मीडिया को कथित तौर पर साफ किए गए इन नाले-नालियों का दौरा कराते हैं। इसके बाद वर्किंग लंच का भी आयोजन किया जाता है। पहली ही बरसात में इन दावों की पोल खुल जाती है और मीडिया ब्रेकिंग न्यूज के तौर पर यह दिखाता है कि किस प्रकार शहर में पानी भर जाने के कारण यातायात ठप हो गया है। हर साल कम-से-कम 300 ऐसे स्थानों का पता चलता है, जहाँ पर बड़े पैमाने पर पानी भर गया। इन संवेदनशील जगहों पर किस प्रकार अगली बार पानी नहीं भरने की व्यवस्था की जाए, इस पर मोटी रकम खर्च की जाती है। बरसाती पानी की निकासी के लिए मोटर पंप लगाए जाते हैं। इनसे सड़कों में भर गए पानी को पंप करके ड्रेनेज के सिस्टम में डालकर बहा दिया जाता है। ये पंप अस्थायी रूप से केवल मानसून के लिए लगाए जाते हैं। इसके बाद भी हर साल एक ही कहानी होती है कि पहली ही बरसात में दिल्ली ठप हो जाती है। पानी भरने की शिकायतों से कंट्रोल रूम के रजिस्टर भर जाते हैं। शिकायत दर्ज करने की ही व्यवस्था पर खर्च करने की बात की जाती है। उसे अधिक जवाबदेह और प्रभावकारी बनाने की बात की जाती है। पानी की कमी से जूझ रही दिल्ली के निवासियों और नीति-निर्धारकों के लिए पानी के प्रति असंवेदनशीलता का इससे बड़ा और कोई उदाहरण हो ही नहीं सकता, जबकि जमीन के अंदर के पानी का इस्तेमाल बढ़ रहा है। दिल्ली में जमीन के अंदर पानी का स्तर साल-दर-साल लगातार गिरता जा रहा है। इसके आँकड़ों की कमी नहीं है। पड़ोसी राज्यों से अतिरिक्त पानी मिल पाने की संभावनाएँ लगातार सीमित होती जा रही हैं, यह भी सर्वविदित तथ्य है।

मीडिया के लिए पानी टी.आर.पी. का विषय हो सकता है

तब इस बरसाती पानी का इस्तेमाल जल संरक्षण और संवर्धन के लिए क्यों नहीं किया जा रहा है, इसके लिए क्या अलग अध्ययन किए जाने की आवश्यकता है?

हमें सोचना और करना यह होगा कि पानी भर जाने से ठप हो जानेवाली दिल्ली को एक समस्या के रूप में देखना छोड़ें। साल-दर-साल पानी भर जानेवाले इन 300 ठिकानों को दिल्ली में पानी की कमी दूर करने के एक बड़े अवसर के रूप में देखें। पंप लगाकर इस पानी को शहर के बाहर धकेलने के बजाय किस तरह इसे जमीन के अंदर पहुँचाया जाए, इसके लिए काम करें। यह चुनौती और अवसर है बरसाती पानी के संरक्षण का और जमीन के अंदर के पानी के स्तर के गिरते जाने से रोकने का। इसके लिए स्थानीय स्तर पर काम किया जा सकता है। पार्षद और विधायक फंड का इस्तेमाल किया जा सकता है। स्थानीय संगठन भी इसमें हाथ बँटा सकते हैं। मीडिया भी इस काम के प्रति अपनी संवेदनशीलता दिखा सकता है। आवश्यकता पानी की कीमत पहचानने की है हमें ब्रेकिंग न्यूज और टी.आर.पी. के आगे निकलना होगा। टी.आर.पी. यहाँ भी मिल सकती है, क्योंकि बोतलबंद पानी और पानी को साफ करने के लिए तरह-तरह के यंत्र बनानेवाली कंपनियाँ इस तरह के कार्यक्रमों को अपने सोशल कॉरपोरेट रिस्पांसबिलिटी के खाते में स्पांसर कर सकती हैं। जमीन का पानी निकालकर उसे फिजी ड्रिंक में बदलकर भारी मुनाफा कमा रही कंपनियों भी इसमें भागीदारी दिखाना चाहेंगी।

दिल्ली की फ्लीट स्ट्रीट यानी बहादुरशाह जफर मार्ग के सबसे नजदीक आई.टी.ओ. इसका सबसे बड़ा उदाहरण है। दिल्ली सरकार और उसकी एजेंसियों के मुख्यालय इसी इलाके में हैं। दिल्ली सरकार के मुख्यालय के ठीक पिछवाड़े रिंग रोड पर पानी जमा होता है, लेकिन उसका संरक्षण चिंता का विषय नहीं है। इस इलाके में बरसात का पानी भर जाए तो बड़ी खबर बन जाता है। उपराज्यपाल और मुख्यमंत्री इस पानी के कारण ट्रैफिक जाम में फँसते देखे गए हैं। इस इलाके में भरे पानी को किसी भी तरह से जल्दी-से-जल्दी निकाल दिया जाए, इसके लिए पंप लगाए जाने जैसे काम तो साल-दर-साल किए जा रहे हैं; लेकिन यह पानी जमीन के अंदर चला जाए और भरे नहीं, इसके लिए प्रयास नहीं किए गए हैं। सरकारी आँकड़े बताते हैं कि कभी यमुना के रिवरबेड में रहनेवाले इस इलाके में भी जमीन के अंदर के पानी का स्तर गिर रहा है। कभी डी.डी.ए. का मुख्यालय रही 'विकास मीनार' नाम की इमारत को कई दशकों तक इसलिए कंपलीशन सर्टिफिकेट नहीं मिल सका था, क्योंकि इसे एक विशेषज्ञ समिति 'बाजवा कमेटी रिपोर्ट' में रिवरबेड के नियमों का उल्लंघन करके बनाए जाने का दोषी ठहराया गया था। खैर, अब यह तो गुजरे कल की बात हो गई है, क्योंकि अब तो इस इमारत के कहीं आगे तक रिवर बेड में इमारतें बन चुकी हैं, जैसे दिल्ली सरकार

का मुख्यालय 'प्लेयर्स बिल्डिंग', इंदिरा गांधी स्टेडियम आदि। अब तो इंद्रप्रस्थ बिजली घर और राजघाट बिजली घर की जमीन का भी इसी तरह से उपयोग करने की तैयारी है। ये बिजली घर तो बंद होनेवाले हैं, लेकिन उस जमीन का पूरा इस्तेमाल हरित क्षेत्र या जल संरक्षण क्षेत्र के रूप में करने की बजाय उसका व्यावसायिक और वाणिज्यिक उपयोग करने की योजनाओं को अंतिम रूप दिया जा चुका है। वह दिन दूर नहीं जब इन बिजली घरों की इमारतों की जगह आधुनिक सरकारी इमारतें खड़ी होंगी और उनके लिए कहीं दूर-दराज से पानी लाने की योजनाओं पर काम किया जा रहा होगा।

पानी के प्रति नजरिया बदलना होगा

पानी का ज्यादा बरसना दिल्ली के लिए एक बड़ी समस्या बन जाती है। सीमित और संकुचित नजरिए से देखा जाए तो यह भी एक समस्या है। दिल्ली को वर्ल्ड क्लास सिटी के रूप में प्रदर्शित करनेवाली सोच के लिए निश्चय ही यह एक बड़ी समस्या है। वाटर लॉगिंग यानी शहर की सड़कों और बस्तियों में पानी भर जाने की यह समस्या है या अवसर? यह सवाल दृष्टिकोण का है। पहली बरसात में आम दिल्लीवाले ही नहीं, वी.वी.आई.पी. भी सड़कों पर फँसकर रह जाते हैं और वह अखबारों व टेलीविजन चैनलों के लिए एक बड़ी खबर बन जाती है और पानी की निकासी के लिए कवायद तेज कर दी जाती है। आवश्यकता इस बात की है कि जल-भराव के प्रति अपने नजरिए को बदला जाए। वास्तव में भारी बरसात दिल्ली के लिए एक बड़ा अवसर भी प्रदान करती है। और वह अवसर है पानी की कमी से निपटने के लिए एक महत्त्वपूर्ण संसाधन। आवश्यकता पानी के प्रति सोचने के तरीके को बदलने की है। बरसाती पानी की निकासी की पूरी प्रक्रिया पर फिर से विचार करने की आवश्यकता है। वास्तव में बरसाती पानी की निकासी की व्यवस्था के लिए अपनी सोच बदलने का वक्त आ चुका है। सोचा यह जाना चाहिए कि बरसाती पानी की निकासी किस तरह हो ही न, बल्कि ऐसा हो कि यह सारा-का-सारा पानी किसी भी तरीके से जमीन के अंदर चला जाए, जिससे कि वाटर रिचार्जिंग हो, जिससे कि जमीन के अंदर पानी के गिरते हुए स्तर पर रोक लगाई जा सके। ड्रेनेज के सिस्टम में फेर-बदल करके आसानी से किया जा सकता है। नए बनाए गए फ्लाईओवरों पर इस तरह के प्रयास की शुरुआत की गई थी। जिस तरह से उसे लागू किया गया, उससे यह योजना अपने मकसद में सफल नहीं हो सकी। इसका कारण यह था कि बरसाती पानी को जमीन के अंदर

पहुँचाने की बजाय उसे वास्तव में स्ट्रॉम वाटर ड्रेनेज के सिस्टम से जोड़ दिया गया—यानी पानी को एकत्रित करने का प्रयास तो किया गया, लेकिन उसे जमीन के अंदर ले जाने की बजाय उस व्यवस्था से जोड़ दिया गया, जिससे अंततः बरसात का पानी बहकर यमुना के रास्ते शहर से बाहर चला जाता है। इसे पानी के प्रति हमारी असंवेदनशीलता की बजाय और क्या कहा जा सकता है?

□

जल-स्रोतों का संरक्षण और पुनर्विकास

सब की जिम्मेदारी

दिल्ली में एक ओर पानी की भारी कमी है, दूसरी ओर हम पानी के परंपरागत स्रोतों का संरक्षण कर पाने में बुरी तरह असफल रहे हैं। यदि इन परंपरागत संसाधनों को संरक्षित और पुनर्जीवित किया जा सके तो पानी की कमी की समस्या से एक हद तक निपटा जा सकता है। इन संसाधनों का संरक्षण और पुनर्विकास करके बरसात के पानी को बहकर बरबाद हो जाने से रोका जा सकता है। बरसाती पानी के संरक्षण के लिए नए जलस्रोत बनाने पर विचार किया जा सकता है। मंदिरों, मसजिदों और गुरुद्वारों में जल स्रोतों का संरक्षण व विकास हमारी बहुत पुरानी परंपरा है। कुएँ और तालाब बनाना हमेशा से पुण्य का कार्य माना जाता रहा है। ये परंपराएँ आज और भी सामयिक बन गई हैं। सामाजिक, सांस्कृतिक और धार्मिक संगठन इस काम में भागीदारी निभा सकते हैं। जल संरक्षण के कार्य में कॉरपोरेट सेक्टर की भूमिका और भी ज्यादा महत्त्वपूर्ण है, क्योंकि उनके पास संसाधन और तकनीक दोनों उपलब्ध हैं। बहुत से उद्योग और कारोबार तो प्रकृति-प्रदत्त पानी का उपयोग करके लाभ कमा रहे हैं। बरसाती पानी का इस्तेमाल करके हम जमीन के अंदर के पानी के गिर रहे स्तर को रोक पाने और उसमें सुधार लाने में भी सफल हो सकते हैं। इससे हमें दिल्ली के पर्यावरण को बेहतर बनाने में भी मदद मिलेगी और इससे हम अपने शहर को अधिक हरा-भरा व प्रदूषण-मुक्त बना सकते हैं। दूर-दराज से दिल्ली में पानी लाकर और उसे साफ करके उसकी आपूर्ति करने पर आनेवाली लागत की तुलना में बहुत कम खर्च करके यह काम किया जा पाना संभव है।

जल प्रदूषण रोकें

यमुना नदी दिल्लीवालों को पानी की आपूर्ति करने का सबसे प्रमुख साधन है। यह नदी राजधानी की लगातार बढ़ती आबादी की पानी की माँग को पूरा कर पाने में सफल नहीं हो पा रही है। यमुना के पानी को प्रदूषण-मुक्त करने के नाम पर हर साल करोड़ों रुपए खर्च किए जाने के बाद भी इस नदी में प्रदूषण लगातार बढ़ता जा रहा है। वजीराबाद के बाद इस नदी के पानी का कोई भी उपयोग किया जा पाना अब संभव नहीं रह गया है। इसलिए यमुना को नदी बनाए जाने और इस नदी के संरक्षण के काम को सर्वोच्च प्राथमिकता दी जानी होगी। परंपरागत जल स्रोतों को संरक्षित किया जाना जरूरी है। इसी प्रकार पानी की बरबादी पर पूरी तरह रोक लगाई जानी होगी। 'पानी की एक-एक बूँद कीमती है' और 'पानी बचाएँ' को केवल एक नारे के रूप में इस्तेमाल करना पर्याप्त नहीं है। इसे जीवन में उतारा जाना होगा। इस काम में उनकी जिम्मेदारी ज्यादा है, जिन्हें पानी मिल रहा है। जरूरत से कहीं ज्यादा मिल रहा है। वे इस स्थिति में हैं कि पानी को बरबाद करने की बजाय उसका सही उपयोग करें। जिन्हें अपनी जरूरत का पानी मिल ही नहीं रहा है, वे इसकी कीमत जानते हैं और इसका अधिकतम इस्तेमाल करते हैं। ऐसा करना उनकी मजबूरी है, लेकिन जिन्हें उनकी जरूरत का पानी मिलता है, उन्हें भी इसकी वास्तविक कीमत महसूस करनी होगी। इसे केवल पानी के बिल के लिए किए जानेवाले भुगतान के आधार पर नहीं नापा जाना चाहिए और न नापा जा सकता है।

क्षमता से ज्यादा पानी लिया तो जमीन के अंदर पानी बचेगा ही नहीं

यमुना और गंगा नदी से दिल्ली को उसकी जरूरत का पर्याप्त पानी नहीं मिल पाने के कारण दिल्लीवालों को पानी की माँग पूरा करने के जमीन के अंदर के पानी का इस्तेमाल लगातार बढ़ रहा है। इसमें दो राय नहीं है कि दिल्ली में पानी की माँग और आपूर्ति के बीच के अंतर को देखते हुए जमीन के अंदर के पानी के इस्तेमाल को रोका जा पाना संभव नहीं है। इस बढ़ते उपयोग के कारण जमीन के अंदर के पानी का स्तर लगातार गिरता जा रहा है। वह दिन दूर नहीं जब यह स्तर इतना गिर जाएगा कि इसका इस्तेमाल किया जा सकना ही संभव नहीं हो पाए! जमीन के अंदर पानी के गिरते स्तर को रोकने के लिए आवश्यक है कि इसके इस्तेमाल पर नियंत्रण किया जाए। जमीन से जितना पानी निकाला जाए, उसकी भरपाई करने के लिए प्रयास किए जाएँ। दिल्ली में बरसाती पानी

के बहकर बरबाद हो जाने की बजाय इसका इस्तेमाल जमीन के अंदर के पानी के गिरते स्तर को रोकने के लिए किया जा सकता है। इस दिशा में कुछ प्रयास तो हुए हैं, लेकिन इन्हें किसी भी तरह से पर्याप्त नहीं कहा जा सकता। इसलिए जल संरक्षण को जल आंदोलन के स्तर पर ले जाया जाना जरूरी है। इसके लिए पानी के प्रति हमारी सोच और संवेदनशीलता में बदलाव लाया जाना होगा, जो कोई आसान काम नहीं है। इसके लिए सतत प्रयास किया जाना जरूरी होगा। पानी की रिसाइक्लिंग किए जाने की आवश्यकता है। पानी घर में आता है तो उसे बहाया जा सकता है। यह सोचने की बजाय पानी को कैसे बचाया जा सकता है और कैसे उसका अधिकतम इस्तेमाल किया जा सकता है, इस ओर सभी को ध्यान देना होगा। इस बारे में जानकारियों और सूचनाओं की कमी नहीं है। आवश्यकता उनका इस्तेमाल करने की है। वरना वह दिन बहुत दूर नहीं, जब 'रहिमन पानी राखिए बिन पानी सब सून' का दोहा चरितार्थ होता दिखाई देगा।

जल स्रोतों के संरक्षण को प्राथमिकता मिले

दिल्ली के परंपरागत जल स्रोत इस काम में आज भी मदद कर पाने की स्थिति में हैं इसलिए जरूरी है कि परंपरागत जल स्रोतों के संरक्षण और पुनर्विकास को उच्च प्राथमिकता दी जाए। सतत बढ़ते जा रहे शहरीकरण के बावजूद आज भी राजधानी के विभिन्न इलाकों में इतनी झीलें, तालाब, हौज, ताल-तलैयाँ और कुएँ हैं कि दिल्ली को 'झीलों का शहर' कहा जा सकता है। आवश्यकता पानी इकट्ठा होने के इन प्राकृतिक स्थानों के संरक्षण और पुनर्विकास की है। इस काम के लिए दिल्लीवालों में अपने आस-पास के वातावरण पर अधिक संवेदनशीलता दिखानी होगी। सरकारी दस्तावेजों में आज भी दिल्ली में 700 से भी अधिक झीलें, तालाब और ताल-तलैया बची हुई हैं। यह अलग बात है कि रख-रखाव और संरक्षण के अभाव में इनका आकार साल-दर-साल छोटा होता जा रहा है। बरसाती पानी को स्वतः एकत्रित करनेवाले इन केंद्रों के आस-पास इस तरह से विकास किया जा रहा है कि इनमें बरसाती पानी के पहुँचने के रास्ते ही बंद होते जा रहे हैं। इस स्थिति का दो तरह से बुरा असर पड़ रहा है। एक ओर परंपरा से दिल्ली को मिले पानी के ये स्रोत समाप्त हो रहे हैं, दूसरी ओर आस-पास रहनेवालों के लिए बरसाती पानी की निकासी की कोई व्यवस्था नहीं हो पा रही है। बरसाती और अन्य गंदे पानी के निकासी के पर्याप्त प्रबंध नहीं हो पाने के कारण आस-पास रहनेवालों को विभिन्न प्रकार की बीमारियों का सामना करना

पड़ रहा है। इस स्थिति में सुधार के लिए तत्काल कदम उठाए जाने जरूरी हैं। इस काम में इन स्रोतों के आस-पास रहनेवाले महत्त्वपूर्ण भूमिका निभा सकते हैं। उन्हें इन झीलों, तालाबों और ताल-तलैयों के संरक्षण की जिम्मेदारी उठानी होगी। सरकार और उसकी एजेंसियों, स्वयंसेवी संगठन, कल्याण समितियों, क्लबों और इसी प्रकार के अन्य संगठनों, कॉरपोरेट जगत् को इस काम में भागीदार बनना होगा। पानी का बड़े पैमाने पर उपयोग करनेवाले उद्योग और व्यापार जगत् को इस काम में सक्रिय भूमिका निभानी होगी; यह काम केवल इस मद में किए गए खर्च, अध्ययन और डिबेट तक सीमित नहीं रहना चाहिए, इसको परिणामों के आधार पर नापा जाना चाहिए।

जमीन कीमती, लेकिन पानी की उपलब्धता उससे भी कीमती

दिल्ली के तेजी से बढ़ते शहरीकरण का एक प्रभाव यह हुआ है कि यहाँ जमीन की कीमतें लगातार बढ़ती जा रही हैं। बढ़ती जनसंख्या के कारण शहर फैल रहा है। इसी कारण जमीन की माँग लगातार बढ़ती जा रही है। बढ़ती माँग को पूरा करने के लिए शहर के सस्टेनेबल, संतुलित और नियोजित विकास की बजाय जमीन का अधिकाधिक लाभ कमाने के नजरिए से इस्तेमाल किया जा रहा है। इस रास्ते पर निजी जमीन के मालिक ही नहीं चल रहे हैं। डी.डी.ए. और दिल्ली की जमीन पर मालिकाना हक रखनेवाली अन्य सरकारी एजेंसियाँ भी लाभ कमाने के नजरिए से काम कर रही हैं। इस नीति और रीति पर चलने के कारण प्राकृतिक जल संसाधन के परंपरागत स्रोत दिनोदिन समाप्त होते जा रहे हैं। इस पर तुरंत रोक नहीं लगाई गई तो शायद वह दिन दूर नहीं, जब ये संसाधन कागजों और नक्शों पर ही रह जाएँ। आवश्यकता इस बात की है कि विकास के लिए ऐसी समग्र नीतियाँ अपनाई जाएँ, जहाँ कि प्रकृति-प्रदत्त इन संसाधनों को संरक्षित और पुर्नविकसित किया जा सके। विकास के नाम पर जल स्रोतों को समाप्त करके जमीन का अधिकाधिक उपयोग प्राथमिकता नहीं होनी चाहिए। दिल्ली की जमीन का लेखा- जोखा और उसका मालिकाना हक किसी एक संगठन के पास नहीं होना, इस काम को पूरा करने के रास्ते की सबसे बड़ी चुनौती है। उपग्रहों के माध्यम से केंद्र और दिल्ली सरकार और उसकी एजेंसियों के पास इन वाटर बॉडीज की असली स्थिति के बारे में पर्याप्त जानकारियाँ उपलब्ध हैं। जहाँ उपलब्ध नहीं हैं, उन्हें हासिल करने में कोई दिक्कत नहीं है। इन जानकारियों को पब्लिक डोमेन में लाया जाना चाहिए, जिससे कि वाटर बॉडीज की जमीन के बारे में सभी

को जानकारी उपलब्ध हो सके। उनपर निर्माणों को होने से पहले ही रोका जा सके। दिल्ली में प्राधिकरणों की बहुलता के कारण विभिन्न सरकारी एजेंसियों के काम-काज में कोई तालमेल नहीं है। यही नहीं, अकसर ये संगठन परस्पर विरोधी हितों और नीतियों के तहत काम करते हैं। प्राधिकरणों की बहुलता के कारण किसी की भी जवाबदेही सुनिश्चित नहीं हो पाती। इन परंपरागत जल स्रोतों की जमीन का लगातार उपयोग बढ़ता जा रहा है। जल स्रोतों के तहत आनेवाली जमीन का दायरा साल-दर-साल कम होता जा रहा है।

नाम के लिए ही सही, शुरुआत तो करें

जल के जो परंपरागत स्रोत बचे हुए हैं, भी उनमें भी जलकुं भी और खरपतवार इतना ज्यादा होता जा रहा है कि उनमें पानी में पाए जानेवाले जीवों का जीवित रह पाना संभव नहीं हो पा रहा है। जल संरक्षण के इन प्राकृतिक संसाधनों के तहत आनेवाली जमीन का इस्तेमाल पार्क, बाजार, स्कूल, कॉलेज, अस्पताल आदि के विकास के लिए किया जाता देखा जा सकता है। इस पर रोक लगाए जाने की आवश्यकता है। इसके लिए नीतिगत निर्णय किए जाने जरूरी हैं। इस बारे में बनाए कानूनों को कड़ा किया जाना और उन्हें सख्ती से लागू किया जाना जरूरी है। राजधानी के परंपरागत जल स्रोत सभी भागों में फैले हुए हैं। इनमें से बहुत से तो मानव-निर्मित हैं, जिन्हें अपने-अपने समय के बादशाहों, राजों-महाराजों और आम लोगों ने बनवाया था। निश्चय ही हमसे पहले के दिल्लीवाले अपने शहर के पर्यावरण और प्राकृतिक संसाधनों के बारे में हमसे ज्यादा समझदार और संवेदनशील थे। उस जमाने में कुआँ खुदवाना और प्याऊ लगवाना समाज को एक बड़ा योगदान माना जाता था। ऐसा करनेवालों को सम्मान की नजर से देखा जाता था। दिल्ली में धौला कुआँ, धौली प्याऊ जैसे दर्जनों ऐसे इलाके हैं, जिन्हें कुओं और प्याऊ के नाम से ही जाना-पहचाना जाता है। कभी इन इलाकों में प्याऊ हुआ करते थे, जिनमें न केवल आस-पास रहनेवालों को बल्कि यात्रियों को भी पानी पीने की सुविधा दी जाती थी। अब ये प्याऊ तो केवल नाम के ही रह गए हैं। यही स्थिति कुओं और कुइयों की थी।

कैचमेंट एरिया भी बचाना होगा

इन तालाबों और झीलों के पानी को साफ-सुथरा करके इनके कैचमेंट एरिया को सुरक्षित करके और आस-पास के वातावरण को सुधारकर पर्यटन की दृष्टि से इन्हें उपयोगी बनाया जा सकता है। ये क्षेत्र दिल्ली में बरसाती पानी के

संरक्षण और जमीन के अंदर के पानी के गिरते स्तर को रोकने में खासे मददगार हो सकते हैं। जल संरक्षण के इन परंरागत स्रोतों को संरक्षण की बड़ी आवश्यकता है। इनका आकार साल-दर-साल छोटा होता जा रहा है। ये गायब होते जा रहे हैं, क्योंकि जमीन के लालच में इनमें गंदगी और मलबा भरा जा रहा है। बरसाती पानी को प्राकृतिक तरीके से अपने अंदर समेट लेनेवाले इन क्षेत्रों के समाप्त होते जाने का परिणाम यह हो रहा है कि बरसाती पानी को इकट्ठा होने की जगह नहीं मिल पा रही है। जल संरक्षण के लिए सरकार ने जोहड़ों के विकास के लिए अनेक योजनाएँ लागू की हैं। उनपर भारी खर्च भी आया है, लेकिन ये जोहड़ जिस उद्‌देश्य से विकसित किए गए थे, वह बहुत सीमित ही हो पाया है; क्योंकि एक तो इनकी सतह को पक्का कर दिया गया, वहीं इन तक पानी पहुँच पाए, इस ओर पर्याप्त ध्यान नहीं दिया गया। इससे इन जोहड़ों में बरसात का जो पानी इकट्ठा को सकता था, अधिकतर मामलों में ऐसा नहीं हो सका कि क्रैचमेंट एरिया और वहाँ से पानी इन जोहड़ों तक पहुँच पाए, विकास का हिस्सा नहीं बन सके। इससे बरसाती पानी बजाय जोहड़ों और तालाबों तक पहुँचने के सड़कों व गलियों में भर जाता है और वह सड़कों पर इकट्ठा हो जाता है। दिल्ली में वाहनों की तादाद लगातार बढ़ती जा रही है। ये सड़कें इन वाहनों का बोझ उठा पाने में पहले ही सक्षम नहीं हो रही हैं। पानी भर जाने के बाद भी इन वाहनों के लगातार आते-जाते रहने के कारण सड़कें बार-बार टूट जाती हैं।

पानी भरना और सड़कों का टूटना लाभ का सौदा है

सड़कों का टूटना लाभ का सौदा है। डेंस कारपेटिंग करने की शर्त में यह शामिल होता है कि निर्माण के बाद वे एक लंबे समय तक काम करती रहेंगी, लेकिन उनमें अपेक्षाकृत घटिया मैटीरियल का इस्तेमाल होता है। पानी भर जाने के कारण सड़क का टूट जाना एक प्रमुख कारण बन जाता है। इसके लिए किसी को दोषी ठहराया जा सकना संभव नहीं है। इस मद में केंद्र और दिल्ली की सरकार और उनके तहत काम करनेवाली एजेंसियाँ हर साल करोड़ों रुपए खर्च करती हैं। टूटी हुई सड़कों के कारण उनका इस्तेमाल करनेवालों को भारी परेशानी का सामना करना पड़ता है। इसलिए आनन-फानन में इनकी मरम्मत को प्राथमिकता दी जाती है। बिना टेंडर आदि की व्यवस्था को लागू किए हुए आपात स्थिति में इनकी मरम्मत को मंजूरी दी जाती है। अब इस प्रकार के काम का सीधा लाभ नेता, ठेकेदार और अफसर की तिकड़ी भला क्यों न उठाए! इस दुश्चक्र को तोड़ा

जाना जरूरी है। यह आसान काम नहीं है, क्योंकि दिल्ली में नेता और अफसर इस तरह घुल-मिल गए हैं जैसे कि दूध में मक्खन। इसके लिए एक खास तरह की मथानी की जरूरत होगी जो 'दही, मही बिलगाय' कर सके। वह मथानी कहाँ से और कब आएगी, यह कहना मुश्किल है। उसके लिए तो वासुकी की रस्सी और कच्छप की पीठ की जरूरत है, और ऐसे अवतार कभी-कभार ही होते हैं। इसलिए इस कारोबार के जल्दी से खत्म होने के आसार नहीं हैं। इस कारोबार के चलते रहने का मुख्य कारण परंपरागत जल स्रोतों का समाप्त किया जाना ही तो है। बरसाती पानी जहाँ जाकर एकत्रित हो जाता था, हमने तो उन्हें अपने लाभ के लिए खत्म हो जाने दिया। इसलिए पानी सड़कों पर भरता रहेगा। इस पानी को किस तरह से जमीन के अंदर जल्दी-से-जल्दी ले जाया जाए, इस पर काम किए जाने की आवश्यकता है। इन निचले इलाकों में पानी का भराव बड़ी समस्या है। इस प्रकार के इलाकों में पानी की निकासी की पर्याप्त व्यवस्था नहीं होने के कारण इनमें आस-पास की गंदगी भरी जा रही है। पानी की निकासी की बजाय उसे जमीन के अंदर पहुँचाने के काम में इन झीलों के आस-पास रहनेवाले लोग और धार्मिक, सामाजिक व सांस्कृतिक संगठन महत्त्वपूर्ण भूमिका निभा सकते हैं। उन्हें अपने-अपने इलाकों में इस प्रकार के कार्यों की जिम्मेदारी स्वयं ही सँभालनी होगी। इन संगठनों को मिलकर राजधानी के जल संरक्षण में महत्त्वपूर्ण भूमिका निभानी होगी। इन संगठनों के नेतृत्व को पानी के बारे में संवेदनशील बनना होगा। जल संरक्षण के लिए स्वयं और अपने समर्थकों व प्रशंसकों को आगे लाना होगा। जमीन से जुड़े नेताओं को इस काम में महत्त्वपूर्ण भूमिका निभानी होगी। दिल्ली में अवैध कॉलोनियों को बसाए जाने की व्यवस्था ने उद्योग और व्यापार का रूप धारण कर लिया है। इसे रोका जा सकना किसी के बस की बात नहीं रह गई है।

कुएँ पुनर्जीवित करें

दिल्ली में पीने के पानी की आपूर्ति के लिए पाइपों के जरिए पानी सप्लाई किए जाने की व्यवस्था के बाद से कुएँ अपना महत्त्व खोते जा रहे हैं। कभी पुरानी दिल्ली और गाँवों की आबादी में कुएँ पानी की आपूर्ति में एक महत्त्वपूर्ण भूमिका निभाया करते थे। पानी की आपूर्ति के अलावा पारिवारिक व सामाजिक जीवन में कुओं का बेहद महत्त्व हुआ करता था। बच्चे के जन्म से लेकर उसकी शादी तक अनेक बार कुआँ पूजने की परंपरा अभी भी जारी है। लेकिन कुओं के महत्त्व

को नकार दिया गया है। कभी कुआँ व बावड़ी बनवाना और पौधाला लगवाना पुण्य का काम माना जाता था। बोतलबंद पानी के इस दौर में इस प्रकार की परंपरा का कोई महत्त्व नहीं रह गया है। दिल्ली में अब तालाब, कुएँ और पौशाला बनाए जाने की परंपरा लगभग समाप्त हो चुकी है। धौली प्याऊ और धौला कुआँ तो अब बस इलाकों के नाम रह गए हैं। ये नाम क्यों पड़े थे, इनका क्या महत्त्व रहा होगा, इस ओर ध्यान देने की तो अब जरूरत भी महसूस नहीं की जाती। दिल्ली में जमीन के अंदर पानी का स्तर गिरते जाने के कारण ये कुएँ या तो सूखते जा रहे हैं या उपयोग के लायक नहीं रह गए हैं। इनको फिर से काम करने लायक बनाया जा सकता है। इन्हें जमीन के अंदर के पानी का स्तर सुधारने के लिए यानी वाटर रिचार्जिंग के लिए इस्तेमाल किए जाने की संभावनाओं पर विचार किया जाना चाहिए। कहीं-कहीं इस प्रकार के प्रयास हुए हैं, उनके अच्छे परिणाम भी सामने आए हैं; लेकिन ऐसे प्रयास उँगलियों पर ही गिने जा सकते हैं। कुएँ और उनमें पानी नहीं रहा तो फिर क्या नल और हैंडपंप-पूजन किया जाएगा या इन कामों के लिए टैंकर अथवा पानी के जार इस्तेमाल किए जाएँगे? बच्चे के जन्म से लगाकर शादी तक के कामों में कुआँ-पूजन की व्यवस्था की परंपरा या तो समाप्त करनी होगी या आनेवाली पीढ़ियों को यह मालूम ही नहीं हो सकेगा कि ऐसी भी कोई परंपरा हुआ करती थी।

कलश में भरे पानी के साथ ही पूजा की शुरुआत होती है। जल से भरी बालटी और घड़ा देखकर यात्रा पर रवाना होना शुभ माना जाता है। मृत्यु के समय पानी से भरा फोड़कर अंतिम यात्रा पर रवाना किया जाता है। उसके बाद भी पीपल के पेड़ पर पानी से भरा घड़ा बाँधकर टाँगा जाता है। शोक के दस दिनों तक पूजा-अर्चना करने के लिए अंतिम संस्कार करनेवाले के लिए लोटा लिये जाने की परंपरा है। इन परंपराओं में पानी का महत्त्व साफ दिखाई देता है। अब शायद हम केवल इन्हें एक रस्म मान बैठे हैं। नदियों के किनारे अंतिम संस्कार किए जाते हैं और अस्थि-विसर्जन नदियों में किया जाता है। इन सबके पीछे पानी के महत्त्व को स्वीकार किया जाना और उसका संरक्षण व पुनर्विकास किया जाना ही मुख्य विचार रहा है। कमंडलु को केवल वोट की राजनीति से तो नहीं जोड़ा जा सकता। इसके पीछे भी जल संरक्षण का ही विचार काम करता रहा है। उसके महत्त्व को हम कहीं भुला बैठे हैं।

धौला कुआँ हाई टेक मेट्रो स्टेशन और फ्लाईओवर ही नहीं रहे

पँचकुइँया रोड तो आज भी है, लेकिन वहाँ की कुइँयाँ कहाँ खो गईं, इस पर प्रकाश डालनेवाला भी कोई नहीं है। धौला कुआँ अब एक हाईटेक मेट्रो स्टेशन, एक फ्लाईओवर और एक बस अड्डा बनकर रह गया है। यहाँ से होकर गुजरनेवाले यात्रियों को पीने के पानी के लिए कोल्ड ड्रिंक व बोतलबंद पानी खरीदते देखा जा सकता है। प्यासे को पानी पिलाने की व्यवस्था करना कमाई का नहीं, पुण्य का काम है। इन विचारों और परंपराओं को हमेशा के लिए समाप्त होते जाने देना हमारी संस्कृति, सभ्यता और विचारों के विपरीत है। ये परंपराएँ जारी रहें, क्योंकि यही दिल्ली को दिल्ली और भारत को भारत के रूप में दुनिया भर में सम्मान दिलाती हैं। यही हमारी पहचान हैं। तो क्या हम अपनी पहचान को खो जाने देंगे? ऐसा नहीं, होना चाहिए। भारत को फिर से 'विश्व गुरु' बनाने की बात की जाती है तो जिन कारणों से भारत 'विश्व गुरु' माना जाता था, उन्हें ही मिट जाने देंगे तो हम दूसरों के सामने कौन सा आदर्श प्रस्तुत करके उन्हें अपने जैसा बनने को कहने की सोच रहे हैं? कम-से-कम जिन इलाकों को कुओं, कुइँयों और प्याऊ के नाम से पहचान मिली थी और है, उन इलाकों में इन परंपरागत जल संसाधनों का पुनर्विकास करके इस दिशा में शुरुआत की जा सकती है। यह काम सिर्फ सरकार करे, ऐसा जरूरी नहीं है। इन क्षेत्रों के निवासियों के संगठन इसमें पहल कर सकते हैं। इसकी शुरुआत धौला कुआँ, लाल कुआँ और धौली प्याऊ को उनका परंपरागत रूप देकर की जा सकती है। यह परंपरागत और विकसित भारत के बीच सामंजस्य का एक उदाहरण बन सकता है।

बावड़ी पर्यटन

इन बावड़ियों को राजधानी में पानी की आपूर्ति की स्थिति में सुधार के लिए काम में लाया जा सकता है। इन्हें दिल्ली और देश में पानी की कमी, उसके बेहतर इस्तेमाल के बारे में जानकारी देनेवाले केंद्रों के रूप में विकसित किया जा सकता है। इन्हें राजधानी के प्रमुख पर्यटन केंद्रों की सूची में शामिल करके प्रचारित-प्रसारित किया जा सकता है। इन इमारतों की भव्यता आज भी लोगों को अपनी ओर आकर्षित करने के लिए पर्याप्त है। आवश्यकता उन्हें संरक्षित और विकसित करके इन्हें देखने के लिए आनेवालों की जरूरतों की सेवाएँ उपलब्ध कराने की है। देश और दुनिया में पानी की कमी की स्थिति को देखते हुए ये ऐतिहासिक इमारतें पर्यटन सर्किट का महत्त्वपूर्ण हिस्सा बन सकती हैं। इन्हें पानी

के संरक्षण और उसके अधिकतम उपयोग के प्रति जागरूकता लाने के केंद्र के रूप में इस्तेमाल किया जा सकता है। सैकड़ों साल पुरानी पुरातत्त्व और इतिहास की दृष्टि से बेहद महत्त्वपूर्ण ये इमारतें अब भी हमारे जीवन में खासी महत्त्वपूर्ण भूमिका निभा सकती हैं। इन्हें अंतरराष्ट्रीय और राष्ट्रीय पर्यटन के एक प्रमुख केंद्र के रूप में विकसित किया जा सकता है। पानी के संरक्षण और इस्तेमाल के लिए बावड़ियों का इस्तेमाल और एक कला के रूप में इनका विकास भारत के अलावा किसी अन्य देश में देखने को नहीं मिलता है। इन इमारतों के निर्माण की कला का जिस तरह से विकास हुआ है, वे वास्तु, निर्माण और शिल्पकला के नायाब उदाहरण हैं। जल संरक्षण के क्षेत्र में किए गए इस कार्य और उसकी कला को यदि ठीक से प्रचारित-प्रसारित किया जाए तो इनमें एक बड़ा आकर्षण बन सकने की क्षमता है।

भागीदारी बच्चों और युवा भारत की

पानी की कमी आज और आनेवाले समय में एक गंभीर समस्या बननेवाली है। पानी की कमी की स्थिति कहाँ तक पहुँच सकती है, इसका अनुमान इस बात से लगाया जा सकता है कि विशेषज्ञ चेतावनी दे चुके हैं कि आनेवाले समय में पानी के लिए युद्ध हुआ करेंगे। पानी की कमी को दुनिया में ग्लोबल वार्मिंग से भी बड़ा मसला माना जा रहा है। इस स्थिति में बावड़ी द्वारा पानी के संरक्षण और उपयोग का यह तरीका केवल दिल्ली या भारत के लिए ही नहीं, बल्कि उन सब देशों के लिए जहाँ पानी की उपलब्धता एक बड़ी चुनौती है, समस्या के समाधान का एक और रास्ता दिखा सकती है। इसे वर्ल्ड हैरिटेज के रूप में प्रस्तुत और संरक्षित किए जाने की क्षमता है। भविष्य में पानी की कमी की चुनौतियों की ओर लोगों का ध्यान आकर्षित करने, पानी को कैसे बचाएँ, उसका कैसे अधिकतम उपयोग करें—इस सबके बारे में जानकारी देने के लिए राजधानी की बावड़ियों को एक अलग टूरिस्ट सर्किट के रूप में भी विकसित किया जा सकता है। दिल्ली में इतनी बावड़ियाँ और ऐतिहासिक जल संसाधन हैं कि इन्हें एक टूरिस्ट सर्किट के रूप में विकसित किया जा सकता है। दुनिया के विभिन्न देशों में इस प्रकार के सैकड़ों उदाहरण दिए जा सकते हैं, जहाँ कि अतीत के संसाधनों को आधुनिक संदर्भों में इस्तेमाल किया जा रहा है। देश के अन्य राज्यों में ऐसा किया जा रहा है। गुजरात, राजस्थान जैसे राज्यों में पानी की एक-एक बूँद बचाने का प्रयास किया जा रहा है। देश की राजधानी में हम ऐसा क्यों नहीं

कर सकते? इस सर्किट को स्कूली बच्चों की पिकनिक का एक जरूरी हिस्सा बनाया जाना चाहिए। इससे भावी पीढ़ियों को पानी की कमी की समस्या और उसके समाधान के प्रयासों के प्रति अधिक संवेदनशील व जागरूक बनाया जा सकेगा। आनेवाले कल के दिल्ली के नागरिक प्रकृति के प्रति हमसे कहीं ज्यादा संवेदनशील हैं। आवश्यकता उन्हें व्यावहारिक रूप में जल संरक्षण से जोड़ने की है।

उनकी भूमिका महत्त्वपूर्ण, जो दिल्ली का यह रूप भी जानते हैं

अभी भी वह पीढ़ी जिंदा है, जिसने इन बावड़ियों को काम करते देखा है, इनमें कूदे और नहाए हैं। ऐसे लोग अभी हैं, जो उस समय स्वीमिंग कास्ट्यूम की बजाय बर्थ डे सूट में ऐसा करते रहे हैं। वे इनके संरक्षण और विकास में सक्रिय भागीदार बन सकते हैं और बनाए जा सकते हैं। वे इनसे ज्यादा जुड़ा हुआ महसूस कर सकते हैं; क्योंकि उनके बचपन की यादें उन्हें गुजरे कल की और भी बहुत कुछ याद दिलाती होंगी। कनॉट प्लेस और दिल्ली के चार प्रमुख किलों—लाल किला, फिरोजशाह कोटला, तुगलकाबाद और पुराना किला में बनी बावड़ियों से इस काम की शुरुआत की जा सकती है। पहली चार बावड़ियाँ अभी भी इस हाल में हैं कि वे पर्यटन और वाटर रिसोर्स सेंटर के रूप में काम कर सकती हैं। तुगलकाबाद के किले की बावड़ियाँ इस बात को चिह्नित कर पाने की स्थिति में है कि हम अपने परंपरागत जल स्रोतों को कैसे खो रहे हैं? ऐसा तब हो रहा है जब यह सारा-का-सारा इलाका पानी की कमी की बड़ी समस्या का सामना कर रहा है। ऐसा ही हौज खास, सूरजकुंड और बक्शी का तालाब आदि के साथ भी किया जा सकता है। दिल्ली पर्यटन विकास निगम द्वारा शुरू की गई हॉप आन हॉप ऑफसर्विस के दायरे में परंपरागत जल स्रोतों को शामिल करके इस योजना पर काम शुरू किए जाने की संभावना है। अधचिनी के पास दिल्ली को योगनीपुरा का नाम देनेवाले योगमाया के मंदिर के तालाब का आकार साल-दर-साल छोटा होता जा रहा है। राजधानी के सबसे पुराने इस तालाब के संरक्षण और पुनर्विकास को प्राथमिकता के आधार पर क्रियान्वित किया जा सकता है। इसी प्रकार अन्य इलाकों के जल स्रोतों को भी वहाँ के सामाजिक व सांस्कृतिक परिवेश का भागीदार बनाया जा सकता है।

संगठन भी और संसाधन भी

राजधानी में न तो इस प्रकार के संगठनों की कमी है, न ही ऐसी स्थिति

है उनके पास संसाधनों की कमी है। वे संसाधन जुटा पाने में स्वयं सक्षम हैं। आवश्यकता उन्हें इस इस तरह के कामों में आगे लाने की है। सरकारी नियमों और कानूनों के नौकरशाही के जंगल से उन्हें बचाने की और भागीदार बनाने की है। दिल्ली की ताल-तलैया, जोहड़, तालाब और झीलों की हालत ऐसी हो गई है और होती जा रही है कि वे साल-दर-साल कूड़ा-करकट और मलबे से भरती जा रही हैं। वे केवल उनके लिए उपयोगी हो रही है, जो अवैध निर्माण करके दुकान-मकान और अन्य व्यवसाय करते आ रहे हैं। रिंग रोड के पश्चिम में बनी नारायणा की झील इसका सबसे बड़ा उदाहरण है। वसंत कुंज के निवासियों को सीधे मुनीरका तक आने-जाने का रास्ता देने के लिए नीला हौज पर फ्लाईओवर बनाने के नाम पर इस खूबसूरत झील को लगभग समाप्त ही कर दिया गया है। अदालती आदेशों और स्थानीय निवासियों के विरोध के बाद अब इसे फिर से जीवित करने का प्रयास किया जा रहा है; लेकिन अधिकतर इलाकों में ऐसा नहीं हो पा रहा है। नीला हौज बचाने के लिए जिस प्रकार से इसके आस-पास के निवासी आगे आए, वैसा ही हर झील और तालाब के लिए किया जाना जरूरी होगा। मयूर विहार और त्रिलोकपुरी के बीच बनी संजय झील साल-दर-साल छोटी और गंदी होती जा रही है। हालाँकि दिल्ली सरकार अनेक बार इसे पर्यटन केंद्र के रूप में विकसित करने की घोषणा करती आ रही है। पर्यटन केंद्र के विकास पर हर साल पैसा खर्च हो रहा है; लेकिन जिस झील के केंद्र में यह पर्यटन केंद्र विकसित किया जाना है, वह कैसे बचेगी, इस ओर कोई खास ध्यान नहीं दिया जा रहा है। हाँ, स्कूली बच्चे इस काम को अपने हाथ में लेकर अपनी तरह से प्रयास कर रहे हैं। आवश्यकता उन्हें बढ़ावा देने की है।

विकास का लाभ सबको

रेन वाटर हार्वेस्टिंग और भू-जल को रिचार्ज करने के लिए काम किया जाना सभी के लिए लाभदायक सिद्ध होगा। इसके लिए सिर्फ इतना ही किया जाना है कि बरसाती पानी को बहाकर यमुना में पहुँचाने की बजाय जमीन के अंदर पहुँचाने के लिए कदम उठाए जाएँ। इसका यह लाभ भी होगा कि बरसाती पानी की निकासी की पर्याप्त व्यवस्था नहीं होने के कारण जिन इलाकों में पानी भर जाता है, वहाँ जल भराव की समस्या भी पूरी तरह समाप्त हो जाएगी या फिर उसकी स्थिति में सुधार होगा। दिल्ली में बावड़ियों के उपयोग के लायक न रह जाने का मुख्य कारण यह रहा कि उनके आस-पास इस तरह से विकास हुआ

कि अब बरसाती पानी बावड़ियों तक पहुँच पाना संभव नहीं रह गया। इसके अलावा आस-पास हुए विकास के बाद वहाँ आकर रहने और काम-काज करनेवालों के लिए पानी की आवश्यकता की पूर्ति के लिए जमीन के अंदर से पानी खींचकर इस्तेमाल किया जाता रहा। इस पानी को खींचने के लिए शक्तिशाली मोटरें लगाई गईं। इसलिए बावडियों में पानी का स्तर लगातार गिरता चला गया। जिन स्रोतों से बावड़ियों में पानी आता था, उस स्तर पर पानी रह ही नहीं गया और बावड़ियाँ सूखती चली गईं। देखभाल और संरक्षण नहीं होने के कारण उनमें मिट्टी, मलबा आदि भर दिया गया। परिवार और समाज के लिए इनके महत्त्व को नहीं समझे जाने के कारण इन्हें बंद करके इनसे निकली जमीन पर मकान, दुकान, स्कूल और फार्महाउस बना दिए गए। लगभग ऐसी ही हालत कुओं की रही। हमारे समाज में कुआँ खुदवाना और बावड़ी बनवाना समाज-सेवा और पुण्य कमाने के एक रास्ते के रूप में देखा जाता था। हम अपनी अन्य अच्छी परंराओं की तरह इसे भी भूल ही गए हैं। आज भी दिल्ली के कुओं और बावड़ियों की गहराई बढ़ाकर पानी के वैकल्पिक स्रोतों से पानी प्राप्त किया जा सकना संभव हो सकता है। पुण्य के इस काम में भागीदार अभी तलाशे जा सकते हैं।

सूरजकुंड केवल साल में एक बार मेले तक ही सीमित न रहे

सूरजकुंड आज पुरातत्त्व की दृष्टि से एक संरक्षित इमारत जरूर है। अब इसमें पानी नाम मात्र को ही रह गया है। आज की दिल्लीवाले सूरजकुंड में बने होटलों में 'वीकएंड' मनाने और सूरजकुंड में लगनेवाले सालाना मेले को देखने जरूर जाते हैं, लेकिन सूरजकुंड पर उनकी निगाह शायद ही पड़ती हो। सूरजकुंड के संदेश को जानने के लिए तो उनके पास वक्त ही नहीं होता। मेले के साथ सूरजकुंड और जल संरक्षण के एक स्रोत के रूप में उसकी अहमियत को सामने लाया जाना भी जरूरी है। यह मेला तो साल में सिर्फ एक बार एक पखवाड़े के लिए ही होता है। इसे नियमित रूप दिए जाने की आवश्यकता है, जिससे यहाँ उपलब्ध इन्फ्रास्ट्रक्चर का और बेहतर उपयोग किया जा सके। प्रगति मैदान में ऐसा किया जाना संभव है तो सूरजकुंड में क्यों नहीं? 100 साल की दिल्ली के समारोह मनाते समय यदि हम करीब 100 साल पहले बने रेन वाटर हार्वेस्टिंग की इस व्यवस्था के महत्त्व को समझ सके। उसके संदेश को क्रियान्वित कर सके तो शायद इन समारोहों का कोई मतलब निकल सकेगा। आज से करीब 800 साल पहले जब दिल्ली आज की महरौली और उसके आस-पास हुआ करती थी तो

उस समय के शहर में अनेक हौज और बावड़ी बनवाए गए। 'हौज-ए-शम्शी' और 'गंधक की बावड़ी' उस समय के नगर निर्माताओं और नियोजकों की दूरदृष्टि और जल स्रोतों के बारे में संवेदनशीलता को स्पष्ट रूप से रेखांकित करती है।

दिल्ली के ऐतिहासिक शहरों को बनानेवालों ने अपने किलों और शहरों में कुएँ और बावड़ियाँ बनवाने का काम सबसे पहले किया। तुगलकों ने तुगलकाबाद बसाया तो उसे तो झील के किनारे बसाया। शम्शी का तालाब से नहर लाकर पानी के पुराने स्रोतों से जोड़ा। महरौली को तुगलकाबाद से जोड़नेवाली महरौली-बदरपुर रोड लगभग उसी नहर के रास्ते पर बनी हुई है। इस सड़क का तो अब कुछ नहीं हो सकता। तुगलकाबाद और आदिलाबाद शहरों की इमारतें सूरज और चाँद की रोशनी से चमचमाती झीलों के बीच बनी दिखाई देती थीं। आज तो इन झीलों की जमीन का इस्तेमाल वैध और अवैध कही जानेवाली बस्तियों के बसाने के लिए किया जा चुका है।

इन शहरों के पुनर्विकास की योजनाओं पर काम चल रहा है तो इसे पानी के साथ भी जोड़ा जाना चाहिए। यह काम कैसे होगा, इसके लिए केवल किलों की दीवारों की मरम्मत करने या उसपर रोशनी करने, पैसा खर्च किए जाने का तरीका क्या पर्याप्त कहा जा सकता है। इन किलों में पानी का संरक्षण और विकास अहम भूमिका निभाता रहा है। आज के विकास से पानी को भी तो जोड़ा जा सकता है। दिल्ली से फरीदाबाद आने-जानेवाले इस खूबसूरत और अपने किस्म के एकमात्र पहाड़ी रास्ते का उपयोग करते समय इस ओर शायद ही ध्यान दे पाते हैं। इस ओर ध्यान दिए जाने की आवश्यकता है।

रियल एस्टेट जगत् की भूमिका सिर्फ काला धन के कारोबार और मुनाफा कमाने के लिए किए जाने को कैसे जायज ठहराया जा सकता है। यह उद्योग इस काम में भी तो भागीदार बन सकता है। उनके शहर बन भले जाएँ, लेकिन पानी के बिना वे कब तक बसे रह सकेंगे, इस ओर भी तो उन्हें ध्यान देना होगा। नई-नई बहुमंजिली इमारतों में बननेवाले फ्लैट और व्यावसायिक व वाणिज्यिक परिसरों में से अधिकतर जमीन के अंदर से ही पानी निकालकर सप्लाई करने की व्यवस्था कर रहे हैं। लेकिन वे कब तक पानी दे पाएँगे, इस ओर न तो विकास करनेवाले ध्यान दे रहे हैं और न ही उनमें लाखों-करोड़ों लगाकर फ्लैट, दुकान एवं दफ्तर खरीदनेवाले। क्या इस प्रकार की संपत्तियों का निर्माण और खरीद-फरोख्त केवल कुछ वर्षों के लिए की जा रही है। हमारे यहाँ तो प्रॉपर्टी पीढ़ियों के लिए और सदियों के लिए बनाई जाती है, लेकिन पानी की व्यवस्था सदियों के लिए क्या,

वर्षों और दशकों के लिए भी नहीं सोची जा रही है।

हौज खास : ऐसे संरक्षण का क्या लाभ

आज के दिल्लीवाले सीरी को तो सिर्फ सीरी फोर्ट ऑडीटोरियम के कारण ही पहचान पाते हैं, लेकिन सीरी कभी एक शहर भी था। सीरी शहर को पानी की आपूर्ति के लिए बनाया गया हौज खास आज की पानी के लिए तरस रही दक्षिणी दिल्ली को पानी की आपूर्ति कर सकने में महत्त्वपूर्ण भूमिका निभा सकने में सक्षम है। इसे रेन वाटर हार्वेस्टिंग के लिए इस्तेमाल किया जा सकता है; लेकिन इसका इस्तेमाल किया जा रहा है सीवेज डिस्पोजल से साफ किए गए पानी को भरकर एक पर्यटन केंद्र के रूप में विकसित करने में। इसमें नावें चलाने की व्यवस्था की गई थी, जो कि अब इसके किनारे पर उलटी पड़ी रहकर अपनी कहानी खुद कहती दिखती हैं। हौज खास के बीच में लगा विशाल फव्वारा अपनी किस्मत के नाम पर रो भी नहीं सकता, क्योंकि लगाने के बाद उसे चलाने की व्यवस्था ही नहीं की जा सकी है। डिस्ट्रिक पार्क और सिटी फॉरेस्ट के बीच बने इस हौज के किनारों और आस-पास की जमीन को पक्का किए जाते समय इस बात की ओर उतना ध्यान नहीं दिया गया कि इसका उपयोग जल संरक्षण के लिए किया जाना चाहिए या इसके किनारों पर वॉक करनेवालों के लिए पत्थरों की पगडंडियाँ बनानेवालों के लिए दिया गया। हौज खास में शॉपिंग करने के लिए जानेवाले हौज खास की ओर कभी भी नजर डाल पाने का अवसर नहीं निकाल पाते हैं। इस हौज के किनारे रंगारंग कार्यक्रमों का आयोजन करके पानी के इस स्रोत और इसके माध्यम से दिल्ली की पानी की स्थिति एवं उसके संरक्षण की ओर दिल्लीवालों का ध्यान आकर्षित किया जा सकता है।

दिल्ली की सबसे पुराने विश्वविद्यालय की दीवार के साथ गैर-कानूनी तरीके से होटल, रेस्तराँ और हाई ऐंड कारोबार के अन्य स्थल तो विकसित होते जा रहे हैं और हो गए हैं। निश्चय ही इनका निर्माण नियमों के खिलाफ किया गया है, लेकिन उनके खिलाफ काररवाई करने के लिए कोई तैयार नहीं है, क्योंकि इनका निर्माण करनेवालों में अनेक तो ऐसे हैं जिन तक कानून के लंबे हाथ कभी पहुँच ही नहीं पाते। तो पानी जैसी आवश्यक वस्तु के प्रति सबका ध्यान आकर्षित करनेवाले आयोजनों के लिए इसका नियमित उपयोग भला क्यों नहीं किया जा सकता! आनेवाले कल की दिल्ली में पानी की व्यवस्था के लिए गुजरे कल की दिल्ली बहुत कुछ कहती है और कर सकती है तो इसका उपयोग क्यों नहीं किया

जा सकता। इसके लिए आज के दिल्लीवालों को गुजरे और आनेवाले कल की ओर देखना होगा।

अब जबकि शहर को फिर एक बार अरावली की पहाड़ियों के ऊपर और आर-पार फैलाया जा रहा है तो अतीत से तो कुछ सबक लेना ही होगा। वरना शायद बाद में बहुत देर हो सकती है। बिल्डर निर्माण करके अपना मुनाफा कमाकर निकल जाएँगे, लेकिन इनमें रहनेवाले लोग और आनेवाले कल की सरकार व उनके संगठन इनमें पानी की आपूर्ति के लिए जनता की गाढ़ी कमाई पर लगाए जानेवाले टैक्स के रूप में वसूले गए धन खर्च करने के लिए मजबूर होंगे।

योजनाएँ बनाना ही बहुत नहीं, उन्हें लागू किया जाना जरूरी

दिल्ली सरकार ने वर्षा जल संरक्षण की योजनाओं के प्रचार-प्रसार के लिए अनेक योजनाएँ बनाई हैं। इस क्षेत्र में भागीदार बननेवालों को आर्थिक सहायता और पुरस्कार दिए जाने की व्यवस्था की गई है। इसे एक शुरुआत तो कहा जा सकता है, लेकिन इससे दिल्ली की जरूरतें पूरी होनेवाली नहीं हैं। इसके लिए जरूरी है कि पूरी दिल्ली में इस प्रकार की योजनाएँ लागू की जाएँ। इसके लिए घरों और दफ्तरों की छत पर रेन वाटर हार्वेस्टिंग करने के साथ-ही-साथ उपलब्ध जमीन का इस्तेमाल किए जाते समय जल संरक्षण और जल संवर्धन को सर्वोच्च प्राथमिकता दी जाए। इसके लिए पूरे शहर में उपलब्ध जल और उसके वास्तविक इस्तेमाल को ध्यान में रख कर व्यापक योजना बनाई जाए, उसे सख्ती से लागू किया जाए। वरना पानी बहकर बरबाद होता रहेगा और लोग पानी के लिए तरसते रहेंगे। राजनीतिज्ञों को मटका फोड़ने और हाय-हाय करने के सिवा कुछ और करना होगा। मटका फोड़ने से पानी मिलना संभव नहीं है। मटके को बचाकर और उसमें पानी बचा कर ही पानी मिल सकता है। सभी को तो वह तभी मिल सकेगा, जब उसकी हर तरह की बरबादी रूकेगी। पानी की रिसाइक्लिंग और जमीन की अतल गहराइयों में उपलब्ध पानी को निकालकर उसका इस्तेमाल किया जाने जैसे महँगे विकल्प ही हमारे पास बचते दिखाई दे रहे हैं। कोशिश इस बात की करनी होगी कि बारिश के पानी को बरबाद न होने दिया जाए। उसकी एक-एक बूँद को किसी न किसी तरह से जमीन के अंदर पहुँचाया जाए। पिछले साल जितनी बारिश हुई थी, यदि हम उसे बचाकर रख संरक्षित कर लेते तो अगले पाँच साल तक पानी की कमी का सामना न करना पड़ता, लेकिन ऐसा हो नहीं

सका। ट्रैफिक की समस्या के समाधान के लिए मेट्रो और फ्लाईओवर बन सकते हैं तो पानी के संरक्षण के लिए इस प्रकार की कोई बड़ी और व्यवस्था क्यों नहीं की जा सकती? इस पर समग्रता से विचार किया जाना होगा। उसे प्राथमिकता के आधार पर लागू किया जाना होगा। इसमें देरी करना सभी के लिए घातक सिद्ध होगा।

प्रयासों के अच्छे परिणाम भी दिख रहे हैं

वर्षा जल संरक्षण के अच्छे परिणाम भी सामने आए हैं। जनकपुरी स्थित भारती कॉलेज के 'ईको क्लब' के प्रयास इसका एक अच्छा उदाहरण हैं। इस कॉलेज की छात्राओं ने न केवल वाटर हार्वेस्टिंग सिस्टम को बनाने में, बल्कि उसके संरक्षण व देखभाल में भी सक्रिय भूमिका निभाई है और निभा रही हैं। इसका परिणाम यह हुआ है कि कॉलेज परिसर और इसके बाहर के इलाकों में जमीन के अंदर पानी के स्तर में अंतर आना शुरू हो गया है। कॉलेज द्वारा उपलब्ध कराए गए ताजा आँकड़ों के अनुसार कालेज परिसर में 120 फीट की गहराई पर पानी उपलब्ध है, जबकि परिसर के बाहर यह स्तर 130 से 150 फीट आँका गया है। यही नहीं, पानी की किस्म में भी सुधार हुआ है और अब वह कम खारा व कसैला भी हो गया है। इस सिस्टम के लगने के बाद से कॉलेज की छात्राओं में पानी के प्रति संवेदनशीलता बढ़ी है। अब परिसर में पानी की बरबादी भी कम हुई है। इस प्रकार के और भी उदाहरण हैं, लेकिन दिल्ली में होनेवाली कुल बरसात और उससे मिलनेवाले जल के संरक्षण के बीच अभी लंबी दूरी तय की जानी है। दूसरे कॉलेज, स्कूल व विश्वविद्यालय और उनसे संबद्ध निजी और अन्य कॉलेज भी ऐसा कर सकते हैं। सरकारी स्कूलों में 'ईको क्लब' चल रहे हैं। उन्हें इस तरह के प्रयासों से और भी गहराई से जोड़े जाने की संभावना तलाश की जानी होगी। संसाधनों से संपन्न पब्लिक कहे जानेवाले निजी स्कूल अपने परिसरों में और उनके बाहर भी इस तरह के प्रयासों में भागीदार बन सकते हैं। इस तरह के प्रयासों को वास्तविकता के धरातल पर लानेवालों को सम्मानित किए जाने की आवश्यकता है। इस तरह के छोटे-छोटे प्रयास मिलकर बड़ा प्रभाव डाल सकते हैं। दिल्ली और देश में रोल मॉडलों की कमी है। इस तरह के रोल मॉडलों को सामने लाने में मीडिया महत्त्वपूर्ण भूमिका निभा सकता है। टी.आर.पी. की दौड़ में भाग रहे चैनलों के लिए शायद इसमें लाभ का सौदा नहीं दिखाई देता होगा, लेकिन पानी तो उन्हें भी चाहिए होगा। यदि उनका पानी उतर गया या बाजार

के 'बैटल ऑफ आई बॉल्स' में वे इतने व्यस्त हो गए कि अपनी वास्तविक भूमिका ही भूल गए हैं। मिशन से शुरू हुआ भारतीय मीडिया व्यापार बना और वह अब केवल 'बाजार और बाजार के द्वारा और बाजार के लिए' ही रह गया लगता है। उसे बाजारवाद से निकलने के लिए और अपना असली काम सँभालने के लिए स्वयं ही काम करना होगा। वरना वह दिन दूर नहीं, जब उसके लिए सरकारी रेगुलेटर लाए जाने की आवश्यकता होगी और उसका समर्थन करनेवाले भी मिलने लगेंगे। पानी प्राणिमात्र के जीवन के लिए आवश्यक है। उसे केवल बाजारी चश्मे से देखा जाना किसी भी प्रकार से न्यायसंगत नहीं कहा जा सकता।

पानी भी बचेगा और हरियाली भी बढ़ेगी

में गिरते भू-जल स्तर को देखते हुए सन् 2011 दिल्ली नगर निगम ने एक नई पहल की है। जल संपदा को बचाने के लिए निगम ने अपने पार्कों और हरित क्षेत्र की सिंचाई में सीवेज का इस्तेमाल करने का फैसला किया है। फिलहाल इस योजना को पायलट स्तर पर ही लागू करने का प्रस्ताव है। इसके लिए निगम ने अगले साल के बजट में 2.5 करोड़ रुपए का प्रावधान भी किया है। इस योजना के तहत हर जोन में एक पार्क चुनकर वहाँ सीवेज साफ करने का प्लांट लगाया जाएगा। एक ट्रीटमेंट प्लॉट लगाने पर 10 से 20 लाख रुपए का खर्च आएगा। दिल्ली नगर निगम के अधिकारी मानते हैं कि राजधानी में बढ़ती आबादी के साथ भू-जल का दोहन भी बढ़ रहा है। इससे जमीन के अंदर पानी का स्तर गिरता जा रहा है। इसे रोकने के लिए यह परियोजना तैयार की गई है। यदि यह योजना सफल रहती है तो अन्य पार्कों में भी इस तरह के प्लॉट लगाने पर विचार किया जाएगा। इससे सिंचाई का पानी निकालने के लिए खर्च होनेवाली बिजली भी बचेगी और निगम के खर्च में भी कमी होगी। इस योजना के तहत पार्क के एक हिस्से में 10 बाई 15 फीट के क्षेत्र सीवेज को साफ करने का प्लांट लगाया जाएगा। प्लांट में कई तरह के फिल्टर चेंबर होंगे, जिसमें गंदा पानी साफ होगा। इसमें दो पंप भी होंगे। एक पंप सीवर लाइन से गंदा पानी खींचेगा तो दूसरा पंप साफ किए गए पानी की सिंचाई के लिए बाहर निकालेगा। आवश्यकता इस बात की है कि यह योजना जमीनी स्तर पर लागू की जाए, केवल पायलंट स्तर पर ही नहीं रह जाए।

क्या दिल्ली पाताल गंगा पर बसी है

उपग्रहों से किए गए अध्ययनों से इस तरह की जानकारियाँ सामने आई